華文小說
創作百變天后
凌淑芬

烽火再起

墨血風暴

輯一

1

文明大戰結束後七十五年
湖濱市立國民小學

「甄！出來了、出來了，最新的廣告出來——」艾瑪衝到一半突然停住。

平心而論，這一幕不得不說賞心悅目。

筆直的長廊上，右邊是整排的教室，左邊是整排的圓拱型長窗，五月的湖濱區依然微寒，窗戶都是掩上的，窗外的校樹已在努力吐出綠枝。

潔白的窗檯前，一位妙齡女子靠坐著，纖腿伸展。烏絲般柔亮的直髮攏在耳後，另一邊滑了下來，正好框住她纖細的肩膀。她一手拿著手機，另一手滑動，漆黑水眸看得專注。

牛奶色的肌膚，杏仁形的雙眼與尖尖的瓜子臉，展露著東方人的風華。她永遠不會是個性感豔姝，而是細緻精巧的搪瓷娃娃，在清晨六點半校門將啓之前，趁一群小魔鬼尚未攻佔，享受片刻的寧靜時光……

「哈哈哈哈——」直到一串狂笑完全毀了她的氣質。

「妳在跟若絲琳傳簡訊？」艾瑪翻個白眼。

「對，她正在跟我說昨天晚上非常失敗的豔遇。」

現在艾瑪眼前的風景又不同了，眉飛色舞的秦甄看起來就像個精靈淘氣的女大學生——二十五歲的她確實也比大學生大不了多少——跟剛才那副很唬人的東方仕女圖完全兩樣。

「若絲琳何時從京都回來？」艾瑪好奇問。

「等花博結束囉！大概還有三個星期。」

若絲琳是她從小一起長大的死黨，兩人的家庭都是來自香港的移民。兩家住得很近，兩個女孩國小一路同班到高中畢業，情同姊妹。直到她選擇了師範大學，而若絲琳選擇普通大學，兩人才分開。不過秦甄一畢業就來到湖濱國小，若絲琳畢業之後也來首都經營花店，兩個人的生活圈又交集在一起。艾瑪跟她交好之後，連帶一起成為若絲琳的死黨。

說真的，把秦甄和艾瑪放在同一個畫面其實滿有喜感的。其它同事老是說她們兩個將來要是不當老師了，可以一起出去說相聲。

年輕亮麗的秦甄纖瘦靈巧，彷彿有用不完的精力，平時不是在教室內活力四射地上課，就是生氣蓬勃地和學生玩在一起。而三十二歲的艾瑪圓圓胖胖的，生平最大志向是好吃懶做、賴活等死。難得的是，兩人的年紀差了七歲，性格嗜好皆不相同，卻奇異地十分談得來。幾乎是從秦甄一進來，她們就成為了好朋友。

他們學校的老師其實不好搞，若說教育界最不缺什麼，那肯定是派系鬥爭，任何層級的校園都一樣。艾瑪剛開始還有點擔心秦甄這隻菜鳥被其它老鳥欺負，沒想到這小姑娘挺有主見的，對自己的教育方式很有想法。

事實上，秦甄的教學績效獲得了去年的「全國基礎學校優良教師」第一名。這是他們學校第一次有三十歲以下的老師獲此殊榮，即使在整個國小教育圈都很少見，這下子連艾瑪走路都跟著有風。

「妳剛剛在嚷嚷什麼？」秦甄好奇地湊過來。

啊啊啊，怎麼忘了？這麼重要的大事，怎麼可以忘了啊啊啊！

「出來了出來了，最新一季的廣告出來了。」艾瑪火速滑開手機螢幕。

「什麼廣告？慾望四騎士？」

「拜託，那四個小鮮肉怎麼比得上這一個？把若絲琳轉成視訊，我們一起看、一起看！」

艾瑪興匆匆地找到她想播放的影片，秦甄把手機從文字簡訊轉爲視訊。

「嗨，若絲琳。」

「嗨，艾瑪，聽說妳那裡有小鮮肉可看？」螢幕上的若絲琳興致勃勃。

「小鮮肉算什麼，這一尾才叫做猛龍！」

找到了。

艾瑪左右看一下，確定沒有其他人，把走廊的教學電視打開，輕輕在手機一撥，畫面立刻轉到空中的大螢幕。

紀律

斗大的黑底白字幕出現在螢幕中央，然後背景慢慢轉入一片戰場般的廢墟。

商場的玻璃碎裂一地，一、二樓的角落已經被炸開，地上全是坍塌的石瓦和水泥塊，消防車灑過水的路面泥濘一團，泥灰、血跡都有，知名的天使雕像已經坍倒，幾具躺在路旁的屍體被打上馬賽克。

警車和消防車的警鈴在背景形成音效，餘悸猶存的倖存者從傾倒的大門驚惶逃出，兩名衛士留在門口控制現場，其它十幾條忙碌而安靜的黑影在廢墟間穿梭著。

突然間，有人喊了一句：「這裡有另一顆炸彈！」

然後，一道黑影從被炸開的二樓直躍而下，猶如從天而降的飛將軍。

無畏

「啊——」尖叫。狂奔聲。啜泣聲。

「出去、出去、出去！」頎長冰冷的男人厲喝。

所有人往外衝，他卻是跑進去。

忽地，一名抱著兩歲女孩的媽媽被後面的人撞倒，母女倆滾在地上，眼看即將被驚慌的人群踐踏而過。

那頎長的男人突然折回來，在最後一刻撲過去，抱住母女倆滾了兩圈，堪堪避開踐踏的人潮。

炸彈在這時爆炸了！

守護

激烈的爆炸威力甚至撞翻攝影機，有十幾秒鐘，鏡頭看出去唯有一片灰白色的煙塵，牆壁坍塌的聲音裹在濃煙裡一起飄向天際。

秦甄沒發現自己是屏住呼吸的。

逐漸的，在一團濃煙裡，走出一條高大的身影。懷中橫抱著一個女人和小女孩。

他的黑袍沾滿污泥，滿頭滿臉都是煙灰，但依然掩不住他英俊深刻的五官，冰藍色的寒眸直直刺入每個觀眾的心中。

紀律公署　我們永遠都在

電視螢幕轉為黑暗，三個女人久久無聲。

「哇。如果是他，我可以。」若絲琳終於在電話裡說。

「他是我的，別跟我搶。」艾瑪嘆息。

「妳已經有老公和兩個小孩了。」若絲琳提醒她。

「女孩們，如果奎恩總衛官此時出現在我面前，十個老公和二十個小孩都擋不了我！」

「他看起來好像……不太高興。」秦甄想著畫面黑掉之前他逼人的目光。

「嘿，那男人剛剛被恐怖份子的炸彈炸翻，可想而知，OK？」艾瑪翻個白眼。

可是秦甄總覺得他不爽的不是炸彈，而是一直跟在他身後的攝影機……

「紀律公署哪裡找到一個這麼優的總衛官，連形象廣告的錢都省了？」若絲琳評論。

以前紀律公署推出的形象廣告就跟所有政府廣告一樣，平淡無趣，根本沒人看。

兩年前紀律公署換了一間形象公關公司，某個腦筋動得快的經理人突然想到，公署裡眾多的實戰影片就是最好的素材，於是他們把一些低機密性的畫面剪接起來，做成一支類似微電影的形象廣告。

沒想廣告播出之後，在全國引起熱烈回響，那支影片正是取材於奎恩總衛官的行動。

他高大英俊，陽剛強壯，一副堅不可摧的模樣，頃刻間成為全國的英雄偶像。

男人都希望自己像他，女人都希望自己的老公像他，小孩都希望長大像他。那一屆報考紀律公署的人多了六成。紀律公署眼見成效如此良好，於是後續推出的影片繼續以他做爲主角，有時甚至讓攝影小組跟拍一些低危險的出勤。

奎恩會成爲紀律公署的「形象代言人」，這些廣告功不可沒，不過秦甄有種感覺，男主角本人非常的不領情。

「妳們知道他動過腦前額葉切除術嗎？」艾瑪神祕兮兮的。

「什麼？」秦甄杏眸圓睜。

「江湖傳言，所有紀律公署的衛士都接受過神祕的腦手術，奎恩總衛官尤其是。不然妳們如何解釋他連炸彈在眼前爆炸都無動於衷？」

「那只不過是訓練精良罷了。」……對吧？

秦甄想起螢幕上那雙冰川般的藍眸，突然不那麼確定了。

「總之，網路上大家都在討論。還有人說紀律公署一直在祕密研究某種禁藥，可能已經成功了，才能製造出像奎恩這樣的超級士兵。」

「艾瑪，這種話妳也信？」越來越科幻了。

「依我看，那男人的問題不是腦前額葉手術，而是上床上得太少了。」若絲語出驚人。

「若絲琳！」秦甄大叫。

「我哪裡說錯了？任何男人像他那一臉便祕樣，肯定是陰陽不協調的結果，唯一解決之道是找個女人好好做上三天三夜。」

「我可以、我可以、我可以。」艾瑪踴躍捐輸。

「我相信紀律公署會非常感激妳們的公民建議。」秦甄翻個白眼。

「我說眞的，妳們想想看，有誰聽過奎恩總衛官鬧緋聞嗎？」若絲琳反問。

「紀律公署的人從不鬧緋聞，他們有很嚴格的行爲規章，任何爲公署帶來負面形象的行爲都嚴格禁止，聽說違反的人會受到重罰。」艾瑪積極補充網路上的八卦。

「規定是一回事，這些男人生活在高壓力狀態，卻連個女人都沒有，正常嗎？依我說，奎恩總衛官需要的就是一個女人，像咱們小甄甄就很好。」若絲琳突然話鋒一轉。

「拜託！」

「爲什麼不行？妳天眞年輕又貌美，活潑亮麗又可愛，像奎恩那種死木頭，最缺的就是妳這樣的生命甘泉。」還生命甘泉咧！什麼甘泉一碰到那男人馬上就被凍成冰河了，秦甄小姐無福消受。

「這樣講好像有道理。」艾瑪竟然附和。

「你們就沒有想過人家可能結婚了嗎？」要不要這麼一廂情願？

「奎恩結婚了嗎？」若絲琳頓了一下。

「基於軍事安全法，所有紀律公署和反恐作戰單位的成員，其家庭背景、個人資料、親屬關係通通必須保密，所以沒有人知道他們結婚了沒有。」艾瑪繼續轉述收集來的粉絲資料。「不過他是個『奎恩』，五大世族之一，他結婚的事不可能無消無息吧？我投還沒結婚一票。」

「是是是，我相信奎恩總衛官只要看我一眼，立刻會拜倒在我的藤條教鞭下。」

「妳從不用藤條教鞭。」艾瑪提醒。

「我們甄甄天眞年輕又貌美，活潑亮麗又可愛，像奎恩那種死木頭，最缺的就是妳這樣的生命甘泉。」若絲琳笑咪咪再來一次。

懶得理她們！紀律公署向來高高在上，她這種小教員永遠不可能跟他們產生交集。

「喂，校門已經開了，妳們還在裡面幹嘛？」另一名導護老師莎莉探頭進來叫人。

「噢，對不起。」

艾瑪和她互相做個鬼臉，兩人趕快往校門口跑。

啊！今早陽光眞好，孩童的歡聲笑語離校園越來越近，看來，今天又將是美麗的一天。

✷

南二城　首都西南方二十公里處

大白天的街道安靜得有絲異樣。

南二城的轄區警車停在路邊，一名交警到路邊的巡邏登記簿簽到，另一名交警走到十字路口中央，有一搭沒一搭的指揮交通。

不能怪他百無聊賴的表情，下午兩點實在不是車輛太多的尖峰期。

南二城是首都的衛星城市之一，由於直接緊鄰著首都，算是南區之中最適宜居住之所。在首都之外有許多這樣的衛星小城，市中心房價不是一般上班族能夠負擔的，許多人就在外圍買房或租屋，久而久之便形成了一座座圍繞首都而立的衛星城市。

衛星城市也有身價高低之分，首都外圍總共分爲東、西、南、北四大區。東區才是新富新貴的聚居之所，西區是住商混和區，北區是有名的藝術村，南區則是工業區。

雖然位於工業區，南二城與首都只隔了一條南羅朗河，以南河大橋連接，交通十分便利，空氣比其它五個南區小城更好。街容市貌雖非最新的，但城市綠化帶符合國家規定，治安也不差，算是中產階級可以放心在這裡養小孩的地方。

歐文警探在街頭比了兩下，實在熱得受不了，乾脆走回同伴身邊假裝一起簽到。

「消息回傳了？總部怎麼說？」

「總部叫我們在原地不動，『紀律公署』正在趕來的途中。」巴特警探盯著路上的行車。

「『紀律公署』？」

巴特點點頭，在歐文臉上看見和自己如出一轍的驚愕。

「紀律公署」，一直是這個國家的特殊存在。

一切要說到七十五年前，歷時四年的「文明大戰」終於落幕，全球百廢待舉，傷痕累累，政治勢力重新洗牌，國家疆界重新畫分。

這一戰幾乎毀掉人類文明，於是有了「文明大戰」之名。

慘烈的戰事讓各國明白獨立生存的艱難，於是各大洲紛紛開始形成新的邦聯——所謂邦聯，即是數個主權獨立國家集合成一個政治互助體，各國依然保有各自的獨立性，共同設立一些中央部門來處理邦聯內的共通事務。

他們的所在地，前身是美國密西根州大湖區。戰後，加拿大與美國合併成一個超級大國，改名爲「美利堅暨加拿大聯盟合眾國」，首都也遷到靠近國土中心點，成爲全球最強勢力。

美加與墨西哥、阿拉斯加獨立民主國形成的「美列邦聯」，也成爲全球最強大的邦聯之一。各大洲足以與他們抗衡的邦聯，只有非洲的「剛非邦聯」、歐洲的「歐德邦聯」及亞洲的「新亞邦聯」。

戰後政府有感於這個國家需要更強大的軍事組織，承平時有保衛社會安定的功能，戰時可以化身爲一支全球爲之驚懾的超精英勢力，於是，「紀律公署」因而誕生。

紀律公署既是軍事組織，也是執法機構。它擁有全球最精良的科技，最嚴酷的訓練，最致命的衛士，最高的防衛效率。

它獨立於所有政府體系之外，直接對國家的最高領導人負責。

在美加合眾國裡，只有一種人能進入紀律公署——精英中的精英，特種兵中的特種兵。

原本紀律公署一直以遴選精英爲主要的召募方式，後來民間開始抗議這是特權，於是五年前紀律公署改爲公開對民間招募，每三年舉辦一次，每一次平均有超過一百萬人報名。

首先，第一關就必須通過重重的身分檢查，任何人的背景若有一絲絲灰色地帶，哪怕是高中偷抽一根大麻被抓到過，都會被刷下來。

被刷下來或許是幸福的，因爲接下來便進入恐怖的徵選過程。

通常能進入初試的只剩下不到二十萬人，而能完成初試的，又剩下不到五萬人。曾有初試被刷下來的人受訪，形容他在體能操練的經驗「生不如死」，「太過魔鬼」，他只想一切趕快結束。

如果覺得「魔鬼」已經夠恐怖，這五萬人接下來面對的進階複試只剩下一個詞能形容：「變態」。

根據統計，一名海軍陸戰隊員要成爲海豹（SEAL），必須經歷所謂的「地獄營」，長達數個月的操練已經不是一般人能承受得了，能通過地獄營而成爲海豹的機率只有百分之二十。

而一名海豹能成爲紀律公署「衛士」的機率，也只有百分之二十。

紀律公署徵選的過程之嚴酷，遠勝於海豹部隊的地獄周，甚至曾被指爲「非人道」。

在海豹地獄營，受不了的人可以自願退訓，但在紀律公署的魔鬼訓練營，受訓者唯一離開的機會是被擔架抬出去——出去之後多久能下床全看個人造化。

結束了進階徵選，應徵者終於拿到進入紀律公署的門票，但到了這裡已經剩下不到五人。

五人之於一百萬人，入取率爲二十萬分之一。

紀律公署的基本成員叫「衛士」。「衛」是保護者之意，「士」是指士兵，因此紀律公署的衛士既是執法人員，也是軍人。

即使徵選過程嚴苛異常，每一屆依然吸引了無數好漢參與，因爲能進入紀律公署不只代表獲得全球最高的軍人待遇，更代表自己是人中之人，龍中之龍。能成功贏得這二十萬分之一機率的人，足以傲視一整個世代。

歐文以前還在警校時，曾見過一名紀律公署的衛士獨力撂倒兩個海豹小組，而那人還只是二級衛士而已。

由於紀律公署地位太過殊要，署長儼然是這個國家第二領導人，威望甚至隱隱凌駕於總統之上。如果在街上隨便抓一個人，問他們最高的權力機構是誰，大部分的人第一個想到的通常不是總統府、國會山莊或軍方，而是紀律公署。

「這不是普通的街頭犯罪集團嗎？爲什麼紀律公署的人會牽扯進來？」歐文極度驚訝。

「鬼知道？」巴特聳聳肩。

是的，他們兩人不是眞正的交通警察，而是變裝刑警，正在處理一個小街頭販毒集團的案子。這集團的核心成員只有四個人，規模不大，牽涉的金額頂多二十五萬，以販毒來說還稱不上大角色，但犯罪就是犯罪。兩天前，有人發現幾個形跡可疑的份子在這附近出沒，疑似該集團的主謀兄弟，歐文和巴特心知可能交貨期要到了，於是這兩天暗中在附近跟監。

為什麼一個街頭的小販毒集團會引來全國最高的軍事執法組織？

「喂，你們看見了嗎？」在另一頭僞裝成熱狗小販的同事透過耳機低喊。

兩名警探立刻轉頭。

車流消失了，行人不復蹤影，原本各個建築物傳出的各種生活音，突然間完全靜止，四周陷入一片幾乎冰封的安靜裡。

然後，他們出現了！

紀律公署衛士群。

猶如從虛無中幻化的實體，穿著黑色制服的人迅速佔領重要據點：街角、頂樓、制高點。

上百人的行伍卻安靜得如同幽靈一般，行進快速得令人不可思議。才一眨眼，黑色幽影便完全融入背景，世界恢復成正常的世界，街道變回平凡無奇的街道。

接著，「他」出現了。

跟那群黑衣人一樣，從虛無中幻化而出——

奎恩總衛官。

若這個國家有一個擬人化的形象代表，必然是奎恩總衛官無誤。

奎恩一族一直以來都是戰將世家，從立國之初便為人民征戰於沙場，拋頭顱灑熱血，永遠挺立在最前線。

曾有此一說：歷史上每一場光榮攻克的戰役，必然都有一位奎恩的鮮血。

他們是一條條的軍人魂，忠貞愛國，英勇無畏，隨時隨地願意為國家犧牲。

歷史上赫赫有名的「五大世族」，奎恩就是其中一支。

這五大世族一直以來都是國家棟樑，從保皇時期到民主過程都有五大世族的心血，他們佔據政治、外交、軍事等重要領域。雖然現在已經是自由平等的社會，無人能否認階級意識依然存在，而五大世族就是他們社會中的「貴族階級」。

其它四大世族如今都走向金錢和權勢之路，唯獨奎恩一族，自始至終不改軍人氣節。

歐文和巴特怔怔看著昂首闊步而來的男人。

他的黑袍飄揚，威武嚴峻，冰藍色的銳眸如軍刀般刺穿人心。六呎二吋的身材即使凝立不動都充滿壓迫感。

他的步伐雖大卻從容不迫，體格昂藏卻毫不笨拙，深濃黑髮框住完美的五官，濃眉逼人的藍眸似乎會隨著情緒而改變顏色。然而紀律公署的人鮮少有情緒，因此那雙藍眸永遠如北極寒冰般化不開。

他是現任奎恩家族之首，里昂·奎恩。

紀律公署最年輕就登上總衛官的位置，也最實至名歸的男人。

紀律公署的人通常只有一種表情——沒有表情。

表情代表情緒，情緒代表喜怒哀樂，這些都是人類的弱點，紀律公署的衛士不能有弱點，奎恩總衛官更將這個信念發揮到極致。

朝兩名警探走來的男人每個步伐距離一致，每根髮絲完全服貼，每顆細胞徹底聽話。他全身處於絕對控制之中，就像一具最完美的機器人，過度英俊的臉龐一絲表情都沒有，然後歐文才發現，原來完美是如此恐怖的事情。

是人都會有溫度，這雙藍眸裡卻沒有絲毫溫度。當他看著你，你不是一個人，只是一組會移動的物體。一旦他決定這組物體會阻礙他，便使用各種手段將之移除，至於事後這組物體還會不會移動，已不在他的考慮範圍。

經過好幾代品種改良，奎恩總衛官無疑是英俊的，只是任何人第一眼看到他，絕對不會想英不英俊的問題，再罪大惡極的罪犯面對這雙藍眸都會不寒而慄。

「警探，感謝你們的支援，紀律公署在此接管，你們可以離開了。」連低沈的嗓音都如此完美。

等一下，不對！

他們不只引來紀律公署，還引來紀律公署的頭號厲害角色。

怎麼可能？

話說紀律公署分為兩大塊：軍事領域和犯罪領域。前者掌管所有軍、警、政的重大不法事件，後者掌管平民社會的重大犯罪事件。

奎恩總衛官隸屬於軍事領域，他領導的「反恐作戰部」有項極之重要的任務——掃蕩墨族叛軍。墨族是這個國家的毒瘤。

三百年前他們原是南方草原的一支遊牧民族，但隨著移民入侵，牧地被奪，族民被壓迫，墨族和移民者的爭端就開始了。

經過數十年的烽火交戰，移民政權終究佔了上風，墨族被強大的軍隊打得潰不成軍，不得不化整為零，散居到世界各處。

但三百年過去了，他們的後裔從不放棄復興家園的希望。

五十年前，一支激進的墨族叛軍突然冒了出來，開始進行各種恐怖攻擊，炸飛機、炸巴士、炸學校，鬧市中的自殺炸彈客，街頭的無差別槍擊。

原本老百姓對墨族人還有種事不關己的冷漠，當他們開始攻擊無辜百姓，民怨隨之累積，到最後終於爆發了。人民走上街頭示威遊行，對政府的無能為力深深感到不滿。

最後，政府也忍無可忍，在二十五年前訂定一項重大法案——「反恐清除法」。

凡是擁有墨族血統的人，一律依法清除。

奎恩領導的精銳之師數度阻止了大規模的恐怖攻擊，逮捕恐怖份子，拯救無數家庭免於破碎。

如果奎恩總衛官在此……

「該死！那四個傢伙是墨族叛軍？」歐文脫口而出。

「兩位警探，你們可以離開了。」奎恩的藍眸瞬間冰寒徹骨。

這不是他們管得起的！兩名警探連掙扎都不掙扎，轉頭就走。

奎恩雙手負在身後，轉頭望向對面的磚造建築。

這棟古老的建築物已有六十年歷史，原本屬於一間貨運公司。七年前公司倒閉，一到三樓和地下室一直空置著，只有最上面幾層出租給一些小公司。

誰能想到，如此不起眼的一棟建築物，竟然藏著他獵補四年的首腦之一：田中洛。

墨族叛軍裡有數支武裝勢力，彼此誰都不服誰。其中菲利普那支手段最活絡，專門搞錢。卡佐圖有一種病態的吸引力，專門吸收社會邊緣人幫他從事各種恐攻。愛斯達拉、布魯茲兩派比較接近正規的軍隊。

田中洛是天生的人道主義者，主要從事援救墨族平民的工作。

雖然他這支軍事性最低，紀律公署仍面臨一個問題：田中洛集團就像地鼠一樣，四通八達，許多墨族叛軍靠著他數度逃出火線。奎恩若想抓到卡佐圖——專門從事恐怖攻擊的頭目——就必須先切斷田中洛這條線。

「一切就緒，整棟大樓已疏散完畢。」他的搭檔岡納衛官走了過來。

岡納乍看就像他的翻版，兩個男人都是深色短髮，身材高大，神情剛冷，同一色紀律公署的黑袍，差別只在奎恩肩上繡的是紫色的總衛官軍階，岡納是淡黃色的三級衛官軍階。

但再看第二眼，兩人的差別便出來了。

相較於清俊頎長的奎恩，岡納的魁梧碩壯更像是街頭拳擊手。他們一人出自古老世族，一人出自尋常之家，同為當代精英。岡納是第一屆考進來的平民，那屆只有他一個人入選。

紀律公署的升遷不論年資，只看功績。在所有非遴選成員裡，岡納的升遷最快速，於是兩年前奎恩選擇他做為搭檔。

出發前攻堅戰略已佈署完成，整棟大樓從外表看來彷彿人去樓空，其實眞正的精彩藏在暗處。

「行動！」

鐵門嘩啦啦拉開，在一片白光的正中央，是一道暗黑的剪影。

黑袍飄飄，殺機凜凜。

偌大的倉庫裡，並不是沒人。

鐵門右側有幾張鐵桌，拉了兩盞燈泡，物業公司的警衛把這裡當成工作站。在光線昏暗的大倉庫裡，唯有門口這塊小小的工作區有光線。

三名警衛閒閒散散地聊天，另外兩人在旁邊的茶水桌倒水。空盪盪的空間維持水泥原色，只在牆腰處塗了一條黃線做為貨物的基準線。最內角有一道通往地下室的樓梯，不過看來年久失修，彷彿已許久無人使用。

「嘿，這裡是私有建築，你不能進來。」最先看見他的警衛愣了一下。

視線與那雙森冰藍眸遇上之時，他明白了。沒有浪費時間再周旋，假警衛放聲大吼：

「紀律公署——奎——」

他的長呼沒能喊完。

奎恩腕間的鐵環突然射出光芒，沿著手掌外緣形成一個半圓形的光圈。

「環刃」是紀律公署的高階配備，外形像普通的鐵製手環，殺傷力極強。啓動後雷射光形成一道弧形光刃，任何物體被光刃削到立刻斷裂。

這道光刃會隨著手勢而擺動，毫不影響出拳肉搏，唯有受過訓練的高手才能善用，因此武技等級未到之人不得配戴。

奎恩總衛官絕對是高手中的高手。

他奔躍過數十公尺的距離，手掌滑出，環刃一閃，那名叛軍的喉嚨劃開，鮮豔血澤如泉般噴濺。

工作站的三人同時跳起來，奎恩直攻而來，環刃先向另一個跑開的人掃去。那人的手指碰到警鈴之前已經倒地，腦漿從破開的腦殼流出。

在茶水區倒水的兩人也已攻到，四對一。

四面鐵門突然被雷射刀割開，數十條精壯的人影同時攻入。

兩名手下衝過來幫忙，奎恩的手微微一抬，兩人立時轉頭跟其他人一起攻向地下室。

只剩四個。

「跟他拚了。」兩名叛軍直接翻出手槍，另外兩人手持警棍，猱身而上。

砰！砰！

奎恩頎長的身軀飛躍至空中，右腕一翻，以環刃擊開射來的子彈他不可能比子彈還快！叛軍愕然。

後頭兩名叛軍撲了個空，卻沒有機會回頭。飄揚的袍影罩住他們頭頂，陰影過去，兩顆腦袋平滑無聲地滾落地面。

還剩兩個。

舉槍的兩人毫不猶豫開槍！

人在空中的奎恩左腕一掃，環刃突然離體而出，兩人大驚失色，連躲都來不及躲，通通兩響，最後兩顆人頭滾落。

空中展翅的黑影此時才翩然落地。

六顆腦袋，只用了五分鐘。

這一段優美得如同全世界最精妙的舞步，只除了這支舞致命無比，能活著離開的人，只有一個。

奎恩毫無一絲表情，轉身走向地下室。

駁火聲在沈悶的空間迴盪。這場突襲行動，紀律公署以絕對優勢的兵力挺進，藏匿在地下室的叛軍根本不是對手。

長廊兩側的門一間間被衛士們攻破，頑強反抗者格殺，逃躲不及者逮捕。

奎恩負著雙手，步履悠然，猶如巡視領土的獅王。

他的身前和身後形成截然對比，每走過一扇門口，聲響變小，場面被控制住，犯人被押出來。

子彈，火光，震撼波，硝煙，破門，呼喝，嘶吼。

所有叫喊都是叛軍發出來的，紀律公署的衛士完全無聲。許多人被捕之後回想起來，最毛骨悚然的就是這股沈靜的壓力。

這種鋼鐵般的紀律，非經年累月的訓練無法養成。身為行動總指揮官，今天帶出來的精銳都是他一手訓練，奎恩很清楚每個人的能耐。

如今這股黑色壓力正一一攻破各個角落，將叛軍清掃而出。四周掃過去的流彈、火光和血腥味於他如無物。

來到長廊底端，身後除了偶爾的幾聲咒罵，已沒有太多聲音。

攻堅結束了。

幾乎。

他停在緊鎖的鐵門前，兩排衛士無聲凝立，凜然行禮。即使什麼都不做，只是一字排開，這群衛士們銳如鋒刀的氣勢已足以令人膽寒。

岡納無聲無息出現在他身後，火藥氣息飄進奎恩鼻中，但沒有血腥味。以岡納的身手，這場攻堅還不足以使他濺血，否則也就不足以當他奎恩的搭檔了。

紀律公署武技排行榜的第一名和第二名一起看著這扇厚鐵門。

「田中洛在裡面？」奎恩的嗓音依舊清冷。

「機率是百分之五十四，但我不認為。」

奎恩看他一眼。

「我可以幫你進去探探。」岡納非常樂意效勞。

奎恩的臉上第一次出現表情：冷笑。

所有人退開，奎恩將環刃切換到超音波模式，雙手猛然一揮！

超音波重重撞上鐵門，實心實鐵的門直接往裡面飛，隨之而入的是奎恩飛躍而入的身影。

門內伸手不見五指，只有走廊的光線，他修長的身影剛落地，四顆子彈從四個方向射過來。

奎恩踩上一張椅子，縱身一躍，整個人頭下腳上在天花板踩了一圈落地，右邊的兩顆子彈登時射空。人在空中時環刃已切回武器模式，一手揮出，擊開從左而來的兩顆子彈。

這幾秒鐘已讓他辨明了開槍者的方位，半蹲的身形直立到一半，雷射槍已握在手中，待整個人站直，砰。砰。砰。砰。

四響。

啪。啪。啪。啪。

也四響。

物體倒地的聲音。

他冷漠地走到牆邊，按下電燈開關，四具屍體倒在四個角落，鮮血從他們爆裂的後腦汩汩而出，爭相逃離失去生命的軀殼。

紀律公署的配槍擁有震撼及雷射兩種功能，雷射模式能穿透二十吋厚的混凝土，而震撼模式，輕則能將對方震暈，最重震度則如同眼前的情景：直接震碎頭骨，當者斃命。

若奎恩有時間看自己的戰鬥影片，就會明白自己爲何被稱爲「最完美的人形武器」。

他的戰鬥從不花拳繡腿，只有最直接、最致命的招式，打鬥時間也往往很短，因爲不需要太長。

鐵門裡是一間資訊中樞，迎面的主牆架了九宮格的巨大螢幕，另一面牆上有成排的架子，起碼有四台高階主機和監控設備是市面上不容易買到的。奎恩翻看了一下，護照僞造機、指紋模擬器……這些東西都不便宜。

田中洛的經濟來源在過去幾年已經被他砍得七七八八，近來應該經費拮据才對，若這個據點能找到這些高端裝備，顯然田中洛找到了其它金主。

不過，每台主機都微微冒出白煙，他們離開之前先用化學藥劑把硬碟毀了，這四個人應該就是留下來破壞證據的。

奎恩冷笑。

無論如何，今天依然逮捕不少人，只要一個一個盤問，終歸會有所展獲。公署的資訊部鬼才不乏世界級駭客，田中洛或許以爲儲存裝置已經銷毀了，那群鬼才永遠能挖點東西出來。

「蒐證，清查，裝箱，一樣都不准漏。」

眾衛士凜然遵旨，無聲而迅速地行動。

忽地，九宮格螢幕最中間的那格亮了起來。

所有人立刻停止動作，奎恩走到螢幕前，和他一直在追索的人隔空對望。

「總衛官。」田中洛的神情平靜。

「田中洛。」奎恩淡淡回禮。

墨族是一支南方原住民，五官深邃，膚色黝黑，長得和墨西哥人有些相似，田中洛的外表卻一看就像東方人，任何人都不會將他和墨族聯想在一起。

這就是現在追查墨族人麻煩的地方。三百年來他們散居世界各地，與當地人結婚生子，光從外表已經很難分辨。

不過，這些在「ＤＮＡ快篩儀」發明之後都不是問題。快篩儀只有巴掌大小，一滴血便能在三十秒內驗出血液祖源、酒精濃度、違禁藥品等資訊，所有執法人員皆有配備。根據「反恐清除條例」，凡是擁有百分之十八以上的墨族血源，皆視爲墨族人，依法必須予以清除。

由於DNA快篩儀的發明，墨族人越來越難藏匿，許多暗哨就是在街上被臨檢抓到的。許多人被捕之後，左鄰右舍才知道原來隔壁多年的好鄰居就是墨族叛軍。

田中洛今年三十七歲，他的墨族母親曾替一支叛軍擔任財務工作，後來她的組織被破獲，她流亡到日本，與當地男子結婚，生下了他，但不久後便失蹤了，直到現在都沒有人知道她在哪裡。

田中洛的外表或許不像個墨族人，卻有個百分之百的墨族靈魂，所有墨族人恢復故土的渴求都一絲不漏地流淌在他的血液裡。

但平心而論，這種幾百年打不散的凝聚力令奎恩佩服。

他個人並不討厭「歷史上的墨族」。他們其實就是一支遊牧民族，在草原上唱歌飲酒，自由放牧，人生過得挺愜意。如果移民不曾來到這片土地，或許他們會一直是那個熱情爽朗的好客民族。

無奈世局並非如此，爭端就是發生了。

奎恩的祖先和田中洛的祖先頗打過幾場硬仗，若非叛軍開始使用恐攻手段，情況原可不必發展至此。

「告訴我，總衛官，身為一名劊子手的感覺如何？」田中洛問。

「劊子手？」奎恩細心觀察他的背景。鏡頭微微上下搖晃，田中洛正在移動中，鏡頭故意放得極近，兩旁只看得見灰色背幕，除了他的聲音沒有其它背景音。

田中洛正在一輛有隔音裝備的交通工具裡，聰明。

這也表示田中洛離開的時間十分緊迫，有人向他通風報信。

「你今天殺的每個人，都是某人的兒子、丈夫、愛人、父親，更別提你們平時臨檢到的『墨族血源者』，有些人甚至不知道自己的祖上有墨族血統，裡面不乏無辜的女人和小孩，這一生從未傷害過任何人。告訴我，奎恩總衛官，身為政府最有效率的劊子手，手上沾滿孩童和女人鮮血的感覺如何？」

「你想和我談無辜的生命？」奎恩冷笑。「四月十七日，羅德納省，彩虹市，威爾購物商城爆炸案，死者六十七名，未成年者二十七人，低於十五歲者十二人，三十四名死者是女性，另外有一百二十六名受傷者，這些平民又對你們做了什麼？你們在引爆炸彈之前想過他們的感覺嗎？」

「……」田中洛下顎一緊。

「去年十二月二十日，聖誕購物節自殺炸彈客，羅難者三十三名，傷者七十五名；二月十三日，街頭隨機槍擊，羅難者十四人，傷者二十八人……我可以一直數下去。」

「這些攻擊事件並不是出於我的授意，我的人從不對平民出手。」

「是，卡佐圖幹的。你、卡佐圖、查爾斯……你們這些叛軍在我眼中沒有分別。若要問我有什麼感覺，我只替你們覺得可悲，明明在同一條破船上，卻連自己人都無法信任。」他微微傾身盯著螢幕。「田中洛，你們盡可以鬥個你死我活，我不在乎。我只有一個任務：徹底消滅你們，直到墨族叛軍再不存在為止。」

「既然如此，祝你好運。」

畫面黑掉。

岡納無聲來到他身後，奎恩沒有回頭。

「有人向田中洛通風報信。」

「我會找出那個人。」

2

奎恩走回自己的辦公室，沿途的衛士們見到他，立刻停下來雙腿一併，正式向他行禮。通常在公署內的不成文規定，行進間遇到長官只需要點頭爲禮即可，但這是一種出自心底的尊敬。

奎恩不只是總衛官，更是整座公署的武技總教官，許多高階武技訓練若非由他親自教授，便是由他設計。所有衛士即使不直接隸屬於他，也一定在不同時期接受過他的訓練。

「長官，您有三通重要留言。」踏入總衛官辦公處，他的祕書蘿菈衛士立刻站起來，清脆冰冷的聲音完全公事化。

「謝謝。」

他直接進入辦公室。

整個紀律公署都走白色風格，他的辦公室也不例外，白牆，白地板，白色天花板，白色書架，只有辦公桌椅和他身上的制服是黑色的。

在紀律公署只看得見黑與白兩種顏色，過多的色彩令人心浮氣躁，白色是讓人平和的顏色，黑色代表沈穩。身爲最高軍事執法機構，衛士們必須維持平和與沈穩的態度。

在這裡，你不會聽見尖銳的談笑聲，無論討論的主題多麼激切，一律以冷淡無波的語氣進行。一個衛士如果連自己的情緒都無法掌握，更別想掌控國家機密的大案。

曾有媒體形容紀律公署是一座「冰宮」，奎恩卻一點都不介意。他從小在軍校長大，早已習慣一板一眼的生活。對他而言，波動起伏的情緒代表混亂，而他痛恨混亂。

他的工作就是弭平混亂。

第一通留言來自署長祕書，要求他回來立刻向署長報告，第二通來自資訊部，第三通是提供田中洛密報的線民。

那個線民的事暫時不急，先處理前面兩通。

奎恩前往署長辦公室的途中，先繞到資訊部，那群鬼才已經開始修復今天抱回來的設備。

「長官，化學藥劑融掉儲存碟這招確實很絕，可惜那幫人沒有我們厲害。目前能救回多少還難說，但一定不會別無所獲。」資訊部的鬼才向他保證。

「明天早上八點，我要第一批恢復的資料傳到我辦公室。」

「是。」

奎恩離開資訊部，繼續踏往署長辦公室。

很不幸的，在辦公室外，他遇到一個最不想遇到的人。

「奎恩！」正好從辦公室出來的貝神父滿面堆歡，朝他走過來。

奎恩忍住回頭就走的衝動。

如果你在冷冰冰的紀律公署遇到一個暖洋洋的怪胎，那人一定是貝神父。

貝神父年輕時是個戰績彪炳的軍人，後來受宗教力量的感化轉爲神職，在神學院修習了心理諮商學位。如今他身兼宗教部與心理諮商兩個部門的指導人，是公署內少數「充滿愛與關懷」的人類。

他個人對貝神父沒有意見，只是不知道該拿這種人道主義者怎麼辦，最好的策略就是躲遠一點。

無奈，貝神父對他沒有同感。

貝神父「愛」他，一如上帝愛所有的人類，包括墨族人。

他們兩人在叛軍議題上一直有不同的見解，這並不是祕密；貝神父從不隱瞞自己反對「反恐清除法」的立場，而奎恩則認爲，如果神愛世人，那祂應該讓世界上少一點渾球，就不需要擔心「汝不可殺戮」的問題了。

「神父。」

以職稱來說，貝神父爲高階行政二職等，僅次於局長和副局長，算是他的上級，奎恩還是必須展現應有的禮儀。

「我聽說你們今天破獲了田中洛的據點。」一臉和氣的貝神父對他的淡漠不以爲忤。

「誰說的？」他眼神一寒。

「放心，不是你的手下嘴巴不牢，剛才我和署長在裡面讀最新的報告。」

一定是岡納把報告寫好了。

這就是岡納，永遠覺得自己必須做得更快更多更好，向每個人證明他和遴選衛士一樣優秀。

他和岡納的關係與其說是搭檔，不如說是競爭對手——起碼岡納眼中絕對如此。

奎恩不介意被視爲目標，這會激勵他不斷進步。

「失陪，署長正在等我。」他禮貌地走向辦公室。

「奎恩，」神父從身後叫住他。「你知道，有需要時隨時可以來找我，任何時候都行。」

他沒有需要。

進到辦公室裡，傑克・奧瑪署長正在接電話。

在五大世族——奎恩、奧瑪、強森、貝、羅蘭——之中，貝氏及羅蘭家族已經完全脫離政圈，成爲富甲一方的財團，名列富比士百大之列，貝氏只出了一位特立獨行的貝神父。

奎恩及強森兩個家族皆屬於軍旅世家，通常奎恩家族都是將領，而強森家族是副將，久而久之難免有些瑜亮情節。

奧瑪家則是完全的政客，從一開始就在政治圈打滾，舉凡各種在政界生存的手腕他們都懂。

奎恩和奧瑪算是五大世家之中最少往來的兩支，在歷史上甚至有點小過節，經常一個人在戰場主戰，一個人卻在朝中主和，或反過來一個人認為應該止戈，另一個人卻鼓吹追擊。兩家本質上就是不同屬性的人，奧瑪家覺得奎恩家只是一門莽夫，奎恩家認為奧瑪家是一群巧言令色的混蛋。

這一切都不重要，奧瑪是現任紀律公署署長，奎恩就會給他應有的尊重。

「我聽說田中洛逃了？」

即使明知署長已看過報告，他依然機械化地報告：

「四月二十七日，我們接獲密報，田中洛出現在南二城第七街的私人建築物。我派人在附近潛伏四天，進一步確認了田中洛的行蹤。直到今天，我們認為時機成熟了，在下午兩點午班人員交接，叛軍較為鬆懈之時發動攻堅。

「田中洛提前得到密報，從暗道逃脫，我們逮捕了十四名重要的叛軍成員，誅殺反抗者十七名，兩名衛士受到輕傷，無人員殉職；查扣高階主機六台，及為數眾多的書面資料，資訊部已經在進行救援，預計明天早上會有初階成果。」

「嗯，雖然讓田中洛逃掉了十分可惜，但瑕不掩瑜，你做得很好，總衛官。」署長點頭。

「多謝署長，恕我直言，沒有瑕不掩瑜這件事，任何輕忽都是不被允許的，我會在最快時間內找出漏洞。」他冷淡地回應。

「不必了，漏洞已經找到了。」署長淡淡道。

「署長？」奎恩濃眉微蹙。

「叛徒的名字叫布蘭登・羅伯特，初階衛士，幾個月前剛加入反恐清除部。」

公署的軍事領域有兩大部門，「反恐清除部」和「反恐作戰」。他的作戰部負責打先鋒，對付武裝叛軍，掃蕩叛軍火力；反恐清除部的責任是搜捕墨族平民，或在他們之後進行現場的清理。

這兩個部門理應相輔相成，不幸的是，清除部的領導者強森和他從軍校開始就是死對頭。

「強森剛好在我的行動被滲透『之後』，才找到這個漏洞？」奎恩完全沒有挖苦之意。挖苦必須先有嘲諷的心情，他連嘲諷強森的興趣都沒有。

「你的攻堅行動非常臨時，強森是在你們出發之後才得到訊息。顯然布蘭登・羅伯特急著把消息傳送出去，露出破綻，一個小時之內便被強森的人查獲。他已經被送往清除設施，強森稍後會寫一份正式報告給我。」署長的眉微微一皺。「我明白你們兩人有一點過節，強森並未蓄意隱瞞這件事，我希望你不要再計較。」奧瑪家族一直想從政界探入軍界，但軍方是奎恩的領地。強森家和奧瑪家成爲新結盟，因此奧瑪會替強森說話實在一點都不令人意外。

「是。」他冷冷回應。

奧瑪往椅背一靠上。

曾經，他也這樣注視另一個奎恩，兩人爭得面紅耳赤。他們父子長得幾乎一模一樣，恍一看會有回到過去之感。

他和奎恩家族的立場向來不同，雖稱不上政敵，也絕對算不上友好。三年前當奎恩知道他將接下署長之位時，不知是何想法？

「你快滿三十歲了。」奧瑪突然開口。

「還有半年，長官。」

「你的婚配對象決定了嗎？」

奎恩的腦袋當機一秒鐘。

「你知道公署規定，成員最晚的結婚年齡不得超過三十歲。」署長難得露出一絲笑意。

該死，他確實忘了。

話說，從紀律公署成立之始，就一直有「特權機構」之稱，因為它每年又能拿到高額的國家預算，遴選的衛士都有一定程度的家世背景，民間不乏針對它的反特權聲浪。

紀律公署可以說是整個國家年輕人仰望的目標，為了維護公署是「穩定的國家支柱」的形象，所有成員的人生歷程都必須符合社會應有的期待，例如幾歲前應結婚，幾歲前應有後代等等，以讓民眾相信紀律公署成員都活在一種身心靈均衡的狀態裡。

紀律公署規定所有人在三十歲以前都必須結婚，為了幫助這群冷冰冰的調查員完成應有的規定，他們甚至提供所謂的「芳名錄」——所有夠資格跟衛士結婚的女子名單。

凡是願意嫁給衛士的上流社會女子都會登記在這份名單上，還不是隨便選選就好，每個女人都必須經過嚴格身家調查，確定她們配得上紀律公署的成員。

當然，衛士也可以自行戀愛結婚，對象並沒有被規定。然而，可以想見這一整個冰庫的男人，根本不會把時間浪費在戀愛或結婚這種事上，專心執行任務和抓叛軍比較重要。大部分的人都是時間一到，去「婚姻註冊部」登記，由電腦發配結婚對象，就完成了。

由於紀律公署衛士擁有極高的社會地位，成員個個身價非凡，外遇、家暴更是不被容許，嫁給他們等於擁有終身保障，所以許多上流社會的淑女寧可和衛士結婚，也不願嫁給平民。

「長官，這不是問題，半年後我會去婚姻註冊部登記。」奎恩只花一秒鐘就解決人生大事。

署長點點頭。「聽說幾位世族小姐對你表達了高度興趣，我相信你一定能做出明智的決定。」

奎恩點點頭，禮貌地告退。

他的人生並不需要一個妻子，但若這份工作要求如此，他就會遵守規定。以前住在軍營裡也不是沒有過室友，就當多個新室友吧！

這件事帶給他的煩悶感一閃即逝，他的注意力移回手邊的重任。

✸

幾天後，奎恩想起還沒回電給那位線民。

這個線民其實是一名警察，會發現田中洛出現在南二城的大樓純屬意外。

夏塔拉的妻子在大樓對面經營一間烘焙坊，有一天他休假時，去老婆的烘焙店幫忙，隔壁大樓的警衛過來買麵包。夏塔拉熱心地將麵包裝好遞過去，正好看見一輛車從警衛身後駛過去，警衛回頭對車內的人打聲招呼，夏塔拉透過半開的車窗只看見後座乘客一部分側臉，卻已讓他心中一突。

是這樣的，最新的通緝公報剛在前一天送抵各警察機關，他們前一天晚上家族聚餐時才聊起墨族的恐怖份子，夏塔拉特地將手機上的通緝海報秀給每個人看。

那張側臉，看起來像極了海報上的男人。

夏塔拉不動聲色，回店裡繼續幫忙，過不久找個理由離開，立刻回警察局向長官通報。長官想了半天，決定還是將這件事往紀律公署呈報，頂多他們認錯人被笑話一頓也就罷了，但若他見到的人真是田中洛，那可是不得了的大事。

這條線報幾乎是立刻送到奎恩手上。接下來的一段時間，他派駐暗探在附近密切偵察，進一步確定了田中洛人就在此處。

雖然田中洛逃掉了，夏塔拉的密報卻是正確的，依規定他可以申請獎勵。奎恩想了想，決定親自回覆他的電話，算是同行對同行的敬重。

「夏塔拉。」一個明顯嘴裡有食物的含糊嗓音接起。

「我是奎恩。」

噗，咯，咳咳咳咳！嗆到。

碰、碰！捶胸口

咕嘟咕嘟咕嘟……灌水。

「奎……咳，奎恩？奎恩總衛官的奎恩？」

「是。」

「咳咳……抱歉！」夏塔拉努力順勻氣。「我沒有想到您會親自回電。」

「夏塔拉警官，紀律公署感謝你的貢獻，獎勵申請表將在明天送到，適當的獎金會在申請表交回的三個工作天內發放。」語氣公事公辦。

「所以那個人眞的是田中洛，你們抓到他了？」

「基於偵察不公開原則，任何與案情相干的問題皆無法奉告。」差不多了，奎恩打算掛電話。

「咳，那個，等一下！」夏塔拉突然大叫。「總衛官，如果田中洛跑了，我的獎金應該也不會太高吧？」

「基於偵察不公開原則，任何與案情相干的問題皆無法奉告。」

那應該是沒抓到。「長官，身爲一個人民公僕，這是我應該做的，與其給我一筆不多不少的獎金，我可不可以要求用另一件事交換？」

「什麼事？」

「總衛官，可不可以請你明天早上送我兒子上學？」

✷

奎恩向來認眞看待自己的工作，包括答應線民送他的小孩上學。

星期一早上六點半，他準時出現在夏塔拉的門口。

夏塔拉兒子就讀的湖濱國小和紀律公署是反方向，但說定的事就是說定的事。學校離此不遠，他先將自己的車子停在校園停車場，走路過來，待將小孩送到學校之後可以直接開車走人，還有很充裕的時間到公署上班。

準六點三十分零秒，一根修長的手指按下夏宅電鈴，夏塔拉迅速出來開門，一看見他眼睛一亮。

「嘿，喬奇小子，記得我說今天要讓新朋友送你上學嗎？」夏塔拉往家裡喊。

「我知道，你說要去接山姆叔叔，不能送我……」小男孩的聲音悶悶的。

「我找這個朋友接你，你一定更喜歡。快出來，人家已經到了。」

一個小孩誇張地長嘆一聲，踩著沈重的步伐走向門口。夏塔拉把兒子往身前一推，喬奇有氣無力地抬起頭——

無，法，出，聲。

他心目中的超級英雄就站在門外。

「我告訴過你了，我有門路接近奎恩總衛官的。」夏塔拉輕拂兒子的腦袋。

「但你說的是會替我拿簽名照，這個比簽名照更好！」喬奇終於發出尖叫。

奎恩一擰眉，衝出來的小男孩堪堪在撞到他的前一刻停住，眼底閃著敬畏崇拜之光。

他夢想中的天神眞的站在他面前呢！

「早安，我們出發吧。」總衛官面無表情地說。

「謝謝你特地跑一趟，總衛官。喬奇，祝你有個愉快的一天。」夏塔拉看著兒子的表情，覺得什麼都值得了。

神情冰冷的男人自動轉向通往學校的人行道，喬奇終於回過神，趕快跟上他的長腿。

一道灼熱的視線始終燙在自己臉上，奎恩走了片刻，終於低頭瞄一眼那小鬼。喬奇豔羨地看著其它帶小孩上學的父母，再看看他的大手。奎恩順著他的目光望過去，終於發現有什麼不同。

所有父母都牽著自己的小孩上學。

他的眼光和喬奇對上，喬奇瞬間雙眸閃亮。

想了一想，他終於僵硬地伸出一隻手，喬奇珍而重之地牽住他寬厚的大掌。

十分鐘的腳程從未如此漫長。爲何小孩子總是如此古怪？他永遠搞不懂這種小型生物。

「我還是可以拿簽名照嗎？」喬奇終於鼓起勇氣問。

「什麼？」他冷冷一句。

「爸爸本來說他要跟紀律公署申請簽名照。」小鬼頭聲音變小。

「……」

公關部眞的對外發放他的簽名照？

奎恩的下顎一緊。該死，他早知道那些廣告不是好事，一開始就該不惜賭上自己的性命也要阻止他們！

可惜，等他發現的時候已經太遲了，當時他在東岸追查一條叛軍的線索，自己都是在機場見到那支廣告片。

奎恩不是個容易情緒波動的人，但那天在機場，他身邊五公尺內沒有人敢靠近。

他以最快的速度殺回總部，直闖署長辦公室，冰冷地要求一個解釋，結果奧瑪只是很平靜地看著他。「放輕鬆，那只是第一支試推的新形象廣告，我授權公關公司從我們的低機密資料庫取材。如果反應不錯，以後推出其它廣告就會換人了。」

反應確實不錯，連國際反應都不錯，結果！

結果就是從此以後都是他的戰鬥影片被剪接成廣告。

現在民眾竟然還能索取他的「簽名照」？

夠了！

他是個軍人。

他是紀律公署的精英。

他不是什麼見鬼的電影明星！

今天他會跟奧瑪說清楚，如果他的臉再繼續出現在任何廣告上，他立刻辭職，頂多重回軍中，照樣可以掃滅恐怖份子。他該死的不在乎所有人是不是看好他以後會接署長的位子。

「可以嗎？我只要一張……」

「不行！」

子彈般射出的兩個字將喬奇震懾住，奎恩強迫自己不要把氣發在無辜的小孩身上。

「爲什麼還要人家陪你上學？你已經夠大到可以自己上學了。」小學二年級應該算夠大了吧？奎恩不是很確定。

他自己從小學就開始住校，從未有需要人接送上下學的麻煩。

「不想自己上學……」喬奇的小腦袋突然低下去。

「爲什麼？」他冷冷問。

「就是不想……」

「爲什麼？」

「自己上學不好玩……」

「爲什麼？」

「哎唷，有一些小孩很討厭啦！」喬奇終於跺腳。

「他們欺負你？」總衛官眼神冷酷地問。

小男孩扭來扭去，不回答。

「如果你不挺身爲自己反抗，他們只會不斷找你麻煩。」他很權威地說。

喬奇咕噥了兩句。

「你不說出來我怎麼聽得見？」這副語氣足以使他最堅強的屬下發抖。

「說得簡單……你長這麼高，又這麼厲害，當然不怕……」喬奇竟然找出一點弱弱的勇氣反駁。

「這不是藉口，我也曾經是孩童。」他斷然道。

「你小時候被欺負過嗎？」喬奇偷瞄他。

沒有。

「你跟你父親說過這件事嗎？」

「沒有。」喬奇悶悶的。

「爲什麼？」

喬奇不回答，神情鬱鬱寡歡。

「如果你無法自己解決，就該向師長求助。」

「我有跟同學講，同學有跟他們班的老師說啊！」小男孩垂頭喪氣地承認了。「後來他們不敢再偷打我了，可是他們笑我是娘娘腔，只敢跟老師哭訴，其他小孩就會覺得我也是娘娘腔，不跟我玩……」

這就有點難搞了。師長只能阻止學生之間的肢體衝突，卻無法強迫一個孩子跟另一個孩子交朋友，難怪這小鬼不敢再回頭找他父親。他怕更多大人出面，只會讓他立場更尷尬。

奎恩開始後悔自己提起這個話題。

他自己並不是從小到大都一帆風順。「奎恩」這個名號固然受到敬重，但同時也是個沈重的枷鎖。數不清有多少次軍校同儕在他聽得見的地方酸言酸語，「特權階級」、「也沒什麼了不起」、「就生對了家庭」。他所有的努力，一半都會被歸因於他的姓氏。

如果發生在軍校或軍營裡，最多大家找個地方痛痛快快打一架，通常對方被他揍倒幾次之後就不會再這麼囂張了，但這種建議顯然不適用在小學二年級的男孩身上。

「你希望我爲你做什麼？」他終於問。

「只要陪我上學就好。」頓了頓。「或許可以在我們校門口多站一會兒。」再頓一頓。「達若的媽媽等一下就會送他來學校……」

達若就是欺負他的孩子吧？奎恩瞭解他的邏輯了。

讓所有人知道威名赫赫的奎恩總衛官是他朋友，那幫壞孩子看見了，以後欺負他之前就會再多想一想。

夏塔拉應該是明白兒子的困境的，但兒子不說，他也只能空自著急，最後能想出來的就是這個方法，這是一個父親想保護自己兒子又顧及他自尊心的心意。

奎恩無法讓喬奇的人生從此一帆風順，但這個小小的願望，他還做得到。

✷

「甄，我越想越覺得若絲琳說得有道理，咱們的校園小清新配紀律公署的奎恩大壞狼，好像還不錯。」艾瑪說。

老天，都幾天過去了，她還在想這件事？秦甄翻個白眼。

「這位老夫人，我們正在早班站崗，穿堂是我的位置，妳在校門口那邊。」

「哎呀莎莉那副電光眼，沒有哪個做怪的學生逃得過她的眼睛啦！」老夫人非常的沒有責任感，而且完全不感到羞愧。「我來查查看紀律公署最近有沒有開放參觀的日子。」

她還來眞的？秦甄決定心狠心打破她的美夢。

「第一，他不是大壞狼，他是奎恩總衛官；第二，咱們這種邊緣地區的邊緣學校的邊緣老師，有什麼機會跟紀律公署的人打交道？」

「話是這樣說沒錯，不過上帝的安排……」艾瑪突然停下來。

秦甄不管她。「就算學校眞的出了事把這人引過來，肯定也不會是好事，妳也不想想他的職務是反恐……艾瑪，妳嘴巴張這麼大幹嘛，中風了？」

艾瑪只能指著校門口一直抖。

「什麼？妳在看什麼？」秦甄的角度剛好被門柱擋住，什麼都看不到。

「奎、奎、奎……」

奎恩！

眼前黑袍飄揚直往校園而來的男人，正是電視螢幕上那個人！

他爲什麼跑來這裡？他旁邊的小男生……是喬奇嗎？

他本人看起來比電視上更高大冰冷。看不出柔和，看不出溫暖，看不出傲慢，甚至沒有一丁點對自己名聲的顧盼自得，有的只是無動於衷。

她突然有點相信艾瑪說的，腦前額葉被切除，這男人看起來就像會爲了工作而不惜一切的樣子。

「喬奇，」她彎腰對自己班上的學生微笑。「你今天帶了新朋友來？」

「是的，他是奎恩總衛官。這是我的導師秦老師，全學校最棒的老師，我們全班都很喜歡她。」

喬奇很神氣地替兩人介紹。

「謝謝你。」他的介紹讓秦甄好窩心。

一對母子停在校門附近，驚異地衝著他們瞧，喬奇立刻僵硬起來。

這小孩應該就是欺負他的孩子王，奎恩不擅長判斷小孩的年齡，不過達若看起來像高年級學生，胖胖壯壯的，相形之下瘦弱的喬奇才二年級，根本不是他的對手。

他對喬奇挑一下眉，喬奇輕輕點頭，他嚴肅地一點頭。秦甄看他們兩人打著「男人的暗號」，心頭有些好笑。

奎恩突然往那對母子走過去，秦甄一怔。

「女士，早安，我是紀律公署的奎恩總衛官。」他嚴肅地伸出一隻手。

「噢，嗨，我們已經認出你。」婦人受寵若驚地和他握手。「我叫海倫，這是我兒子達若，達若是你的忠實支持者，對不對，達若？」

「是的。」達若依然不敢置信奎恩總衛官眞的在他眼前。

「身爲紀律公署的成員，保衛人員是我的責任。達若，你會保護同學嗎？」奎恩利眸一瞇。

達若的嘴巴張開。

這是在演哪一齣？旁邊的秦甄越看越奇怪。

「咳，有時候會……」

「達若還只是個孩子。」海倫連忙說。

「學校裡永遠有比自己年紀更小的孩子需要保護，有些小英雄外表不一定看得出來，例如喬奇。」

大人小孩的眼光全射在喬奇身上。

「喬奇接受過祕密特訓。我告訴他，如果他看見同學有困難，一定要幫助他們，其他時候不能輕易和同學動手。因爲他受過的特殊訓練，和任何人動手都是不公平的。我們不希望喬奇一不小心就把同學的手臂折斷，對吧？」

達若趕快抱住自己手腕，喬奇靈活的小腦袋瞬間領悟。

「對！我答應過，絕對不會爲了自己跟其它小朋友打架，就算其他同學找我麻煩也不會跟他們動手，只能保護需要保護的同學。」

達若的臉孔微微發白。

秦甄的手微握成拳。兩個星期之前，喬奇確實說過有幾個學生會欺負同學，但沒有特地說被欺負的人是他。她和那幾個學生的老師談過，本來以為這件事已經處理完畢，沒想到喬奇依然被欺負。爲什麼他不來告訴她？她有些傷心。她一直以爲自己是個好老師，學生有事應該敢找她說才對。

「很好。達若，你將來也想成爲紀律公署的一員嗎？」奎恩顯然非常瞭解挑眉這個動作讓他看起來多高傲，讓對方感覺自己多渺小。

「想……」

「那就記得今天的話。」

「哇！」周圍的小朋友全部變成星星眼。

喬奇的臉興奮得都紅了。

「大家都做得很好，進教室吧！秦老師，很榮幸認識妳。」他對她點點頭，夾雜著萬千氣勢離去。

慢著，他丟下炸彈，就這樣走了？秦甄趕快追上去。奎恩走路如風，她一路追到停車場，在他車子發動之前終於追上他。

「總衛官，你剛才對喬奇和達若說的話，是不是發生了什麼事我不知道？」秦甄氣息微喘地搭著車窗。

「如果妳需要我回答這個問題，就表示妳該多花點時間在自己的學生身上。」

秦甄錯愕地看著遠走的車尾燈。

✷

進了資訊部，不出所料，岡納已經到了。

兩個高大修長的男人往解譯組一塞，瞬間讓辦公空間縮小了一半。

解譯組長，三級衛士湯瑪斯將所有資料投映到主牆的大螢幕上。

整片螢幕分割成九宮格的方塊，其中三格全黑，其它幾格的都是些雜亂無章的數字和字母，沒有任何意義。

湯瑪士迅速操作一番，大螢幕上的數據開始一塊一塊地拼貼起來，黑格子夾雜在格子之間，形成中斷的畫面。

「長官，你們帶回來的設備被銷毀得相當徹底，不過田中洛的人忘了一件事，這是目前最高階的N－7404型系統，表示它的硬碟連結一個備份儲存裝置。這個裝置只是個保險栓，確保硬碟毀損後近期的資料不會消失，至於能儲存多久的資料，就看『保險栓』多大，通常空間越大的售價越貴。」

「田中洛不可能不知道。」他不是會犯這種錯的人。

「噢，他確實知道。」湯瑪士露出一個有點得意的笑容。「保險栓也受到酸液侵蝕，只是N－7404的備份裝置內層包了一圈鈦金屬，除非把機器拆開才會知道，而任何一個砸大錢買N－7404的人也絕對不會把它拆成碎片。」除非是他們這群預算無上限的怪胎。

「所以，我們佔到便宜了。」岡納評論。

「是的。」湯瑪士指著那些黑色方塊。「還是有一部分資料受到腐蝕，時間夠多的話，或許有機會將它還原，這是我們目前為止找出來的。」

那些數據看起來很隨機，JAN，SWE5等字串夾雜在數字之間。奎恩看著看著，開始看出一些端倪。

「這些是銀行帳號。」岡納也看出來了。

「嗯。」

湯瑪士興奮起來。資訊部算是除了貝神父以外「表情最豐富」的一群，不過他們有特殊專長，所以沒有人太苛責他們。

「這些是海外銀行的帳戶，旁邊這格是交易紀錄，我們可能找到田中洛的隱藏帳戶了。」

追著錢跑永遠是最好的方式，奎恩已經砍掉好幾支叛軍的金流，叛軍一度必須向海外募款，過程並不算順利，畢竟沒有太多國家願意公然與紀律公署作對。

田中洛消失了一陣子，再浮出來時突然有錢買一堆高階設備，還租下一整棟建築物，必然有人在祕密金援他，奎恩要知道那些人是誰。

「這串數字是銀行的區域碼。」奎恩拿起紅外線，圈起中間第二格的一組序號。

各國金融體系有一定的編碼規則，即使專門被犯罪組織用來洗錢的離岸銀行亦是如此。奎恩過去三年研究過太多叛軍的金流紀錄，已經對編碼規則瞭若指掌。

「這組序號代表這間銀行在新亞邦聯。」岡納指著另一組數據。

「不是日本就是韓國，我傾向日本。」

「田中洛的父親是日本人，那邊的人很可能一直在暗中資助他。」岡納同意。

「所有資料何時能恢復？」奎恩轉向湯瑪士。

湯瑪士被難住了。這不只是資料救援的問題，還原之後的資料還必須解譯，他們現在看見的資料，是八名衛士連續工作二十小時不眠不休的成果，

「N－7404保留的資料是目前最完整的，其它三台的等級沒有它高，毀損程度比它更嚴重……」

「我要一個時間。」他打斷湯瑪士的嘮嘮叨叨。

「一個星期，無法保證百分之百復原，我們盡力。」

這已經是他們能得到的最好成果，奎恩點點頭。「把解譯完的資料先傳到我們電腦，若中途隨時有一組完整的銀行帳號出現，我要你立刻通知我。」

「是，總衛官。」

奎恩離開資訊部，和岡納分頭回到自己的辦公室。

坐在自己位子上，他打開電腦，來自各方的電子郵件已經等著他回覆。

其中一封引起他的注意：

「敬愛的同志：

系統顯示您距婚配登記的截止日尚餘六個月，請在時限之前備妥相關文件，至婚姻註冊部登記。若您需要使用『婚配候選人資料庫』的服務，最晚請於截止日前七天，前往婚姻資料庫尋求協助。若有任何疑問，請洽分機一四七七。

婚姻註冊部　馬克衛士」

奎恩皺著眉，往椅背一靠，不易波動的心難得浮現一絲情緒，名爲「厭煩」。

他喜歡目前的生活，每天忙完繁重的工作之後，回到家只想一個人靜靜享受安寧，他並不需要一個妻子，生命裡也沒有空間再多容納一個人。

然而規定就是規定，心存怨懟也沒有用。

公署裡多的是像他這樣醉心於工作的衛士，他們也都選擇到婚姻資料庫選號配對。基本上，願意嫁給衛士的女人，即表示對他們的工作有所認知，目前爲止公署的離婚率低於百分之一，表示大部分的配對都安然共處。

他們行，他當然也行。

頂多就是多一個室友而已，他告訴自己。

他的妻子會明白他的工作屬於高機密性，他們平時不能討論他的工作。他的工時會很長，即使人在家裡可能都會關在書房裡工作，她不能吵他。

他們都是成年人，依然能保有各自的獨立生活。如果經過一段時間，她依然不適應，他不反對離婚，公署並未強迫離婚或喪偶的人必須再婚。

嗯，就這樣吧！

先想想看身邊有沒有現成的對象。

奎恩想了半天，腦子裡竟然一片空白。

芳娜・羅蘭？

這是一個選項。

羅蘭家族與奎恩家族齊名，爲全球前二十大企業集團。他剛從軍校畢業時，曾短暫與芳娜交往過幾個星期，後來就發現那是個壞主意。

不是芳娜的問題，是他的問題。

他孤介慣了，就是不習慣身邊隨時黏著一個人。幸好他立刻被分發到海外基地，兩人利用這機會和平分手。

芳娜是個好對象。

她依然單身，很可能就是奧瑪所說的「幾位對他表示興趣的世族小姐」之一。

身爲蘿蘭家族的長女，她對商業不感興趣，都是交由她父執輩及專業經理人在打理。她每天只要坐著不動，就會有人替她把一切打點得妥妥貼貼

芳娜需要一個高收入的丈夫持續供應她目前的生活模式，並且不會對羅蘭家的財富有所圖謀，還有誰比他更適合？

他本身已經十分富有，「奎恩工業」是全球最大的軍火研發集團，擁有許多武器專利和製造公司。他們雖然是軍人世家，不表示家族中就沒有擅長經營之人。

他擁有的家族股份足以讓他名列全國富豪榜——只除了公署成員背景不得對外透露，所以他不會眞的出現在任何排行榜上。

更別提紀律公署的高昂薪資和福利，讓衛士們對生活無後顧之憂是必要的，唯有如此才能確保他們不受外界的賄賂利誘。

紀律公署最基本的職階是衛士，有一級、二級、三級之分；接著是衛官，亦有三級之分，再上去是總衛官。總衛官就是實地勤務的最高職等，再上去便是「總督導」等高階行政職，不再出外勤。

即使是初階衛士，薪水都是一般公司的董事長層級，升到衛官之後，薪水已經比總統的法定薪資

更高。奎恩是總衛官，他的薪資約莫爲跨國集團執行長的等級，普通老百姓絕對難以望其項背。

他個人並不在乎什麼門當戶對，但芳娜在乎。她需要一個丈夫來自同一個的階層，懂她世界的遊戲規則，而他需要一個妻子，懂他世界的遊戲規則，不會來煩他。

嚴格說來，他們兩人天造地設。

只除了芳娜很……無趣。

她這輩子就是個千金大小姐，生平沒工作過一天。生活就是社交晚宴、逛街購物、高級餐廳。

他們兩人的關係行不通，很大程度是因爲奎恩無法理解她的生命。他從小刻苦耐勞，受軍事化訓練，在世界各地出最危險的任務，很難想像有人的生命可以如此……空洞。

他希望他的妻子生命中有個目標，不是「下一個社交季應該安排什麼晚會」的目標，而是眞正的人生目標。

最好她能有一份正職，薪水高低不重要，他足以提供她優渥的生活。她必須有自己的人際網絡，不需攀附在他身上，從裡到外都是獨立自主的女人。

她必須家世清白，身體健康，沒有遺傳疾病，而且懂得規劃自己的生活，不必每件事都徵求他的意見。

他的腦子裡突然浮現一張臉孔。

說眞的，他也不曉得爲什麼會浮起這張臉孔，他們只見過一次而已。可能是他生命裡沒有太多空間給女人，而她是他最近一個接觸過的女人。

腦海中的東方臉孔娟秀細緻，杏形的眼尾微微翹起，帶著一點貓般的神祕感。

她的笑容不會讓人覺得太客氣或太虛假，笑起來雙眼靈動晶亮，讓人看了就舒心。

他看過她投向那些小鬼的眼神，那眼神是真誠的，她熱愛她的工作和吵吵鬧鬧的小孩子。

小學老師是個體面的工作，和他一樣，公務員。

奎恩進入全國公務員資料庫，輸入「湖濱國小」，在插尋欄鍵入「秦甄」，她的基本資料立刻跳了出來。

今年二十五歲——年齡匹配。

當選去年「最佳低年級教師」——背景加分。

無任何前科——過關。

他瀏覽過基本的地址電話等資料，查看她最近一次的體檢報告：身體健康，DNA檢驗過關，無任何遺傳病基因。

婚姻狀況，單身——目前爲止都非常好。

再查一下她的家庭背景。嗯，她出生於香港，生父生母在她六歲那年過世了，同一年由她現在的養父母收養。養父母亦是華裔，在她七歲那年全家移民到美加，就住在新洛杉磯，目前父母依然在當地經營一間洗衣店。

後面就是她國小國中大學的學籍紀錄，成績不差，求學期間無任何不良紀錄——身家清白。

奎恩發現，比起芳娜，秦小姐更符合他屬意的條件。

許多女人都夢想著嫁給紀律公署的衛士，畢竟嫁給他們等於嫁給鑽石級的長期飯票，未來一瞬間獲得保障。最重要的是，衛士永遠不會外遇、家暴或擁有不良嗜好。

「嗯……」

或許，這行得通。

3

秦甄絕對沒想到會這麼快再見到奎恩總衛官。

喬奇興奮到小臉已經沒有一吋是白的，她都擔心他再紅下去就要改寫全國最年輕中風紀錄了。

如果第一次由奎恩總衛官陪他上學，讓他在同學面前走路有風，那第二次跟奎恩總衛官一起上學就奠定了他的江湖地位。

他和奎恩總衛官是朋友，驗明正身！

「早安，喬奇。」秦甄照例先和自己的學生打招呼。

「早安，秦老師。」喬奇勉強斂住笑容，莊重地一點頭。「這是我朋友，奎恩總衛官。」

「我注意到了。」秦甄對他眨了眨眼。「這樣算是官方認證的囉！」

巨大的笑容將喬奇的小臉分成兩半。

驚呼聲在四周響起，一位爸爸拿出手機急急牽自己的女兒過來，被奎恩一記冷眸殺了回去，最後沒有人敢過來要求合照，但一堆人掏出手機從各個角度拚命偷拍。

「我可以佔用妳幾分鐘的時間嗎？」堂堂奎恩總衛官發話了。

這次他們之間只隔著兩步，從他身上源源而來的壓迫感更甚。

這個距離她發現自己的頭頂最多到他的下巴而已，即使穿著黑袍，他強壯的肌肉依然將袍袖撐得鼓鼓的，全身都是生猛勃發的力量。

這男人眞是好看得離譜。一個軍人應該長得這麼好看嗎？古代的蘭陵王就是擔心自己長得太好看，甚至打造一個面具把臉遮起來呢！

去啊！快跟他去啊！艾瑪在後面拚命打pass。

奎恩瞄了過去，艾瑪馬上吹著口哨看向另一個方向，其實手指飛快在背後操作，向地球另一端的女人打小報告。

「當然可以。」秦甄正好有些話想對奎恩總衛官說。「喬奇，你該進教室了。總衛官，我們到旁邊談，人比較少。」

「慢慢聊，不用擔心，順便喝個咖啡也可以。」艾瑪笑得見牙不見眼。

「……」秦甄很無言。

或許因爲今天的目的是她，奎恩多注意到一些初次沒留意的細節。她從他身前經過時，一股淡雅的幽香鑽入他鼻端。

茉莉花，他想。這淡雅清香的小花和她十分般配。

兩人走到圍牆旁邊，一名警察正好走過來。

「兩位，DNA臨檢，我需要你們把手指……啊，長官。」警察一挺身行禮。「我們正在做街頭臨檢。」

全世界都知道這男人是誰，那、那還要不要臨檢？

「辦你的事吧。」奎恩點點頭，伸出食指。

警察鬆了口氣，取出DNA快篩儀，迅速在他指尖按了一下。

滴。快篩儀顯示：合法。血源族系：九九．二％歐系白種人

秦甄也乖乖伸出食指。滴。快篩儀顯示：合法。血源族系：七八％華人，二〇％印歐混血，二％

日本人。

警察對兩人點了下頭，繼續往前走。

「最近街頭臨檢的機率變高了。」秦甄納悶地盯著警察的背影。

那是因爲最近在南二城發現叛軍的基地，全市加強巡邏，不過奎恩並未解釋太多。

「妳有五分之一的印歐血統？」

快篩儀的「印歐混血」通常是指墨西哥人，亦即歐洲白人及北美印地安人的混種。她的祖先曾出現過墨西哥人。

「我也是第一次做DNA快篩時發現的，顯然香港這『國際城』的名聲其來有自。」秦甄攤了攤手。

這樣一說倒是看得出來，她的五官確實比其他華人更立體一些。

無所謂，他不在乎她是哪裡人，只要不是墨族人就好。

「對了，感謝你上次告訴我達若的事，後來我找了他和喬奇談過，達若答應不會再欺負其他小朋友，因爲——他要保護弱小。」她的嘴角漾出一絲笑意。「兩邊的家長我也都溝通過了，總之，謝謝你。」

「嗯。」奎恩後知後覺地發現，上次似乎沒留下好印象……「我無意暗示妳失職，妳是個好老師。」

上次可不是這麼感覺的，秦甄不想再多提。

「總之，謝謝你，你找我有什麼事？」

「我有一個合作提議。」總衛官重振旗鼓。

「哦？」

他站到她面前，雙眸冰藍，神色依然淡漠，強壯的體魄充滿了威嚇性，她被嚇了一跳，忍住轉頭就跑的衝動。

「我叫里昂．奎恩，今年二十九歲，任職於紀律公署『反恐作戰部』，總衛官職階。家庭背景單純，身體健康，無不良嗜好。公署提供極優渥的薪資，醫療福利十分完善，我的家眷跟我受到完全相同的保障。」

「噢。」他爲什麼要對她自我介紹？

「我再過半年就滿三十歲了。根據紀律公署基本規章第二十七條，『基於身心靈健康之要求，員工未婚年齡之上限不得超過三十歲，鰥寡者不在此限。』我需要一個登記的對象，妳目前依然單身，若妳與我願意合作，我保證妳依然可以擁有現在的生活，保有妳的獨立自主，繼續妳的事業，同時享受公署全面性的眷屬保險，妳的意願如何？」

秦甄的下巴掉下來。

過了好一會兒，她才終於找到聲音。

「呃，奎恩總衛官，你……是在向我求婚嗎？」

✷

「紀律公署分案中心。西六城柯克大道六段二十一號發生疑似叛軍騷動，奎恩總衛官請迅速趕往現場。」手機傳出制式冰冷的總機聲音。

「收到，請聯繫我的搭檔岡納衛官。」這個地址在他的大腦輕輕一敲。

「是，長官。」

幾乎在一分鐘內手機便響了起來。

「你收到了嗎？」岡納很火大。

「收到了。」他的時速已經飆到一百哩，嗓音卻冷靜得猶如走在平地。

旁邊的車輛氣得拚命按喇叭，他索性鳴響公務鈴，一路往目的地飛馳。

「是誰他媽的……是誰沒事去動柯克大道的巢穴？」岡納難得火氣如此外顯。

不能怪他，他們在四個月前就發現了這處巢穴。

基本上墨族人的聚點分成兩種，一種是類似前天破獲的田中洛據點，具有攻擊、觀察、收集情資等軍事性質，他們稱之爲「基地」。另一種就是柯克大道的「巢穴」。

巢穴更類似收容中心，許多藏在社會角落的墨族人曝光之後，需要地方藏匿。他們只是普通平民，無戰鬥能力，「巢穴」的功用在於收容墨族平民，伺機將他們送到其它更安全的地方。

通常「巢穴」的流動性很高，主要目的在求生存而非戰鬥，一旦發現地點有可能曝光，巢穴的人會立即清空解散，僞裝成一般平民逃往下一個巢穴，不會有任何反抗行動。

全國各地幾乎都有這樣的巢穴存在，奎恩的「反恐作戰部」主要是針對武裝叛軍，以平民爲主的巢穴並非他的職責，而是由強森的「反恐清除部」負責。

他和岡納在四個月前發現柯克大道的巢穴後，並沒有打草驚蛇。

這座巢穴僞裝得非常好，表面上是一間洗衣店，也僱用了許多合法的移民，店面的管理人甚至是一般平民。

在國內，並不是沒有人同情墨族的命運而決定站在他們那邊，通常這些人被捕之後會被視爲共犯，一併成罪，因此他們亦是冒著生命危險在進行救援行動。

警方隨機臨檢過幾次這間洗衣店，快篩結果都是合法公民。也由於僞裝得太成功，它的流動性不像其它巢穴那麼高，甚至隱隱成爲區域的中繼站。

奎恩認爲或許有叛軍份子會中途過境，岡納也同意，於是兩人都決定暫時不動它，靜觀其變。事實上，田中洛的基地被破獲不只是出於夏塔拉的密報，他們早已在這處巢穴見過幾張熟面孔，那些人後來又出現在南二城的基地附近，才讓他們更確定田中洛的行蹤。

雖然田中洛逃了，這個中繼站卻一直未曝光，他們決定繼續守株待免。沒想到有人走運，竟然發現了這處巢穴的存在。

如果強森也收到消息，這個點應該保不住了。

奎恩的車剛停下來，岡納的車也從另一個方向殺到，「反恐作戰部」最高職等的兩名頭頭臉色都十分難看。

強森的人已經到了。可惡！

通常墨族根據點被發現後，「反恐作戰部」和「反恐清除部」都會接到通知。作戰部擁有第一順位的主導權，如果他們認爲現場沒有武裝叛軍，後續便交由清除部接手，否則作戰部可以選擇自行清剿，或邀請清除部一起合作。

奎恩目前爲止還沒找過清除部合作。

可想而知，兩部之間不免埋下心結。清除部認爲自己的重要性不亞於作戰部，卻總是被當成老二，甚至被戲稱爲紀律公署的「清道夫」。而強森家在軍中的聲勢始終蓋不過奎恩家，更讓兩個部門的糾結雪上加霜。

「奎恩。」強森負著手悠閒地走過來。

「強森。」奎恩同樣波瀾不興。

四名清除部的衛士在現場，七名地區警察已將現場圍起來。洗衣店的員工和客人滿臉驚怖不安，一一接受警方的DNA快篩。

「我的隊員與我正好在附近，一收到通知就直接趕來了。」強森說。

「作戰部感謝你的支援。」一句話立刻把主從角色定出來。

強森的臉色一變。

「我繞到後門看看。」岡納湊在他耳邊低語。

他點點頭，岡納轉身離開。

「如你所見，現場似乎是個『巢穴』，這是清除部的責任範圍，我們若需要作戰部的支援，一定會記得向總衛官尋求支援。」強森皮笑肉不笑。

以前在軍校，強森是長他兩屆的學長，也就是背後說小話被他痛揍一頓的傢伙。那一架讓他們兩人都受到學校懲戒，他受的處罰又多一些，因爲軍校講究長幼紀律，不過奎恩覺得很値得。

後來兩人都畢業，奎恩擺脫他極爲微薄的「年少輕狂」時期，未再將這人放在心上，沒想到後來又在紀律公署碰頭，奎恩依然是那個鋒芒處處蓋過他的後進者。

「關鍵字是『似乎』，這裡是巢穴或基地有待釐清。強森三級衛官，作戰部感謝你的支援。」這下口氣更硬了。

雖然兩人都是部門主管，論職等，強森是三級衛官，而面前的「學弟」不巧是個總衛官。

強森深吸了口氣，讓奎恩進入封鎖線。

「警官，口頭報告。」他冰冷地等對方簡報。

「長官，」警察連忙行禮。「我們正在做例行臨檢，發現有兩名客人行跡鬼祟，一看到我們就鑽進洗衣店。我們立刻跟進去盤查，那兩名客人很不合作。就在這時候，洗衣店後方傳出一些奇怪的聲音，我們想進去檢查，那兩人卻突然出手攻擊。我們立刻以武器制服他們，替兩人做了DNA檢測之後，發現他們竟然是墨族人。此時後面的騷動更大，但我們只有兩個人，不敢貿然進入，於是以對講機向總部要求支援，同時一前一後守住出口，不讓任何人離開。

「不久後支援警力和強森衛官都趕到了，您看到的就是我們正在清理現場，確定還有多少墨族人躲在這裡。」

巢穴曝光已是事實，無力可回天。

「強森衛官，你說得對，這裡屬於清除部的管轄範圍，作戰部暫時撤離，除非你需要我們的支援。」奎恩決定撤。

「清除部有足夠的能力完成這項任——」

嘿！嘿！

你幹嘛？

你是誰？這裡不許進來——

洗衣店內部突然響起一陣騷動，兩名部門頭頭同時走過去，店門卻從裡面砰地打開。

奎恩一看差點笑出來。岡納和強森的手下托勒斯「神情親熱」地一起走出來。

岡納的手搭在托勒斯的肩膀，托勒斯抓他按住肩頭的手，另一手反折在腰後，乍看就像兩個好同事勾肩搭臂地走出來。

奎恩一看即知，托勒斯反折在腰後的手應該是被岡納拿住脈門了，而搭在肩頭的手是進一步制住托勒斯反擊的能力。

不想讓外人看紀律公署的笑話，托勒斯只好放棄掙扎，讓岡納以優勢的拳擊手體型硬將他押出來。

不過岡納的儀容凌亂了一些，好像剛從什麼地方鑽出來。

兩個搭檔的眼光一交會，立刻有了默契，岡納鬆開扣在托勒斯肩頭的手，另一手順勢將他帶了半圈，僞裝成兩人和諧握手的樣子。

「托勒斯衛官，謝謝你的支援。」

「不客氣。」托勒斯僵硬地吐出。

奎恩和搭檔退到警戒線外，看著清除部的人忙碌。

紀律公署的囚車已經駛到，警方在衛士的監護下將洗衣店查獲的墨族人一一押上車。

人數意外地比奎恩預期中少，通常這種中繼站，少則二十餘人，多則四、五十人都有可能。今天被抓的才十來個，而且多數是中老年人，少數幾個人被手銬腳鐐、五花大綁地拖上囚車，顯然曾試圖反抗。

「洗衣店的地下室通往污水道，大部分的人都從污水道逃走了。」岡納的嗓音飄進他耳裡。

「嗯。」這解釋了人數這麼少的原因。如果警察在街區緊急臨檢，應該能抓到一些還未逃遠的人。

奎恩是個軍人，軍人只跟武裝士兵作戰，也因此他知道自己永遠無法成爲「反恐清除部」的人；強森卻相反，墨族人在他眼中只是亞人種，甚至不屬於人類，將墨族平民送進清除設施是強森的最佳娛樂。

或許這就是他和強森永遠不會對盤的原因。

「我們從未見過重複的面孔。」他忽然說。

岡納看他一眼。

「我們監看這座巢穴四個月了，除了幾個通緝有案的叛軍，收容的墨族平民從未重複過。」他依然直視前方。

「墨族難民隨時都在流動，很少待在同一個地方。」這個行爲模式所有人都知道。

「過去幾十年確實如此，直到DNA快篩儀的出現。」

快篩儀的發明重新定義了墨族人的生活方式。以前他們可以僞裝成一般平民，隱藏在社會裡，但快篩儀杜絕了他們在檯面生活的可能性，國內每個街角幾乎都可能遇到臨檢的警察，沒有人能逃過快篩儀。

巢穴流動性極高，經營者隨時都在串聯，聚攏，分散，確保不會被警方盯上。倘若舊的據點消失，就換到新的據點去，所有墨族人都習慣了這種提心吊膽、朝不保夕的生活。

「所以？」岡納不懂他的意思。

「你知道全世界有多少墨族人嗎？三十五萬人，其中有三分之二在我們國內，而在美利堅領域的又佔了百分之八十，也就是近二十萬人。」奎恩淡淡說。

岡納沈默地聽著。

「二十萬比起我們的總人口或許不多，也已經是一個阿靈頓市的人口。這些人幾乎都是平民，沒有武裝能力，他們在外面流動的時間越長，被查獲的機會越高，整個地下網路曝光的機率就越大，田中洛願不願意冒這樣的險？此外，流動性強的巢穴必須靠一個中央網路來協調，這個中繼站就扮演了類似角色，然而我們從未在這裡見過重複的平民。」

岡納開始明白他想說什麼。「你認為他們有一個大本營，所有墨族人最終都會被送到那裡。」

「我只知道，沒有人能從流動網絡裡永遠失蹤，除非他們已經不在這個網絡裡。」

叛軍比較成氣候的有四支勢力，其它都是游離集團。這幾個派系誰都不服誰的，唯一的優點就是對血統的忠誠感。在墨族人越來越少的現在，每條人命都十分寶貴，無論是哪支勢力都會努力保存這些血脈。

偷渡一、兩個人出國不是難事，甚至一、二十個人或許都辦得到，但偷渡幾百、幾千人出國，絕非易事。這表示，墨族若真有一個他們不知道的「大本營」，一定在國內。

可能嗎？岡納尋思著他的話。全盛時期的墨族都未敢成立永久根據地，日薄西山的現在卻敢？

「如果真有這樣一個地方，你知道最有可能在哪裡吧？」岡納的神情一冷。

「嗯。」他神色淡淡。

德克薩斯。

連上帝都摒棄的化外之境，政府甚至不願意承認的三不管地帶。

二十年前修改教育法時，甚至有公民團體主張將德克薩斯從地圖和課本上刪除，而贊同的民眾竟然不少。最後是因為修改國土，茲事體大，才沒有成功。同年政府沿著邊界蓋了一座長牆，德克薩斯卻被畫在牆外，對這塊土地的棄絕之態昭然可見。

曾經的牛仔之州，如今只是一片橫在美加和墨西哥邊境的污穢廢地，一半的土地在文明大戰時被生化武器嚴重污染，河水至今有毒，種出來的作物無法食用，另一半則被來自南美的逃犯、殺人狂、強暴犯佔據，毒梟鼠輩橫行，無人能獨力在此存活超過三天，連紀律公署非到必要都不踏進去。

如果美加合眾國內有任何地方是不怕被盤查的，非德克薩斯莫屬。

「你也知道誰最清楚德克薩斯的情況吧？」岡納陰鬱地說。

「蛇王孟羅。」

紐約的海盜頭子，犯罪之王。

紐約和德克薩斯，所有人巴不得它們不存在的兩個地方，一個天南，一個地北，卻有著緊密的連結。

「他不會見我們的。」

「這份工作從來沒有容易過。」奎恩淡淡說。

那端的強森召來現場負責的警察，下達一個強硬的命令：「警官，我要你們在附近進行大規模臨檢。」一群警察應聲而去。

沒什麼好看的了，他對獵捕平民不感興趣。

「我們走吧！」奎恩轉身離開。

剛回到車子旁，他突然想起一件事，掏出手機撥回辦公室。

「長官。」蘿菈永遠如此冰冷專業。

「幫我預約一間餐廳，星期五晚上七點半，兩位。」

「是的，長官，請問餐會的性質是？」

「面談，和我的婚配候選人。」他冷淡地說。

電話那端頓了一下。「是的，長官，預約完成之後，我會將餐廳資訊傳到您的手機，需要我幫您聯繫面談者嗎？」

「不用了，我會傳給她。」他收線。

經過的岡納全身僵掉，表情第一次如此精采。

「怎麼？」奎恩冷冷問。

「……」他嘴唇張開，動了一動，沒有聲音出來。「……」第二次依然沒有聲音出來。「沒事。」第三次終於有聲音出來了。

岡納趕快走回自己的車子，以免再聽見什麼讓他變成暗啞人士的話。

婚配？奎恩要結婚？

說眞的，當事人十分不懂，事情爲何要搞得如此複雜？他提出一個合作議案，秦小姐要不就同意，要不就反對，明明很簡單。

那次在她能回應之前，校門口有兩名學生家長起了爭執，她必須回去處理。

「這件事太突然了，我無法立刻回答。你向我求婚，起碼該請我吃頓飯吧？時間地點由你決定，到時候我們再談。」然後她就跑走了。

他一點都不覺得這事有什麼好談，也不過就各自多個室友，一句簡單的「好」或「不好」就解決了。

「岡納，你今年幾歲？」總衛官難得臉這麼臭。

「……二十八。」岡納有點恨自己走得不夠快。

「還有兩年，算你幸運。」

✷

秦甄換上自己最高級的小禮服。

這件紅色露肩小禮服，領口採微弧形的平口剪裁，露出她細緻優雅的鎖骨，上身是縫了同色系內襯的輕紗，如信封般包裹她的上半身，托高她圓挺卻不過度豐滿的胸部。下半身放射成緞面圓形蓬蓬裙，優雅而高貴。她移動時，緞料捕捉四周的光線，微微閃亮，帶著一股低調的奢華。

這件小禮服是她衣櫃裡最貴的衣服，爲了參加大學畢業舞會而買的。當時她也非常遲疑，要不要把苦存了四年的零用錢全花在一件衣服上？可是她父母看了她的試穿照之後大加讚賞，她牙一咬狠心買下去，心裡說服自己，以後說不定還有機會穿到。

事實證明，國小老師的世界是不需要漂亮禮服的，今晚是這件小禮服第二次亮相。

她將頭髮流成法國髻，兩耳各溜下一縷烏絲，拿起和衣服一套的手拿包站在穿衣鏡前。

膚光如雪，衣色豔麗，身材嬌娜，鳳頭如玉。這樣的裝扮應該合宜吧？

總衛官大人的簡訊說他們今晚的用餐地點是「邦那波堤」，全市最頂級的法國餐廳。原本她只是想找間小館子，兩人把話談清楚，沒想到他一出手就是「邦那波堤」，害她本來想堅持今晚自己付帳的，這下子說不出口了。

「邦那波堤」吃一頓飯的費用可能會花掉她半個月薪水，窮老師逞不起這個意氣。

看來總衛官大人很有誠意啊！不過他的簡訊只說了時間和餐廳名字，完全沒有提到交通問題，她還是自己認命地叫計程車吧！直覺告訴她，那種大忙人應該不會有時間來接她。

不出所料，總衛官已經比她先到了。

侍者帶領她來到預定的桌位旁，奎恩禮貌地站起來迎接。

走向他會有一種走向一堵黑色城牆的錯覺。他依然穿著註冊商標的黑長袍，說眞的，身材頎長的男人穿這種深色長袍就是好看，公署的制服設計師果然明智。但他的衣服太鮮亮筆挺，絲毫不像穿在身上工作了一天的模樣，她不禁猜想是他回家換過衣服，或今天紀律公署很閒？

也許他整個衣櫃都是同一款式的外袍，弄髒了就往地上一丟，他的家用小精靈會從角落鑽出來，幫他洗好熨好掛回衣櫃裡，再躲回自己黑暗的小角落。

秦甄爲腦中的畫面微笑。

「總衛官。」

「秦小姐。」

男人長成這樣是罪惡的。他的五官過度完美的英俊，她完全明白紀律公署爲何會選他做爲形象廣告的主角。有些男人的冷漠是爲了裝酷，但在奎恩身上卻是一種經年累月的習慣。他的神情清楚說明，除了工作，他並不想和其它人類有太深的連結。

她不禁好奇，在他眼中的自己又是何種模樣？

奎恩展現完美的社交禮儀，主動替她拉開座位，侍者立刻送上兩份菜單，然後默默退到旁邊，讓客人有充足的翻看時間。

不出所料，菜單裡都是法文。她看不懂法文，乾脆放在一旁。

「很棒的餐廳，你常來？」

「不，餐廳是我祕書選的。」法文顯然對奎恩不是問題，他快速翻閱過去，跟做任何事一樣有效率。

「噢。」誠意的部分打叉叉。「我原本只想找間普通餐廳，如果你覺得太拘束，我們可以換一家。」

「邦那波提有前後兩個出口與一個送貨通道，所有對外窗皆使用防彈玻璃，逃生通道可疏散到四個大型路口，現場保全受過武術訓練，屬於紀律公署審核通過的一級安全用餐環境，我們留在這裡吃飯。」他機械化地背出一段安檢規格，雙眸甚至不需離開菜單。

「噢。」

「妳決定好吃什麼了？」修長的手指將菜單往旁邊一推。

「我看不懂法文，點跟你一樣的好了。」

奎恩舉手做個手勢，在旁邊虎視眈眈的侍者馬上靠過來。

「長官，需不需要我爲您介紹菜色？」

「不必。」

果然，奎恩以流利的法文一路從三道餐前小點、湯品，到兩道主餐、飯後甜點，再到每一道餐搭配的紅白酒飲料，全部搞定。

所有世族子弟都受過完美的禮儀訓練，她只是很驚訝奎恩也學了。感覺上他就是那種會對繁文縟節皺一下眉，然後禮儀教師就被他嚇哭了的男人。

「你們上過課嗎？」她終於忍不住問。

「什麼？」他想反問她「你們」是指誰。

「禮儀課。我猜你看得懂好幾國不同語言的菜單？哪一道菜配哪一種叉子，什麼樣的料理配什麼樣的酒，像你們這樣的人會上禮儀課嗎？是請老師來家裡教，或學校上課會教你們？」她起勁地問。

「……我看得懂不同語言的菜單是因爲我在不同國家駐守過。」

「噢。那社交禮儀呢？」她不死心。

「保護重要人物和使節爲外派的主要任務，有時必須陪同他們參加國宴，基本禮儀是必須的。」

他冷淡回答。

「噢。」原來謎底解開就一點都不神祕了。

這就是他們用餐期間唯一的交談，侍者開始端上他們的餐點。

秦甄不曉得自己是太忙著欣賞每一道送上來的美食，或太忙著看總衛官吃東西。

這男人進食的方式簡直是，精、準、無、比！

他們的前餐是一個細長形的瓷盤，上面有三球冰淇淋勺大小的食物，一勺是肉凍，一勺是某種水果和蔬菜，一勺是含有蝦仁的海鮮，每一球都雕塑得像一朵玫瑰花，好看到讓人捨不得吃，好吃到讓人捨不得吞下去。

她還在研究如何將它不弄散地舀在餐具上，他那端已經拿起一根湯匙，手指輕輕一動，那朵玫瑰花就乖乖挪到他的湯匙裡，然後放入他冷漠的口中。

哇，連食物都瞧不起人？

上主餐時，他替他們兩人點的是頂級牛排。她不太愛吃肉，所有牛肉看在她眼中都叫「牛排」。他吃牛排的方式和正常人不一樣，只見他手起刀落，整片牛排迅速分解成精準的一吋見方。他放下刀子，改拿起叉子，一塊一塊依照棋盤順序吃過去。

如果她班上那群小鬼午餐時間也吃得這麼有效率的話，她的人生就簡單太多了。

重點是，他從頭到尾沒有表情。一般人吃到好吃的東西會表現出享受的表情，吃到不愛吃的東西可能皺眉頭，然而奎恩總衛官只是非常有效率地完成「進食」這個動作，彷彿盤子的內容對他完全沒差別。

她看不出他點這些食物是因爲他喜歡，或隨便選一個菜單上的名字。

這男人讓她摸不著頭緒。

侍者開始上甜點，他替她點了，自己選擇略過，起碼她知道奎恩總衛官不喜歡甜食。

「你爲什麼想娶我？」她切下一塊熔岩蛋糕放進口中。噢，太棒了！

「我需要一個合法配偶。」

眞是浪漫的答案。「可是我們才見過兩次，你幾乎不認識我。」

「我知道所有該知道的事。」他背誦出腦中的資料。「妳的全名叫秦甄，今年二十五歲，從坎特伯利師範大學畢業，三年前受僱於湖濱國小至今。出生地香港，七歲與養父母一起移民到本國。身高五呎四吋，體重一百零四磅，身體健康，無犯罪紀錄，無不良嗜好，無遺傳病史。」

……

她過了好一會兒才發現自己嘴巴張得開開的。

「你調查我？」

高八度的音調終於讓總衛官發現，他好像惹火人家了。

「我沒有調查妳，只是進『全國公務員資料庫』查了一下妳的基本檔案。」他的語氣出現今晚的第一絲情緒：安撫。

「不公平，我可沒看過你的什麼公務員基本檔案！」

他立刻掏出手機，鍵入一串指令，然後將手機交給她。

他的公務員基本檔案。

哼哼，要是以爲她不好意思接過來看，他就錯了。秦甄馬上一條一條仔細閱讀。

「里昂・勞倫斯・奎恩。」她瞇眼看他。「你的中間名是勞倫斯？」

「是。」

「你長得不像勞倫斯。」她咕噥。

勞倫斯應該長什麼樣子？奎恩忍住反問的衝動。

「地址電話保密，年齡，嗯，眞的是二十九歲半。身高六呎二吋——我還以爲七呎呢！」她一路唸下去，在看到他的功績欄停了下來。「你獲頒過『榮耀勛章』？」

「是。」

榮耀勛章是軍人能獲得的最高榮譽，通常是在受勛者與敵人對抗時表現出超越職責所需的英勇行徑，救了不止一條人命才能獲得。

許多榮耀勛章最後只能頒給受勛者的未亡人，猶此可見一斑。

「我小學拿過英勇獎狀。」她有點不甘心地咕噥。

「好。」他安撫道。

「一隻小狗狗掉進大水溝，我跳下去救牠。」

「是。」

巴拉巴拉，一堆獎章，好吧！看完了。

「這依然沒有告訴我你是誰。」她把手機還給他。「我不知道你愛吃的食物，平時常聽的音樂，喜歡的顏色，愛看的電影……我不知道任何一絲跟你這個人有關的私事。」

「根據反恐資料法，我的私人資料不能列入公開檔案。」又是一串公事化的回答。

「我知道，但我們如果要結婚，你不覺得我們應該對彼此有更深一點的瞭解？」

「這重要嗎？」煞氣凜凜的眉又皺了起來。

「當然重要，讓我這麼問吧！你會向我求婚一定有原因，為什麼是我？你看上我哪些特質？」

奎恩很少被人問倒，這次真的被她問倒了。

她一直用「求婚」，但他的提議更像一個合作關係。合作關係就是合則來不合則去，為什麼需要誰看上誰？

「……妳符合我的需求。」他終於勉強找出一個理由。

「怎麼說？」她咄咄進逼。

「妳是一個能把自己過得很好的人，不需要我待在妳身邊。註冊之後，妳除了必須改變居住地點——我這裡比較安全——其它一切照舊，我們都能維持原本的生活方式，不需要為對方改變。」

「所以你不是真的在找一個妻子，你是在找一個室友？」

她終於懂了，他鬆了口氣。

「是的，我承諾會盡最大能力滿足妳的需求，經濟方面不是問題。」

秦甄重新拿起叉子，慢慢吃她的熔岩蛋糕。

蛋糕吃完，喝了口水沖掉口中的甜味，她終於看著他。

「你想要小孩嗎？」

「……公署並未規定非生不可。」奎恩不想承認剛剛刺進他大腦的情緒叫做震驚。

表示他從未想過這個問題，她點點頭。「我喜歡小孩，我想生二到四個。」

「嗯。」

「我喜歡看電影，尤其是熱血沸騰、冒險刺激的動作片，只有心情不好的時候才會看那些憂鬱死人的劇情片；無厘頭搞笑片也行，只要不是丹尼・賈斯伯的片子，我討厭丹尼・賈斯伯。」

「嗯。」

「我平時裝得很正經，其實私下很愛耍寶，尤其看到什麼好笑的影片，一定會演給艾瑪和若絲琳看——她們是我最好的朋友——每次我一笑就停不下來，她們都說我的笑聲像一隻溺水的海豚，我自己才不覺得呢！」

「嗯。」

「但你並不在意這些。」她溫柔地注視他。

奎恩開始明白她想說什麼，這次他不再「嗯」了。

「奎恩總衛官，婚姻之於我不是兩個人共享一間屋子，而是共享彼此的生命，我需要一個可以陪我一起笑得傻兮兮的人，不介意陪我做一些蠢事——所以，很抱歉，我不能嫁給你。」

4

「耶穌基督！聖母瑪莉亞！聖父聖子與聖靈！妳瘋了，妳終於瘋了！若絲琳，妳聽到了嗎？妳的朋友瘋了，妳最好快點回來，妳再不回來我怕妳見不到她，因爲她已經被我宰了！」

「好，從頭到尾再跟我們說一次。」電話那端的若絲琳十分冷靜。

「說完了。」秦甄超級後悔，早知道就不要告訴她們。

「妳拒絕了奎恩總衛官！」艾瑪氣得團團轉。「奎恩總衛官！全國最有價值單身漢！每個女人心中的最佳丈夫人選！他向妳求婚，而妳拒絕了！妳怎麼能拒絕他？沒有人能拒絕他，他是奎恩總衛官！他是我朝思暮想的奎恩總衛官！」

秦甄被她一堆驚嘆號轟得頭好痛。

「好吧，如果妳願意離開妳老公，我把妳推薦給他。」

「不准妳侮蔑我純情的性幻想！」艾瑪兇猛捍衛自己的少女心。

秦甄翻個白眼。

「甄甄，我很好奇，妳爲什麼拒絕他，連試一試的機會都不給？」若絲琳捲起一匙義大利麵送入口中。這時間是日本晚上七點半，她正在一間義式小館享受安寧的單獨晚餐。

秦甄沒有立刻回答。

「告訴我們！」艾瑪的表情已經可以稱之爲猙獰。

「妳把筆放下來，我就告訴妳。」她握筆的方式超像在握刀子。

艾瑪氣憤地把筆放下來之後，秦甄回答兩個好朋友，不曉得她們能否理解。

「他……沒有感情。我和他相處了一整晚，完全無法感受任何情緒連結。我說出去的話好像都跌進一個冰湖裡，連聲『撲通』都沒有。」

「那只是表象嘛！妳也知道他們這行工作壓力很大，一個誤判就會死一大堆人。等你們更瞭解彼此之後，他就會軟了，男人都這樣的。」艾瑪嚷嚷。

「他如果軟了可就不太妙。」若絲琳深思道。

正在喝水的秦甄一口噴了出來。

「所以要趁現在還硬的時候快用啊！」艾瑪繼續嚷嚷。

「……我要去校門口導護了。」秦甄起身就走。

「不要不要，」艾瑪趕快將她拉回來。「抱歉，妳繼續。」

「艾瑪，他選那間餐廳是因爲紀律公署核可，他想結婚是因爲紀律公署要求，他不想改變太多是因爲紀律公署是他的重心。紀律公署才是他的妻子，我不是。」她挫折地看著她們。「妳們知道他從頭到尾沒有提過『結婚』、『婚姻』、『妻子』這些字眼嗎？他只提到配偶、註冊、規定。他選擇我只是因爲我是個忙碌的國小老師，不會常常去煩他，我才不要嫁給一個只想要我不去煩他的男人。」

「有道理，妳有時滿煩的，那男人不瞭解妳。」若絲琳不得不同意。

「若絲琳！」

「幹嘛？妳每次固執起來眞的很煩啊，跟鱉一樣，咬住了就不鬆口。」

「謝謝妳的讚美！」

「感情可以培……」艾瑪試圖插口。

「妳敢跟我說感情可以培養，我就巴妳的頭。」她指住艾瑪的鼻子。「培養感情的前提是對方有感情，這在我們的案例上不適用。好了，總之，這件事到此為止，不准妳們兩個人再提起這件事。」

莎莉的腦袋又探進來。「喂，妳們兩個最近怎麼回事，老是要我進來叫人？孩子們快來學校上課了。」

「莎莉，我們出來了。」秦甄威脅地指著艾瑪，不准她再說一句話。

「但是……」

「沒有但是。」她切斷通訊，收回口袋裡。

「不過……」

「沒有不過。」

「說不定……」

「艾瑪！」

呃啊！艾瑪挫敗地跟在好友身後。

✷

紐約，曼哈頓。

新罪惡之城。

文明大戰期間，舊美國受創最深的兩個地方：紐約及德克薩斯。

戰時他們與南美洲的關係急遽惡化，彼此的海軍在大西洋上打得天翻地覆，而墨西哥、哥倫比亞幾國則經由德克薩斯從陸路進攻，舊美國腹背受敵。

一隻螞蟻不足懼，一窩螞蟻匯集起來就會變成一隻該死的食人獸。

當時全世界大亂鬥，沒有誰幫得了誰。偏生禍不單行，由各國逃兵所組成的海盜艦隊在大西洋出沒，專門趁戰事猛烈時打游擊搶奪財物。正當他們的海軍應付得來不及抹汗，其中一支勢力最強的海盜突然倒戈相幫。海盜頭子只提出一個交換條件：他們這群人戰後一定爲各國所不容，所以需要一個安身立命之所。

政府當時極需有人緩解來自海上的壓力，於是同意了。

這群海盜終究是軍人出身，有他們從中相幫，最後終於讓東岸得以保存，然而曾爲世界之都的紐約承受嚴重的襲擊，早已被炸成一團廢墟。

南邊的德克薩斯情況類似，只是更糟。敵人在德克薩斯投擲髒彈，造成土地大範圍污染，非百年難以改善。

土地失去利用價值，全境猶如荒漠，不容於世的逃兵和盜賊在此群聚，終於讓德克薩斯成爲比紐約更不受歡迎的地域。

戰爭結束後，海盜頭子要求政府履約，政府想了想，決定將廢棄的紐約交給他們，從此畫紐約爲特別自治區。

所謂「特別自治區」，就是這塊土地交由海盜自理，他們與政府沒有任何權利義務關係；同樣的，他們出了什麼事，政府也不會出手相幫。

若說紐約和德克薩斯有何共通之處，答案是：犯罪。

犯罪者通常有他們自己的資訊流通管道。

蛇王孟羅是海盜頭子的第三代子孫，目前掌控整個紐約。他的走私管道甚至擴及南方廢境，德克薩斯那些不法份子終究也需要吃喝，全世界的人都不待見他們，只有蛇王的走私集團願意踏入那片土地。

過去三個月，奎恩試了各種方法約見孟羅，孟羅都不肯見他。既然如此，他乾脆讓孟羅自己想見他。

他成功了。

蛇王同意見他的條件是他和岡納必須單獨前往，且不得攜帶重型武器。

這兩人，一人是戰功彪炳的國家英雄，一人是公署內爬升最快的平民英雄，即使單獨去見撒旦也不當一回事。

租來的車剛開過布魯克林大橋，橋頭兩輛佈滿武裝民兵的軍用卡車立刻將他們擋了下來。

軍用卡車後方曾經是傲視群倫的紐約天際線，如今只剩一堆東倒西歪的水泥大樓，詠嘆著過往的美好年代。

「下車！」

卡車上的民兵全跳下來，每個人穿著陳舊的迷彩服。他們揹的武器從最基本的來福槍，到最新型的高射程狙擊步槍都有，不過來福槍傷痕累累，狙擊步槍看起來也不太靠譜的樣子。

奎恩不得不佩服蛇王。如果暗黑勢力也有富比士排名，蛇王的財富差不多在黑道的「奎恩工業」等級，全球前二十大的意思。他卻選擇將他的武裝民兵打扮得憔悴破爛。

不是蛇王苛刻手下，眼前這些落魄漢子說不定有人在地中海有別墅。一群貧窮民兵傳達的訊息是：你有，他們沒有，所以他們向你討是應該的。你不肯給，他們把你綁起來凌虐刑求、勒索你的家人兩百萬也是應該的。

奎恩和岡納下了車，兩人光潔筆挺的制服和民兵的落拓形成對比。

最後一個從卡車下來的是蛇王的頭號看門狗，雷諾小隊長。

雷諾是個四十七歲的哥倫比亞人，身高只有五呎六吋，精幹瘦小，深色皮膚有如在太陽下曝曬過久的皮革，看起來連刀子都刺不穿，一道從左額劃到右唇角的傷疤，讓他的臉更顯得猥瑣猙獰。

「眞沒想到大名鼎鼎的紀律公署成員也會跑到我們這種小地方來。」雷諾朝兩人慢慢走過來。

奎恩和岡納面無表情地展開雙臂，讓雷諾的人搜身。

「這是什麼？」一名民兵從他口袋掏出一個方形事物。

「手機。」奎恩接過來，啪噠按一下打開。

「噢。」民兵的臉有點掛不住。「誰知道那是不是紀律公署的祕密武器？」

「我向來遵守我的承諾。」一雙冰冷的藍眸凝在他臉上。

突然間，四周的氣溫驟降數十度，那民兵抖了一下。

奎恩並未提高嗓音，但那一刻他們才明瞭，原來世界上有比暴怒更糟糕的情緒，叫做「缺乏情緒」。

暴怒的人會失去理智，失去理智的人令人有機可乘，但一個缺乏情緒的人，即使他容許自己失控，也是精心計算後的結果。他對你產生的任何痛苦都不會有感覺，讓你失去生命是他唯一的目標。

「你認爲對付你們幾個需要祕密武器？」岡納的笑容讓人感覺不到現在是八月盛暑。

人群突然分開，一名兩公尺高的大漢直接停在奎恩面前。他的腦袋直接和肩膀連在一起，中間脖子的位置已經被一身鼓脹肌肉取代！「人肉推土機」的具象化應該就是這樣。

高大的奎恩在他面前硬是矮了一截，連魁梧壯碩的岡納都小了他一號。

「口氣很大的樣子，聽說紀律公署的人都很能打，我倒想知道你們有多能打。」大漢指著自己鼻子。「我叫多瓦。」

「我不在乎你叫什麼。」奎恩神色漠然。

「好，來打吧。」多瓦用力捶自己胸口一拳。「喝！」

「不。」

「爲什麼？你會怕？」背後一堆人笑了起來。

「不，你會怕。」

眾人眼前一花，他突然飛躍而起，凌空一個迴旋踢，黑袍在身後飄揚一道波浪，煞是好看。

砰！軍靴踢中多瓦的太陽穴，多瓦應聲而倒。

眾人盡皆駭然。

迴旋踢不算什麼高明的招式，只是多瓦被一記迴旋踢就撂倒卻是第一次。

「他還活著，得感謝我們懂得作客之道。」奎恩一隻腳踩在多瓦胸口，冰藍色的雙眸森涼無情。

「好，總衛官和衛官的信譽不是蓋的，我相信你們沒夾帶武器。」雷諾對手下一揮手。

兩人和其他人一起跳上軍用卡車的後篷，其他三人將昏迷的多瓦抬上另一輛車。

整個車篷遮得密不透風，帆布窗戶全放了下來，和駕駛座相通的玻璃窗黏滿黑色膠帶，顯然蛇王無意讓他們見到不必要的景象。

他們一上車，兩排對向而坐的長椅立刻擠滿其餘的民兵，將他們困在中間。光線陰暗，混合陳年汗臭，這趟路程無論長短都不會舒服。

雷諾和另一名手下坐進前座，最靠近玻璃窗的人拍了兩下，卡車一個大迴轉往市區駛去奎恩閉上眼，讓自己的感官發揮到極致——右轉，直行，右轉，鐘聲，暫停，直行。他默數著心跳，換算每一段標記物之間的時間，心知對面的岡納也在做相同的事。

大約二十分鐘後，卡車突然開始往下，引擎聲帶起陣陣回音，他們進入某棟建築的地下層。

幾分鐘後，車子停了。引擎關掉的那一刻，四下寂靜異常。有人掀開車篷門，但光線並未因而乍亮。

空氣裡泛著一股潮濕的氣味，他們果然在建築物的地下層。

靠近門口的人魚貫跳下去，奎恩和岡納也跟著一起。

眼前是一處灰撲撲的地下停車場，長得和全世界的地下停車場一樣，沒有任何可供辨識的特徵。五公尺外亮著一顆黃色燈泡，就是整片地下室的唯一光源，出了燈泡的範圍都伸手不見五指。如果暗處有人正持著武器對準他們，他們兩人就是活靶。

雷諾發現兩人依然不爲所動，不免有些失望。

一群人在陰影幢幢的停車場走了起來，只有走在最前面的人拿著手電筒。不一會兒，他們被伸手不見五指的黑暗包覆。

一座電梯井突然出現在眼前，塗了黑漆的電梯門完全不反光。雷諾走上前，翻開牆邊的密碼鎖蓋板，迅速敲下密碼，頭頂某處傳來隆隆隆之聲，幾分鐘後電梯門開了。

乍然怒射的明光讓所有人不由得眨了眨眼。

電梯的內裝完全現代化，對面是一整片透明的玻璃牆。陡然在一片老舊黑暗中乍見這現代化的電梯，眞會令人有踏入不同時空之感。

奎恩和岡納先進入電梯，後面跟進來的只有雷諾和一名持槍民兵。電梯門無聲關上，自動往上爬升。幾個樓層之後，世界豁然開朗，整座傾頹的城市橫陳在他們腳下。

透明玻璃牆讓他們將曼哈頓盡收眼底，這座城市和戰後的景象相差不遠，市容破敗，亂石殘堆，高樓七歪八倒地坍塌，僅餘的建築物最多不高於十五層樓。

然而，就在重重礫瓦之中，新的生活型態誕生了。

酒店，賭場，妓院，旅館，商場……一棟棟破樓外高掛豔麗看板，繁榮的車流來回穿梭，旅客嬉嬉鬧鬧地走在街頭。即使電梯隔音絕佳，他們仍彷彿能聽見七彩霓虹燈的宣傳車正大聲播放熱門音樂，為車身廣告的脫衣舞酒吧招攬客人。

孟羅的家族繼承了一座傾圮城市，於是他們將整個城市變成一座廢墟主題樂園。

在這裡，你可以豪賭、狂飲、暴食，買女人，買毒品，買軍火。只要有錢，紐約這個新罪惡之城沒有買不到的東西。

身為成人樂園的擁有者顯然獲利頗豐，這也讓孟羅成為富可敵國的犯罪之王。

電梯終於爬到頂樓，這或許是全紐約市唯一可住人的超高樓。

整片閣樓是一個巨大的圓形房間，外牆全換成透明玻璃，有懼高症的人並不適合上來。家具出乎意料的簡潔，一張雪白的床放在南邊的玻璃牆前，尺寸足可躺五個成人而不顯得擁擠。一座白色大理石酒吧位於北端，旁邊有一排雪白的皮質沙發。他們的電梯在圓心中央，出來正好面對著一張巨大的辦公桌，蛇王孟羅正倚在辦公桌的一角，悠閒等待他們。

「蛇王孟羅」這個名號，乍聽會讓人聯想到一張陰狠毒辣的臉，若非腦滿腸肥，便是小頭銳面，還有一口發黃的爛牙。

在他們面前的男人完全不是這麼回事。他絕對不超過三十五歲——官方紀錄是三十三歲——身高六呎，一身燦爛的金銅色皮膚，狂野的黑色長髮披在肩上，帶著些許陽光曝曬過度的淡褐。

他的鼻梁挺直，黑眸深邃性感，一望便之具有濃烈的拉丁美洲血統，五官過度漂亮。他的上半身穿著一件敞開的皮背心，露出完美的六塊腹肌，下半身一條皮長褲，將修長有力的雙腿與男性部位勾勒得一清二楚。

米開朗基羅看到他可能會爲之嘆息，爲何自己雕塑大衛像之時，身旁沒有一個這樣的模特兒？任何女人看見這個男人只會聯想到身後那張雪白的大床，並且明白它爲何能同時躺五個人。

蛇王孟羅是海盜的後代，於是他將這個形象發揮到極致。

他和奎恩就像兩個世界的對比，一黑暗一光明，一邪惡一正義，一放浪一嚴謹，但他們兩人都是自己世界的頂尖者。

「唷、唷、唷，奎恩總衛官，旁邊這位你的搭檔是吧？區區孟羅有何榮幸贏得紀律公署的關注？」孟羅懶懶搖晃手中的酒杯，一點都沒有替客人倒一杯的意思。

反正他們也不會接受，嘖！紀律公署的傢伙個個死硬邦邦，最不好玩了。

「如果我沒記錯，是你要求這場會面的。」岡納冷冷開口，奎恩決定先將主場交給他。

孟羅露出一個性感的笑容，把手中的酒喝掉，向雷諾搖搖空杯子。雷諾替自己和主子各倒一杯。

「岡納衛官，再裝下去就矯情了。自何時起，你們政府突然關心起德克薩斯來著？」孟羅接過雷諾遞過來的酒，繞到辦公桌後坐下。

過去三個月，他的辦公室不斷收到來自紀律公署的邀約，他置之不理，然後一個月前，德克薩斯和墨西哥邊界憑空出現一個關哨。

那眞是「憑空出現」無誤！

整個關哨是以軍用運輸機直接吊過來，四正四方擺在路中間，兩隊海軍陸戰隊和七名紀律公署的衛士坐第二班運輸機抵達，然後他們就守住邊關了。

每一個出入的人都必須出示合法身分文件，運貨卡車全被盤查，違禁品一律沒收，違法人士當場逮捕。逮捕方式也很大手筆，直接召來直升機運回國內的重戒備監獄。

這排場，一看就出自紀律公署的「鋪張浪費」。

孟羅情知是誰搞的鬼，一開始也不擔憂，跟他們耗上了。他就不相信那幾十個陸戰隊和衛士受得了駐紮在這種前不搭村、後不著店的鬼地方，晚上連睡覺都不敢闔眼。

誰知這些傢伙眞是鐵打的，一駐就駐了一個月，眞沒有要退的意思。他們既然是官方軍隊和紀律公署，盜匪再如何咬牙切齒，也知道別去捅馬蜂窩比較好。駐海關的官兵哪怕少了顆牙齒，接下來就是傾巢而出的兵力。

最後孟羅不得不接受事實，奎恩非見到他不可。

既然如此，那就見吧！

「德克薩斯依法依然屬於我國領土。」岡納的臉孔硬如花岡岩。

「對，但你們一發現這片土地沒有利用價值，就迫不及待把所有值錢東西搬走，蓋一道牆把它隔在國土之外。」孟羅深思地點著下巴。「我看出了一個模式，你們的政府一旦發現某個東西對你們再無利用價值，就會將它一腳踢開，例如德克薩斯、紐約、墨族人。」

「你承認你包庇墨族人？」奎恩第一次開口。

孟羅對他一笑，魅力足以讓所有女人在他腳邊昏倒。

「嘖嘖嘖，總衛官，你想過問我現在都跟誰做生意嗎？我的曾爺爺當年和貴政府簽署的約定，明明白白說了你們不能過問我們在紐約幹嘛，我們也不會去過問你們在自己的地盤搞什麼鬼。如果你需要重看一次當年的協議，我相信『國際邦聯組織』還存有協議書副本。」

「但那不包括你越界在我國境內犯案，德克薩斯並不在紐約島上——」

「噢，做點小生意而已，哪算得了什麼？」孟羅不在乎地擺擺手。

「——以及收容逃犯。」奎恩當作沒聽見。「協議書規範得很清楚，你們不得收容我們正在拘捕的逃犯，否則當局有權率兵進來搜捕。」

雷諾臉色微微一變，就想發作，孟羅輕描淡寫的一眼掃去。

「我向你保證，紐約並未收容任何逃犯。當然你可以不相信，然後帶兵入侵。容我提醒你，無論你以爲紀律公署多強，你們的人都會遭遇前所未有的反擊。即使最後眞的成功進行搜查，也不會在這裡找到任何你在找的人，那麼，情況就會很難看了。」孟羅打量他的眼光充滿算計。「你們形同公然違反國際邦聯組織的協議。紐約在你們眼中或許是一群海盜的聚居之處，但文明大戰的教訓，讓世界各國這幾十年來如履薄冰。國際邦聯組織是大家維持虛僞和平的希望，你們想成爲世界公敵，就盡管來吧！」

「那就是沒有共識了？好吧！」奎恩轉頭就走。

哦，這樣就破局了？這塊石頭又臭又硬，眞是不好玩。

「你的夥伴老是一點彎都不轉的嗎？」孟羅對岡納嘆氣。「別這樣，我是生意人，很樂意談判的，總衛官。」

奎恩停了下來。

他們都知道他不需要帶兵回來，只要不撤德克薩斯的崗哨就行了，甚至在紐約港再加幾座海上崗哨。政府只是把紐約交給孟羅的先人，沒說把海權也一併讓出去。

「說吧！」他冷冷走回來。

「我剛剛好像沒聽見任何問題。」孟羅皮皮地說。

「你是否收容過通緝榜上有名的叛軍，或以金錢、物資或任何型式資助墨族叛軍？」

「總衛官，你似乎把我誤解為慈善家了。我是個生意人，從不做賠本的生意，資助叛軍是把錢拿出去，不是把錢賺進來，我沒興趣。」

「很好，第二個問題……」

「容我提醒一下，基於我眞的是個好人的立場，這是你最後一個免費的問題，我建議你想清楚自己要問什麼。」孟羅白牙一閃。

奎恩冰視他半晌，黃金海盜天生自帶的熱力完全沒他被凍僵。

「人口走私是你的買賣之一，你一定帶他們進出過德克薩斯，他們在那裡是否有根據地？」

雷諾一手按著耳朵，聽了片刻突然走過來，在他耳邊低語，孟羅點了點頭，雷諾轉身走向電梯。

「我有沒有帶墨族人進出過德克薩斯？答案是有，但我不會告訴你時間、地點和人數。」孟羅走到吧檯替自己倒了一杯酒，再慢悠悠地晃回來。「如果被別人知道我向官方告密，以後也別想混了。至於墨族人是不是在德克薩斯有個大本營？無可奉告。墨族人只相信他們自己人，這麼重要的事他們不會跟外人分享，相信你比我更瞭解。」

奎恩和岡納交換一個視線，微微一點頭。

「好吧！再見。」兩個男人轉頭就走。

「啊？就這樣？」所以他就說嘛，紀律公署就是這麼無趣。「你們兩個要不要到街上喝一杯？算我的，脫衣舞酒吧今天隨你們玩。」

兩個男人步伐不停。

孟羅或許以爲他們沒有問出個所以然來，其實不然。他提出的兩個問題，第一個的主詞是「叛軍」，孟羅回答了。當他問到人口走私的事情時，以「他們」延續第一個主詞，孟羅卻下意識改成「墨族人」，表示他的人走私進德克薩斯的不全然都是叛軍。

裡面有墨族平民。

田中洛會把墨族平民往德克薩斯送只有唯一一個原因：那裡眞的有一個大本營。

現在，他只需要找出那個地點在哪裡。

「你不能上來！」電梯門打開，雷諾硬是擋在門口。

「走開！」

奎恩一聽到這個聲音，立刻衝向電梯，岡納緊接跟上。

「你他媽的混球！」田中洛接近的速度不比他們慢。「劊子手！滿手血腥的混蛋！那些被帶走的人只是平凡的男人、女人和小孩，他們在生命的前半段甚至不知道自己有墨族血統，我希望你們晚上睡得著覺！」

「趴下、趴下！」奎恩掏出他的「手機」，前半段往後一折，再往左一轉，突然變成一把形狀奇特的雷射手槍。

「媽的，你說你沒帶武器！」雷諾怒吼。

「協議說的是『重武器』，這只是一把手槍。」奎恩冷冷瞄他一眼。「田中洛，趴下！」

「你能做什麼？給我一槍？」

「想嚐嚐看嗎？」岡納手中一模一樣的槍已經對準田中洛的眉心。

砰！朝著天花板的槍口硝煙飄升，一道高大的金色影子閃進兩方的中心點。

「這裡是我的地方！」孟羅火大地握著一把手槍。「誰在這裡撒野，下一個走不出去的人就是他。」

奎恩停了下來，田中洛也停了下來，兩方中間隔了十幾呎和一個蛇王對壘。

「你說你沒有收容叛軍。」岡納的槍口轉向主人，雷諾肩上的步槍在一秒之內對準他。

奎恩和孟羅的視線相交，激烈的火花幾乎在空氣中發出電流聲。

「把槍放下，岡納。」奎恩終於道。

岡納看他一眼，惱惱地收起手槍。

孟羅微微點頭，雷諾才心不甘情不願地把步槍放下。

「我要一個解釋。」奎恩冷冷道。

「沒有什麼好解釋的。」蛇王冷笑。「田中先生不是我的收容者，而是我的客戶。等你們兩方離開之後，要殺要剮都是你們的事，我不在乎。但只要在這裡，你們最好記住，我依然是紐約的王者。」

奎恩不動手不是因爲忌憚孟羅，雖然情資告訴他，蛇王孟羅是個精於武道的格鬥高手。他相信從這棟樓到他們停在橋頭的車子之間早已佈下天羅地網，若是他和岡納動了手，絕對不可能憑二人之力安然脫身。

強龍不壓地頭蛇。

他精光四射的藍眸對準田中洛。「你敢跟我談血腥？亞歷山大高中，你不會沒聽過這則新聞，爆炸案上個星期才發生，需要我讓你看那些被炸死的高中生屍體嗎？」

「我告訴過你這些事跟我無關。」田中洛咬緊牙關。

「你的巢穴被破獲，也跟我無關。」

「對，反恐清除部幹的，所以你的良心比較過得去？我希望這種藉口可以讓你晚上睡得更安穩。」

類似的對談已經發生過，奎恩沒興趣再重複一次。

「你很清楚我要的是誰，卡佐圖，這些恐怖攻擊都是他的人幹的，你卻一次又一次幫他逃脫。想跟我談誰晚上睡得比較好？你還太早了，田中洛。」他冷笑。

「我們的對話到此結束。」田中洛深吸一口氣。

奎恩冷眼旁觀，在他衝到電梯前突然出聲：

「田中洛，我給你一個交換條件，只在此時此刻有效。」

田中洛停下來，但沒有轉身。

「你不是我的主要目標，我甚至不在意你把那些墨族平民帶到哪裡，但卡佐圖是我的，如果瓦解你的組織是唯一抓到他的機會，我會不惜一切毀了你。」

田中洛深呼吸了一下。

「把卡佐圖交出來，我答應你，把你留在最後一個。」

「你要我把自己的族人出賣給你？」田中洛終於轉過身。

「你在保護的是一個瘋子，專門炸百貨公司、炸學校、炸小孩子遊樂場的瘋子！」岡納忍不住嗆他。

「我知道，你們他媽的以為我不痛恨他做的事？我試過各種方法阻止他，但……」田中洛吐出一口氣。「總之，我有必須償還的債務。」

「我對你們的恩怨糾葛不感興趣。別忘了，你有過你的機會，你放棄了。」奎恩的神情回復漠然。

✷

在二十四小時內來回半片國土，踏上國內最險惡的領域，面對最狡猾的犯罪之王，過一回招再回到工作崗位繼續工作，換成其他人或許早累癱了，不過這兩人和出發之前的差別並不大。

步出機場，他們立刻換回公署的配車。

「我們必須找出田中洛和卡佐圖的關聯。」奎恩盯著窗外飛逝而過的景色。

田中洛骨子裡是個人道主義者，卡佐圖不是他的菜，他卻一直幫忙卡佐圖，這中間必然有某種淵源。唯有搞懂田中洛為何一直幫他，他們才有機會切斷卡佐圖的逃亡管道。

「不容易。」負責開車的岡納濃眉一蹙。

「我們重新偵訊那幾個從基地抓回來的叛軍，總會有人知道些什麼。」

嗶嗶嗶——警用頻道突然響起一串紊亂的調派聲。

第四街，第四街！

羅徹斯特大道！第四街和羅徹斯特大道交叉口！

特勤組！呼叫特勤組支援！

X的，紀律公署的人在哪裡？

槍擊案！

有人在羅徹斯特大道的百貨公司槍擊路人！

這麼快？兩人目光對上，「走！」奎恩低吼。

岡納立刻將油門踩到底，二十分鐘的車程破紀錄在七分鐘內吞噬。

七分鐘已足夠一個恐怖份子殺死數十位平民。

「在這裡放我下來！」奎恩低吼。

「我繞到另一頭去。」岡納在羅徹斯特和第四街交叉口丟下他，立刻往第四街疾駛而去。

奎恩掏出那把造型奇特的手槍，飛躍過警方的封鎖線。守在封鎖線外的警察只來得及見到那身顯目的黑袍。

「啊！」

「上帝！」

一群驚慌失措的遊客衝向警戒線，崩潰大哭，其他看熱鬧的人竟然不忘自拍。

奎恩衝過警方圍出來的安全區，繼續往前奔，羅徹斯特大廈是一棟十六層的商業大樓，一到七樓是百貨公司，地下樓是美食街，其它樓層全是公司行號。

「老天，那是奎恩，奎恩總衛官！」

「奎恩來了！」

「在哪裡？」

「謝天謝地，我們有救了！」認出他的驚語不斷響起。

臉色鐵青的奎恩努力不去想是哪些白癡讓自己的臉這麼好認，不過他的身分若能帶給受害者一些安全感，他暫時接受。

場面似乎被控制住了，警用通訊器在車上，他無法知道最新進展。

他衝進一樓商場，被推倒的商品凌亂地散在地上，四名警察躲在門口附近，不斷接引逃出來的遊客。

「警員，回報狀況！」他喝住最靠近的一名警察。

「長官，槍手目前被我們的人擋在第四街那頭，特勤組正在逐層搜捕，我們這一區目前相對安全。」警察被他嚇得比較厲害。

「好，繼續協助平民撤離。」

這座商業大樓分成AB兩棟，這裡是A棟，面對第四街的是B棟，中間有一個中庭走道串連。許多平民從相連的門不斷逃過來，他正要逆勢闖過去，驀然間，一道纖弱的身影引起他的注意。

她躲在某個化妝品專櫃後面發抖，整個人縮成一小團，像貓咪一樣。白皙的臉蛋雖然埋在手心，但他不會認錯人。

「秦小姐？」

「哇——」一隻大掌忽然按住她肩膀，秦甄整個人差點跳起來。

「別怕，是我，奎恩。」

奎恩！他是從哪裡冒出來的？

走走走——

警察不斷在疏散從B棟逃過來的民眾，此起彼落的哭喊讓她覺得自己好像隨時會被潮浪淹沒，然後他就出現了。

活生生的一堵黑色城牆。

奎恩以爲她在哭，她的嘴唇毫無血色，雙眸卻是乾的，只是睜得極大，彷彿娟麗的臉上就只剩下這雙眼睛。

奎恩渾身一僵。

「奎恩！」她哽咽一聲，撲過去抱住他。

「好可怕……我正在試口紅……突然傳來幾聲巨響，一堆人開始尖叫……有人說，隔壁有人在殺人……我想跑出去，又有人說槍手在外面，我不曉得要往哪一頭跑……」

「別怕，跟著警察出去，他們會帶妳到安全的地方。」他輕輕拍拍她。

「艾瑪！我和她約在美食街吃飯，B棟地下樓……天啊！如果艾瑪出事……」

「告訴我她的全名。」

「艾瑪・柯林斯。」她猶如攀著浮木。

他掏出手機，快速查詢一下。

「這名字不在傷亡名單裡。」

她稍微安心了，但只維持一秒鐘。「如果她還在裡面呢？我不能丟下她一個人，剛才我想去B棟，但警察不讓我過去！」

所以她才會縮在這裡。奎恩忍住訓她一頓的衝動。

「妳應該聽警察的話，跟他們出去吧！我若找到她會通知妳。」

「奎恩！」她拉住正要起身的他。「請你務必小心，那個人有槍。」

他頓了一下，上次有人叫他小心是什麼時候？印象中好像沒有。他的工作就是往危險裡面跑，好像從沒有人覺得有必要爲他擔心。

他的手機響了起來，岡納剛硬的臉孔出現在螢幕上。

「岡納，情況如何？」

「槍手是一名白人中年男子，右腳中了一槍，被堵在一間工具室裡。警察驗過他滴下來的血，跟叛軍無關，只是另一個不滿社會的混球。」

奎恩稍微鬆了口氣。「嗯，那這個案子跟我們無關，交給現場的特勤組就好。」

「你確定？」

「我會通報里維，看他們感不感興趣。」

公署另外一半是國內重大犯罪部門，里維是「重大犯罪部」的指揮官之一，不過等他們趕來，事情應該也結束了，若非槍手自殺、投降就是被特勤組擊斃，所以比較有可能是最後大家都決定交給特勤組即可。

「好吧，我過去接你。」

「不用了，你先回公署，我自己會回去。」他掛斷電話，看向身前的女人。

「結束了，隔壁的特勤組已經掌控情勢。我們走吧！妳的膝蓋青了一大片，外面有醫療車。」

「噢，我剛剛被一個逃難的人推倒，可能撞到櫃子了。」她自己一點感覺都沒有。

奎恩將她拉起來。她真的好嬌小纖細，好像他一使力就能把她折斷了。

秦甄勉強走了幾步，痛感開始毫不客氣地鑽出來。她忍著痛，一跛一跛往前走，奎恩乾脆將她橫抱起來。

「我、我可以自己走啦！」她困窘地掛在他臂彎裡。

「走太慢會擋到其他人。」他神色不變地走出去。

「噢。」

封鎖線的警察看見他抱著一個女人出來，趕快跑過來接應。奎恩只瞄他們一眼，幾個警察立馬停住，思考兩秒後開始後退。

「過來這裡，我幫你們看看。」附近的一個救護員對他們招手。

奎恩抱她到醫療車旁，讓救護員幫她檢查傷勢時，她的手機突然叮咚響起來。

甄，妳還好嗎？我的手機掉了，警察好心借我手機聯絡妳，妳沒事吧？我差點擔心死了。艾瑪。

「是艾瑪，她沒事。」她鬆了口氣，飛快傳回去：我才擔心妳呢！A區這裡很安全，我遇到奎恩了，妳在哪裡？

艾瑪馬上傳回來：在第四街的封鎖線外面，警察不讓我們過去。妳等我，我現在過去找妳。

她回傳：不用了，現在到處都亂糟糟的，妳沒事就好，先回家吧！我們晚點再聯絡。

「太好了，艾瑪沒事。」直到此時她才真的鬆了口氣。

「很好。」奎恩手臂盤起來，盯著救護員替她包紮傷口。

總衛官，你這樣盯著讓我壓力好大啊！可憐的救護員心頭淌淚。

「妳的膝蓋腫得很厲害，最好到醫院照個X光。」救護員在傷患面前拿出專業人員的氣魄。

「不用了，我再坐一下就好。」秦甄最怕醫院了，從小到大她只肯看同一個醫生。

「好吧，有需要再叫我。」救護員迫不及待走開。

奎恩蹲在救護員剛才的位置，握住她的腳踝，另一手拖在她受傷的膝蓋下方，輕輕活動她的關節。他眞的好高大，蹲下來幾乎跟她坐著一樣高。她本來以爲他這麼冷的一個人，手一定也冷冰冰的，沒想到他的手十分溫暖。

「我眞的沒事。」她尷尬地說。

「妳穿那件紅色的小禮服很美。」他突然說。

「什麼？」

「上次吃飯的時候，我忘了告訴妳。」他繼續活動她的筋骨。

「噢。」她不知道該回應什麼。

他盯著她泛暈的臉頰，一股很少在他體內出現、名之爲「衝動」的情緒讓他脫口而出：「妳確定妳不想改變主意？」

說完他就後悔了。該死！在她飽受驚嚇之餘提出這種問題，簡直像在挾恩索報。這不只是缺德，已經是下作了。

「算了，當我沒說。」

秦甄怔怔看著他。

「妳的膝蓋沒事，不過接下來幾天最好多休息，我會讓警察送妳回去。」他站起來。

轉頭邁開第一步，他的袍角被人扯住。

「你還沒找到『新室友』？」她仰頭看著他。

「咳。還沒。」

「我沒有辦法立刻回答這個問題，我們最好找個晚餐時間討論一下。不過這次地點由我決定，你只要告訴我你方便的時間就好。」一抹清淺的笑意躍上她的唇角。

他的藍眸微微一瞇。不知如何，這個應該嚇倒不少人的眼神，她看起來竟然覺得有點可愛。

「下星期五，晚上八點。」今天是周六，一個星期應該夠她的膝蓋恢復如常。
「行，下星期五晚上八點，在我的校門口見。」
「如果妳需要回家準備，我可以上門接妳。」他爲時已晚地想起，上次應該去她家親自接送的。
就覺得自己一定忘了什麼，他對社交活動果然越來越生疏了。
「不用了，我們要去的地方離我學校很近，直接約在校門口碰面就好。」她笑。
好吧！
「再見。」
威嚴的總衛官大步而去。

5

周五晚上，八點整。

紀律公署的配車停在小學門口，英挺冷漠的奎恩總衛官下了車，等待他今晚的約會對象。

他不像一般人倚著車身，而是直挺挺矗立在路旁，夜裡猛一看眞會讓人誤以爲是雕像。

這一區是文教區，過了下課時間，車流量便明顯減少，整座校園靜躺在黑絨夜幕之中。校舍的燈大都關了，只剩下值班辦公室和門口警衛室的燈亮著。比起白日的歡聲笑語，入了夜的學校透出幾分淒清。

幾分鐘後，一道嬌美的身影從校舍走出來，肘間挽著一個巨大的籐籃。

「比爾，謝謝你陪我待到這麼晚，我已經把烹飪教室清理乾淨，瓦斯水電都關好了。」秦甄對陪在她身旁的校警微笑。

「好的，我晚上巡邏的時候會再檢查一次，祝妳有個愉快的夜晚，秦老師。」警衛伯伯和藹可親地點一下帽簷。

「嗨！抱歉讓你久等了。」秦甄揮揮手走出來。

除了上次商場遭劫，他每一次見到她都是笑容可掬，爲何她的心情永遠那麼好？

「走吧！」他轉身替她開車門。

「噢不，我們要去的地方走路就到了，車子先停在這裡沒關係，過了八點警察就不會來拖吊。」

她對他歪歪頭示意，「跟我來。」

奎恩不知她葫蘆裡賣什麼膏藥，只得跟在她身後。

「需要我幫妳提籃子嗎？」

「好啊！謝謝。」她大方地將籐籃交給他。

他掂了一下重量，這籃子體積不小。重量也挺沈的，上方用一條紅白格子布蓋住，食物香氣隱隱約約飄出來，說眞的，怎麼看都像個野餐籃。

他們經過停車場，繞到校園的後方。這附近一入了夜原本就僻靜，後面更是靜到人車全無。一棟陰暗的宅邸靜靜駐守在此，猶如沈睡的魔法屋。整片產業的面積不算小，以七呎高的欄杆和外界隔開，內部林木扶疏，隱約可見一條蜿蜒的小徑穿梭其間，徑旁每隔十呎便設立了一盞路燈，只是在這陰暗沈靜的氛圍裡，依然顯得有些陰森。

透過林木上方可以看見宅邸的上半段，壁面爬滿了長春藤，每一扇窗戶都漆暗無燈，似是久無人居。

他們沿著圍欄走了一小段，最後停在一扇上鎖的小門前。

「這是我們校友會捐給學校的地，校方將它做爲校長官邸，不過我們現任校長的家離這裡只有兩條街，所以這棟官邸暫時沒有人住。」她起勁地看著他。「有一回我和學生進來撿球，無意間發現一塊非常漂亮的空地，超級適合野餐的，我和若絲琳有時晚上會偷跑進來看星星，來吧！」

慢著。

「妳要私闖無人民宅？」旁邊這位執法人員的濃眉糾了起來。

「放心，這裡治安很好，學校警衛每天早晚都會過來巡一趟。」

「但這是私人宅邸。」他提醒。

「噢，裡面沒人住，我們不會被抓到的。」她野心勃勃地抓住欄杆。

這位小姐重點錯誤。

「擅闖他人住宅是違法行爲！」

「哎呀，今晚值班的校警和我很熟，不會說出去的，何況我們吃完就離開了，那時間可能還遇不到他們呢！」她繼續找容易爬進去的方法。

「這依然沒有讓擅闖他人住宅變得合法。」總衛官的表情十分嚴峻。

秦甄嘆了口氣，拿出面對頑劣學童的表情面對他。

「奎恩總衛官，容我請教，你這輩子曾不曾做過違規犯紀之事？」

「當然。」

「哦？」這不是她預期的答案。「比如說？」

「我在軍校跟學長打過架，被罰留校兩周，不准外出。」他口氣平直，好像說的是旁人的故事。

「你爲什麼跟學長打架？」秦甄被勾起興趣。

「不爲什麼，他們想激怒我，他們成功了。」

「你也會被激怒？」秦甄有如發現新大陸！

「我也是人，當然會被激怒。」他看她一眼。

請你不要面無表情地說你也會生氣好嗎？一點可信度都沒有。秦甄撇撇嘴。算了，先把這個主題丟到一邊，等一下有的是時間。

「親愛的總衛官，我今天一大早就扛了幾袋食材到學校，還勞動艾瑪和她丈夫讓我搭便車，兩間教師休息室的小冰箱都被我塡滿了。下午一放學，我就跑進烹飪教室又切、又炸、又包、又烤，辛辛苦苦整治了這一大籃食物。從前天買食材開始我就期待著今晚，因爲我已經很久很久沒野餐了。我堅持今晚一定要進去裡面，吃到美食，賞到星星，你打算逮捕我嗎？」

「……怎麼進去？」

耶，她贏了！「很簡單，我體重比較輕，你先把我托上去，我跳進裡面之後再幫你開門。」

奎恩無言地看她一眼，下一秒黑袍翻揚，整個人已經躍進圍欄內。

他手中還提著那只野餐籃呢！落地時連格子布都沒晃一下。秦甄的下巴掉下來，趕快喀嗟一聲闔上。

奎恩開門讓她進來。

「太好了，以後我行宵小之事一定找你。」她喜滋滋地走進去。

老師的職責似乎是「以身作則」……總衛官很無言。

兩人漫步在林間，他便明白她堅持進來的原因。

這處庭園並不如外頭看起來的陰森，小徑旁的灌木與草地定期有人修整，落葉清掃乾淨，路燈幽亮，一些他叫不出名字的花卉在夜裡依然努力賣弄春色。植在欄杆前的整排樹木只是爲了隔開外界的窺探，才讓宅邸看起來陰森森的，其實裡面是座美麗的花園。

他沒看過有人會選在晚上野餐，她總是有些奇思異想。

秦甄領著他來到中央一塊修剪整齊的草地，將紅白格子布鋪好，奎恩將野餐籃放在格子布上，他們的野餐開始了。

「炸雞，魚柳條，三明治，蔬菜沙拉，水果切盤，布丁……」她一一把自己親手做的餐點取出來，一抬眼看到他的樣子，差點笑出來。「咳，親愛的總衛官。」

「是？」他不懂她爲何叫他的職稱之前都要加一個「親愛的」。

「我想我們都同意，你今晚不會以擅闖民宅的罪名逮捕我？」

「是。」

「而且這是一場很休閒的野餐，我特別傳訊提醒你，不用穿得太正式？」

「是。」所以他只穿著他的制服。

「那你可不可以放鬆一點？」她嘆氣。

「我非常放鬆。」

才怪！雙腿四平八穩盤坐在格子布上，兩手平貼著大腿，這種正坐怎麼看都像日本武士即將出征的姿態。

「算了，如果你不介意的話，我自己來。」她幫他解開黑袍最上面兩顆扣子。

她的手綿綿軟軟的，弄得他脖子發癢，他乾脆自己把長袍脫下來放到一旁。

「哇。」她盯著他的白襯衫，堅實塊壘的胸肌在薄衫料下根本掩藏不住。

「怎麼？」他低頭看看自己。

「沒事，我只是從來沒看過你們紀律公署的人不穿外套的樣子，我一直以爲底下什麼都沒有。」

「我們只有在星期三才什麼都不穿。」他的藍眸微微一閃。

秦甄呆住兩秒鐘。

等一下？奎恩總衛官剛剛做了什麼？

他眞的說了一個笑話？

她努力把笑聲按回肚子裡，免得他好不容易露出來的一面又縮回去。

「來，這是我剛炸好的雞塊，保證正統南方口味炸雞。」她將一塊炸得金黃酥脆的雞塊放在紙盤上給他。「我昨天晚上就醃好的，非常入味，你吃吃看。」

「……其實妳不必如此費心。」奎恩已經想不起來上一次有人爲他做飯是什麼時候，他的三餐通常在公署裡搞定。

「既然要吃，爲什麼不好好吃一頓？別的不敢說，做飯的手藝我可是挺有信心的。」有了上次的經驗，她知道這男人做任何事都很認眞，所以他們沒有邊吃邊聊天。說眞的，她的工作必須說上一整天的話，每天到了這時候，她也想讓喉嚨休息一下。

他們安靜地吃了起來。漸漸地，她觀察出奎恩總衛官的喜好。

他喜歡吃的東西會吃得比較慢，多給自己一點時間品嚐。若是不喜歡吃的東西，他會幾大口塞進嘴裡，以最短的時間消滅它。

所以，他喜歡吃她的炸雞和魚柳條，蔬菜沙拉被打入冷宮，蘋果還行，柳橙就不怎麼樣。

一整籃食物很快就吃光了，他的食量果然很大，幸好她有先見之明，多準備了一倍的份量。

整個餐籃裡的食物吃得七七八八，心滿意足的奎恩總衛官表情終於柔和一些。

「很好吃，謝謝妳。」

「不客氣。我從小就喜歡下廚，我媽媽在這方面很傳統，認爲一個女人一定要懂得廚藝才行，所以我十歲就開始跟在她身邊學做飯了。」她拿出一個保溫壺，倒了杯熱騰騰的咖啡給他。

「妳呢？」他注意到她把保溫壺蓋回去，並未替自己倒。

「我不喝咖啡的，只喝茶。」野餐籃的空間不夠，所以她只爲他帶了咖啡，她自己喝果汁就行。

「謝謝妳。」他慢慢喝了一口。

她往格子布一倒，望著頭上滿天眨眼的星子。

八月的暑假已經過了一半，不過他們教職員還是得上班。孩子雖然放假，上班的家長卻沒有，因此學校規劃了一些暑期課程，大部分是帶著孩子們學點園藝或體育活動，艾瑪都戲稱這是「夏日托兒所」。

一間學校就應該有小孩，她喜歡聽孩子們在學校笑鬧奔跑的聲音。

她很好奇，「孩子」是不是他婚姻裡的一環？

「你要小孩嗎？」她忽然問。

「嗯，大概吧。」連他自己都覺得這回答很虛。「如果有就有了。」

「所以你要的不只是一個室友，還要性生活？」

「是。」他深不見底的藍眸慢慢移到她身上。

秦甄堅定地望著星空，即使兩抹躍上臉頰的嫣紅出賣了她。

「我要小孩。」

「我知道，二至四個。」

他還記得，她微笑。「你想要一個有正職的妻子，不過等我有小孩之後，或許會考慮在家當全職媽媽，起碼在他們進小學之前，我希望能自己帶。」

「我的薪水要養活妻子和二至四個小孩應該不會太困難。」他的嘴角微微一挑。

他們竟然眞的在討論「假設」的婚姻生活，好詭異！她認識他的時間總共加起來不到五個小時。

「你可以一起躺下來嗎？我這樣躺著，你坐在旁邊，感覺好有壓迫感。」

奎恩想了想上次躺在草地看星星是何時，最後他確定，他沒做過這件事。

他這一生風裡來、浪裡來，見識過最驚險的場面，保護過最重要的人物，許多日常人習以為常的小事，他卻沒做過。

「拜託？」她加一句。

他無法拒絕這個嬌柔的要求。

本來寬敞的位置被他一躺，突然變小了。她的手臂跟他的身體還有寸許的距離，他身上傳來的熱氣卻佔領這寸許之地。這男人的一切都充滿侵略性。

「你的期限還有多久？」她繼續在絲絨黑幕裡尋找大熊星座。

「三個月。」

距他們第一次吃飯，已經是三個月前的事了嗎？

「請問，如果期限一到，你們還沒找到對象，該怎麼辦？」

「婚姻註冊部有一個資料庫，裡面有各種身分背景族裔的女性，我只需要到資料庫塡個表單，勾選電腦發配即可。」他的嗓音在這夜中，又低沈了幾分。

「什麼？」她坐起來瞪他。「紀律公署還準備了一本花名冊？」

奎恩差點嗆到。花名冊？

「資料庫的人選都是百裡挑一，身世核可的優良候選人。」

「不只有花名冊，每個人還做過背景調查？」她不敢置信地躺回去。「紀律公署眞是體貼入微啊！」

「的確。」

這是反諷好嗎？秦甄翻個白眼。

「那你為什麼不用電腦選號就好？」

他沒有立刻回答。

過了好一會兒，她身旁才響起一個低沈的回答。

「她們很無聊。」

「怎麼說？」她的嘴角浮起一絲微笑。

「千金大小姐，每天逛街吃飯購物，妳知道的。」

她確實知道，不過她的笑容漾得更開。原來親愛的總衛官不喜歡無聊。

他們一起欣賞燦耀的夜空。其實她對星象一無所知，頂多就北極星、大熊星座這些比較出名的。但對她來說並無所謂，欣賞一樣東西的美，不必非得明白它的構造。

「假設我們決定結婚，我需要去拜訪你的母親嗎？」她不曉得他母親在哪裡，甚至不曉得奎恩夫人是不是還在人世，她倒是曉得他父親道格．奎恩在哪裡。

全國人民都曉得。

每個人都看過當年的新聞報導或紀錄片。

好多年以前，她記不得確切的年份，他父親奎恩少校率領手下對抗一群攻擊市區的恐怖份子，其中一名恐怖份子駕駛裝了炸彈的油罐車往市區衝，奎恩少校和手下飛車攔截。

奎恩少校及時在油罐車撞上一輛載滿學生的校車之前跳上去，和駕駛搏鬥，最後取得了油罐車的控制權。然而，就在他踩下煞車的那一刻，垂死的恐怖份子引爆炸彈，整輛油罐車連同奎恩少校一起炸成火球。

這一幕被空中跟拍的媒體直升機捕捉，傳送到全國每一台開啓的電視機裡，據說那一刻，全國響起的尖叫連墨西哥都聽得見。

如果他父親還活著，現在很可能就是奎恩將軍甚或奎恩署長了。她不曉得當時的他年紀多大，當電視不斷轉播他父親壯烈身亡的那一刻，又是何種心情。尋常的孩子可以由成人以委婉的方式告知他們家中發生噩耗，但身爲一個奎恩，他沒有這項奢侈。他必須習慣他們的一舉一動都成爲頭條新聞，甚至被寫進歷史課本裡。

「我們不必去見我的母親。」他的嗓音極低沈。

「爲什麼？」奎恩夫人不會想知道自己的獨子結婚了嗎？

「她再婚了，現在住在歐洲，和新丈夫過著平靜的生活。」他靜靜盯著夜空。「她愛我父親，但這份平靜是他一直無法給她的，現在她終於找到希盼的生活，我不想打擾她。」

秦甄的心揪了起來。他選擇踏上跟他父親相同的路，若和母親保持聯繫，她會一再被拖回這種不知愛子何時生、何時死的處境，所以他寧可切斷母子情分。

原來她錯得離譜。

她以爲他是一個沒有情感的男人，事實是，他擁有的情感不比任何人少，只是埋得極深。

他會說笑話，記得上次她跟他吃飯穿的衣服。

他討厭無聊，生命以法紀國家爲重，但在她的誘哄下不介意偶爾違反一點規矩，只爲了讓她開心。

他心疼他的母親，以十分隱晦的方式表現一個兒子的愛。

奎恩總衛官不是一個機器人。

他能愛人。

「好。」她突然說。

奎恩看她一眼。

她翻身坐了起來，憤重地對他允諾。

「好，我答應你，我們試試看。」

「試試看？」他也跟著坐起來，神情同樣莊重。

「距離你的期限還有三個月，這三個月我們可以試試看。」

他藍眸一瞇，精明厲害的奎恩總衛官馬上跳出來。

「不幹。」

「什麼？」她傻眼。

「如果我必須投資三個月的時間下去，我堅持看到成果。給我一個肯定的答案，現在就要，否則不幹。」他拿出和叛軍談判的手腕。

「你這人永遠不肯輸就是了？」秦甄又好氣又好笑。

「是。」

秦甄嘆了口氣，「好吧！站起來。」

他不解，但依然起身。

她跟他面對面，計算一下兩人之間的距離，再往後退了三大步。

「好，我同意三個月之後無論如何都會跟你登記，但這不表示你『成功』了。無論我們兩人是否登記，如果你能讓我做到這件事——」

她比比兩人之間的距離，她往前跨一步、兩步、三步，停在他身前，兩人近得只剩下寸許的距離，她仰頭望進他深不見底的冰川藍裡。

「主動跨過三大步的距離抱住你，吻你一下，這樣才表示你成功了。」

「這是挑戰嗎？」他湛藍的眸一瞇。

「是的。」

八月的幽靜園林裡暗香浮動，枝影搖唱著窸窣囈語，清麗秀致的她猶如這座園林的夜之精靈，讓月華浸潤著她，澄透明亮的黑眸乾淨得不可思議。

奎恩每天開車上班會經過一座大型招牌，他沒費心去注意那招牌在廣告什麼，只記得它醒目的標語：療癒系雙眼。

他一直覺得這廣告很蠢，眼睛就是眼睛，又不是醫療箱，能療癒什麼？直到見過她這雙眼，他才明白，原來世上眞有一雙眼睛能療癒人心。

「好，我接受挑戰。」

✷

規矩是這樣的——

「通常我不是那種需要人家接送的女朋友，不過我們急需利用每一絲相處的機會。以後每天早上七點你來接我上班，晚上六點半接我下班。」她跟他約定。「我知道你的工作時間很不固定，所以早上若你不能來接我，一定要在前一天說，晚上起碼事前兩小時傳訊息給我，別讓我在學校乾等。

「我們固定每個星期三晚上約會，不一定要出門，可以在彼此的公寓吃飯聊天。周末盡量一起共度，如果不方便兩天都約，起碼其中一天。同樣的，如果那個周末你有事，必須提前告訴我，這樣

ＯＫ嗎？」

他同意了。

秦甄對結婚的概念終究比較接近正常人的想法。總衛官大人口中的「註冊」對她來說卻是「終身大事」，雖然結了婚也能離婚，但她希望自己起碼努力過。

他的生命只有他一個人太久了，做任何事都不必向別人交代，她得先讓他習慣生命中有一個「必須交代」的人，這是她要求他花時間跟她共處的目的。

每天他得接她上下班，來不及就得拿出那寶貴的手機，傳訊息告訴她；他若有其它計畫必須改變約會時間，也得事先告訴她一聲。

她的手機取代他的辦公室號碼，成爲他快速撥號裡的「一」。先從生活面慢慢切入他的世界，她的存在感才會印在他的腦子裡。

最後，她給他一柄尚方寶劍——

「我答應三個月後無論如何一定會跟你登記，不過若你認爲這不是一個好主意，隨時可以反悔。」

奎恩只是看她一眼，但她完全懂他那一眼的意思：別鬧了，這種事一次就夠了。

說眞的，以前談戀愛時，她就不是那種很黏人的女朋友，她自己都沒有把握天天和一個男人綁在一起行得通，只能且戰且走。

第一天，不成功。

其實前三天都不成功。

他們約定好星期一開始執行，結果那天他就出差去了，一去三天。

不過也不是沒有小插曲，例如現在。

中午秦甄、艾瑪和幾位同事在學校餐廳吃飯，她的手機忽爾響了起來。她掏出來一看——「總衛官」。她看一眼同桌的其他人，盡量轉偏一點，用最正常的語氣接電話。

「嗨！」

那端頓了一下。「抱歉，我撥錯電話。」

「是滴！現在這個快速撥號是我的手機。」她愉快地提醒總衛官大人。

那端又頓了一頓。「我記得。」

才怪，你忘了。

「我現在正在吃中飯，你呢？中午吃過了嗎？」

那端再頓一下。親愛的總衛官顯然很不習慣有人對他噓寒問暖。

「吃過了，我得打電話回辦公室。」

「好。」看，她很乖，一點都不吵不鬧。

可能稍微有點自覺自己終究是人家的未婚夫，總衛官終於加一句：「我明天早上就回去了，晚上應該可以接妳下班。」

「好，那明天我等你，自己在外面小心。」她輕快地收了線。

一抬頭，滿桌老師衝著她瞧，艾瑪的視線尤其狐疑。

「這語氣聽起來不像在跟普通朋友通電話。」莎莉調侃道。

「咳，沒什麼。」

如果讓艾瑪是跟其他人一起在午餐桌上聽見她訂婚的消息，她可能會死得很慘。

果然，吃完飯，艾瑪馬上把她拉到僻靜的角落逼供。

「說吧！電話裡的野男人是誰？」

「我覺得我還是一次交代完好了，省得還要說兩次。」她撥通若絲琳的手機。

「小姐，日本現在是半夜一點，我好不容易才睡著。」若絲琳有氣無力地接電話，螢幕上的她髮絲微亂，慵懶性感。

「嘿，妳身上沒穿衣服，肩膀那是什麼印子？吻痕嗎？」艾瑪擠到手機前。

「不然妳們以爲我爲什麼忙到剛剛才睡？」若絲琳對她們眨眨眼。

「噢，妳這個蕩婦！」準中年婦人又妒又羨。「妳到底何時回來？妳已經去了三個多月了。」

「快了，花博下星期終於要結束了，謝天謝地。日本料理再好吃，連吃三個月的麵條和生魚片我也快不行了，而且我想念我的好姊妹。」若絲琳按按不存在的眼淚。

「妳現在是一個人吧？」保險起見，秦甄還是先確定一下。

「放心，睡前就把他趕走了。那傢伙睡癖超差的，上上床可以，想留下來睡覺可不行。」既然已經醒來，若絲琳把枕頭拍鬆，舒舒服服地墊高。「說吧！妳們三更半夜打給我幹嘛？」

「秦甄交了野男人！」艾瑪立刻告狀。

「什麼？」若絲琳嘴巴撐成O型。

「拜託！」

「甄甄，給我從實招來。」若絲琳這下全來勁了。

「好吧，妳們記不記得三個月前，奎恩總衛官向我求婚，而我拒絕了？」她看向艾瑪。

「這種事誰忘得了？」艾瑪餘怨未熄。

「我們上次遇見，他又問了我第二次。」

輪到艾瑪的嘴巴張成O型。

「妳何時和他見面的？」若絲琳的柳眉蹙了起來。

「上次的商場槍擊案，我和他在現場遇到。總衛官大人其實沒有我想的那麼冷漠，那天他一直陪在我旁邊，直到一切安定下來。咳，總之，我們又約出來談了一次。」

「然後呢？」若絲琳開始聽出了一點興味。

她清清喉嚨。「這次我答應和他試試看。」

「不公平！爲何奎恩總衛官非娶妳不可？妳知道我跟那個男人上過幾次床嗎？雖然是在我的夢中。」艾瑪霎時暴走。「妳搶走了我的性幻想對象，我不原諒妳啊不原諒妳！」

「喂，我拒絕過他一次，記得嗎？」秦甄防衛地說。

「妳怎麼可以拒絕我心愛的奎恩總衛官？我不原諒妳啊不原諒妳！」艾瑪更激動。

「這位太太，妳到底是希望我拒絕或是答應？」

「奎恩答應跟妳『試試看』？那男人不像會玩這種家家酒遊戲的人。」若絲琳不愧是母狐狸一隻。

妳一定要這麼精嗎？秦甄只得認輸。

「好啦，提議試試看的人是我，他堅持他投資時間下去，就一定要有成果，所以我答應他，只要認眞追求我，三個月一到，我會跟他去登記，不過我給他反悔的權利。」

「有沒有搞錯？憑什麼他能反悔，妳就非嫁他不可？如果三個月後我們發現他配不上咱們家小甄呢？」若絲琳馬上爲她抱不平。

「其實也還好，我覺得……」

「停停停停停！」艾瑪不敢相信這兩人竟然在討論這種枝微末節。「妳們兩個有沒有搞清楚重點？我們即將有一個未來的總衛官夫人耶！親愛的老天鵝啊，我們發達了，甄甄，我們的未來全靠妳了。」

「這位太太，我們工作的地方不叫怡紅院，您也不是老鴇。」請不要把她當搖錢樹好嗎？

「先說好喔！如果他私下是個心理變態兼ＳＭ狂，我才不管你們怎麼約定的，妳最好離他遠一點。」若絲琳警告。

「奎恩總衛官絕對不是心理變態兼ＳＭ狂！即使他是心理變態兼ＳＭ狂，也是全世界最帥的心理變態兼ＳＭ狂。」死忠粉絲艾瑪怒吼。

秦甄揉揉鼻梁，頭好痛啊！

「總之，這件事只有我們三個人知道，不准妳們跟任何人說。」她威脅兩人。

「小姐，很抱歉打破妳的幻想，小學老師恰巧是全世界最八卦的動物。奎恩總衛官和妳交往，妳認爲可以瞞住全校老師多久？」艾瑪的白眼翻到天上去。

「哎呀，反正妳們不要亂說就是了，其他人有問題，讓他們自己來問我。」起碼她先拖到不能再拖爲止，如果還有人有問題，她全推給奎恩就是了。有膽子的人自己去問他，嘿。

✸

秦甄一整天都沒接到總衛官取消來接她的簡訊，所以他終於要出現了。

學校的老師大部分六點半就下班，看到的人不會太多，以防萬一，她還是特地走到前面的路口等他。艾瑪本來要留下來陪她一起等，被她硬趕了回去。

奎恩的車子在六點三十二分滑進家長等候區。

「嗨！」她一臉亮麗的笑，不等他下車便自己打開門坐進去。「謝謝你來接我。」

「抱歉，我遲到了。」他對她的燦笑毫無反應。

「才兩分鐘而已，不能算遲到吧？」她瞄一下腕錶。

不過對於一個永遠準點的男人，遲到兩分鐘已算是很稀奇的事。

奎恩不想承認他差點忘記。

今天實在不能說是很順利的一天。

這三個月來，他們從田中洛基地取出來的電腦已經搜了個遍，雖然不少資訊被尋回，卻一直找不出一組完整的銀行帳號。

銀行帳號這種東西跟密碼一樣，缺一個碼便差之千里，於是他們用最土法煉鋼的方法，把缺位的數字一個一個帶進去，試圖找出可用的帳號。

這牽涉到許多不同國家，不同銀行系統，不同個資保密法，不同管轄單位……總之太多的不同了。他們必須和各國調查單位合作，即使是願意配合的國家，都需要經過許多協調單位。

至於不配合的國家，他得和奧瑪署長一起去總統府，先向總統報告，再動用外交關係威脅利誘，中間一大堆官僚體系讓人挫折非凡，虛耗的時間都比眞正用來做事的時間多。

總算他們過濾出兩個最有可能的帳號，其一是收款方，可能是田中洛的隱藏帳號，另一個是匯款方，墨族的潛在資助者。

匯款銀行在他們國內，鳳凰城。

他和岡納在資料確認的那一刻立刻飛抵鳳凰城。不出所料，那個帳戶在三個月前已經關閉，就在基地被破獲的隔日。

奎恩倒是不意外，若帳號擁有者持續使用，才眞的腦袋有問題。帳號結清當日的錄影早就被洗掉，「約翰．史密斯」這個帳戶名一點意義都沒有。於是他們花了兩天的時間，偵訊了結清當日跟這名「約翰．史密斯」接觸過的人。

那人若不是帳戶代理人，就是經過僞裝，結果他們又從公署調來最厲害的肖像畫家，與幾位目擊證人合作，之後得出一張最近似約翰．史密斯的肖像。資訊部將肖像與資料庫比對，最後證實這人最有可能是班哲明．查爾斯，另一支叛軍派系的領頭。

墨族叛軍雖然誰都不聽誰的，但有時也會提供自己的服務，換取對方的服務。

卡佐圖是個四處殺人的狂人，擁有最充沛的軍火庫和敢死隊。

田中洛負責經營地下網路，援救國內的墨族平民。

查爾斯則是管錢的傢伙。

這傢伙天生對數字有一套，熟知如何弄到錢，再將弄到的錢變成更大筆的錢。其它幾支叛軍需要經濟支援時，都會向他開口。

查爾斯和田中洛的私交不錯，田中洛的工作很大程度受到查爾斯的經濟支援。後來出於不明原因，奎恩的密報是他們兩人鬧翻了，查爾斯若不是切斷、便是減少對田中洛的資助，搞得田中洛有一陣子左支右絀，處境十分艱難。

倘若帳號屬於查爾斯的，他們兩人極有可能已盡釋前嫌。

照。

結果，銀行帳號這條路並未縮小搜索範圍，反而再擴及查爾斯那條線，這幾乎是最近幾個月的寫照。

銀行這條線目前沒有斬獲，只得回頭繼續追其它線索。

這就是追查恐怖份子和偵辦一般刑案的不同。大約三分之二的刑案在犯案一周內都能鎖定主嫌，但追索恐怖份子是一種抽絲剝繭的過程，必須抱持極大的耐心。

一個國際級恐怖份子被逮捕，背後花的時間從一年到十年都有可能。他只希望他不必花十年才逮到卡佐圖。如果這表示他必須把田中洛和查爾斯剷掉，他會的。

「那麼，」他身旁的人依然用十分輕快的語氣問：「你今天過得還順利嗎？」

「我無法透露我的工作內容。」一雙冷眸直視前方。

「噢。」頓了一頓。「那你想聽聽我今天過得順不順利嗎？」

「不需要，除非其中涉及不法。」

「噢。」

車內恢復寂靜，接下來的二十分鐘車內都無人說話。她偶爾瞄他一眼，他的側顏在街燈裡顯得嚴峻剛硬。

她住在西三城，而公署和他家都在城裡，他必須先開車送她出城再回來。其實現在他最想要的是回到公署，半個小時前他還在和岡納、資訊組開會，忽然想到還得過來接她，這時間取消已經來不及了，只得放下一切匆匆出來。

離開前，岡納隨口問一句需不需要幫忙，他秒答：「不用，去接女朋友下班。」就消失了。

他沒工夫去欣賞岡納五顏六色的表情。

這眞是太荒謬了！他想找個簡單的女人註冊結婚，就是因爲不想浪費太多時間，結果現在反而花掉更多時間。

他沒有時間陪她玩這些遊戲！

秦甄的家到了，他把車子停在正門口，等她下車。

「親愛的總衛官？」

一聲柔軟的輕喚讓他轉頭。

「無論發生什麼事，今天都快過去了，明天又是新的開始。」她的雙眸在陰暗的車內份外明亮。「答應我，今晚不要加班，回家泡個澡，看看電視，做任何跟工作無關的事，然後上床睡覺，明天起床你會覺得好過許多。」

她傾身在他臉頰一吻，悄然下車離去。

「該死……」奎恩愣在原地，臉頰依然留著她柔軟的唇觸。

一股他極度不熟悉的情緒湧上心頭——罪惡感。

他的工作不順利，而她成了承受他情緒的代罪羔羊。

他一直認爲自己是個沒有情緒的人，因爲情緒只會在緊要關頭阻礙一個人的理智判斷。現在才發現，他非但有情緒，情緒不佳時還會做出非常不理性的事：遷怒他人。

奎恩決定重振旗鼓。

隔天早上六點二十五分，他端端整整立在秦甄的家門口。

「嗨，早安。」秦甄揹著累贅的大包包出來，開朗明亮的笑容馬上佔據俏顏。

她今天穿著一件白色針織上衣，淡藍圓裙，他的小學老師好像沒她一半的青春俏麗。

「我爲昨天傍晚的態度向妳致歉。」奎恩開口。

「昨天的事我早就忘了。每個人都有情緒不好的時候，很正常啦！」她不甚在意地擺擺手。「其實我比較喜歡你的這一面，感覺比較像個人類。」

「……」意思是他平時不像人類嗎？

「我們走吧！噢，我的早餐袋忘了拿，等我一下。」她從大包包翻出鑰匙，打開門時隨口問：「你吃過早餐了嗎？」

「還沒。」

「你早餐通常吃什麼？」鐵釘、機油、子彈……

「多功能營養棒。」

嘎嘰！她的每顆細胞同時煞車。

「什麼棒？」她慢慢轉過頭。

「多功能營養能量補充棒，紀律公署聘請營養專家設計的高能量補充品，含有人體所需的多重礦物質、維生素、纖維素、蛋白質及熱量，一根能量棒配合適量水分食用，可在腹中迅速產生飽足感，並滿足每一餐的營養需求。」他機械性地背誦。

「親，愛，的，總，衛，官。」她亮麗的雙眸慢慢瞇起。

「……是的？」奎恩的汗毛全聳了起來。

「我可不可以知道你中午通常吃什麼？」她轉回來面對他。

「我的辦公室門外有自動販賣機……」奎恩不知道爲什麼又產生做壞事被老師抓到的感覺。

「也是類似多功能營養棒這種東西？」她的美眸瞇得更緊。

「公署也有提供熱食的員工餐廳。」

「所以你通常會去員工餐廳吃熱食？」

「我不見得都在公署裡……」

「所以呢？」

「咳，我對吃不是十分挑剔。」直接跳結論。

「所以還是營養棒？」

「嗯。」爲什麼他的回答聽起來這麼虛？

秦甄的腳底板開始打拍子。

「親愛的總衛官，三年前我被分發到湖濱國小，你知不知道我第一天上班發現了什麼事？」

「……什麼事？」

「我們學校供應的學童午餐起碼一半以上是加工食品——熱狗，薯條，薯餅，火腿，鋁箔包果汁，各種奇形怪狀的丸子。你知道爲什麼廚師準備這些食物嗎？因爲它們處理起來最不花時間。」她的手往胸前一盤。「沒有人在意我們餵給下一代的是充滿化學添加物的加工食品，於是我發誓要改變。我花了兩年的時間跟廚師、總務處和校長周旋，終於到現在學校餐廳只供應由天然食材煮成的餐點，我們學校在去年的考核是本市第一名，而我也獲得最佳教師的頭銜。」

「……恭喜。」

「現在，你卻告訴我，全首都最在意學童午餐健康的老師，卻讓她未來的老公吃加工食品度日？」她秀氣的下巴一抬。

她叫他未來的老公……那不是重點！奎恩完全不知該回應什麼，最後他選擇行使緘默權。

「拿著！」她把自己的大包包遞給他，然後踩著行軍操一路走進門內。

五分鐘後她走出來，手上是兩個一模一樣的牛皮紙袋，還有一個全自動保鮮袋。

她把一個牛皮紙袋遞進他手中。「這是你的早餐，時間有限，所以我只能幫你做個荷包蛋三明治。」又把食物保鮮袋塞進他手中。「這是你的午餐，我昨晚才做的義大利千層麵，你要吃之前按一下這個鈕，會自動加熱，三分鐘就好了。」

奎恩盯著手上的兩袋食物，她已拿著裝有自己早餐的牛皮紙袋鑽進車裡，他只好乖乖鑽進駕駛座。

「以後我會幫你準備早餐和便當，如果那天我們沒碰面，請你盡量選擇新鮮食物做爲正餐。」她口中說的是「請你盡量」，那眼神分明是「你敢不聽話試試看」。

「……好。」

原來這就是小學老師的魄力，堂堂奎恩總衛官領教到了。

✷

中午時分，他和岡納離開一處查訪的地點，岡納瞄到路旁有個賣熱狗的攤販。

「你中午要吃能量棒，或是我去買幾個熱狗？」

「你買你自己的就好。」奎恩想起他車上還有個便當。

岡納點點頭，買了兩個熱狗回來，赫然被車內不熟悉的香味震住。奎恩打開加熱完畢的自動保鮮袋，蕃茄醬汁的酸香霎時在車內噴發。

「那是什麼？」岡納終於問。

「午餐。」

「你聘了管家？」

「我女朋友做的。」

「……噢。」

奎恩很酷地把自己的午餐吃掉，不知道爲什麼，心裡有點爽。

6

接送了一個多星期，他們之間的生疏逐漸淡化，奎恩開始理解她對於相處時間的堅持。

他也學到了一些重要訣竅，比如：當你未來的妻子在說話，你最好表現出感興趣的樣子，並且適時做出反應。

「……所以我告訴安德森先生，如果你不管好你班上那幾個皮小孩，他們不只是你的問題，也會變成其他人的問題，你知道他怎麼回答我嗎？他說，他是老師，只負責教課本上的知識，管小孩是家長的工作，他沒有那個義務替他們管教小孩。」她氣憤地說。

「不負責任。」感興趣，適時做出反應。

「沒錯，我告訴他，我們是小學老師，小孩的人格養成在這個時期佔很大的比重，如果他沒有這種自覺，他應該選擇其它職業。」

「是。」感興趣，做出反應。

「算了，不要談這個令人生氣的傢伙。後天是周末，你有空嗎？」她忿忿地吐了口氣。

「有。」奎恩轉動方向盤，變換到隔壁車道。

他上個周末必須加班，不過星期三晚上在她住處共進晚餐，這個周末是他們第一次和對方相處一整天。

如果最後他們兩人都從這個周末倖存，對未來是個好預兆。

「對了，艾瑪和若絲琳昨天提起，我才想起來一直忘了問：如果我們結婚，我是要搬到你的公寓，或者我們另外找房子？」

「我的公寓夠大。」奎恩不喜歡她用「如果」，他絕對不打算再搞一次這種麻煩事。

「那我最好先過去看看。」他已經來過她家好幾次，她卻連他住在那裡都不曉得。

「爲什麼妳的朋友要管妳婚後住哪裡？」奎恩瞄她一眼。

「因爲我們是好朋友啊！」

「我們婚後住哪裡跟她們有何關係？」

「當然有關，好朋友就是任何事都會關心的人，我們一遇到問題也會先找好朋友討論，就像你和岡納一樣。」她天經地義地說。

「我和岡納絕對不是朋友！」他嚴正聲明。她怎麼會有這種想法？

「……他不是你的搭檔嗎？」

「那只讓我們成爲同事，不是朋友。」

「可是他是你的搭檔，就表示你們可以把自己的生命託付給對方。」她瞪著他。

「軍人的基本義務就是照看彼此的背後，我們不必是朋友也會這麼做。」他方向盤一打，轉進學校的那條街，目的地就在前方二十碼。

秦甄瞪了他好一會兒，直到他把車子停在校園停車場。

「妳的學校到了。」奎恩提醒。

不行！秦甄執著的性子犯了起來。

「你總有朋友吧？」

「我不需要朋友。」

「那你遇到問題都找誰商量？」她固執地問。

「自己解決。」

「每個人都需要朋友！」他的半邊臉幾乎被她的視線燒穿。

「我不需要。」如果他有多餘的時間，寧可花在精進自己的武術之上。

「嗨，甄，早安。總衛官，早安。」艾瑪正好從老公的車子下來，開開心心地走過來和他們打招呼。最近她天天見到她的好朋友被奎恩總衛官接送上下班，已經開始對他的威嚴免疫了。

「早。」奎恩禮貌地點頭。

秦甄終於提起包包跳下車。

「他說他和岡納不是朋友！」她宣佈，那表情彷彿醫生對病患家屬說：我很遺憾，某某某只剩半個月的壽命

「欸唷！他們當然是朋友，他們兩個是搭檔嘛。」艾瑪擺擺手。

「不，他說搭檔只是同事關係，不代表朋友。」她堅持。

「不可能，他們天天朝夕相處，連跟自己配偶相處的時間都沒這麼長。」

「是眞的，他說他不需要朋友。」秦甄陰暗的語氣充滿不祥。

兩個女人一起瞪住他，彷彿他頭上剛長出一顆西瓜。

「……」

總衛官明智地驅車離去。

這世上有一種極端危險的生物，叫「小學老師」。兩方如果戰起來，他沒把握自己會贏。

✸紀律公署懲治中心

奎恩在停車場停好車子，從側門走進去。

懲治中心是紀律公署專屬的監獄，主要關押尚在偵訊中的重大罪犯，或等待清除時程的墨族人。當罪犯的偵訊完全結束時，一般罪犯會依據刑期轉往其它監獄，墨族人則送往清除設施，依法執行清除。

今天他和岡納分頭進行，岡納負責查訪一條跟蛇王孟羅有關的線索，他則負責偵訊安竹・萊斯利——田中洛的心腹，三個月前從基地逮回來的叛軍之一。

來到身分驗證的櫃檯做過核對，他依照規定繳出槍械，轉身走向偵訊中心。

偵訊中心的佔地並不小，但管制大門一滑開，來訪者只會看見一條灰色的長廊。長廊兩側各有六扇門，每扇門內是一間二十坪大的觀察記錄室，在記錄室角落另有一間以雙向玻璃隔開的混凝土隔間，做為偵訊室。

當犯人在偵訊室接受審訊，獄警和技術操作員就在觀察室監控犯人的身心狀態。

走廊最尾端那扇門跟其它幾扇長得一模一樣，卻不是另一間觀察記錄室，而是被許多人稱「地獄入口」的恐怖之所：「精神偵訊室」。

再罪大惡極的犯人一聽見「精神偵訊室」，都無法不臉色大變。

國際邦聯組織對肉體刑求有人道上的規定，對精神刑求卻是一片模糊地帶，這給了各國偵訊者極大的發揮空間。

在精神偵訊室裡，犯人的腦波與虛擬幻境的主機連結，所有在虛擬幻境發生的事，大腦都會以爲是眞實的，所有最深層的恐懼都會被挖掘出來，直接與受訊者面對面。

怕痛的人會在虛擬幻境裡面對最殘忍的酷刑，怕蟲的人會被一堆蟲蛇蟻獸淹沒；害怕從小凌虐打罵人的父親，他就會在幻境中出現。

精神偵訊不會在肉體留下任何傷痕，完全不違反國際邦聯公約的人權條例，但所有幻境造成的心理創傷都是眞實的，不消多久犯人就會主動哀求招出一切，更嚴重者將會精神失常。到了那種程度，這個人犯也就沒用處了。

目前撐得最久的紀錄是三天。

奎恩並不喜歡使用「精神偵訊」，這一點應該是他和岡納最大的不同。

他走向預定好的觀察室門外，一吋厚的鋼門無聲滑開，獄警和技術人員不曉得在爭論什麼，一見到他的身影，所有聲音戛然而止。

當你走進一個房間，裡面的人突然同時停止交談，通常不會是好事。奎恩的目光投向其中一名獄警。「呃，總衛官，早安。」獄警詹姆士硬著頭皮迎上來。

奎恩看到他們擔憂的原因了。

偵訊室內，一名穿著淡綠囚服的犯人被銬在椅子上。

他的腦袋軟軟垂在胸前，兩手反銬在椅背，深古銅的膚色泛著一層不健康的青白。滿頭鬈曲的黑髮從他後腦披下來，遮住臉孔，一縷口水牽成銀絲從亂髮間垂了下來。

「發生什麼事？」奎恩的嗓音令人全身發毛。

這不是詹姆士第一次和奎恩總衛官打交道，但沒有哪一次容易過。

從他踏入建築物的那一刻起，所經之處就會有微妙的不同，奎恩家的男人永遠散發一股天生的王者氣勢，他們不只是走路，他們是佔領每一吋走過的土地。

這一代的奎恩更令人不自在的是，他撤底摒除了人類情緒，因此當他行進時，你不會感覺是一個人向你走來，而是一支冰冷的單人軍隊。

當他站在你面前，全然無情的藍眸直直望著你，你的世界除了這隻森寒惡魔之外全部消失；這時你會爲時已晚地想起，站在你面前的是紀律公署有史以來最致命的男人，奎恩總衛官。

詹姆士努力找回自己的聲音。這不是他的錯！鬧事的人不是他，做決策的人不是他，讓總衛官今天偵訊不順利的人不是他！

「我……我……對不起。」結果第一個道歉的人是他。

「發生，什麼，事？」奎恩冰冷地重複每個字。

「典、典獄長發現他想串連其它囚犯造反，於是將他關在獨囚室裡。今天早上他想攻擊送餐的獄警，典獄長就下令對他施打鎮靜劑，讓他安靜下來。」

奎恩深呼吸一下，獄警膽顫心驚地見他轉頭走進偵訊室。

咚咚。

修長的手指敲了萊斯利面前的鐵桌兩下，低垂的腦袋只微微一動。

「你知道自己是誰嗎？」

「呃……嗝………」

「你知道你自己此刻在哪裡？」

「呃……咕……嘟……」

萊斯利今年二十八歲，黑髮黑眸，深褐色皮膚，很容易讓人將他與拉丁美洲族裔混淆，但他的外形其實是很典型的墨族相貌。

奎恩拉高他的腦袋，萊斯利的目光煥散，嘴巴開開，更多口水絲從嘴角垂下來。

奎恩厭惡地鬆手，走出偵訊室。

「典獄長。」手往電話一比。

獄警飛快撥下典獄長的分機，以破紀錄的速度接通到典獄長手中。

「你在我即將偵訊犯人的三個小時前替他施打鎮靜劑，讓他變成一顆只會流口水的馬鈴薯？」

「安竹·萊斯利用塑膠叉子攻擊我的獄警！」典獄長立刻自我防衛。

「下次不要動我的囚犯，我不管他是不是想暗殺總統！」

「你不能教我如何管理我的……」

奎恩直接將話筒一拋，浪費他的時間！

他踏出懲治中心的側門，手機響了，是一個不熟悉的號碼。

「奎恩。」

那端頓了一下，語音模式突然切換成視訊。

夏塔拉？

「咳，總衛官，很抱歉打擾你。其實我也有點猶豫會不會太多事，不過我記得之前好像曾經……」

「說重點。」

「噢噢，我在十七分局的好朋友查到一個疑似叛軍巢穴的據點！」夏塔拉以光速切入重點。

「何時？」奎恩的步伐立刻停住。

「中午，他只是覺得很可疑，不是十分確定。」夏塔拉有點遲疑。「他說那間店看起來是一間很普通的咖啡館。他第一次巡邏經過，看見一個年輕人帶著七、八個人走進去，這群人年紀都不大；可是他繞了一圈再經過咖啡店，裡面卻一個人都沒有，這一圈前後不過五分鐘，照理說那群人即使改變主意不想消費了，他也應該會在街上遇到他們。可是他在附近轉了幾圈，完全沒那些人的影子，他們一進到店裡好像就消失了。

「他想起我之前曾發現叛軍的據點，所以打電話來跟我討論到底要不要往上通報。我想了想，還是跟你說一聲，看你覺得需不需要進一步調查。」

「告訴我地點。」奎恩加快步伐。

耳邊響起紙張翻動的聲音，夏塔拉將咖啡店的地址唸出來。

「你朋友有沒有進去打草驚蛇？」

「沒有，他就在對街的小餐廳假裝吃午飯。」

「跟他說我會親自過去看看，請他把警車開走，不要驚動任何人。」頓了頓，他加一句：「這件案子我接手了，如果有需要，我會通知清除部。」

「好。」夏塔拉中斷通訊。

奎恩迅速切入中午的車潮，閃過兩個車道，直衝目的地。

根據過往線報，首都可劃分出幾個「熱區」是田中洛最有可能設立巢穴之處，這間咖啡店的地點不在任何熱區之中。

奎恩相信執法人員的直覺，夏塔拉的朋友若覺得事有蹊蹺，就值得一探，或許他能因而找到一個尚未被發現的熱區。在這種時候，他最不需要的就是強森帶人來攪局。事實上，萊斯利被下藥的事，他懷疑就有強森在其中攛掇的手筆。

防恐作戰部只有偵訊時才會來到懲治中心，強森的人卻一天到頭在這裡進進出出。論起交情，強森在典獄長面前更說得上話。

車子在十分鐘內飆完二十分鐘的行程。他將車子停在咖啡館的對街，大步跨過馬路。

「喬爾咖啡小館」。

門上的風鈴清脆敲響，奎恩高大的身影踞立於門框之間，幾乎將整個框填滿。

目光和吧檯後的店主人一對上，他就知道，中獎了。

第一抹閃過店主人眼中的不是歡迎，而是恐懼。雖然迅速被禮貌的笑容取代，奎恩已經明白這裡就是他要找的地方。線報說一群七、八個都是年輕人，即有可能是墨族叛軍的現役成員，腎上腺素開始在他體內分泌。

店主人喬爾約莫三十出頭，金髮褐膚，臉上堆滿了笑容。

「奎恩總衛官，太令人驚喜了，歡迎光臨小店。您要用餐嗎……」

一秒之內，奎恩空空的右手突然多出一把槍，對準喬爾的雙眼中間，喬爾神色一變。

「總衛官，現在店裡只有我一個人，您盡可以做ＤＮＡ檢測，我保證我絕對不是墨族人。」喬爾強笑道。

「噓。」奎恩的食指比在唇間。

槍口一揚，喬爾只得高舉雙手，被他逼進一個收放掃具的落地櫃。

「如果你出一點聲音，我立刻開槍。」奎恩近乎無聲地低語喬爾臉色慘白，只能點頭。

他將櫥櫃鎖上，用一把椅子頂著，門口「營業中」的牌子翻成「準備中」，迅速在店內和廚房繞一圈，確定沒有其他人躲藏。

旁邊還有一間儲藏室，他先將後門鎖上，以免任何人闖進來，然後持槍走向儲藏室。

不出所料，在咖啡豆架子後方有一扇隱藏的門。奎恩將門推開，一股陳腐薰臭的濕氣竄了出來。往下看去，一片漆黑，只有隱約的水滴敲出空洞的聲響，這處地下室應該直通城市污水道。整座首都的污水道密密麻麻，如迷宮一般，向來是墨族逃犯四通八達的網絡。

他雙手握槍，背貼著潮濕的水泥牆，一步一步往下走。中間經過電燈開關，他按下去，但燈光並未亮起來。

口袋裡有筆形手電筒，他取在手中卻未立即打開。在黑暗中，亮起的光源等於一個活靶。他的視覺受過低光源訓練，比一般人的夜視力更好，樓梯口透下來的光線已足夠他辨識近乎全黑的環境。

他繼續往下走，十幾階後碰到平地。地面感覺不太平整，滴水聲更響了一些，但聽起來悶悶的，彷彿被隔在牆後。

這個空間並不大。他的視線以最短的速度適應了黑暗，漸漸看出輪廓。

地下室大約十坪，混凝土地面因濕氣而龜裂發霉，右邊有一座以磚牆隔出來的獨立空間，鐵門上了鎖。

哈啾！

鐵門後響起一聲噴嚏，隨即被摀住。

奎恩的腎上腺素湧得更快，久經征戰的大腦反而冷靜下來。他的思路更清晰，聽覺更敏銳，體內每顆細胞迅速進入高戒備狀態。

靴底踩過破碎的水泥地面，來到鐵門旁。

啾……

又是一聲噴嚏，雖然極力壓低，聽在他耳中卻如雷鳴般響亮。

他手按住門把，微微一試——門鎖已經壞了，往內輕推遇到些微的阻力，有人從內側頂住鐵門。

奎恩猛然抬腳，以石破天驚之勢踹開鐵門。

砰！

「啊——」

「啊——」

「哇——」

一連串尖叫在密閉空間裡震起驚人的回音。

他打開手電筒，全身一僵。

孩子。

全都是孩子。

最小的頂多十歲，最大的不超過十六歲。一張張驚恐的小臉蛋瞪住他。

打噴嚏的小孩緊緊縮在一個只比他大幾歲的男孩懷中，每張雪白的小臉上都鑲著一雙過大的眼睛，甚至不敢哭出聲。

一道黑影突然往他撲過來，奎恩的槍立刻比向撲來的人，那人凝住。

「他們只是孩子，讓他們走！你要抓，抓我一個人就好！」說話的年輕人才二十出頭，甚至不比這群孩子大多少。

奎恩的手電筒迅速在每個人身上滑過一圈，再回到那年輕人臉上。

墨族孤兒，這年輕人是帶他們逃走的人。

他的手機在這時震動起來。「別動！」他兇狠地命令，拿出手機飛快瞄一眼。

抱歉，我朋友跟他同事說了咖啡店的事，他同事立刻輸入系統，清除部已經知道了，正在途中。

夏塔拉的來訊。

該死。

中午車潮不厚，強森的人十分鐘之內就能抵達，倘若他們正好在街上巡視，甚至有可能更快。

他雙手握槍再照一遍每張小臉。

「嗚……」一個小鬼哽咽一聲，甚至不敢大哭。

「讓他們走，他們只是孩子，不會傷害任何人。」年輕人臉色慘白。「你要抓就抓我，我保證不會反抗，請你放過他們！」

奎恩已經聽見樓上激烈的煞車聲，強森的人到了。

✷

強森做個手勢，一名衛上奔向後門，一名衛士守住前門，自己帶著兩名手下走進咖啡店，通報的員警跟在他們身後。

奎恩負著雙手，悠然從儲藏室走出來。強森一愣。

「感謝合作，」奎恩對店主人點頭。「打擾您的營業時間，本人謹代表紀律公署表達歉意。」

「奎恩總衛官。」強森迎了上去。

「強森衛官。」

兩名高大強壯的男人短兵相接。

「我們接到通報，此處疑似有墨族人藏匿。」強森深深注視他。

「情報錯誤，我檢查過了，裡面並沒有人。」奎恩淡淡回答。

強森往他身後的儲藏室一瞥，看見通往地下室的暗梯。

「那下面是什麼？」

「地下室，以前都市發展局爲了維修下水道而建的，店家平時並不使用。」奎恩依然平淡。

強森注視他半晌，對自己的手下一點頭，那名衛士立刻往儲藏室走過去。

「我說過了，裡面沒人，我的評估對你們還不夠嗎？」奎恩伸臂攔住他的去路。

那名衛士回頭看向自己的長官，強森心頭雖惱，也不得不堆出皮笑肉不笑的表情。

「總衛官的評估自然是夠的，不過若你不介意，我想讓我的手下親自下去看看。」

奎恩深深注視他一眼，終於往旁邊讓開半步。

那名衛士鬆了口氣，迅速往儲藏室走進去。

五分鐘後，他重新上來，低聲向長官報告：「下面沒有人。」

強森和奎恩的視線始終緊緊膠著，旁邊沒有一個人敢出聲。

「很好。」強森回身一看，一個年輕人帶著幾名孩子擠在店內的角落。「你們是誰？」

「他們就是不見的那幾個人。」夏塔拉的警察朋友連忙說。

「不見？噢，不，我們剛剛到後面找咖啡豆，我常常來這裡向老闆買咖啡豆，這些小鬼頭什麼都好奇，所以跟我們一起擠到後面看。」年輕人連忙說。

「你是誰？」強森冷冷地再問一次。

「我、我是附近才藝班的老師。我答應這班孩子，如果他們學會六種童軍繩結，就帶他們來吃蛋糕。」年輕人的神色很緊張。「剛才看總衛官進來，我本來想帶著孩子們先離開，又不曉得能不能擅自離去，所以……」

「抱歉打擾你們用餐。」奎恩微微點了下頭。「強森，我們走吧！」

強森看他一眼，對手下下令。「替店內每個人做DNA快篩，確定他們沒問題再讓他們離開。」

年輕人的神色看起來更緊張，一幫小鬼擠成一團。

「這間店沒有問題，紀律公署的宗旨以不擾民爲主，我們已經在這裡逗留夠久了。」奎恩語氣微寒。

強森看他一眼。「衛士，快篩。」

「強森三級衛官！」奎恩突然強硬出聲。

所有人全被這聲命令震住。

奎恩盯住強森的雙眼，直直走到他身前三吋遠停住。

「我的評估對你們還不夠嗎？」

沒有比這聲輕柔的質問更令人毛骨悚然的事，甚至沒有一個人敢呼吸得太用力。

終於，強森吸了口氣，主動退開。

「總衛官的評估當然足夠，彼得，我們走！」

黑袍一擺，清除部的人跟在長官身後迅速離開。

✷

周末，家庭探訪日。

不過今天秦甄探訪的不是八歲學生的家，而是總衛官大人的家。

高大昂藏的男人幫她開了門，然後退開一步讓她進去。

「哇……」秦甄先探進一顆頭。

她早該知道他一定住在高級住宅區。

這男人感覺就不像會花時間除草、倒垃圾，住在有專人打理的高級住宅區方便多了。

雖然如此，她沒料到他會住在「榆橡園」。

榆橡園是首都最昂貴的富豪社區，唯有達官貴人、社會名流和富豪巨賈才住得起。在寸土寸金的首都，坐落於市中心的「榆橡園」光一座社區便佔據了三個街區。

政府機關及最繁華的商業中心就在十條街之外，理論上應該人聲鼎沸，但有錢人的財勢就是展現在這種地方，榆橡園竟然多數用地都是公園和公用設施，高級公寓和獨門獨戶的豪宅全包圍在中心點，完全不受外在的喧囂吵嚷干擾。

這一大片土地若蓋成商業大樓，恐怕能容納幾萬人，但在榆橡園裡只有十六間獨棟豪宅，和兩棟超過二十層的高級公寓。

每棟豪宅都擁有獨立的林園、游泳池和車道，彼此互不干擾；而兩棟公寓大樓位於豪宅區後方，在濃密的人造林之中鶴立雞群，整片社區儼然就是個鬧中取靜的世外桃源。

他家在其中一棟高級公寓的頂樓，單層只有他這一間，光是客廳就比她整間公寓更大。

在超過二十坪的巨大客廳裡，牆面漆成微灰的暗白色調，電視主牆是一整面的黑色大理石，一百二十吋的巨大螢幕懸在中央，面對著一套黑色眞皮沙發，整個客廳只有這麼簡單的傢俱而已。牆上沒有照片或掛飾，層架別無一物，整個客廳似乎不太常有人使用。

「我可以四處走走看看嗎？」她回頭問。

「當然。」奎恩扮演完美的男主人。

他家有五間寬敞的房間，一間是他的臥室，一間做爲書房，其他三間無人使用。每個空間都有大扇落地窗，寬敞明亮，可以俯看不同角度的市區。玻璃窗帶著一抹幾不可見的暗褐，顯示它們都是特殊玻璃，高隔絕係數，從外界無法窺探。

奎恩負著手跟在她身後，盡責回答她丟出來的問題。

他們經過一整排鏡面玻璃的邊櫃，櫃門映照出一個穿著牛仔褲和鵝黃T恤的輕靈身形，身後跟著一抹袍裾飄盪、傲岸挺拔的身形。

可想而知櫃子裡空盪盪的，秦甄只要想到自己擁擠但色彩繽紛的小公寓，再想到他這裡用之不盡卻被棄置的空間，上天不仁，莫此爲甚。如果浪費空間是一種罪，總衛官一定會被判終身監禁。

「親愛的總衛官，我可以請問一個問題嗎？」她的腦袋探進其中一間房間。

「請。」

「這間房間爲什麼空空的？」眞的連張椅子都沒有。

「用不上。」

「噢。」

「親愛的總衛官，爲什麼這間房間也空空的？」她再逛到下一間。

「用不上。」

「噢。」

秦甄開始明白他的邏輯了。

在這男人的世界裡，只有「實際」這件事，所以這間寬敞到過分的高級公寓裡，只有四個地方有傢俱，主臥室，書房，客廳和廚房，而廚房還是因爲流理檯、烤箱和冰箱那些家電用品是買來就一起附贈的。基本上，他用不到的空間就直接放給它空盪盪。

這整間公寓雖然寬敞明亮，又有千金難買的高樓視野，就是……冷到不行。

沒有多餘的物品，沒有風格化的擺飾，沒有盆栽，傢俱也只滿足最基本的需求。

很明顯的，主人平時若不是待在書房，就是回主臥睡覺，其它空間幾乎沒有被使用過的痕跡。

「這間公寓這麼大，平時是誰幫你打掃的？」她回頭看他。

「社區有簽約的清潔公司，每周一、三、五會過來清掃。」

她瞭然地點點頭，打開最後一個房間。

「嘿！」

這個房間位於轉角處，兩面牆都有對外窗，獨據整片開闊的城市美景。最棒的是，朝東的窗戶可以看見遠方的摩天輪和兒童公園。

「妳喜歡這裡？」對他而言，這只是另一間用不上的房間。

「你看，那個方向可以看到摩天輪耶！還有魔幻兒童樂園和樂高主題公園。」她在房間中央轉了一圈。「你不覺得這間很適合當育嬰房嗎？這整扇窗就是一幅圖畫。那面牆可以放嬰兒床，這邊可以放衣櫃，我們可以在窗戶前鋪上遊戲地墊，給小朋友爬來爬去，還能遠眺那些公園。」

奎恩的腦袋在聽見關鍵的三個字就完全當機，後面只剩下一片嗡嗡聲。

育……育嬰房？

他家出現一間育嬰房？

幸好附近沒有鏡子，否則他會看見自己生平第一次嘴巴張開，說不出話來的模樣。

「你覺得呢？」俏麗的蝴蝶飛回他面前。

他嘴唇動了一下，沒有聲音出來，再試第二次。

「是……」

「這個房間夠大，還能擺一組小滑梯，不過最好等小朋友大一點再說……你的表情爲什麼這麼奇怪？」

他嘴唇又動了一下，依然第二次才成功。

「沒事。」

「我們討論過的，我說我喜歡小孩，記得吧？」她狐疑地盯著他。

「咳，記得。」

「這件事要先說好喔！我不希望等到結婚之後才發現彼此的想法不一致，如果我們其中一人無法生小孩，我也希望能領養，你改變主意了嗎？」她警告道。

「沒有。」

「那好。」

她滿意了，站在房門口再看一眼這個空間，然後快樂地飛往下一處。

奎恩卡在那裡動彈不得。

育嬰房。

嬰兒。

小孩。

突然間，整件事情顯得再眞實不過。

他眞的要結婚了，婚姻會製造後代！

「註冊」不再是他一開始認定的那樣平淡無奇。它代表兩人的結合，爲人父母，一個女人即將加入他的生命，跟他分享同一張床，一起製造新的小型人類。

它附加了許多他從未眞正醒覺的意義。

「我喜歡你的廚房，寬敞又明亮，而且有對外窗。我喜歡煮飯的時候可以一邊欣賞外面的風景。」她的嗓音從廚房飄過來。

奎恩在腦子裡用力搖撼自己一下，跟上她的腳步。

秦甄撫著中島流理檯繞了一圈，他站在門口，重新以全新的角度審視廚房裡的女人。那些烤箱、洗碗機和一堆電器用品似乎讓她很感興趣，她彎下腰，認眞地研究它們的功能。

這個女人是將來會使用這些電器的女主人。

他斜靠在門框上，雙眸不由自主挪向她款擺的俏臀。

他足足高了她一呎，體重多她一倍，肩膀是她的雙倍寬。兩個她站在他身前，從背後看都會被他的體型完全遮住。如此脆弱的身軀，卻包裹一個鬥志旺盛的靈魂。

有一天，或許還會包裹他的子嗣。

這串思路自然而然連結到製造子嗣的過程，他的視線在她圓翹的臀部流連更久。雖然嬌小，她該有的都沒少，他突然敏銳憶起商場槍擊案那天，她摟著他脖子，軟軟的乳房貼著他的胸膛……他不由得變換一下姿勢。

「你的表情爲什麼這麼奇怪？」她停了下來。

「沒什麼。」他的唇角微微挑開，嗓音多了些許慵懶。

她一怔，水眸有些匆促地轉開。

他……在想什麼？

這男人笑起來眞是太危險了，她一直知道他英俊，但直到剛剛才明白，他的笑容簡直致命。突然間，總衛官不再是總衛官，而是一個男人。

當然她一直知道他是男人，絕對不會有人懷疑他的男子氣概，不過他們的關係一開始就和正常情侶不同，他們是先從婚姻討論回交往，而非有了肉體的親密後轉向婚姻。

這一刻她突然想到「肉體親密」的部分。而他的眼神在說，他也正從「那方面」想著她。

不行，空調一定故障了，她突然覺得好熱。她趕快轉身研究冰箱，假裝發紅的臉頰一點異狀都沒有。

然後，頓住。

沈默。

長長的沈默。

「親愛的總衛官？」

「是。」男性化的笑容收起，他馬上警覺起來。

又怎麼了？現在他已經完全能從她叫他的語氣分辨她的心情。

「你的冰箱裡什麼都沒有！」她驚駭地叫出聲。真的什麼都沒有，連一罐牛奶都沒有，只有兩瓶水！

「……用不上。」

「那你以前都吃什麼？」她眼睛瞪得像被車頭燈照到的小鹿。

「……」

「都吃營養棒？」小鹿慢慢瞇起眼。

「以前有個管家每天會過來幾小時，幫我煮飯和整理家務，後來我太忙，沒時間回來吃，便取消管家服務了。」奎恩輕咳一聲。

她莊嚴肅穆地關上冰箱門，他又有即將被宣佈「你只剩下半個月壽命」的錯覺。

「我們得買點新鮮食物裝進去，我無法忍受挨餓受凍的冰箱。」

「……」冰箱本來就應該「受凍」的。

奎恩聰明地決定不反駁。果然自從有了未婚妻之後，他越來越明白男人能屈能伸的至理。

「那扇門是通往哪裡？」她好奇地指著角落的玻璃門。

「露台。」總算轉到安全一點的方向，他勇於回答。

「你這裡有露台？」她眼睛一亮。

他家真的有露台耶！

這整棟公寓大樓是雙併格局，到了頂樓縮減成一戶，於是左右多出兩塊空地，在廚房這一向做了外出的門戶，多了一片露台。

「這個空間真是太棒了！」她愉快地轉了一圈。

露台的視野沒有任何阻隔，首都的壯麗景觀盡收眼底，雖然目前空無一物，她已經看出它美麗的遠景。「這裡能做成小型的香草園，我一直想種自己常用的香草和蔬菜，現在住的公寓太小了，只能在窗檯擺個小盆栽種種百里香。有了這個露台，我連蕃茄和彩椒都能自己種了。」

耀眼的金陽映照著她燦爛的笑顏，眞不知何者較爲明亮。沒有人能看著她而心情不跟著好轉。

奎恩和她一起站在女兒牆前遠眺國會的莊嚴建築。

「我能問你一個問題嗎？」她抬頭看他。

「當然。」

「你爲什麼住得起這種豪宅？」這一區已經不是普通的豪宅，而是豪宅中的豪宅，總衛官再怎樣都是軍人，薪水有這麼優渥嗎？

「這棟房子是家族產業，從我父親那裡繼承來的。」他的藍眸落在遠方。

「哦。」秦甄點點頭。

她並不清楚奎恩一族除了軍職之外還有何營生，經濟新聞向來令她頭痛，能不看就不看。不過她知道五大家族的財富都不容小覷，奎恩家族雖然律己甚嚴，但幾個世代的積累，到底還是有幾分家底子的。

聽說奎恩家族的子嗣不厚，他父親這支一脈相傳，到了他也是獨子。她想著身後那間空冷的公寓，性格孤介的他一個人住在裡面，母親遠嫁他方，生命中無可牽掛之人，不知是何種心情？

她的親生父母雖然在她年紀很小時就死了，但收養她的父母愛她如命，她一直是在滿滿的親情之中長大。若絲琳儼然是她的手足，兩個女孩不是在其中一人家裡，就是在另一人家裡，屋子裡永遠不乏清亮的歡聲笑語。

比起他的富裕卻孤冷，小康之家的她幸福太多了。

「住在這種豪宅區不會太顯眼嗎？」她又有新的好奇。

他說紀律公署規定他們要「維持身心靈平衡」、「依循正常人的生活模式」，就是爲了讓民眾相信他們也是平凡人，平凡人可住不起這種豪宅。

「榆橡園的保全系統通過公署的審核，所有安全人員必須接受特警等級的高規格訓練。社區擁有三個不同方向的出入口，皆受到嚴格管制，易守難入，符合最高安全規格，名列公署的推薦居住名單上。」他機械化地背出一串安全規格。

「噢。」爲什麼她完全不意外這種回答呢？秦甄格格笑了出來。

這人在紀律公署工作，吃東西只找公署推薦的餐廳，住的地方只住公署推薦的社區，簡而言之，他懶得花時間處理的事，全交給紀律公署就對了。

「居住安全是很實際的問題。」他鄭重聲明。

「是是是，我太不敬了。」她虛心受教。

奎恩看她一眼，嘆了口氣。

「說吧！」

「說什麼？」她問得小心翼翼。

「我感覺得出妳有意見，說吧！我的房子哪裡不對？」

她立馬糾正：「你的房子沒有任何地方不對，傢俱簡單了些，表示未來有更多的可塑性，顏色也走基本色系……好吧！植物。」

「什麼？」。

「植物，每間房子都需要綠色植物，沒有植物的房子缺乏生命。你介不介意我放個小盆栽在你的廚房裡？」她雙手合十，雙眸楚楚動人。

「……會死的。」他警告在先。

「不會，我保證找最簡單、最好種的盆栽！你只要幫它澆水就好，時間到了我會提醒你。不不不，甚至我自己來澆水都行。」她依然雙手合十，雙眸楚楚動人。

「……」某人的表情屈服了。

耶！她快速地抱他一下，彷彿他剛剛允諾她全世界。

奎恩向來不喜歡過度的肢體接觸，偏偏她相反，總是會下意識挨一下他身體，碰碰他的手臂。這是一個很明顯在充滿愛的環境中長大的人會有的特徵，他們習於藉由擁抱、親吻來表達情感，所以當他們展現或尋求安全感時，也會藉由肢體的碰觸。

他發現他不排斥被她貼近的感覺。

「我會照顧妳。」他忽然開口。

「嗯？」她抬頭看他。

「結婚後妳不需要擔心經濟的問題，即使沒有家族財富，總衛官的薪水也足以負擔我們現有的生活方式。」他靜靜地說。「我會照顧妳。」

「你知道我自己也有收入吧？」她皺了皺鼻子。

「妳可以繼續保有妳的收入，我只是要讓妳知道，妳可以放心追逐妳的夢想，把榆橡園的每個冰箱都填滿，把這個露台變成一座森林，我不介意。」

「我從高中起就自己打工賺零用錢，當然學費那些大筆的還是得仰賴父母，不過某方面來說，我從年紀很小就開始自給自足。」跟父母以外的人拿錢感覺好奇怪，她喜歡靠自己。

「養家活口是一個男人的責任。」

咦？看不出來親愛的總衛官這方面倒是挺傳統的。

「那我呢？你希望我能爲你做什麼？」她輕笑。

「妳可以在三個月後嫁給我。」他靜靜說。

這是他第一次眞正的求婚。

前兩次他只要求她跟他「註冊」，這是第一次，他用到跟婚嫁有關的詞語。

她的冰人漸漸在甦醒。

而每當他多甦醒一點，她心頭的疑慮就淡一分。

「我會在三個月後嫁給你。」她柔軟地應允，頓了一頓。「除非婚前我發現你有特殊的性癖好。我不介意你是殺人狂，但絕對不能是性變態，我不接受綑綁和ＳＭ。」

她身邊的男人被她默到了。

「手銬也不行嗎？」隔了一會兒，他說。

秦甄放聲大笑。

不錯喔！這是他的第二個笑話，總衛官越來越進步了。

他粗糙的大手滑過她櫻粉的臉頰。她的笑容幾乎像病毒一樣，帶著渲染力，讓人忍不住想觸碰她，彷彿光憑著碰觸便能讓自己也被那份歡悅感染，一起拉進陽光裡。

秦甄按住他的大掌，臉微微埋進掌心，奎恩扶起她的臉，低下頭，吻住了她。

大學時期，秦甄曾和幾個同學一起去阿拉斯加的朋友家玩。他們故意挑選寒假，想挑戰一下阿拉斯加著名的冬天。朋友家的後山正好有一處天然溫泉，他父母引了溫泉水，就在自家後院做了一個舒適的泡湯池。

幾個年輕人相約挑戰，先在屋子裡換上泳衣，然後一群年輕人發一聲喊，只披著一條浴巾衝進阿拉斯加的嚴冬，躍進幾十呎以外的溫泉池裡。別看幾十呎的距離似乎很短，在攝氏零下十度的低溫卻像是一哩長。

秦甄只記得踏出屋外的那一刻，全身暴露在外的肌膚仿如直接貼上一座冰山，以至於跳進溫泉池的那一刻，被暖流裹住的舒暢感幾乎讓人想落淚。

他的吻正是如此。

撥開了他冷如冰山的外在，他的吻像暖流一樣裹住她。

他的唇和掌心都溫熱無比，鑽入她口中品嚐她滋味的舌亦然。他十分克制，不讓她有被侵擾的感受，細柔的吻裡卻傳達了他的溫度。

溫泉起源於一座火山，奎恩總衛官體內也有一座火山，只是需要人將它挖掘出來。

腳底下的世界或許詭譎危險，充滿心機，他得天天面對死亡威脅，而她得應付象牙塔裡的官僚，但此時此刻，他們身前只有彼此，世界顯得平靜美好。

「親愛的總衛官，我想我比之前又更喜歡你一點了。」她軟軟地說。

「很好。」他微笑。

多麼男人的回答啊！秦甄笑了出來。

「走吧！我們出門替你的冰箱找食物。」

不要說得好像他的冰箱是受虐動物。

「冰箱有連線功能，只要輸入需要的商品，半個小時之內商家就會送過來了。」

剛才被他吻得神情柔軟的女人霍然止步，奎恩再度發現自己面對一雙宣判死期的眼睛。

「新鮮食材一定要現場看現場買！」秦甄老師瞇起她的小鹿眼。

「……是。」

總衛官受教了。

7

「你怎麼會不認識傑克．洛夫呢？全世界的人都認識傑克．洛夫的。」秦甄走進超市時依然驚訝無比。

話說他們剛剛開車出來，經過榆橡園全市有名的人工造景庭園，她突然發現在冥想水塘旁有一張極度熟悉的面孔。

不可能，那個在做柔軟操的男人……秦甄整顆腦袋探出車外。天啊，是眞的！傑克．洛夫！比天王更天王的搖滾天王，連「超級巨星」這個詞都不足以形容他的超級巨星！

「傑克．洛夫是你的鄰居？」她幾乎是尖叫出來。

他們正好經過傑克．洛夫附近，他聽見她的尖叫，顯然對這種驚喊已習以爲常，微微對他們的車揮揮手說：「早上好，總衛官。」

奎恩點了點頭，車子滑過去。

「傑克．洛夫認識你？」她的頭縮了回來，整個人的表情如夢似幻。

親愛的總衛官不動聲色地在觸控螢幕輸入「傑克．洛夫」，一張舞台照立刻跳出來，只見傑克滿頭亂髮、熱汗淋漓，黑色的夜空背景充斥著絢麗的舞台燈光，傑克橫拿著麥克風，身體傾斜四十五度，如癡如醉賣力演唱。

奎恩手指一掃讓照片消失，很冷靜地回答：「是。」

「你……？」秦甄不曉得哪件事比較讓她震驚，傑克．洛夫將成爲她未來的鄰居，或總衛官竟然必須搜尋才知道傑克・洛夫是誰。

他平時是住在石板下嗎？全世界怎麼可能有人不知道傑克・洛夫？若絲琳是他的超級粉絲，連很少聽搖滾樂的她都知道傑克的名字。

「我知道他是榆橡園的住戶，不構成安全威脅。」她的眼神讓奎恩不得不替自己辯護。

「這個世界上有比不構成安全威脅更重要的事，例如可以二十四小時打開窗戶就看見傑克・洛夫！」

「……」

「我們應該來個影片之夜。」秦甄痛定思痛說：「你這裡有全套的影音設備，下星期三晚上，我們來你這裡吃飯看片子，你迫切需要認識當紅的影視名人——然後告訴我榆橡園還有哪幾個人住在這裡。」

「……」

「下次查案子若遇到我喜歡的明星，記得先幫我要簽名照之後再開槍。」

總衛官大人十分無可奈何，小學老師果然是惹不得的生物。

他們家總衛官其實臉皮很薄，秦甄發現。若是她提起某些正常人都知道而他卻不知道的常識，他會很尷尬，然後那張「我是堂堂總衛官」的酷臉就擺出來了，

他這種臉實在太可愛了，她忍不住想逗他。

他們推著生鮮超市的推車——當然是由任勞任怨的總衛官大人負責——走在商品走道之間。

她的許多堅持，他常覺得莫名其妙，從她口中說出來卻又頭頭是道。例如他們來到這間知名的高級生鮮超市，她直直走向很少人使用的推車。

「商品掃描機在那邊。」奎恩指著門口整排的掃描機。

通常顧客只須掃描一下貨架的商品條碼，到收銀台結帳，再到服務櫃檯取貨，店員就已經將所有商品包裝完成，甚至能直接送貨到家，根本不需要推一輛累贅的推車。

「他們在架子上擺的是最新現貨，倉庫的人則會從食用期限快到的商品先出貨，我想拿新鮮的。」她解釋。

「我記得妳說過，不介意拿即將到期的商品。」起碼某一次上下班途中她是這麼說的。

「因爲我天天做飯，食材消耗得比較快，那些即期商品若沒人買就只能報廢，好好的糧食就浪費掉了。你這裡又不常煮飯，頂多周末我過來煮一次，當然要盡量挑新鮮能放的。」

原來如此。難怪古老的商場推車依然存在，原來就是有像她這麼龜毛的客人。

他們停在調味料的走道之間，她拿起一罐有機砂糖研究一下，然後放兩罐在推車裡。

「秦老師！」一個開心的小男孩衝過來。

「喬奇，你怎麼會在這裡？」秦甄親切地和他擁抱。

「我們去看樂高積木展，那裡有一個十呎高的機器人，還有一個樂高做的直升機，跟眞的直升機一樣大喔！」小朋友興奮地比手畫腳。「然後媽媽說要來買那個、就是那個、很好吃那個巧克力，因爲今天是我的生日，我們要做生日蛋糕。」

「噢，對了，今天是你的生日，生日快樂！」她用力再和自己的學生擁抱一次。

夏塔拉和他老婆站在後面，完全講不出話來。

那是……奎恩總衛官嗎？他爲什麼和秦老師在一起？夏塔拉甚至不曉得他們兩人認識。

不對，總衛官是本來就認識她或送喬奇上課的時候認識的？若是後者，這進展也太快了，超級八卦啊啊啊——

夏塔拉的老婆辛蒂最快回神，趕快頂老公一下。「秦老師，我們來買『琳德貝克』的可可粉回去做蛋糕，喬奇喜歡吃巧克力蛋糕。」

「當然，『琳德貝克』的巧克力是最棒的，我自己偶爾也會奢侈一下。」

這間高級生鮮超市提供各種頂級食材，辛蒂的烘焙坊平時不會用到如此頂級的巧克力，但給兒子做生日蛋糕就不一樣了。

「咳，總衛官。」夏塔拉打聲招呼。「上次的事很抱歉，我不曉得我同事……」

奎恩微一搖頭，夏塔拉會意，馬上收住話語。

「總衛官，嗨！」喬奇有點害羞地向偶像打招呼。

「嗯。」總衛官很威嚴地點頭。

就這樣？

三個大人睜睜看著他。

奎恩被他們的眼光盯得渾身不對勁。做什麼？

「今天是喬奇的生日。」秦甄提醒他。

他知道，他聽到了。

三個大人繼續盯著他，外加一雙從地面四呎高之處投來的熱烈目光。

「你是不是應該對他說什麼？」她的笑臉快僵掉了。

噢。

「生日快樂。」總衛官森然盯著小鬼。

喬奇的小臉蛋瞬間大亮，猶如中了樂透頭彩。

「你知道我剛剛看見誰嗎？」秦甄壓低嗓音和小朋友分享祕密。「傑克．洛夫。」

「哇——」喬奇只剩下氣音。

「妳見到傑克．洛夫？」辛蒂不敢相信。

「在哪裡？」夏塔拉急急問。

「在我們來的路上。」

看吧！每個人都知道傑克．洛夫。她對總衛官揚了下眉，總衛官大人只能無奈。

「秦老師，妳怎麼會和總衛官在一起……噢！」夏塔拉忍住抱著腳丫子大跳的衝動。

「我們得回家烤蛋糕，不打擾你們了。」辛蒂微笑地將腳收回來，對兒子招招手。

「掰掰，秦老師。」頓了頓，喬奇害羞地對他的偶像說：「掰掰，奎恩總衛官。」

「再會。」

「掰掰，喬奇，開學見。」秦甄向心愛的學生揮手作別。

一家三口走往收銀台，隱約還能聽見夏塔拉在嘀咕「我只是好奇問一下……噢！」又被家法了。

「看來瞞不住了。」她臉上滿是頑皮之色。

「瞞什麼？」

「除了艾瑪她們之外，正式有外人知道我們在一起了。」

「……妳不想讓其他人知道我們在一起嗎？」

「不是啊！我還以爲你們紀律公署對成員的一切都要保密，不能讓人知道你們家庭背景、電話地址什麼的。」起碼她是這樣以爲的。

他的藍眸微露笑意。「我們只是不對外公開個人資料，其它就照正常的方式過生活，不必躲躲藏藏的。況且我有預感，妳也不是一個喜歡高調的人。」

奎恩推著購物車繼續往前走。

一開始他確實擔心她跟艾瑪那些朋友太要好，會提到一些不該提的事。不過相處一段時間下來，她外表雖然一副開朗沒心機的樣子，本質卻十分謹愼，例如剛才夏塔拉的妻子問她在哪裡見到那個該死的傑克・洛夫，她便避重就輕，沒有提到榆橡園。

「奶油乳酪和鮮奶油，選一個。」她從冰櫃拿出兩種要他選，他點一下奶油乳酪。

奎恩的手機忽然響起來，來電號碼不明。他在螢幕上一滑，秦甄清清楚楚看見隨和放鬆的神態從他臉上消失。只一瞬間，他不再是陪她逛街購物的男人，而是紀律公署的奎恩總衛官。

「我必須接這個電話，妳在這裡等我，不要離開我的視線。」他大步退到走道底端，確保其他客人聽不到他的對話，而她留在他的視線範圍裡。

「你膽子不小，敢打電話給我。」奎恩冷笑。

「我只是要爲那天的事感謝你，你原可不必這麼做的。」田中洛的臉孔出現在螢幕中央。

「我不明白你在說什麼。」

「我知道你已經開始追蹤這通電話，就不多說了。」田中洛浮起一絲淺笑。

「依然不懂你在說什麼，若你眞的想感謝我，就把卡佐圖的下落告訴我。」他冷冷道。

「我不能。」田中洛的淡笑消失。

「爲什麼？一個拯救自己族人的人道主義者，爲何會保護一個殺人不眨眼的瘋子？」他質問。

田中洛沈默片刻。「我欠他。」

「這句話你說過了。」

「他救了對我很珍貴的人，我欠他。」田中洛直視他。「三條命，三個忙，我已經還了兩次。」

「如果你以爲我會讓你再幫他逃脫一次，你就和他一樣瘋狂。」奎恩心硬如鐵。

「無論我欠不欠他，你都不會從我這裡得到任何幫助。」田中洛頓了一頓。「但有個情報可以提供給你，就當做是回禮吧！你追得太緊，卡佐圖已經開始感到壓力了。他或許會直接針對你攻擊，自己小心。」

螢幕黑掉。

奎恩迅速查看追蹤結果。不出所料，時間太短，無法追蹤發話地點。即使眞的追查到手機地點，他懷疑會有任何助益。田中洛最有可能使用的是街上隨買即用的拋棄式手機，幾乎無法追蹤。

「還好嗎？」秦甄看他神情不太對。

「沒事，我們走吧！妳還需要買什麼？」

「再一、兩樣乾貨就好。」

購物完畢，他提著戰利品和她一起走向電梯。

十層樓的商場採雙併格局，左邊是購物中心，右邊是立體停車場，今天來客比較多，他的車停在最頂樓。

這一點她又有看法：「眞不懂那些車子總是愛一層一層地繞，到底有什麼意義？我們直接停到最頂層，再搭電梯下來，等他們找到停車位，我們都已經開始購物了。」

於是他從善如流。

他們進了電梯，兩名單身客人和一戶四口人家陸續進來。這種大型電梯理論上還能再載更多人，但那四口人家的體型實在太壯觀了！從爸爸媽媽到兩個青少年都胖得佔掉雙倍空間，後面的乘客乾脆等下一台。

電梯開始往樓上移動。

其中一個胖胖的兒子眼睛一直黏在奎恩臉上。

「不要瞪著人家看。」他母親糾正兒子。

「媽！那個人是……」

「噓，這樣很不禮貌。」他母親把他的臉轉回去。

這位媽媽的家教很好，秦甄暗自讚許。

奎恩感覺她往他胸前鑽，低頭一看，她微微用嘴型說：人太多了。她向來不喜歡擁擠的場合。一絲淡淡的笑意躍上唇角，他挪動強壯的身體，將她擋在角落裡。

一樓到了，電梯門打開，一家四口先出去，兩名單身男人沒動。門外還有其他乘客想進來，此時一長排商場的購物車突然推過來，正好擋住電梯門口，在購物車完全通過之前，電梯門便關上了。

奎恩看了眼靠近樓層按鈕的男人，那男人只顧著低頭滑手機，沒按下開門鍵等人。

電梯爬上三樓停住，另外兩個人進來，一男一女。

電梯門關上，繼續往上爬。

奎恩盯著跳動的燈號，微微斜站一步，將她擋在他的身體與牆角形成的三角空間。跟他們同一側的是從超市一起進來的兩個男人，另一邊是不同樓層的那個男人，女乘客站在中間。

電梯五、六、七樓都沒停，八樓打開，又有一個男人進來，然後一路上到十樓。秦甄的視野被他高大的背擋住，看不到前面的情況，只聽到「叮」一聲，電梯抵達十樓了。

十樓整層都是開放式停車場，電梯外面有個七呎見方的等候區，以三面實牆和一面玻璃門包圍，停好車的民眾可以在這個小空間吹冷氣等電梯。

電梯門一打開，卻沒有人出去。

秦甄踮腳想看看是怎麼回事，他卻好像腦後長了眼睛，高大身形再往後退一點，將她壓進角落。

「女士優先。」他對電梯中央的女人微笑。

那年輕女人舉步往外走。

所有人都往外移動，奎恩和她留在最後面。等電梯裡的人走到等候間，奎恩也開始往外走。

最先走出去的年輕女人突然回頭舉槍！

奎恩的動作比她更快。她回頭時，他已曲起長腿；她舉槍的那一刻，他一腳將她踹出去，反手按下電梯的緊急關門鍵。

秦甄眼睜睜看著電梯門當著她的面合上，只有她一個人被關在電梯內。

「奎恩！奎恩！」她用力拍打金屬門。

奎恩這一腳毫不憐香惜玉，那年輕女人屁股朝後往外飛，等候區的自動門正好打開，磅！她重重撞在對面車子的擋風玻璃。

埋伏在停車場的人立刻攻進來，四名同電梯的男人也發動攻擊。

奎恩久經征戰，臨危不亂，從手中的購物袋抽出一支擀麵棍，整袋東西往空中一丟。

砰！砰！砰！

擀麵棍不是打人，而是飛散在空中的物品。每一件被他擊中的東西都往特定方向飛出，變成最好的暗器。其中一人被砸中鼻梁，痛叫一聲，鼻血直流地倒在地上。

奎恩再一棍揮出，一袋冷凍雞肉撞在自動門的控制盤，玻璃門立刻鎖住，埋伏的人硬是被關在外面，小小的等候區只剩下四個男人。

他腳尖挑起落地的物品，繼續擊發「暗器」，四名男人被他搞得手忙腳亂，幾袋麵粉被他們弄破了，霎時間滿天白粉，人人睜不開眼睛。

這群人發動突襲至今未能見功，連主要兵力都進不來。他穩穩守在電梯前，不讓任何人越雷池一步。

「哈囉？快開門！奎恩！」電梯內的秦甄拚命拍門。

剛才總衛官一直擋著她，她只知道他先出去，然後電梯門就突然關起來。隔著厚厚的鋼門，她隱約聽見好像有打鬥聲。

上帝！他們遇到襲擊了嗎？

「哈囉？」她趕快按下求救鈴。「有人在嗎？我和奎恩總衛官在一起，我們在十樓的停車場，好像有壞人攻擊他，請你們趕快上來！」

等候區的空間說真的比電梯大不了多少，奎恩正對面的男人揮開眼前的白霧，舉起槍，擀麵棍迅雷不及掩耳敲向那人腕骨，那人痛叫一聲，槍被打歪，子彈被電梯鋼板彈開，跳向看手機的男人肩膀。

「啊——」

「不要開槍！抓活的錢比較多。」其中一人喊。

武器由槍枝改成四把短刃，從四個角度攻到。兩把攻他頭臉，一把攻他中路，一把攻他下盤。

奎恩的一身絕技在這小小的空間發揮到極致。

他從小苦練到大的功夫並沒有什麼響亮的名頭，但自他七歲開始，由他父親和一位東方來的師父教授。多年來，他日夜研習，在公署裡開設的武技課程都基於同樣的武學基礎，只是深淺難易有別。所有招術在他腦中已經變成直覺反應，他的木棍並不檔格，而是垂直由下往上掃，他身形矮下的那一刻避開兩把攻向他頭臉的短刃，敲掉攻他下盤那一著，再提到中段反攻對方腰腹。攻他中路的人急忙回躲，嚇出一聲冷汗。

他雖然體格高大，卻是精瘦勁實的那型，理應靈巧多於蠻力。但攻下路的人被他的木棍一敲，猶如被一支巨錘擊中，半個身體登時麻軟。

爲什麼他可以發出大到不像正常人的力量？

不只巨力，他的動作快如閃電。只見他垂直一掃，眨眼間四個人都被他擊開。

可是他剛剛的那一傾身，其中一人注意到他身後的電梯門。

四個人重新一躍而上，三個人纏住他，奎恩被引偏了一些，第四人趁機一刀刺進鋼門的縫隙。

「啊！」秦甄尖叫。

幸好剛才她閃到旁邊跟警衛通話，如果她仍站在門前，這一刀會直接戳穿她的腦袋。

尖刀用力左右搖晃，硬生生將門扳開一條縫。門外的人手長腳長，高頭大馬，持刀的手探進來削砍揮劈。

秦甄嬌容慘白地退到角落，那人的刀尖離她只有吋許。

那人突然消失，下一秒，奎恩冷酷的臉孔短暫佔據他騰出來的空間。

「小心！」秦甄指著他背後。

另一人持刀往他的後腦刺來。奎恩沒有讓開，這人體型更瘦，他若讓開，那人可以順勢擠進電梯，她就危險了。

千鈞一髮之際，他轉開腦袋，抬臂直接敲向刀刃的側面，刀子立刻從那人手中飛出，他一拳擊中那人鼻心，鼻血、眼淚和骨頭斷裂聲同時迸出來，那人往旁邊飛出去，但奎恩的手臂也留下一道長長的傷痕。

去掉一個，剛才攻擊秦甄的大漢又撲上來。

這些人真不死心！奎恩曲起右肘撞向瘦子的太陽穴，再往下夾住對方持刀的右臂，順勢砍向大漢的頸項。大漢連忙回刀擋開同伴的刀，奎恩突然把他同伴的手舉高，大漢的刀毫不容情切進瘦子的手臂裡。

「啊——」瘦子狂叫，大漢呆住了。

奎恩趁他這一怔，右手成拳，直直擊中他的喉結。

「嗝……嗝……」大漢捧住喉嚨，跌跌撞撞後退。

去掉兩個。

右手收拾這兩人，奎恩左手倏忽擊向第三人的胸腹。那人沒料到他跟同伴纏鬥，竟然會有時間回擊自己，直接一拳倒地。

剩最後一個。

第四人陰狠的眼一閃，手中的野戰刀是有鋸齒的，反轉刀背正等自己鋸得皮破血流，但奎恩硬生生說停就停，掌緣離鋸齒只有半吋的距離。

搞什麼鬼？他的拳勢如此之急，慣性定律說他絕對不可能停得住！更令第四人驚駭的，奎恩收拾完兩個同伴的右手突然加入戰局，使出一招擒拿手扣住他的腕脈，第四人彷彿被烙紅的鐵鉗鉗住，手腕劇痛，只一眨眼，野戰刀已經易手。

奎恩瓦解了所有人的攻勢，眼見戰事已歇，被打中胸腹的第三人突然掏出槍，不是針對奎恩，而是轉向電梯門。

子彈在電梯內會反彈，她一定會受傷！

他不暇細想，腳尖踢向男人的手，迫使他改變槍口方向——砰！開槍的那一刻奎恩正好踢中他手腕，子彈從奎恩的膝蓋旁削過。

「啊！」秦甄叫出來。

奎恩一招地堂腿將他掃倒在地，手中的野戰刀刺進他的琵琶骨，將他釘進地面。

至此戰事終於結束。整個過程五分鐘不到，他以一敵四，勇武難當。

玻璃門突然從外面強制開啓，奎恩火速站回敞開的電梯門前，全副武裝的保全人員衝了進來。

秦甄鬆了口氣，摸著他袖臂的血痕，幾乎哭出來。

「總衛官，您沒事吧？」八個武裝保全擋在門口。

「剩下的人呢？」

「我們一接到通報立刻衝上來，可是外面的人已經駕車先跑了。」保全頭子報告。

意料中事，這種突襲講究的是出其不意，快狠準，本就不宜戀戰。

「封鎖現場，通報公署和轄區警局；你們先將這四人暫時扣押，直到我的手下接管。在我沒有放行之前，不准任何人離開這棟大樓！」他強硬地命令。

「是。」一名保全迅速拿起對講機通知總部。

「今天是周末，有很多顧客……」站在旁邊的警衛面面相覷。

「我不在乎！」

他轉頭看著她，她半個人其實還在電梯裡，嬌小的臉蛋毫無血色，跟半個月前的槍擊案一模一樣。

警衛和安全人員把那幾個歹徒拖出去，奎恩伸手按下強制關門鍵，將那些人重新封在電梯之外。

「驚爆摩天樓……」。

「什麼？」他替她全身檢查一下，還好沒受傷。

「驚爆摩天樓……不知道爲什麼，我的腦子裡一直在想驚爆摩天樓……我們星期三看這部片子好不好？」她呢喃。

這是驚嚇過度的典型反應，腦子一時無法應付眼前的事，於是會轉移到完全不相關的思緒，暫緩事件的衝擊。

「好。」他安撫她。

「你讓我好怕！」她突然大喊。

「抱歉，」他心頭充滿歉意，「這些人是衝著我……」

「你用自己的身體擋子彈！你怎麼可以用自己的身體擋子彈！你只是長得像機器人，又不是眞的機器人，你瘋了嗎？」她緊緊抓住他的雙臂。

「……」所以，她不是怕他，是爲他害怕？

「我可以接受你的工作很危險，起碼讓我知道你會好好保護自己，不要再傻傻地用身體去擋刀子擋子彈！」她緊緊抱住他強壯的身體，彷彿藉此向自己證明他好好地站在她面前。

奎恩第一次有了手足無措之感。

從來沒有人需要為他擔心受怕，他甚至不曉得什麼才是適當的反應。

「你還在流血，很痛嗎？」她小心翼翼托高他的手。「他們這裡一定有醫藥箱，不然我們下樓去買。」

「我沒事。」他把手臂抽回來，依然不曉得該說什麼。「等一下我得進公署處理這些事，下午可能不能陪妳了。」

「我明白，你去忙你的，不用擔心我。」漂亮的黑眸在她慘白的臉上依然顯得過大。

「我會讓警察送妳回去。」頓了頓，他修長的手指終於輕撫她的臉頰。「我的工作很危險，今天的事如果嚇到妳，妳想改變心意……」

「你改變心意了嗎？」她的纖手貼在他的手背上。

「不。」這個回答完全出於反射動作。奎恩停下來細想一遍，他眞的一點都不想改變心意。

「我也沒有。」她嘆了口氣。「我以前就知道你做的是什麼工作，現在的狀況與我們說定之時並沒有不同。此外，我的工作環境也沒有你想得簡單，我們要對付一堆恐龍家長，保證比你的恐怖份子更難搞。」

她在安慰他。

暴力並不是她的生活日常，她卻依然在安慰他。

有許多奇怪的情緒滾在他的胸口，他甚至覺得，對付那些暴徒都比對付這些情緒容易多了。

「長官，衛士和警察已經……喔，對不起！」警衛一扳開電梯門，發現情況不對，趕快退出去。

該死！

「我得走了。」奎恩嘆了口氣。

「好，別擔心我。」她輕碰他的手臂。「記得讓人替你的傷口包紮一下。」

他大步走出電梯，又變回煞氣冷冽的總衛官。

「警官，我要你們送秦小姐回家，加強她住處附近的巡邏。衛士們，開始工作。」

手機鈴鈴作響，他的搭檔已收到消息。

「岡納，不，我們直接在懲治中心碰面——」

✷

砰！

一疊一吋厚的卷宗摔在金屬桌面，對面的人犯若非被銬在椅子上，早已彈了起來。

突襲行動造成一名嫌犯肩膀受傷，一名嫌犯喉管碎裂死亡，只剩下兩名嫌犯直接被送至懲治中心。奎恩坐在嫌犯對面，岡納在一旁倚牆而立，狹小的偵訊室被兩個寬肩闊背的男人擠滿。

沈默的時間延長。

嫌犯努力擺出不馴的神情，但他們三人都明白，沈默的時間越長，他的焦慮感越高。

絲絲寒氣從奎恩身上輻射而出，如墮極圈，等得越久越讓人毛骨悚然。

「你的名字叫史帝夫．戴維斯，今年二十四歲。」奎恩寒眸凜冽。「七歲那年開槍誤殺了五歲的妹妹，你父親向法庭供稱是他沒收好槍枝才會發生意外。十二歲那年你燒死鄰居的狗，被判少年管束六個月，十四歲開始酗酒和吸毒，接下來是一長串的酒後鬧事、攻擊、打架、加重性騷擾，以及兩件被撤回的強暴控訴。你的父母對你束手無策，數度送你至精神輔導中心，但成效不佳。

「他們不知道的是，讓你做再多的精神輔導都沒用，你是天生的病態人格，唯有看見他人痛苦才能讓你覺得滿足。你妹妹的死不是意外。」

奎恩將那些卷宗翻開，口吻依然不鹹不淡。「十八歲你離家出走，從此不曾回家過。你的父母口頭不肯承認，其實心裡鬆了口氣。他們在你的電腦裡發現你曾計畫半夜潛入他們房間、割開他們的喉嚨。

「之後你被墨西哥的毒梟吸收，開始跟著一群打手廝混——你終於找到了人生志向。你可以凌虐、刑求、肢解、強暴任何人而不必擔心法律制裁。墨西哥政府終於對你們這幫人下達高額通緝令，於是你遁入地下，兩年前失去聲息。有人說你被毒梟滅口了，但有幾條謀殺案，受害者被凌虐至死的方式完全符合你的手法，警方相信你還活著，而且會持續犯案，直到被捕爲止。」

奎恩將那疊卷宗推開。「以上這些是我告訴你的，接下來換你告訴我。是誰派你來暗殺我？還有多少人在外面？」

戴維斯的視線不由得跟著那堆卷宗轉。

其實卷宗裡都是廢紙，他們現在已經不做紙本紀錄。但，一疊卷宗在嫌犯眼中具有某種心理意義，犯人聽他們說出自己的過往，再看著那疊厚厚的文件，會相信他們已經知道了一切。

戴維斯是個瘦皮猴，淺綠色的囚服在他身上過度寬大，讓他看起來比實際年齡更輕，很難想像這樣的年輕人已經是虐殺成性的變態殺手，但奎恩和岡納在這一行看過太多了。

「放屁，你忘了先宣讀我的權利，還擅自查閱未成年檔案，你們已經違法了，如果現在放老子走，老子心情好或許不會控告紀律公署——起碼不會告得太用力。」

「我想你還不清楚情況，」奎恩的口吻無比輕柔。「現在，我就是你的法律、法官，和行刑者。」

「你以爲你們兩個屁蛋能做什麼？別人怕紀律公署，我可不怕！」戴維斯渾身利刺箕張。「我被偵訊的經歷說不定比你們還豐富，你們他媽的嚇唬不了我！角落那東西是監視器吧？所有監視影片是直接連線至警政系統，就算你們想刪都刪不掉。只要你們敢動我一根汗毛，我他X的找律師讓整個紀律公署賠到只剩一條褲子，下個月你只能在街頭拉小提琴討賞。」

「岡納？」奎恩唇角一挑，慢慢靠回椅背。

「是的，總衛官。」岡納懶懶道。

「戴維斯先生似乎搞不清楚情況，你願意提供他一些協助嗎？」他的藍眸從頭到尾不離戴維斯的雙眼。

「根據反恐清除條例，任何提供叛軍及恐怖份子協助或與他們有所牽連者，視爲等同罪行，不適用於一般刑法。」

戴維斯的笑容消失一些。「你們說謊！我是美加公民，我有我的人權！你們不能違反國際人權公約。」

「是的，你不再受普通法律保障，但依然符合人權公約的條件。」奎恩臉上的野性讓人全身發涼。「這就是爲什麼我們有『精神偵訊』。」

岡納不禁瞄他一眼。

「什麼是精神偵訊？」戴維斯眼中的輕蔑已被警戒取代。「我警告你，你要是對我做什麼事，哪怕只在我身上留一道指甲痕，我立馬驗傷告你們！」

奎恩對他的恫嚇並不意外，像戴維斯這樣的人，本質上都是儒夫，對人施暴時窮兇極惡，當他們發現自己可能成爲被迫接受的那一端，所有恐懼便浮了出來。

很好，奎恩冷笑。秦甄毫無血色的臉蛋躍入他腦海，他相信他會享受這個過程的。

「精神偵訊專門用來對付像你這樣的人，放心，它不會對你的肉體造成任何傷害，只會帶出你心底最深層的恐懼。若你在過程中停止呼吸，驗屍結果只會是不明原因心肺衰竭。」

「誰知道？或許你有隱性的家族遺傳病史。」岡納聳聳肩。

「我再給你最後一次機會，回答我的問題。」

「別開玩笑了，老子什麼都不怕！」戴維斯一聽不會傷害他的肉體，立刻放心了。

「很好。」奎恩站起身。「將他連結系統。」

岡納挑起一邊的眉毛。來眞的？

他並不反對，只是很意外奎恩毫不嘗試便訴諸精神審訊，通常是他主動暗示奎恩使用。

「沒有人能襲擊我的人之後全身而退。」奎恩冰冷地走出去。

兩名獄警走進來，將戴維斯押往最尾端的精神偵訊室。

灰色的水泥間跟剛才的偵訊室差不多，只除了桌椅換成一張類似牙醫診療檯的躺椅，地面有個杯蓋大小的圓形蓋子。

獄警將他按進坐椅裡，手腳、頭頸以束縛帶綁緊，在他齒間塞進一個堵嘴物，防止他咬傷。一名穿著白袍的技術人員進來，打開地面的圓蓋，拉出幾條感應器一一貼在他的頭臉。

戴維斯動彈不得，心頭的焦慮感開始提升。

技術人員確認一切就序後，對大型雙面鏡點點頭，轉身走出去。

奎恩站在雙面鏡前，冷冷對身後的執行官下令。

「動手。」

執行官按下啓動鍵。

一連串數據迅速填滿螢幕，心跳，血壓，呼吸頻率……數值偵測完畢，測試軟體開始執行。

鏡面另一端，躺椅上的戴維斯身體開始抖動。

這還只是評估階段，好戲尚未開始！奎恩野蠻地一笑。

評估階段主要在偵測受試者對各種恐懼源的指數，受試者的心理側寫會一併加入評估，以找出回饋數值最高的項目。

五分鐘後，評估階段完成，螢幕顯示成果——

肉體疼痛：百分九十二

涵蓋：性侵，酷刑，活體解剖

厭棄物：百分之九十七

涵蓋：蜘蛛

心理恐慌：百分之九十二

涵蓋：活埋，活體解剖，活人生吃

無感應事項：親人死亡

後面列出更多對他能產生恐懼感之事，數值介於百分之八十幾至六十之間。

奎恩面無表情地看著結果。原來戴維斯先生怕痛，怕蜘蛛，怕被活埋，但對親人死亡完全無感。

可以想見，畢竟他曾預謀殺害父母。

「我們給他一點寵物玩玩，當開胃菜，你覺得如何？」岡納在他身後建議。

「動手。」奎恩點點頭。

「第一次要多長的時間？」執行官問。

「我有種感覺，我們大無畏的戴維斯並沒有他表現出來的那麼勇敢，半個小時應該就差不多了。」岡納說。

再長可能會害他休克。

「執行『厭棄物』標的十分鐘，『肉體疼痛』標的三十分鐘，『心理恐慌』三十分鐘。」奎恩冷淡地告訴執行官。

「他眞的惹毛了你。」岡納低低吹了聲口哨。

精神偵訊程式開始執行。

第五分鐘起，呼吸急促，心跳過快，鏡頭另一邊的人體在檯面扭轉、掙動，無奈被束縛帶緊緊綁住，粗喘從堵嘴物後方不斷噴出。

奎恩不需要看身後的畫面便很清楚他的大腦裡發生什麼事。系統正將跟蜘蛛有關的醜惡畫面源源輸入至他的大腦，現在的戴維斯相信自己全身爬滿巨大的蜘蛛，正將他活活吞噬。

第十分鐘起，第二項標的物加入。戴維斯的身體重重一震，粗喘變成尖銳的嘶喊。

酷刑。各種恐怖的酷刑正在他身上施展，是不是實質發生無所謂，他的大腦讓它變成眞實的。他的身體完全能感覺到實質的疼痛——局部剝皮、火燒、抽除指骨。一切在他意識清醒且無麻醉的情況進行。他無法逃脫，無法靠昏厥躲避，因爲一切只在他的腦中。慘烈的尖叫不斷從隔壁響起，失禁的排泄物漬染了他的長褲。

滴——

第三十七分鐘，戴維斯的心跳突然停止。

「他休克了。」執行官報告。

「電擊。」奎恩冷冷道。

砰砰！

隔壁的身體隨著電擊重重彈了一下。

滴、滴、滴、滴……心跳恢復正常。

「繼續。」

岡納提醒自己，千萬不要惹毛他的搭檔。

「他的嘴巴在冒白泡了，我們必須停止，不然他被自己的體液嗆死，我們就沒戲了。」第四十五分鐘，岡納提醒他。

奎恩從頭到尾都像一座冰冷的雕像，毫不在意。

又過了幾分鐘，他終於對執行官一點頭，執行官按下中止鍵，隔壁的聲響漸漸平息下來。

「把他清乾淨，帶回偵訊室。」

二十分鐘後，全身虛軟的戴維斯被拖回偵訊室，神情已經像半個死人。獄警一放下他，他整個人如嬰兒般縮成一團，滾在地上發抖痛哭。

奎恩蹲在他身旁，揪起他汗濕的棕髮。

「告訴我一切。」

8

「妳星期三會跟他上床嗎?」

「什麼?才不會,妳不要亂講!」秦甄大驚。

「噓!」瑜珈教練要她們專心一點。

兩個女人趕快努力伸展。

若絲琳終於回來了,這三個月的分別眞是她們生命中分開最久的一次,以前她們讀不同大學,每個月都還會固定見面吃飯。

交好的兩人外貌卻是大異其趣。秦甄長得就像典型的鄰家女孩,乖巧清麗討喜,「鄰居媽媽會疼愛、小孩小狗黏過來」的那一型;若絲琳完全相反,身材高眺性感,婀娜豔麗,如果不說自己是花坊老闆娘,任何人都不會懷疑她是吃模特兒這一行飯——而且還是性感內衣模特兒。鄰居媽媽看到她只會趕快把兒子趕進屋子裡,小孩的媽咪見到她會趕快把老公拉走,免得魂都沒了。

兩人同樣是黑髮黑眼,若絲琳的相貌卻更有混血兒的味道,天然鬈髮在陽光下閃現淡褐色調,眼珠的顏色也比東方人更琥珀一些,高體的鼻梁和立體五官讓她充滿令人遐思的異國風情。或許正因如此,秦甄從小習慣使用中文名字,若絲琳從中學起就改成英式姓名了。

「好,身體往下壓,指尖慢慢碰到地板……」瑜珈老師柔軟的身體往前延伸。

如此簡單的動作,秦甄拉得冷汗直冒。她上輩子一定是石頭轉世的,小學上體育課曾經考柔軟度,每位同學往前彎,看手指離地面多遠,結果她的成績是負三十公分,指尖只能勉強碰到膝蓋。

若絲琳就不一樣了，只見她優雅地往前彎，上半身與下半身完美對折，甚至愛現地把臀部往天花板一頂，豐滿的胸部全貼在腿上，對秦甄挑了下眉。

「炫耀……」秦甄咕噥，指尖努力往地面掙扎。

「不要勉強，真的做不到，把膝蓋彎起來也沒關係。」善良的瑜珈老師發現她的窘境。

秦甄立馬不爭氣地彎起膝蓋，還彎很大，指尖才勉強碰到地板。

「我覺得妳應該跟他上床。」若絲琳低語。

「什麼？」

「噓！」瑜珈老師警告兩人一眼，變換到下一個姿勢。

兩個人往前伸展，跟著做出下犬式。

「妳不跟他先睡一次，怎麼知道他好不好用？總不能結了婚才發現吧？」

「我們還有兩個月的時間，我寧可等我更瞭解他再來想這件事。」

「噓！」、「噓。」其它學員也抗議了。

她們趕快假裝認真，身體慢慢側轉過去，以右手和右腳撐地，左半邊身體往上延伸。

「如果他不好用，現在就能分了，幹嘛多花兩個月跟他耗？」若絲琳非常實際。

「若絲琳！」

「幹嘛？」

「我才不要隨便跟男人上床。」

「他不是隨便的男人，他是妳未來的老公。」

瑜珈老師終於放棄她們兩個了。「好，轉回正面，慢慢收，深呼吸……背心打直……好，今天先上到這裡，我們下周見。」趁著所有學員在擦擦汗，她們把瑜珈墊收一收趕快逃。

兩人在更衣室沖完澡，神清氣爽地離開健身房，走向若絲琳停車的地點。

「親愛的，別被『性生活不重要，精神契合比較重要』的傻話騙了，相信我，性生活美滿不代表婚姻美滿，但性生活不美滿，婚姻一定不美滿。」若絲琳切切在意她的終身性福。

「別再插手我的性生活了，我都沒問妳的呢！妳在日本的那個男人是誰？」秦甄眯起眼。

「哪一個？」若絲琳保證自己不是在裝傻。

秦甄翻個白眼。「對妳來說最有意義的那個。」

「沒有哪個特別有意義啊，都差不多。」她聳聳肩。「三個月的花博不夠長到足以形成一段戀情，又不夠短到能稱爲露水姻緣。總之展期一結束，大家各自回到生命正軌，他們不打算跟我回來，我也不打算跟他們回去，好聚好散就是最好的結局了。」

秦甄無奈地搖頭。「我沒辦法。雖然我不是每次談戀愛就非嫁給對方不可，可是目前爲止每段戀情我都滿認眞的。如果一開始就知道不會有結果，幹嘛去談它呢？」

「那是因爲妳是個小清教徒，還得看男人誠懇篤實，認眞善良才肯跟人家交往，這年頭誰管那個？」若絲琳取笑她。

「這很重要好嗎？這男人很可能是妳未來孩子的父親，起碼先確定他不是變態殺人狂，再決定要不要進一步吧？」她很堅持。

她們走到若絲琳的休旅車旁，秦甄繞至副座的那一邊。若絲琳完成指紋辨識，車門「滴滴」兩聲解鎖。

「性生活也很重要，相信我。」若絲琳拉開車門，爬進駕駛座裡。「就算你們星期三沒上床，起碼跟他親熱一下，看看他有沒有正常反應。如果有，妳還能跟他慢慢拗，如果沒有，塊陶啊！」

「他這方面沒有問題，好嗎？」她鑽進前坐。

「妳怎麼知道？有過第一手接觸了？」若絲琳興致勃勃地望著她。

「並沒有，拜託開車，謝謝。」

若絲琳發動休旅車上路。「這種事不能靠想像，務必要確定。相信我，很多男人外表看起來雄赳赳、氣昂昂，一到了床上就變成米布丁。」

「……」秦甄發誓她短期內都不想吃米布丁了。

車子停在紅綠燈前，若絲琳搜尋電台，正好轉到一個在播放傑克．洛夫搖滾樂的電台。她振奮地舉一下拳頭，跟著唱了起來。

秦甄沈默半晌，小小聲開口：

「若絲琳……妳覺得，我和他是個好主意嗎？」

「妳不是說妳已經答應人家了？」隨著音樂扭動的身體停了下來。

「是啦，可是……」

「還是他不太對勁？如果是，現在就跟我說。我才不管你們約定什麼，我保證讓他一輩子找不到妳。」若絲琳神色十分嚴肅。

「不是那個問題。奎恩是一個很棒的男人，雖然外表看起來冷冰冰的，其實有他人性化的一面。」她的嘴角浮現一個短暫的笑容。「只是……妳知道他的背景，我們兩個人差這麼多，眞的適合在一起嗎？」

「甄甄，如果妳對和他結婚的事有疑慮，當初爲什麼要答應呢？」好友眼底的憂慮讓若絲琳的心揪了一下。

秦甄沈默良久。

「其實，我也在問我自己這個問題，這太不像我的個性了。」她輕聲說：「可是，我看到他的另一面，他並不像外表那樣對整個世界無動於衷，只是太習慣把自己的感情埋在很深的地方，以至於連自己都找不到。但那份情感是存在的，強烈而寂寞……或許我心裡一個相對應的角落被觸動了，總之，我無法說不。」

果然是很甄甄的答案啊！

從小她就是個敏感纖細的女孩，最見不得小朋友或小動物受苦。若絲琳無奈地笑了一下，比起她，自己冷情太多了。

「甄甄，先不管其他，只看你們兩個人，妳喜歡他嗎？」

秦甄緩緩點頭。

「妳覺得這男人能帶給妳安全感嗎？」

她又點頭。

「妳打從心底願意跟他嘗試看看嗎？」

她思索片刻，終於點頭。

「這就夠了。」若絲琳輕握了握她的手。「沒有人能保證未來會發生什麼事，只能相信自己的直覺。從小到大，妳的直覺跟狗鼻子一樣靈，不信邪都不行。如果妳的直覺告訴妳，妳喜歡他，那就和他走走看吧！」

她輕嘆一聲，偎上好友的肩頭。

「謝謝妳，若絲琳，妳回來眞好。」

✷

周三，影片之夜。

秦甄一打開他的冰箱便露出笑容。

他們採買的食物在意外中全毀了，她白天還想著要不要重新補貨，偏偏今天學校有活動，連午休時間都忙得沒法子溜出去買。本來想，最差的情況就是今晚叫外賣，沒想到他已經把東西都補齊。

雖然他需要做的只是打電話請超市再送一份，但從他會記得這件事，便讓她心情好了起來。是的，親愛的總衛官很認眞在學習如何當一個男朋友。她丟給他的「挑戰」，這男人很認眞地接了下來。

「……中小學的教學評鑑就在兩個月後，大家口中不說，其實心裡都懸著這件事。去年是我們評鑑成績最好的一年，如果只維持一年就掉下來，實在太難看了。」她的叉子捲起一口炒麵放入口中。

雖然補貨的事記得了，但今晚顯然有其它的事佔據奎恩的心思。

她跟他說話他會回應，叫他拿東西他也有動作，然而她就是感覺得到他的心飄在另一個次元裡。

他曾說，奎恩夫人愛他的父親，只是那段婚姻關係讓她一直很孤獨。他母親面對的是否就是這樣的感覺？妳的丈夫就在妳面前，心靈卻在遙遠的地方？

不，這不是她想要的，她不會讓她的婚姻變成這樣。

「嗯。」他依然以他精準的軍人方式進食，焗烤切成均等的方塊狀，從長寬、體積、重量到密度的誤差值都不會超過百分之零點一。

「艾瑪認爲我們應該在最後兩個月衝刺一下，所以今天的教師會議，她提出好幾項計畫。」

「嗯。」他叉起一匙食物放進口中。

「包括一次深度的校外教學、科學成果展、區域型演講比賽，或全體教師裸奔。」

「嗯。」

「教務主任對最後一項非常感興趣，要求我們回去好好準備，以達到最好的呈現結果。」

「所以，每名教師都決定即日起報名健身房嗎？」他冷靜地吞下食物。

「哈！你有在聽我說話。」她指著他大笑。

「我聽見妳的每一句話。」海藍的眸底醞著一片深沈的笑意。

「好吧！那我們就不要裝了，你心裡在煩什麼？」她輕快地問。

「我從不心煩。」回答完，他停頓一下。「我查出星期天攻擊我們的人是誰，所有逃跑的餘黨今天全被抓到了。」

「噢。」她跳起來收拾兩人的空盤。

奎恩發現她只要一緊張或心煩，就會藉由忙碌來舒緩焦慮感。

「這是個爛話題，我們談別的吧！」

「不，不，我想知道，他們是誰？」她回頭看他一眼。

奎恩考慮片刻，決定老實說。她也是這次事件的受害人，讓她知道這些人無法再傷害她，會比較心安一點。

「他們是職業殺手，平時大多單獨作業。半個月前，有人出高價徵召一個暗殺團，他們八個人決定接下這個案子。」

「有人買凶殺你？」她清亮的黑眼瞬間放大。「誰？」

「一個墨族的武裝頭目，叫卡佐圖，叛軍主要的恐怖攻擊都是出自他的手筆。其實卡佐圖知道這些人沒那個能耐殺得死我，他只是藉由他們傳達一個訊息。」

「你是說，他知道這些人會被抓，會被處死，他依然派他們來，就爲了傳達一個訊息？」臉色雪白的秦甄走回他對面坐下。

「是。」

「我不明白，爲什麼？」

「墨族叛軍一直以來都試圖恢復他們祖先的基業——」

「我知道他們想做什麼！」她舉起一隻手打斷他。「我是指，我不明白爲何生命在這些人眼中如此不重要？那個卡佐圖，他一定明瞭他的恐怖攻擊眞正傷害的人不是你們，而是平民，但他依然這麼做。就好像他知道這個暗殺團的下場不會好，他依然讓他們來，爲何生命在他眼中一點都不重要？如果生命對他如此不重要，墨族的復興對他又有何意義？」

奎恩沈默一下。「卡佐圖是個瘋子，其它叛軍不願正視這件事，又或者他們也心知肚明，只是對卡佐圖無可奈何。我不認爲『復興墨族』對他有任何重要性，這只是一個讓他能合理殺人、施展殘酷手段的藉口。像他這樣的反社會人格十分危險，他們外表充滿魅力，深知如何操弄人心，看在一些社會邊緣人眼中猶如迷霧中的燈塔，所以他永遠找得到願意爲他犧牲一切的追隨者。我已經追得越來越近，總有一天我會抓到他的。」

沈重的靜默籠罩在廚房裡。

「我能看看他的相貌嗎？」她輕聲問。

奎恩拿起手機，叫出卡佐圖的照片。

螢幕中的男人跟奎恩年齡相近。在她的想像裡，如此殘忍邪惡的人應該滿臉橫肉，一看就是壞胚子，但卡佐圖有一頭濃密的黑色鬈髮，深褐色的皮膚，額前綁著一根頭繩，半張臉長滿鬍子。他黑色的雙眼落在遠方，彷彿看見某種其他人不瞭解的眞理。

她忽然理解他說的「充滿魅力」是什麼意思，卡佐圖看起來完全符合電影中的革命浪漫英雄，迷途的人看著這樣的一張臉孔，聽他訴說偉大而神聖的使命，很難不跟著一起血脈僨張，誓死追隨。

但她一看他的眼睛就覺得不對。那雙黑眼太空洞，即使他把革命英雄的神髓仿得維妙維肖，這雙眼睛裡都缺乏眞正的靈魂。

她把手機還給他，兩手拚命摩擦雙臂。

「我不喜歡他！」她又站起來開始東擦西抹，忙得團團轉。

「我們今晚要看什麼電影？」奎恩決定改變話題。

秦甄鬆了口氣，臉上終於出現他熟悉的笑容。

「我們今天要看一部震古爍今的超級強片，目前榮佔爛胡蘿蔔榜前三名，而且已經據榜良久，可能會創下歷史紀錄，噹噹——」她跳了一個戲劇化的舞步。「驚、爆、摩、天、樓！」

奎恩低笑起來。

「沒法子，我腦子裡就是一直在想這部片子，簡直跟著魔一樣甩都甩不掉，而且男女主角甚至不是我喜歡的演員。今天園藝社的老師跟我聊起卡司……哎呀！對了，我差點忘記。」她急急走向自己的大包包。

一顆綠色球狀物獻寶地出現在她掌心。

「仙人掌！全世界最容易種的植物，園藝社老師送我的。他說這種仙人掌很好種，每半個月澆一次水就行了。你放心，我會負責澆水，你什麼都不用做。」

總衛官的表情寫滿狐疑。

這小玩意兒十分迷你，球身頂多她的拳頭大小，含盆子在內不足五吋，在他門下活得下來？

她在廚房轉了一圈，最後找到窗檯前光線最好的位置。

「好，就放在這裡，你會在這裡過得很好的。」她寵愛地拍拍小仙人掌。

奎恩可沒她那麼有信心。

「片子已經租好了，我來弄爆米花，你把它下載到投影裝置。」秦甄轉頭交代他。

「爆米花似乎不算健康食物。」奎恩挑了下眉。

「每個人都需要一點壞習慣。」她莊嚴地回答。

十分鐘後，爆米花準備好，飲料準備好，客廳的主燈關掉，他們並肩坐在寬敞的皮沙發上，開始看電影。

他看得非常專心，忽明忽暗的光影讓他的五官顯得更立體。她有點嫉妒地盯著他的鼻梁，側面看像一把尖銳的刀。她老是覺得自己的鼻頭塌塌的，就是很典型的東方圓鼻頭，雖然艾瑪她們都說她的鼻子很可愛。

這男人身上，好像處處都見鋒銳，沒有一塊柔軟的地方。

「你要不要吃爆米花？」她把一顆爆米花送到他唇邊。

「不，我不吃零食。」親愛的總衛官只看了一眼，又轉回螢幕。

「噢。」

她把爆米花丟進自己口中。

他看得還眞專心，坐姿筆挺，不像她坐沒坐相的。此刻第一波爆炸剛發生，高級音響震出擬眞的轟隆聲，橘紅色的烈焰將他們罩在紅光裡。

電影有這麼好看嗎？

他們一男一女待在一間陰暗的大房子裡，兩個月內就要結婚了。正常情況下，一對男女坐在陰暗的房間裡，彼此又不是互相沒意思。開天闢地，古往今來，就不見有哪對男女是眞的在看電影的。

難道電影比他的女朋友好看？

她認眞看了兩分鐘，決定放棄。期待這木頭人開竅，可能要等到地老天荒，她還是自己來好了。

「你想親熱嗎？」她隨口問。

身旁的男人全身細胞活動瞬間靜止，秦甄終於明白招惹一頭雄獅是什麼感覺。

他的姿勢神情沒有一絲改變，意識卻在轉瞬間變成幾乎有形的物質，緊緊鎖住她的身體。

他極緩慢、極緩慢地偏頭凝視她，使她的背心竄過一股電流。此時此刻，全世界只有一個人能被他如此凝視，她突然覺得自己充滿力量。

「通常一對交往中的男女關在一間黑黑的房間看電影，他們都會親熱，我只是想確定你知道這個古老的傳統。」她若無其事地解釋。

「我向來尊重傳統。」總衛官的嗓音拖得懶懶長長。

這明明是一雙狩獵者的眼神，在幽暗的光線下透出驚人的靛藍，她想做的卻不是逃脫，而是迎向。她體內每一吋都著了火，他卻沒有動作。隨即，她明瞭，總衛官在等她。

他將主動權交給她。

既然如此……「如果你不介意，我先開始了。」

她把爆米花放到茶几上，然後轉身跨坐在他的腿上。

總衛官絕對不是冰人，他勃發的體熱燙貼著她的大腿內側。她兩手平貼在他堅硬結實的胸膛，旺盛的生命力立刻透過有力的心跳傳導給她。

騎在他身上像騎著一條龍，危險的程度令人屏住呼吸，卻又欲罷不能。

她的手心感受他每一道肌肉的線條，這男人強壯得不可思議！

「我以為在你身旁會讓人感覺很脆弱……情況相反，和你在一起，我覺得自己強壯得足以面對一切。」她低低呢喃。

「妳是小學老師。」他的唇角輕挑。

銀鈴般的輕笑響了起來。在他心中，馴服一班小學生只怕比追捕一班恐怖份子艱難。

她的手持續往下滑，來到他硬實如鐵的小腹。纖手越往下移時，他的腹肌就越堅硬。

她輕輕一抬眸，被他灼烈的目光切斷了氣息。藍眸中的笑意已完全消失，她的心跳在如許強烈的注視下近乎停擺。

「怎麼能藏得住……」她輕撫他的臉龐。

「嗯？」他盯著她粉櫻色的唇，那雙唇為何還離他這麼遠？

「那麼強烈的情緒……你都藏在哪裡呢？」

在他能回應之前，她輕嘆一聲，傾身貼住他的唇，然後他忘了言語和思想。

他的大掌順勢罩住她的後腦，舌尖毫不猶豫地鑽入她唇內。或許他讓她採取主動，但他隨即全面接管了這個吻。

他們倒向柔軟的沙發，她嬌小的柔軀完全被他的壯碩覆蓋住，他的唇品嘗著她，也勾誘她品嘗。橘紅色的烈焰在螢幕上爆了起來，染紅整個空間，映和著他們急遽升高的溫度。

他粗糙的手掌滑進她衣內，在她無比細緻的皮膚上勾起一陣陣刺激的顫慄。她渾然不覺她的手也已鑽進他的衣下，在他肌肉塊壘的背狂亂游移。

老天，他好硬！每一吋她碰觸到的地方皆是如此。若絲琳可以不用擔心了，總衛官的功能十分健全……

她昂起下巴，讓他吸吮她纖細的脖子，他的唇繼續往下移動……當他終於含住她一只嬌小挺翹的蓓蕾，兩人同時進入另一個層次的狂熱。

他們已不知道究竟倒在沙發上多久，似乎只過了幾分鐘，又似乎過了永恆。兩人盡情探觸彼此的身體，發掘連自己都未發現的敏感地帶。唇與舌緊緊糾纏，幾乎不曾片刻分開，到最後兩人甚至不曉得他們是如何呼吸的。

她怎麼會以爲勾引他很困難？這男人根本是一座活火山！

他的腿撬開她的雙腿，用自己微粗的褲管摩擦她細緻的女性。「啊……」她幾乎融化在這強烈的快感之中。

不行，今天只是親熱而已……

她仰起臉用力呼吸，試著重拾一些清醒，纖頸立刻被一張灼熱的薄唇吸吮出一個深紅的吻痕。

他修長的手指鑽進她的底褲，取代適才摩擦的膝蓋，立刻探測到柔軟溫熱的腫脹，從他喉間發出的聲音既如一頭心滿意足的龍，又像一頭加倍飢渴的獸。

他的長指繼續深入，她在他的挑逗下痙攣，先起頭親熱的那個人完全癱軟在被親熱的人身下。

不行，再這樣下去會失控……

她眼神茫然地盯著天花板，片刻才發現四周已陷入黑暗，只剩下片尾的微光。

「ＯＫ，今晚只是親熱，我認爲我們達成目標了……」她喘息地抓住他的手。

「什麼？」奎恩的氣息急促，藍眸緊緊盯住她被揉軟的酥胸。

「我的眼睛在這裡，別看我的胸部……」她努力在笑和喘息之間找到平衡。

「是妳說要親熱的！」湛藍的眸終於回到她臉上。

「是的，電影已經播完了，看。」

他的腦袋被她轉向螢幕，幕後名單已經剩下最後一小段。

不可能，電影才演了一半，他們不可能已經廝混這麼久。他瞄向夜光時鐘，竟然過了快二十分鐘。

「我們可以重頭放一次。」奎恩看她溫暖柔軟地躺在他身下，實在不甘心就此罷手。

「不行，快十點了，我明天還得上班。」秦甄有些困難地坐起來，腿間彷彿還能感覺他的長指在裡面滑動。

她怎麼會以爲總衛官對情事一竅不通呢？這男人根本深諳此道。

「妳可以睡在這裡，明天早上我送妳上班。」他猶然不放棄。

「你的客房連張床都沒有，記得嗎？」

「妳可以睡我床上，我保證當一個紳士。」

「眞——的——？」她狐疑地瞇起眼。

好吧，他們兩個人都知道他不會。如果剛才沒有及時叫停，現在已不知發展到什麼程度。

親愛的總衛官用力耙過頭髮，終於放棄了。

秦甄伸手讓他將自己拉起來。他拉得很用力，她整個人撲進他懷裡，被一雙鐵臂牢牢鎖住。她報復地掐一下他的胸肌，但是根本掐不進去，反而被毫不容情地封住櫻唇。眼看又是即將失控的糾纏，她嬌喘著退出他懷裡，不讓兩人再有任何的接觸。

「小心一點，不然我會以為總衛官大人被人調包了。」

他心不甘情不願地瞄螢幕一眼，那串卡司的本尊若在此時出現，可能會被慾求不滿的總衛官大人斃了。

「我過了很愉快的一晚。」他終於說。

「我也是。」她嫵媚的神情讓他又想吻她了。「我早說過，驚爆摩天樓是很棒的片子吧？」

識他至今，秦甄終於聽見里昂．奎恩的大笑。

✷

奎恩撐在地圖光桌前，盯著首都的污水道管線圖。

他知道自己一定錯過什麼，他只需要將它找出來……

大手一揮，市區街道圖重疊在污水道之上。

襲擊他的職業殺手是透過網路視訊和卡佐圖聯繫，卡佐圖不可能親自出面。無論外表偽裝得多麼大無畏，卡佐圖本質上是一個膽小鬼，寧可犧牲親生老媽都不會讓自己暴露在危險中。

不過這一役讓奎恩得到了幾個交易帳戶，目前資訊部正在追查。他和岡納毫不客氣地又砍了幾條金流，如果之前卡佐圖只是想警告他，現在應該恨不得食他的肉喝他的血。

卡佐圖這人好大喜功，不放過任何向追隨者吹噓的機會。即使他和奎恩都明白這些殺手不會成功，依卡佐圖的天性，他會希望在附近觀看，說不定甚至錄幾段奎恩挨拳頭的畫面，這些都是讓他在死忠追隨者面前露臉的好素材。

奎恩傾向於卡佐圖之前應該在首都，或許就在隔壁棟的某處，正用望遠鏡觀察他們。不過現在去追蹤沒有什麼意義，他應該早就趁事情燙手之前離開了。

這傢伙能來無影去無蹤依然回歸到一件事：田中洛的運輸祕道。

這個城市必然有某些死角……

他伏在地圖桌上，一吋一吋研究每個角落。如果整個污水道都有監視畫面，那會讓他們的工作輕鬆許多，但這是不切實際的期待。

污水道的目的本來就不是用來走人的，光是要請議會審核通過設立監視器的預算就是一大問題。紀律公署雖然從不擔心錢的問題，只是在污水道裝設監視器牽涉到許多公家部門，光是協調就需要經年累月，況且挪出公署大把預算只爲了滿足單一部門的需求，內部就擺不平。

奎恩深深體悟，讓他工作更困難的從來不是墨族叛軍，而是官僚體制。

目前他們已經說服議會在幾個主要的污水道交匯之處安裝監視系統，數量當然不夠，卻已是他能得到的最好結果。整座城市的污水道比馬路更複雜，市議會願意通過還是因爲這些交匯處與舊的管路相連，「污水處理局」也認爲有必要。

……慢著，舊管路！

首都的污水系統花了十二年全面更新，於四十年前峻工，新式下水道包含先進的污水處理功能，爲了不讓污水回流到舊有管路裡，新水道建築期間便一一將舊管路塡平或封死。

倘若不是所有舊管路都被封死呢？

奎恩迅速叫出目錄，長指滑動。舊水道，舊水道……六十年前的「地下污水道佈線圖」，這個！他將舊水道的線路圖叫出來，與現在的水道重疊，再疊上市區地圖，三種圖以不同顏色區分。

「巢穴，基地，熱區。」他一一將目前已查獲或疑似巢穴之處標註在地圖上。

有趣！即使被他視爲「運輸中樞」的巢穴都不見得在新舊水道及路面三者的交會點，大部分只有其中兩者符合，一個不起眼的地方卻在此時跳出來——

「喬爾咖啡小館」。

那群小孩被發現的地點。

首都過了十二點之後實施宵禁，街上除非出於公務需求或有通行證的人，幾乎別無人跡。通常巢穴若想不引人注目地移動平民，最適合的時間是選在傍晚，趁著下班下課的尖鋒期混雜在人群中。

喬爾小館的那群孩子卻是大中午就去了，如果他們要等到傍晚，得先在咖啡館躲上數個小時，這樣被其他客人看到或遇到臨檢的機率太高了。

事後他曾回到原處查探，強森派了幾個暗哨在附近盯梢，於是他從兩條街外的污水道維修孔下去，在地底繞了一圈，卻未發現什麼。

以地域性來說，咖啡館的位置屬於前不搭村、後不著店之處，距離其它熱區都有一段距離。他唯一能想到的原因是這群小孩打算中午從咖啡館的地下道開始走，約莫兩、三個小時後走到有人接應的地點，再被送往下一個撤離的巢穴。

現在他找到了全新的觀點。有沒有可能，喬爾的地點另有其他暗道，跟已封閉的舊水道有關？倘若如此，那群人何時來到喬爾的店就沒影響，隨時都可以從暗道消失。

奎恩決定回現場看看。

「我出去一下，重要電話轉到我的手機。」經過蘿菈的桌旁，他丟下指示。

「是。」蘿菈突然叫住他。「長官？」

奎恩回頭。

「貝神父想確定您需不需要預約一個時段，爲您進行婚前心理諮詢？」蘿菈的臉上毫無表情。

「爲什麼？」他問。

「局內的相關規定，任何在婚齡屆滿前六個月的同仁皆可預約心理諮商，若情節符合，心理諮商部門可開出展延三個月的證明。」蘿菈雙眼直視前方。

「不、需、要。」

✷

喬爾咖啡小館理所當然已經易主，檯面上的原因是租約到期，新的承租戶打算開一間書店，正在裝潢中。

「紀律公署，奎恩總衛官。」奎恩一踏入室內立刻表明身分。

「總衛官，有什麼問題嗎？」工頭趕快走過來。

「現場停工一天，所有人立刻離開，嘴巴守緊一點。」

「是，是。」

裝潢工班不敢再遲疑，丟下活兒紛紛離開現場。

他鎖好門，回到半個月前曾來過的地下室。

現場比起上次他來之時並沒有太大變動。新主人不打算使用這間又髒又臭的地下室，準備把門封起來，更不會有人下來。

角落有一道暗門通往現有污水道，奎恩推開鐵門，生鏽的關節發出巨大的聲響。

嘎——

污水道尖銳的臭味衝入鼻端。

這條污水道是支道，寬度約三呎，高度只有六呎，六呎二吋的他必須傴僂著身體行走。他掏出強力手電筒，往左右各照一下，往北是通往市中心，往南是通往南羅朗河。

首都南邊原本是工業區，後來人口越來越多，居住需求孔急，於是所有工廠外移到南區的衛星城市，原本的工業用地等著轉換爲一般商業用地。

三年前，幾個標下開發權的公司產生利益衝突，互相告得你死我活，目前法院猶在審理之中，因此偌大的工業區遲至今日尚未開發，只能放在那裡長草。

工業區有自己的污水處理系統，不能與民生污水系統混用，因此兩者之間並不相通。

奎恩決定往南試試看。

他的靴子踩在足踝高的髒水裡，壁面的蟑螂被他的手電筒一掃，驚慌失措逃竄，滴水聲形成空洞的回音。幸好他不是一個害怕蜘蛛昆蟲的人，也沒有憂閉恐懼症，否則這種封閉陰暗的環境足以讓心理素質差一些的人崩潰。

走了十幾分鐘，偶爾頭上有一、兩個人孔蓋，城市的喧囂傳了下來。整條下水道的壁面黏滿黑色的黏稠物，這是經年累月的廚餘、污水、排泄物混合的結果，如果有任何人曾經碰觸過，一定會留下痕跡。

掏出手機，地底下沒有訊號，幸好出門前他先將這一區的舊水道圖下載到手機裡。他翻出圖檔，確認自己目前的所在位置。這一區並未和舊水道交錯，但往前再走兩百公尺是舊水道的匯流口，類似一個十字路口，紀錄上是說已經被封死了，只留下新水道的管路。

他順著水道來到昔時的匯流口，頭頂上有一個對外的人孔蓋，U型鐵條一階一階打進牆面裡，做爲維修工人的攀爬梯。

奎恩順著鐵梯往上爬，略微推開人孔蓋。這裡在首都南端，再往前開十幾分鐘便過南河大橋，往右轉會通往人跡罕見的廢棄工業區。

以地域性來說，這條污水道能以最快的速度離開首都，只有一個問題：馬路對面就是一間警局，旁邊是消防局，兩個單位都二十四小時執勤，隨時有警員機動性在街頭做DNA快檢，墨族人絕不可能有膽子從這裡鑽出地面。

「哇啊——」一個只顧著滑手機的行人差點一腳踩在他頭上。

奎恩把人孔蓋拉上，鑽回污水道。

下到倒數第三階時，鐵梯晃動了一下，他直接跳下地，噴濺的水花讓臭味又濃冽起來。

當年水管更新工程是統一發包的，維修鐵梯先在工廠做成水泥模塊，大量生產之後再運到現場一一組裝。

他抓住那階不穩的鐵梯輕輕晃動一下，突然發現，晃動的不是鐵梯，而是後方的水泥模塊。

奎恩心念一動，仔細檢視整片水泥模組。牆上竟有縫隙！

他抽出小刀刺入縫隙裡，原本微鬆的水泥塊立刻咬緊。他用力晃了幾下，水泥模塊紋絲不動，有件奇怪的事發生了——一縷稀薄的氣流拂上他的顏面。

污水道的味道是如此沈滯混濁，這股微弱的風卻猶如一股清流，倘若不是他的臉孔貼得離壁面極近，或許便錯過了。

水泥後方有空間！

奎恩退開兩步，小刀沿著水泥模組的接縫用力劃了一圈。

整個鐵梯模組被他的小刀一劃，在第七階左右分爲上下兩段。

他的小刀滑到第七階的右上角，突然聽到細微的「喀嗒」一聲，水泥模塊的右邊微微撬開了。

他精神一振，手抵在牆上用力一推，水泥模塊旋轉半圈，露出一條甬道。

乾爽的氣流從甬道吹過來，他拿出手機對照。這是舊日的匯流口！這個方向筆直通往廢棄工業區！

這就是田中洛出城的祕密暗道！

那片工業區已經存在七十餘年，據說以前的工業污水道挖得更深，從南羅朗河的河床底下通往對岸。田中洛利用舊水道將墨族逃犯送出城外，再四通八達地逃向各處。

這就是卡佐圖能神祕來去的原因！

奎恩努力按捺心中的振奮，手機突然震動起來。頭上有人孔蓋，這個地方收得到訊號。

「岡納，什麼事？」他立刻接了起來。

「你知道萊斯利排定在今天清除嗎？」岡納劈頭就說。

「什麼！」

「我剛剛回懲治中心找他偵訊才發現的。」

「萊斯利是我們尚在偵訊中的人犯，沒有我的同意，任何人都無權將他列入清除名單。」他劈哩啪啦地說。

「顯然其他人有不同意見。」岡納的語氣不爽之至。「我要典獄長立刻把運囚車召回來，典獄長說清除名單已由反恐清除部簽核通過，一旦進入清除排程，無重大原由不得更動，他也無能爲力。」

媽的！又是強森。

「岡納，立刻到清除設施阻止，必要時直接將萊斯利搶回來，我現在回總部要求署長開出緊急中止令，強森最好有一個合理的解釋。」

「已經在路上了。」岡納中斷通訊。

奎恩將暗門推回去，盡量恢復原狀，迅速回到地面，衝向自己的車子。

途中他不斷打強森手機，完全不通，該死的傢伙！他直接打電話到署長辦公室。

「署長正在和總統電話會議，任何事都不得打擾。」署長祕書回答。

「事關一位重要犯人，我需要緊急中止令，立刻請署長接電話！」

他強硬的語氣終於讓祕書撥下轉接鍵。

幾分鐘後，祕書的聲音又回來：「署長的分機已設了『勿干擾』，總衛官，我無法幫您接通。不過總統半個小時後有一場例行記者會，他們的電話會議隨時可能結束。」

半個小時後，萊斯利就只剩下一堆灰燼了。

「我要求在會議結束後立刻見署長，『清除部』主管強森衛官必須列席。」

他按下警示鈴聲，一路以破紀錄的車速飆回總部。

捲裹在他身周的冷焰猶如一隻冬日裡甦醒的火龍，公署內與他相同路徑的衛士紛紛讓路。

「署長已經在等……」祕書只來得及說出半句，一身冰怒的男人已經大步走進去。

署長在，強森在，該死的貝神父也在。

貝神父在這裡做什麼？

「奎恩總衛官，祕書告訴我，你要求一場緊急會面，我希望這是很重要的事。」奧瑪署長冷靜地坐在他的大皮椅裡。

「是的，我需要一紙重要犯人的清除中止令，同時對強森衛官提出正式申訴，並要求記他一次申誡。」

「什麼？」強森一改淡漠的神情脫口而出。

「希望今天的會面只在相關人士之前召開。」他不為所動地說完。

奧瑪往椅背一靠，深深看著兩名同樣冰冷不馴的男人。

「總衛官，如果你是指貝神父，心理諮詢部每個月有權任意選擇三場會議，在場觀察成員的身心理穩定狀態。他選擇出席今天的會議，我向你保證一切完全合法，貝神父很清楚所有保密規矩。」

「午安，奎恩總衛官，強森衛官。」貝神父和藹地微笑。

「告訴我是怎麼回事！」奧瑪命令。

「安竹．萊斯利是我正在偵訊中的犯人，反恐清除部擅自將他列入清除名單，已嚴重違反紀律規章第十二條第一款：『不得蓄意破壞同仁執行之任務』。第三條第七款：『行為不檢，對高階軍官不敬及不服從』。第六條第二款……」他一口氣背出五、六條罪名。「請求長官立即開出緊急中止令，並給與強森應有的違紀處分。」

「這太荒謬了，奎恩總衛官只是在為他無能捕獲叛軍首腦而遷怒，我做的一切完全符合規定……這是什麼該死的味道？」強森忍不住抽動鼻子。

「這，」他冷冷地瞥一眼過去。「是整座城市排泄物和廚餘污水的氣味。當你舒舒服服坐在冷氣空調的辦公室，為你的小心眼破壞別人行動時，我正鑽在下水道裡，試圖找尋卡佐圖的逃脫路線。」

「太可笑了！長官，他只是在爲他的無能開脫……」

「長官，中止令！」

「你最好別再打斷我說話……」

「長官！」

奧瑪揉揉鼻梁。「貝，你現在知道我過的是什麼樣的日子了。」

「讓我聯想到你和道格年輕時的樣子。」貝神父微笑。「奧瑪，他和他父親一個樣，都是堅定不移的鬥士。」

道格・奎恩的名字一出，讓所有人頓住。

奧瑪想起那終身不和，又奇異獲得他敬重的老友。若道格還在世，現在坐在這張皮椅上的人應該是他吧？

若奧瑪家的勢力有任何機會探入軍中，強森家族是唯一的管道。而身爲一名精明的政客，他深知保有珍稀好友的重要性。

「我是奧瑪署長，請立即停止對安竹・萊斯利的清除程序，正式文件會在半個小時內送過去。」奧瑪拿起話筒打給清除設施。「現在，告訴我，安竹・萊斯利是誰，以及我爲何要中止他的清除程序。」

「萊斯利是叛軍首腦田中洛的重要手下，在四個月前的突襲行動中被我捉到。那一次若非『多虧了』強森衛官督導不周，讓他的手下替叛軍通風報信，我連田中洛都抓得到，但我聽從署長的建議，善意不再對強森衛官提及此事。」

強森一噎。「我的人已經立刻逮捕布蘭登・羅伯特——」

奎恩理也不理，繼續說下去：「這些日子以來，反恐作戰部一直在偵訊萊斯利，從他身上問出許多跟田中洛有關的情報，我們相信他還有更多情報價值。根據規定，萊斯利依然屬於反恐作戰部的犯人，在我們沒有將他移交給清除部之前，清除部沒有資格動他。」

「我做的一切都是遵照規定，」強森反駁。「作戰部已經超過三個星期未偵訊安竹．萊斯利，他的名字被列在非主要名單中——」

「我並未授權將他交給清除部！」

「——典獄長表示清除設施已人滿為患，清除速度卻嚴重落後，我只是依循犯人的重要性加以排程，總衛官或許更該問自己的是，為何他口中的『重要犯人』，卻被排入非主要名單裡。」

「如果某人沒有暗示典獄長對我的重要犯人下鎮定劑，導致他經常性地在我欲偵訊時變成一棵植物，或許我的進程會更快一點。」

「現在你懷疑我和典獄長勾結？得了，署長，你相信這種話？」強森諷刺地看向他。「告訴我，總衛官，我為什麼要蓄意干擾你的進度？」

「我也不清楚，有沒有可能是因為你天生器量狹小、愛記恨，或者對於任何超越你的人都懷恨在心？」

強森的表情看來很想揍他。「你是在暗指我挾怨報復？請問你有什麼值得我報復的地方？或是你在暗指半個月前阻止我追查一個可疑的叛軍巢穴，擔憂我回來舉報你，所以乾脆先下手為強？」

「你在暗示我幫助墨族人脫逃嗎？強森衛官。」奎恩突然轉過身面對他。「這項嚴重的指控牽涉到叛國罪，指控高階軍官必須有確切的證據，否則誣告者將面臨軍法審判。告訴我，強森衛官，你在正式指控我嗎？」

強森臉色青獰。「你這個天殺的——」

「夠了！」奧瑪一掌拍向桌面。「看看你們兩個，一個三階衛官，一個總衛官，兩名紀律公署的超級菁英，卻在這裡吵得像三歲小孩一樣！」

兩人的視線較量半晌，僵硬地轉正。

「我爲自己的失態道歉，長官。」奎恩恢復寒冽的神情。

「我也是，長官。」強森僵凝地吐出。

「你們是兩個最重要部門的領導者，各自負責艱困的任務。無論你們之間有任何岐見，我建議你們自行化解，我不想再看到今天這樣的爭執。如果你們無法化解岐見，我不介意把兩位調職現職，另找情緒更穩定的人來領導。」

兩個男人的表情都像被掮了一巴掌。在紀律公署裡，無法控制自己的情緒等同於最嚴重的侮辱，只有弱者才無法掌控自己的情緒。

「我保證這種事不會再發生了，長官。」奎恩恢復百分之百的專業姿態。

「我也是，長官。」強森不相上下。

「請接受我的歉意，強森衛官。」奎恩向他伸出手。

「該道歉的人是我，奎恩總衛官。」

兩個男人握手言和，神情完全冷然自制，彷彿兩分鐘前的火熱爭吵不存在。

「很好。」奧瑪深深看他們一眼。「你們兩個都在盡自己職責，也都得到自己想要的，退下吧！」

兩名男人行完禮，轉身離開署長辦公室。

岡納已經等在外面，看見他出來，輕輕一點頭。萊斯利已經原車送回獄中。

「總衛官，有件事你或許會感興趣。」強森忽然皮笑肉不笑地叫住他。

奎恩毫無表情地注視他。

「那天你放走的人，我的手下回才藝中心問過，他們確實有個年齡相當的男老師，但不是我們看見的那個人，班上的學生也不是在咖啡館的那一批。」強森走到他身前。

奎恩依然面無表情地注視他。

「於是我問自己發生了什麼事。心腸如鐵的總衛官當眞被這群人騙過去，或者他動了惻隱之心？」強森輕聲道：「奎恩，你或許可以騙得過署長，但騙不過我。我們都知道你做了什麼，你幫助一群墨族宵小逃走！」

岡納古怪地瞄他一眼。

「強森衛官，很抱歉我一時不察，讓一群墨族平民逃走，爲何你剛才不在署長面前如此指控？」奎恩的聲音充滿致命的輕柔。「讓我回答你，因爲你是個懦夫。你很清楚你的指控一點依據都沒有，只能讓我因判斷不佳而被責怪幾句，最多記個申誡。若是我能提出反證，你則必須面對誣指高階軍官的罪名，你連這一點點險都不敢冒。你，從軍校開始就是個懦夫，到了紀律公署依然是個懦夫。」

「你不會永遠都這麼幸運的！你敢拿我的工作亂搞，我就拿你的工作亂搞！」反恐清除部的頭頭率先大步離去。

奎恩冷笑。廢柴，連正面與他迎敵都不敢。

「他說的是眞的嗎？」岡納忽然開口。

「你是誰的搭檔？他的或我的？」奎恩冷冷看他一眼。

反恐作戰部的頭頭也大步離去。

9

秦甄洗好澡，全身肌膚保養得軟綿綿香噴噴，往床上一倒。

已經十點了，最多再摸半個小時她就該睡了。她懶懶地抓過手機，有一搭沒一搭地培養睡意。網路新聞正在介紹宵夜，看得她饞蟲都動了起來。不行，吃宵夜會肥，她把手機往床旁一丟。

她喜歡她的公寓。

整間只有十坪大，除了浴室之外採開放格局。其中一面牆爲整片的對外窗，採光明亮，拉下窗簾就能阻隔外頭的視線。迷你廚房在浴室旁邊，用一個小吧檯和其它空間隔開，另一邊就是她的客廳，她的床擺在沙發後面。

當初她申請到首都的教職，羨煞不少同學，不過首都的房價實在讓人不敢恭維，最後她相中了這間西區的公寓。猶記得大學剛畢業的她兩袖清風，前兩個月的房租和押金還是她父母幫忙繳的。

這裡離湖濱國小要搭四十分鐘地鐵，稍微遠了點。不過地鐵站就在附近，中途也不必換線，算是一大利多。後來她升上正式教師，薪水增加了一些，也不考慮再換地方了。

這三年來，她以自己的「窮人佈置法」，將這間小公寓裝點成一個明亮舒適的空間。

整排窗戶加掛一層粉藍色的窗紗，電視牆上掛了幾幀她母親的刺繡作品，門口的五斗櫃擺放著她從泰國帶回來的木雕。跳蚤市場買回來的沙發換上她親手做的沙發套，椅背鋪上她和母親一起縫的美式拼毯，廚房的窗檯擺了幾盆她的香草盆栽。

這間公寓即使住一對小夫妻都很剛好，但親愛的總衛官只要往客廳一站，就變成火柴盒玩具了。

有些男人的存在感遠比他們的實體更巨大，他就是這樣的男人。

他們已經共度幾次十分「有趣」的影片之夜，有時在他的地方，有時在這裡。到目前爲止她都守住最後的陣線，雖然越來越困難就是了。

無論來過她這裡幾次，總衛官剛進來總會有些彆扭，並不是因爲怕碰壞東西——她懷疑這男人有任何笨拙的時刻，精確和優雅根本是寫在他ＤＮＡ裡的兩項特質——應該是環繞在她公寓裡的家居氣息吧？

這男人到底是多久沒有「家」，以至於一點點家的感覺都讓他覺得自己走錯地方？

腦子裡反來覆去想著他，她索性拿起手機，發了一則訊息過去。

「嗨，你睡了嗎？」她猜還沒。

「還沒。」過了一會兒他傳回來。

果然。她一笑。

「我今天過得不錯，你呢？」制式回答向來是：很好，謝謝。

「不怎麼樣。」過了五分鐘那頭才回傳

她一怔，忍不住坐起來，這是第一次總衛官大人回給她禮貌以外的答案。

「工作有狀況嗎？」遲疑片刻，她終於傳回去。

她盡量不去問他工作的事，他老是說那是機密，不能討論。

「最近招小人。」過了好一會兒，那頭才又傳回來。

她傻眼，然後忍不住大笑。

這種話平時都是她在說的，堂堂奎恩總衛官哪裡會抱怨自己犯小人？糟糕，她眞的帶壞親愛的總衛官了！

「別笑。」螢幕隨即亮起另一行字。

秦甄笑得更東倒西歪。總衛官大人果然越來越瞭解她！

「好可憐，別告訴我這位小人是你搭檔。」如果自己搭檔不好相處，那也太慘了。

「不，另一名衛官。」

再問下去，他不會再說了，抱怨到這裡已經是他的極限。

出於衝動，她送出一串句子，不讓自己有時間反悔。

「我正要做宵夜濃湯，有人關在空盪盪的公寓裡沒得吃，好可憐，除非他願意跑一趟。」

接下來的回應沒等太久。

「半個小時後到。」

她把手機往旁邊一丟，躺在床上盯著天花板。

其實送出那個邀請之時她便明白，今晚叫他過來，他便不會回去了。

咬了咬唇，她跳下床從冰箱翻出材料，做了一大鍋玉米濃湯。

已經說了她這裡有濃湯喝的，說話要算話。

半個小時後，她的門鈴響了起來，她按開外頭的鐵門，打開自己的公寓門等他。

英武昂藏的男人跨入門廳，冰川般的藍眸鎖定她，她的體內核心在一瞬間變得灼熱。

他直直走過來，她張唇，連稱呼都未喚出口，他已將她拉進堅硬如鐵的胸膛，封住她的唇。

公寓門在他身後關上，強壯的手臂從臀部托起她纖柔的重量，她的雙腿自動鎖住他強健的腰。他們憑著直覺跌跌撞撞走向她的床。

她的背碰到床的那一刻，他的黑袍掉在旁邊的地上，然後是他們身上的其它衣物。

她雙腿內側被他灼烈的體熱驚擾，下意識發出一聲喘息，彷彿她兩腿圈住的不是他的腰，而是一股流動的火焰。

他堅定的唇如影隨形封了上來，她品嘗著他的氣息、味道，一點淡淡的紅酒，和滿滿的里昂．奎恩。一陣不熟悉的強大壓力往她雙腿的中心點入侵，火熱的性感張力突然轉爲警覺。

「啊！」她嬌喘，不可能的……強烈的推進讓她的身體不由自主地往後退，想避開那巨大而驚人的壓力。

「噓，放鬆，別怕。」他的嗓音在她耳畔粗嗄安撫。

她雙臂緊緊勾住他的頸項，嬌弱地任憑他放緩但毫不退縮地入侵。

最困難的前端進入，她的身體快速調整自己，適應這道外來的力量。她的柔軟濕潤幾乎讓他進入到一半便想不顧一切衝進去。他努力壓抑自己，讓她身體能完全接受。

在他完整侵入她體內的那刻，兩人同時發出滿足的呻吟。

他們的第一次，快速，強烈，熾熱。

沒有羅曼蒂克的情話，沒有完美的氣氛營造。這是她和他最原始的模樣，擺脫一切外在拘束和僞裝。

她要他就是這個樣子，他要她也是這個樣子。

奎恩俯首吻住她，兩手將她的腿撐到最開，臀部用力撞擊。

「啊……奎……」他感覺起來就不是她能完全容納得下的，她嬌弱的身子總是想往後縮。已然興起的奎恩索性將她翻過來，從背後狠狠地撞入她。

這個角度讓他的長度顯得不那麼壓迫，第一波情慾高潮攫住她的嬌軀，她輕喊一聲，再也無法克制地收縮、抽搐。

突如其來的緊窒幾乎讓他棄械，他狠狠地一撞，極致的那刻來臨時，他龐大的身軀將她緊緊壓進床墊裡，男性的低吼佔據她的世界。

兩人一起虛脫地癱在床上，她軟軟蜷在他體側，聆聽他令人安心的強烈心跳。

他的手臂將她攬得更緊一些，長指無意識在她滑膩如絲的背心滑動。全身舒懶自在的男人盯著天花板，腦子裡第一個念頭脫口而出：

「我忘了戴防護措施。」

他身旁的女人微微一頓，然後全身細細地抖了起來。

「這眞是最浪漫的情話。」她終於收住笑聲說。

「我只是覺得應該給妳一個公平的警告，一名紳士起碼該做這麼多的事。」他繼續摩挲她的背心。

「太遲了，親愛的總衛官，一名紳士絕對不會連聲『嗨』都沒說，就把女士拖上床。」她終於找出力氣，食指在他的胸肌上畫著。

「嗨。」他嘴角浮現一抹模糊的笑意。

「也沒有像樣的前戲。」

「我剛剛可沒聽見任何抱怨，噢！」

尖尖的指甲釘進他胸肌裡。

「你們男人就是這樣，一上了床就覺得自己征服全世界。」她翻身跨坐到他的腰間。

他的大掌慵懶地滑在她腰肢和臀部的交界處。她好嬌小，他雙手一合就能圈住她的腰，用力一點就能折了。

「小姐，我以爲我才是被馴服的那個。」

這話很中聽，女王滿意了，釘在他胸前的兩根手指轉爲掌心，貼住他整片寬闊的平原。

她喜歡看著這樣的他，藍眸寫滿鬆懈之後的慵懶，連一身剛硬的肌肉線條都柔和許多。她的標準雙人床足以躺下三個她，卻被他碩壯的軀體一躺便沒餘下多少空位。

她喜歡他在她這裡完全放鬆，他的生活很少能有這樣的奢侈。

「你眞的好美……」她摩撫他的胸膛，平滑的皮膚下雕塑著肌肉的紋理

他冰川般的藍眸逐漸轉爲成海水的湛藍，下半身在她臀間挪動一下。她驚喘一聲，怎麼可能……

「啊！」

她咬著下唇，緩和他突兀的入侵。她的身子仍因剛才的歡悅而有些腫脹，這男人……太不可思議了吧？

可見平時太克制慾望的人，一出了柙就會化身爲怪物。

在他們做了兩次之後，總衛官才終於饜足。

第兩次他把她翻過去，扣著她雙臂從後方進攻，將她弄得要死要活，雙膝都跪軟了，才肯放過她。

緩過氣的她不得不猜想，這男人如此高超的床上技巧不知道從哪裡學來的……

「你最近招什麼小人？」

他們起來吃她做的宵夜濃湯已經是半夜兩點，兩人都覺得有必要補充一點實質食物。

他只隨意套上長褲，她披著他的襯衫，兩人隔著小吧檯而坐。

對面半隱半現的胴體讓人非常分心，奎恩很意外自己舀進口中的濃湯都沒有送錯地方。

適度運動有助於食慾，他狂喝掉兩碗濃湯之後速度才慢下來。她替他盛第三碗時，順便把冰箱裡自製的小餐包拿出來讓他配著吃。

奎恩向來自律，非正餐時間極少吃東西，更沒有宵夜這回事，如今有個好手藝的女朋友讓他在這條陣線完全棄守。

或許是在深夜吃宵夜兼閒聊的感覺很對，他的心防降低，終於跟她說起最近的一些鳥事。

「清除部的頭頭，他一直對我很有意見。」

「一直？從你進入紀律公署開始？」是誰不想活了，敢去惹他？

「從我們軍校的學長學弟時期開始。」

「學生時代？這麼早？你們有過節嗎？」她吃了一驚。

「有些人就是無法接受自己不是最好的，嚴格說來強森已經算同輩裡的佼佼者，只是我比他更強。這些人迴避現實的方法，就是說服自己比他們強的人並不真正比他們強，只是處在更有利的地位。」

「噢，跟梅若莎・約克一樣。」秦甄心有戚戚焉。

「梅若莎・約克？」他的劍眉挑了一下。

「去年最佳教師甄選被我打敗的人，改天我再告訴你她的事。繼續！」好難得總衛官願意說這麼多，她對他的故事比較感興趣。

他聳聳肩。「沒什麼特別的。我從進軍校開始，每一年都打破他留下來的紀錄，強森深信是『奎恩』之名讓教官對我另眼相看，也從不吝惜在人前人後發表他的觀點，最後我以行動證明他的觀點有多錯誤。」

「什麼行動？」她振奮地趴在桌子上。

「在我進軍校的第四年，有一次大規模的『軍武戰技校驗』，這是全校性的盛事，不分年級混合排名，我在射擊、劍擊、體能、武技各項都打敗他，奪下冠軍，他無話可說。」

他眼中的光彩她在調皮學生身上看多了，事情絕對不如此。

「還有呢？」小學老師雙眼一瞇。

「隔天他又在我面前挑釁是教官放水，我的得分才比較高，我當場再打趴他一次，讓他確認一下沒有教官在場，我也還是打得贏他，沒什麼大不了的。」親愛的總衛官十分謙虛。

「莫非就是那傳說中『被罰留校兩周』的事件？」她莊嚴地問。

噗！秦甄捂住嘴巴。

「嗯哼。」

原來當年的死對頭就是強森啊！

「爲了學生時期的事就記恨到現在，他也太沒風度了吧？」她受不了地搖搖頭。

「同樣的事在我們畢業之後分發營隊依然持續上演，直到我被調往其它營區，而強森申請至紀律公署之後才停止，他大概以爲這輩子終於擺脫我了。沒想到我從海外調回國不久，紀律公署徵召我——」

「等一下，所以你是紀律公署徵召的，而他是自己申請的？」

「聰明。」他讚賞地看她一眼，果然立刻抓到重點，

「啊，光這點應該就夠讓他心裡酸的了。」秦甄很樂。

奎恩微笑。她過度樂觀的天性有時會讓人誤以為是天真，其實她看問題的眼光往往很犀利。

「非但如此，他待的是清除部，我是作戰部。在公署裡，先鋒部隊由作戰部出馬，清除部負責善後──」

「所有的光彩又被你搶走了，他只能跟在你後面擦屁股。」她再嘆一聲。「一切簡直就是學生時代重演，只要你一出現，他就淪為配角。」

他笑了，將她勾過來一吻。

「那他最近出什麼陰招搞你們？」她好奇。

奎恩搖搖頭，「他也只能耍一些程序干擾的小手段，很無意義，他自己高興就好。」

「這種人最討厭了！是不是公家部門特別容易出現這種人？我們學校裡也有兩派在鬥爭，一派校長派，一派學務長派，兩邊鬥得你死我活。學校的老師都被迫要選一邊站，否則就一定是對方派來的敵人，我才懶得理他們呢！」她翻個白眼。

「我以為妳很喜歡你們校長？」她說他們校長很重視年輕老師，放手讓她做了許多改革，包括學童營養午餐……嗯？沒想到他也把這些瑣事都記住了。

「那不一樣，我喜歡我們校長是因為他人很好，不是為了派系問題。」她鄭重聲明。

「是。」他微笑。

他們把吃完的餐具拿到洗碗槽，她負責洗碗，他負責將碗盤擦乾，兩人彷彿已經一起做了許多年，動作無比協調。她把最後一根湯匙遞給他時，看他一絲不苟擦得乾乾淨淨，突然笑了起來。

「看看你，親愛的總衛官，」她依進他懷裡。「半夜，半裸，站在廚房擦碗，我真的把你的形象毀得很徹底。」

「某位小姐堅持男女應該共同分攤家務。」他慵懶地圈住她，藍眸逐漸變深。

對，她只是沒想到他聽進去了。他承諾過會努力滿足她對一個丈夫的要求，於是他也就眞的很努力，這男人把他說出口的每句承諾都看得極重。

她曾經以爲嫁給他就像嫁給一塊冰，他一再以行爲向她證明，世人對他的認知有多麼錯誤。

「要喜歡上你是很容易的事，親愛的總衛官。」她輕輕呢噥。

「想表現給我看嗎？」他俯首吮吻她的櫻唇。

於是，他們又犧牲一點珍貴的睡眠時間讓她表現……

✷

早上六點二十分，他們已經吃完早餐。她正在替他準備今天中午的便當，他坐在吧台前享用咖啡，從手機瀏覽今天的頭條新聞。

「岡納幾點來接你？」

「再八分鐘。」他看一眼腕錶。

秦甄加緊動作，他說八分鐘就一定是八分鐘，不會多一秒少一秒。這群紀律公署的怪胎簡直太變態，每個人準確到可以取代時鐘。

「你昨晚不是自己開車過來的？」

「接到妳訊息時，我剛喝了半杯紅酒，正準備上床。」

半杯紅酒……這連酒測都測不出來吧？秦甄不禁無言。

想想她這小學老師實在太慚愧了，第二次約會開始就帶他私闖民宅，讓他學會吃零食、吃宵夜、熬夜貪歡。

「來，你的午餐，肉丸義大利麵，配菜是綜合炒鮮蔬。」她雙眼一睐。「蔬菜要吃完！」

奎恩把自動保溫盒接過來，明智地對「綜合炒鮮蔬」保持中立神情。

秦甄把自己的便當也裝好，隨手從抽屜拿出一個藥盒，倒出幾顆白色藥丸配著水吞下去。

「妳爲何需要吃藥？」

他看過幾次她吃這種藥，之前以爲她是感冒之類的小問題，沒有多問。如果直到現在依然在服用，可見應該不是小問題而已。

秦甄全身一僵，彷彿從來沒有想過這件事，直到他問了才想起來。

「對不起，我沒有想到……」她臉上漸漸露出無助之色。「我的藥吃得太習慣，已經變成日常生活的一部分，竟然從來沒有想過要跟你說。」

「妳爲何需要吃藥？」奎恩將她拉進懷裡。

「你知道我七歲那年被現在的父母收養吧。」她深呼吸一下。「其實我的生父是台灣人，母親是香港人，他們是在海上工作站相識結婚的。二十年前，南中國海曾經發生一次大規模的礦災……」

奎恩一凜。

「阿爾法礦區」爆炸案，原來她是礦爆的倖存者。

五十年前南中國海發現了一種前所未見的礦藏，被命名爲「阿爾法礦石」。這種礦石能提煉出一種強化金屬的物質，讓金屬近乎無堅不摧，可以想見，若拿來運用在國防、軍事、醫療等領域將有多大功用。

只有一個問題：阿爾法礦石極端不穩定，加熱到攝氏八十五度就會產生劇毒氣體，穿透性極端強烈，中毒者的死亡率跟氰中毒差不多。

科學界隨即投入研發，經過十五年終於找出讓阿爾法礦石更穩定的方法，於是在二十年前，中國和美加兩國合資在南中國海開發阿爾法礦藏。

可惜科學界未發現的是，當環境中的濕度、壓力、溫度同時達到某個要件時，阿爾法礦石會再度變得不穩定。就在礦區開採三個月之後，南中國海的海上倉庫爆炸了。

這次的災難遠比當初德克薩斯被投擲髒彈更嚴重，劇毒飄散到中國、越南、菲律賓等國家的沿岸地區，造成重大傷亡，香港島當然也難以倖免。

這場礦爆引起全球人道組織的重視，世界各國都派了救災部隊前去支援。事後，中國與美加兩國政府對所有受害者負起完全的醫療責任。

以美加來說，除了國際災民的賠償，香港及海上工作站都有本國籍專家和眷屬，本國災民依照中毒的情況可以享有不同年限的免費醫療，最嚴重的人終身免費，最基本的也有三十五年的免費治療期。

甄在香港出生，爆炸發生時，她應該也四、五歲了，他竟然沒有特別把她和礦爆聯結在一起。

「事發時我在母親浙江的親戚家，不在香港，但只要是沿海地區都受到影響，至於我的父母……他們是工作站的員工，在第一時間就殉職了。」她輕聲說。

「我很遺憾。」他輕撫她的臉頰。

她的臉頰摩挲他的掌心。

「當時一片混亂，所有人都自顧不暇。親戚把我送回香港，沒想到我在香港已經沒有親人，而我年紀又太小，記不得父親在台灣的親戚。突然間，我就變成一個在各個收容所流浪的孤兒。我現在的父母本身就是美加公民，礦爆發生之後他們到香港擔任義工，在育幼中心發現我。一年多之後他們領養了我，把我一起帶回新洛杉磯。

「我的情況被列爲『輕微感染』，美加的衛生部門說，雖然阿爾法礦石的毒性不排除演變成慢性疾病的可能，但機率很低。既然我被合法收養了，也等於美加公民，依法我可以享有三十五年的免費醫療期，直到四十二歲爲止。

「這些年來，我一直在服用官方發給的『波樂錠』，我自己是不覺得哪裡不對，每一年的例行檢查也都很正常。我的醫生溫格爾說，既然法律規定可以服用到四十二歲，那就繼續服用下去，以防萬一。甚至四十二歲之後如果我的經濟條件許可，還是可以自費選擇繼續服用。」

她的眼神充滿歉疚。「對不起，我不是故意瞞著你的，只是……我眞的覺得自己跟平常人沒什麼不同，吃藥已經變成一個慣性動作，所以從來沒有想過要特地跟你說。如果你對婚約改變主意，我完全理解！也完全不會怪你！」

她屬於服藥三十五年的族群，表示是受影響最小的災民，以預防性投藥爲主。

他看著她，一臉怯生生和不安，身上仍穿著幫他弄早餐的圍裙。他從不覺得自己大男人主義，女人只能待在家洗碗煮飯，但以後若一直有她幫他煮飯弄便當，聽她天馬行空的閒聊，這樣的人生沒有什麼不好。

「沒有任何數據顯示阿爾法的毒性會遺傳給下一代，而且我看過妳的體檢報告，妳非常健康，我們的婚約沒有必要被這件事影響。」

「嗯。」她依然一臉罪惡感。

「一切都會沒事的，我們延續妳的用藥時間，即使過了四十二歲之後。」奎恩將她清麗的臉龐抬高，藍眸向她保證著。

她踮腳和他唇齒纏綿。

✷

岡納的車在六點三十分整準時出現。三十秒後公寓大門打開，奎恩總衛官一身黑袍走出室外，神情冷漠驃悍，一如以往。

背後忽然有個嬌小玲瓏的女人叫住他，奎恩回頭，嬌小女人把兩個牛皮紙袋遞進他手中。在岡納驚愕無比的視線中，他光天化日之下毫不避諱地和那女人親吻，嘴角甚至帶著一抹笑意。

「妳確定妳不想搭我們的便車？」奎恩的拇指滑過她的唇。

「送我上班是你的任務，不是你夥伴的。」她戳他硬邦邦的胸膛。「而且我這學期終於不再是早班的導護老師了，還有半個小時可以摸，你先去上班吧！」

奎恩點點頭，回頭邁向搭檔的車子。

「嗨，岡納！早安。」秦甄熱情地對他揮手。

「……」爲什麼她叫得這麼親切？他們認識嗎？

這是岡納第一次見到這位只聞其名、不見其人的女朋友，奎恩看起來就像昨天晚上在她家裡過夜。

他們兩人的默契是：公事完全信任，私事互不干涉。岡納覺得有點困擾，突然看見奎恩從一個女人家走出來，讓他莫名其妙有種侵犯他人隱私之感。

他僵硬對那女人點了下頭，目不斜視看前方。

奎恩滑進前座，岡納迫不及待開走。

食物香氣不斷從牛皮紙袋飄出來，他努力忽視，奎恩突然將其中一個紙袋遞給他。

「你的。」

「……」為什麼會有他的？

他不想接，奎恩遲遲不收回去，這樣僵持下去太蠢了，他只好接過來。

牛皮紙袋裡是一個餡料豐富到足以抵兩餐的三明治。

做這三明治的人十分瞭解他們工作需要高卡路里，麵包中間夾著焦香的培根，形狀完美的荷包蛋，大量青菜、蕃茄和一片厚實多汁的漢堡排。為了讓他們能在車上吃得方便，三明治以食用紙包得好好的，一滴不漏，食用紙還使用搭配的煙燻口味。

岡納不曉得該拿這個三明治怎麼辦。漢堡肉和培根的油香不斷勾引他的唾液分泌，他以意志力強壓下去。

「……為什麼？」

「她說她不能眼睜睜看著我朋友餓肚子。」奎恩逕自吃他的早餐，一面用手機查資料。

「我們不是朋友！」岡納驚駭異常。

「我知道，我也是這麼跟她說的。」奎恩依然盯著手機。

「然後呢？」岡納瞪著他。

「然後就是你手上多了個三明治。」

「……」

「你就吃掉，頂多我以後叫她不用再做了，哪來這麼婆婆媽媽？」奎恩終於不耐煩地看他一眼。

岡納只好默默把三明治吃掉。

其實眞的滿好吃的……可是吃人嘴短，這種情不能欠！

「很好吃，不過請她以後不用再做了，我習慣吃營養補充棒。」他清清喉嚨。

「嗯。」奎恩繼續滑手機。

儀表板有更大的螢幕可以使用，他卻選擇在小小的手機瀏覽，岡納不禁瞄一眼。

「那是污水道管線圖嗎？」

「嗯哼。」

「你在查什麼？」岡納看他一眼。

「沒什麼，研究幾個田中洛可能使用的路徑。」

「有什麼發現嗎？」

「不算有。」他又滑了幾頁才回答。

奎恩最近經常單獨行動，有時打手機給他卻發現訊號在無法接收之處，岡納心頭生出幾絲異感。

「你有什麼事沒告訴我嗎？」

「我爲什麼要這麼做？」奎恩面不改色地收起手機。

因爲我們不是朋友。

因爲紀律公署的每個人都是競爭對手。

「沒事。」

「你有什麼事要和我討論嗎？」奎恩回問。

「沒有。」

「嗯。」

兩個男人各自回頭專注自己的事。

奎恩承認，未將舊水道的事告訴岡納，違反他們的工作原則。他們的不成文默契是，只要有任何新發現，對方都是第一個知道的。

他也說不上來為何不告訴岡納，可能是那日強森指責他縱放墨族人，岡納的神情讓他留上了心。他無法解釋原因，只是直覺的一種觸動，最後他決定相信自己的直覺。

總之，他自己又走過幾次那條暗道，尚無其它發現，所以那條暗道也只是眾多污水道的其中一條，沒什麼可說的。

連結這條暗道的舊水道與四個月前查獲的基地有地緣關係，對田中洛而言太燙手了，短期內他的人應該不會再使用。

奎恩的手機震動起來，他掏出來一看，號碼不明。

「你在哪裡？」蛇王孟羅的臉孔出現在螢幕中央。

「孟羅先生，眞是稀奇，一位夜生活主義者這時間竟然清醒著？」

「少廢話，我要說的話，你會想聽的。」孟羅的神情難得如此緊繃。

「半個小時後，中央廣場。」

手機螢幕轉黑。

「需不需要呼叫支援？」岡納看著他。

「不用。」

岡納點點頭，飆向通往城內的第九大道。

中央廣場並不在首都中央，而是位於西南區的中央車站前。這個地點從秦甄家過來比較近，往南有一條八線道的大馬路直通南河大橋，可以在極快的速度內出城，往北兩條街外就有紀律公署的分區辦公處，對他們兩方都算一個安全的中立地帶。

凌晨七點的上班人潮已經漸漸密集，再過十分鐘就會到達最高尖鋒值。

廣場中央有一個超大型的藝術裝置，直到現在都還是遊客必來的景點。這個藝術是由一位科學家創造出來的，利用流體力學讓一條長長的銀帶在一百呎高的空中流動翻轉，隨時不斷變換形狀，猶如一條懸空的銀河。

他們抵達時，孟羅已經在廣場中心點等著他們。

車站駐警第一時間就認出奎恩，岡納對他們微微一搖頭，幾名駐警立刻按著武器退到一旁。

廣場正中央有一個圓形小花圃，孟羅的手下守住花圃的幾個方向，讓過往人潮從花圃旁流過去，給他們適當的隱私，空中翻動的銀帶投下忽明忽暗的光影。

孟羅的樣子讓他暗暗吃了一驚。上次見面是在兩個月前的紐約，當時孟羅浪蕩性感，渾身散發犯罪之王的邪惡魅力。今天的他英俊瀟灑依舊，臉頰卻整個削下去，體重起碼少了二十磅，彷彿剛生過一場大病。

「你還好吧？」奎恩肅殺的濃眉皺了起來。

「死不了。」孟羅連講話都有點中氣不足。「今天的對話只限於你一個人。」

「什麼？」岡納的逆鱗馬上豎起來。

「要不要一句話，我準備把田中洛的重要資訊告訴你們，或許甚至能幫助你們抓到卡佐圖。」

奎恩對岡納輕輕點個頭，岡納壓下一句低咒，僵硬地走到圓形花圃邊緣。孟羅的一個手下看他一眼，兩人井水不犯河水。

「卡佐圖在哪裡？」奎恩冰冷地問。

「沒那麼快，我在找一個人，你得先幫我找到這個人。」

「誰？」他毫不拖泥帶水

「莎洛美・坎迪拉。」孟羅也爽快。

「沒聽過。她是誰？」

「你現在聽過了。只要幫我找到她，田中洛的情報就是你的。」

「你憑一個名字就想讓我從全球幾十億人口找人？我需要更多資訊，她的出生年月日、近照、體型特徵、你和她的關係、最後一次有人看見她的時間和地點。」

「莎洛美今年十五歲，有一頭深褐色的長鬈髮與同色眼睛，沒有照片，你不必知道她和我的關係，至於最後一個問題……」孟羅雙眼一瞇。「就我所知，最後一個看見她的人是你，所以除了你，我想不出還有誰能找到她。」

「我？」奎恩的劍眉蹙起來。

「莎洛美最後一次和她父親聯繫是在一個月前，她說你救了她，但在她能提供更多細節之前，通訊就中斷了，從此沒有人知道莎洛美的下落。我的消息來源說她並未被任何單位逮捕，所以她到底在哪裡，只有你找得到。」

一個月前。

奎恩心念一動。

一個月前，他唯一接觸的青少年是那群喬爾咖啡館的墨族小孩，時間隔得太久，地下室又黑，那天他專心對付強森，對每個人的長相並未多加留意。

憑藉著高度的訓練，他已經比一般人能記住更多細節，但那些細節不包括一個十五歲的長髮少女。那些孩子的打扮都很中性，她的長髮極有可能藏在帽子裡，甚或剪掉了。

「她是墨族人？」

「她是我要找的人。」孟羅口風極緊。

「一個月前的事，你現在才開始找人，會不會太遲？」

孟羅安靜了，擺明不想多說。

「你要我幫忙找人，卻不肯告訴我更多資訊，你確定你眞心想找這個女孩？」奎恩嘲諷道。

「莎洛美很明確地提到你的名字，除此之外沒有時間地點，也沒有細節，所以我才只跟你一個人談條件。無論你知不知道她在哪裡，你都是我們唯一找到她的機會。」孟羅終於說。

「慢著！先讓我確定你擁有足夠談條件的籌碼。我可不想花時間找到那女孩之後，才發現你手中的情報對我不值一文。」

孟羅思索片刻。「很公平。一個女人。」

「什麼女人？」他雙眸一瞇。

孟羅露出一絲笑容，略顯憔悴的臉孔霎時間英俊無比。

「我必須給你一點好評價，你過去三個月幾乎封鎖了查爾斯的所有帳戶……他有一堆錢乖乖坐在銀行裡，卻一毛錢都動不了。」孟羅挑了下眉。「我和他們做生意到現在，這是查爾斯第一次付不出貨款。幸好他以前的信用良好，我願意寬限他一些時間。」

「你眞是太善良了。」奎恩譏嘲。

「你認爲捏緊查爾斯、田中洛便斷了金主，連帶其它受資助的叛軍也一併受到影響；遲早會有人受不了，強迫田中洛別再管卡佐圖的事。」

「我會繼續施壓，直到把所有叛軍的髒水都擠出來。」奎恩毫不容情。

「這一招確實管用。」孟羅的食指對他一比。「查爾斯這些年能一直在歐洲過他的好日子，是因爲他的錢替他買到保障，列提、愛斯達拉、布魯茲……這些武裝叛軍有一大半靠他吃飯，這些人說是拿自己的生命保護他都不爲過。現在他的錢提不出來，愛斯達拉已經越來越不耐煩，沒有人知道他們何時會給查爾斯一點顏色瞧瞧。只可惜你算了這麼多，唯獨沒算到一件事。」

「什麼事？」奎恩的藍眸猶如地獄寒冰。

「查爾斯早就和田中洛拆夥了。」孟羅似乎被整件事娛樂到了。「卡佐圖的一個死忠信徒回到歐洲，神經病發作跑去炸倫敦市中心，差點把人在附近的查爾斯也一起炸掉。他極之不爽，要求田中洛別再管卡佐圖。田中洛硬是拒絕和卡佐圖切割，因此查爾斯兩年前就不再資助田中洛，這幾年另有一個人在幫他張羅金錢。」

「一個女人？」奎恩懂了。

「一個女人，一個普通女人，一個活在你們世界的平凡女人。即使從你身邊走過去，你都不知道她就是目標的尋常百姓。」孟羅愉快地說。

可惡！

「她是誰？」

「等你找到莎洛美，或許我就知道了。」孟羅微微一笑，開始往後退。「對了，既然我是個大善人，順便奉送你一則情報：卡佐圖想要你死。」

「這已經不是新聞了。」他歡迎卡佐圖親自來試。

「我接下來要告訴你的，絕對是新聞。」孟羅露出燦爛的笑容。「卡佐圖要你死的程度，強烈到他不惜親身出馬。」

奎恩全身緊繃起來。「你最近見過他？」

「剛剛。」他依然掛著頑童般的笑容。「你我都知道，無論卡佐圖在他那群『信眾』眼中多麼英勇，他的本質就是個懦夫。連那群傭兵都殺不了你，憑他自己之力更是困難，不過要你受苦，不必非得對你動手不可，還有其它方法。」

讓他受苦的方法……甄？

「卡佐圖在哪裡？」奎恩厲聲趨近孟羅。

岡納感覺情況不對，立刻大步走過來，孟羅已經退到花團的邊緣。

「瞧，我說了，今天要說的話你一定會想聽。如果你現在就抓到卡佐圖，那女人的身分是誰也不重要了。我最後一次知道他的行蹤是半個小時以前，西三城，其它的你自己想辦法。」他的手下迅速圍攏，孟羅轉身和手下一起走開。

甄！

奎恩火速掏出手機。

「什麼事？」岡納疾聲問。

「卡佐圖人在首都，想對我未婚妻不利！」該死，通話中。「岡納，她應該出門了，你到學校找她，我聯絡電信公司追蹤她的方位。只要找到甄，我們就找得到卡佐圖！」

10

「抱歉！」一名上班族用力從她旁邊擠過去。

「我也抱歉！」她對無禮的傢伙皺眉頭。

果然由奢入儉難，被總衛官大人接送了一陣子，竟然就忘了十幾年擠車通勤的辛勞。她抱著自己的大包包，硬是從一排逆向的乘客旁邊擠過去，終於脫離人潮如流水的樓梯，踏上月台地板。

剛下車的乘客離開之後，月台的人數稍微少了一些，不過維持不了多久就會被後面的乘客塡滿。奇怪，以前怎麼不覺得坐地鐵的人這麼多？她乖乖走到候車線排隊，一些人硬要從她面前擠過去，害她不得不後退一步。

「抱歉。」她差點踩到後面人的腳。

就這麼一讓，她看見另一頭有個以前的學生正在和同學聊天。

「瓊恩！」她揮了揮手，但兩人距離太遠，瓊恩沒有看見她。

另一波乘客湧了過來，瓊恩就此失去蹤影。

大學畢業後，她依照規定必須實習半年才能正式帶班級，當時也是在湖濱國小，瓊恩就是她實習時的學生，學校安排給她的指導老師是瓊恩的班導師。

眼看新來一個年輕漂亮的女老師，人小鬼大的六年級生和她一拍即合，感情好得不得了。某方面她對瓊恩這班特別有感情，他們等於是她老師生涯的第一批學生。後來瓊恩的班級畢業，她和畢業生哭成一團，直到現在還有當年的學生回來看她。

沒想到時間過得這麼快，小時候大人都說被他們這些孩子催老了，她根本從二十二歲開始就有一堆小孩，日日被催著老。

咻，地鐵進站。

秦甄辛苦地擠進車廂，理所當然沒位置。不過再過兩站是轉乘點，會有一堆人下車，運氣好的話搶得到位置。果然趁著轉乘的機會，她覷到一個空位，立刻馱著她的大包包坐下來。

「呼……」鬆了口氣。

她從包包裡拿出今天第一堂備課的資料，很認眞地讀起來。

讀沒多久，頭上罩著一個影子，她忍不住抬頭。

「抱歉，我看妳筆記上有好多圖表。」站在她旁邊的年輕人對她露齒一笑。

「沒關係。」她笑笑，低頭繼續看。

頭上的影子依然擋住她的燈光，她只好又抬起頭。

那年輕人看起來頂多二十出頭，一笑起來白牙閃閃的，很討人喜歡。深古銅的皮膚與特意染成金棕色的頭髮其實不太搭，不過反而流露年輕人什麼都想嘗試的氣息。他肩後背著一個舊包包，上頭貼了一些現在大學生很流行的旅行印章，牛仔褲與T恤極適合他的年紀。

秦甄覺得他讓她有一種熟悉感，可是想不起來在哪裡見過他。應該就是大眾臉的緣故吧！

「那是妳的教學筆記嗎？」年輕人說：「我一直想當老師，已經修了幾門教育實務，妳的筆記有一些註解讓我看了很有親切感。對了，我叫凱文，目前是坎特伯利師範大學的學生。」

「眞的？那你是我的學弟，我也是坎特伯利大學畢業的。」她驚喜道。

凱文主動伸手和她相握，秦甄的手剛伸出去，艾瑪的驚呼聲突然從車門口擠過來。

「甄！」

「艾瑪，妳怎麼會搭地鐵？」秦甄驚訝地望過去。

艾瑪仗著肸肸的身材一路擠到她身邊，連站在她旁邊的年輕人也被迫讓出位子。

「我老公出差去，把車子一起開走了。」艾瑪喘了口氣，立馬把自己的手提袋往她腿上一扔。

「妳爲什麼不接電話？妳知道奎……」

艾瑪趕快住口，左右看幾眼。「妳知道妳家那口子在找妳嗎？他一直聯絡不上妳，居然打到我手機，我的手機現在有……咳，某某人的私人號碼了，喔耶！」

秦甄趕快把自己的手機翻出來。

哦，可惡。她剛才翻包包的時候不小心誤觸撥號鍵，若絲琳店裡的留言機會收到一通詭異的電話留言。若絲琳，妳爲什麼不像正常人一樣，限制每通電話的留言時間只有三十秒呢？

她趕快把手機切斷，幾乎同一時間，手機立刻響起來。

「嗨！抱歉，我剛剛不小心……」

「妳在哪裡？」奎恩打斷她的話。

「在地鐵裡，正要去學校，怎麼了？」她一怔。

「我要妳下一站立刻下車，找到一個最近的站務員，告訴他們妳是我的妻子，要他們立刻帶妳到駐警辦公室，途中任何人和妳攀談都不要搭理。」奎恩命令道。「告訴我下個車站的站名。」

秦甄警覺起來，他不會突然提出這種莫名其妙的要求。

「下一站是布拉姆街口。」

「好，我五分鐘後到。」

秦甄收了線，地鐵正好到站，她趕快揹著包包站起來。

「幹嘛？我們的學校還沒到。」艾瑪連忙拉住她。

「我有事得下車，艾瑪，妳也一起來。」

艾瑪莫名其妙被她一起拉下車，差點被人潮沖走，最後她拿出對付刁蠻學生的力道，硬是排山倒海殺出一條血路。

「甄，等我一下！」

「抱歉，剛才車上人太多，我不想被別人聽到。總衛官叫我立刻下車，找個站務人員帶我們到安全的地方。我不曉得發生什麼事，聽起來很緊急的樣子。」秦甄四處搜尋著，站務人員在哪裡？附近幾站都是大站，上班人潮太多，這種尖鋒期，站務人員應該在樓上票閘層支援。

她立刻跟著人群一起流向手扶梯。

「那我們最好趕快找人幫忙。」奎恩不會沒事開這種玩笑，艾瑪二話不說跟緊她。

她們被吞沒在重重人潮裡，光是上手扶梯就等了好幾分鐘。好不容易上了票閘層，她繼續尋找站務人員的蹤影。

「嘿！嘿！女士們。」一個年輕人辛辛苦苦地追在她們後面。

凱文，剛才跟她攀談的大學生。

「妳的講義掉了。」凱文終於追上她們。「妳沒事吧？我看妳突然臉色很難看地下了車，需要我幫忙嗎？」

「不用了，謝謝，我只是臨時想到東西忘了拿。」秦甄舉步想走向他。

途中任何人和妳攀談都不要搭理。

總衛官的嗓音清清楚楚在她腦海響起。秦甄停了下來，離凱文比較近的艾瑪索性接過來。

「多謝你啊，小伙子。」

她的手碰到講義那一刻，凱文忽然扣住她腕脈一個扭轉，艾瑪變成背對著他，一雙鐵膀箍住她的脖子，一把鋒銳匕首抵住了艾瑪的頸動脈。

「喂，你們不要停在路中間……」後面的旅客看見他手中的刀。「啊！他手上有刀！」

「啊——有人有刀！」

「快叫警察、快叫警察——」

秦甄的目光和凱文對上，她想起來了！

她見過他的照片，他的頭髮再長一點，染成黑色，額間加一條髮帶，嘴巴換上一副絡腮鬍……卡佐圖。

凱文就是卡佐圖！

沒想到卡佐圖去掉所有偽裝之後，竟然像個尋常的大學生。

但她的雙眼一和他的眼睛對上，立刻知道不對。

那不是一雙正常人的眼睛。

他的眼神空洞，眼睛裡看不見一絲靈魂。

卡佐圖絕對不是瘋子，起碼不符合傳統定義的「瘋狂」，他完全知道自己在做什麼，並且深深樂在其中。

這是一雙徹頭徹尾邪惡、從別人的痛苦而感到快意的眼睛。他或許能偽裝成大學生，但實際年齡絕對比他的外表大很多，那雙眼中的陰戾絕非一朝一夕得以養成。

「向我走過來，小姐。」凱文的笑容再也沒有大學生的清澀，猙獰利齒在笑容下張揚。

「不！」

「妳再不過來，我一刀劃破這隻母豬的頸子。」

「嘿，小子，說話客氣一點！」艾瑪倒抽了口氣。

「閉嘴！」卡佐圖的刀更用力抵住她，一絲沁紅馬上在艾瑪頸側凝聚。

「不要傷害她！」

艾瑪的表情既驚恐又困惑，她不能害艾瑪為她而受傷……

「甄！」一陣雷鳴自她身後雄渾沈厚地吼來。

宛如一顆石子投進池塘裡，奎恩飄揚的黑色羽翼凌空而來。

突然間，他就在這裡，高大精壯的一道城牆。

「卡佐圖。」奎恩冷冷挺立。

這個名字在乘客間引發迴響。

原來他就是卡佐圖！

那個炸毀無數家庭、無惡不作的瘋狂恐怖份子。

原來卡佐圖既不老，也不醜，看起來就像一個尋常的年輕人。

這個事實在人群間引起的震盪超過一名獐頭鼠目的惡徒！沒有人願意相信如此平凡的年輕人竟然會是恐怖份子。

「啊——」

「快走！快走！」

「他有炸彈！」

地獄在此時裂了開來，恐慌的情緒帶著強烈的渲染力，所有人爭相逃離，不多久每個人都在逃，許多人甚至不知道自己在逃離什麼。

奎恩將秦甄擋在自己身後，兵慌馬亂之中，只有他們四個人僵持對峙。

「我叫妳不要停下來和任何人說話！」奎恩低斥。

「我沒有！他撿到我的……噢，好嘛。」背後的秦甄很委屈。

「放開她，紀律公署已經包圍了整座車站，你逃不了的。」奎恩緊緊盯住自己的獵物。

「我想我還有幾分鐘的時間。」卡佐圖過分明亮的雙眼令人不寒而慄。「我的目標是你女人，不過讓你眼睜睜看著地板被這隻母豬的血染紅也挺有趣的。」

艾瑪再度發出尖銳的抽氣聲。

「卡佐圖，我不知道有沒有人跟你說過，你是個糟糕透頂的敗類！你的小學老師一定很後悔自己沒教好你。不！我想他們應該努力試過，是你這小子不受教！」秦甄怒氣沖沖地說。

「妳這個臭女人給我閉……」卡佐圖惱羞成怒。

這句話沒有說完，艾瑪讓所有人意外了。

她突然反扣住卡佐圖的臂膀，身體微側，給了他一個結結實實的過肩摔。

這還不夠！盛怒中的艾瑪腳勁不同凡響。「不、要、隨、便、叫、人、母、豬！」

卡佐圖被這八腳踹得一佛升天二佛出世。

秦甄的下巴掉下來。

奎恩承認自己浪費了寶貴的一秒鐘目瞪口呆。

「哇靠！竟然管用耶！」最驚訝的人是艾瑪自己。

自從在商場被伏擊之後，奎恩要求地區警局加強湖濱國小的巡邏，並親自聯繫分局長，告訴他叛軍有可能攻擊湖濱國小的教職員，分局長應該加強對教職員的防身術訓練。

奎恩總衛官都親自交代了，分局長敢等閒視之嗎？就這樣一層層傳下來，分局長指派專屬防身術教練親自來國小授課，每位教職員都上了幾周的防身課程。

奎恩不指望這群老師幫忙抓人，只要秦甄身旁的同事都有基本的防衛能力即可。

這場假公濟私，他做得心安理得，他本來就認爲所有公務人員都應該進行基本的防身術訓練。

艾瑪當然也練了，沒想到照表操課，竟然見功！

寶貴的一秒鐘過去，奎恩立刻舉槍。卡佐圖也不是省油的燈，伸腿絆倒艾瑪，趁艾瑪在地上掙扎，回頭衝向樓下的月台層。現場乘客太多，奎恩無法開槍，拔腿追了上去。

短短五分鐘的時間，對峙，突圍，追趕，兩名駐站警察趕到時戰場已經轉移。

「帶她到安全的地方！」奎恩消失在樓梯底端之前大吼一句。

啊！噢！哇！不明究理的乘客被當成保齡球，一尊一尊推在他的軌道上，奎恩人高腿長，一具一具跳過，但卡佐圖完全不必顧忌任何人，終究稍微拉開了兩人的距離。

月台的地鐵剛剛開走，卡佐圖立刻跳下軌道，消失在黑暗深處。

奎恩二話不說跟著跳下去。

「啊，有人跳下月台！」一位女性乘客尖叫。

卡佐圖急促的腳步聲在他前方迴響，隨著兩人離月台越遠，隧道內的光線越暗。

慢著。

奎恩突然停步。

我的目標是你女人。

所有認識卡佐圖的人都知道本質上的他是個懦夫。

看他人受苦帶給卡佐圖無上的歡愉，他很清楚自己動不了奎恩，那麼動奎恩的女人便成了卡佐圖退而求其次的目標。

他的任務失敗了，如同上回的超市暗殺事件。那一次傭兵失敗之後，卡佐圖立刻離開，因為他絕對不會冒險讓自己被捕。

可是他現在在這裡。

黑暗的隧道裡。

被奎恩追趕。

這不合理，完全不符合卡佐圖的行爲模式。

無論卡佐圖打算在哪裡對秦甄下手，都不會是在這一站，因爲她是中途臨時下車的，除非……

除非這一站離卡佐圖原本的目的地不遠，他不甘心就此放棄。

卡佐圖需要時間將他佈好的人手調度過來。

這是陷阱！

奎恩猛然回頭，看著後方發光的月台。

前方的腳步聲突然停下。「嘿！你一直想抓我，這可能是你唯一的機會，怕了嗎？」

卡佐圖想誘他追過去，這絕對是陷阱。

奎恩再看一眼黑暗的隧道。

沒錯，這可能是他最有機會逮到卡佐圖的一次，萬中無一，若是錯過了今天，這混蛋回頭一定龜縮到不知哪個角落，再見面不知是何年何月。

「掰掰，奎恩總衛官，唷呼——」長呼聲深入黑暗的遠端。

奎恩來回看著。

一邊是月台，一邊是黑暗。

一邊是甄，一邊是卡佐圖。

「SHIT！」

他低咒一聲，拔腿往月台衝。

嗶——

地鐵強烈的車頭燈直直射進他眼中。

他及時閃進維修通道，快速前進。維修通道一直通往月台下方，可是列車未離站之前，他沒有空間跳上去。

彷彿過了一世紀之久，地鐵終於離站，眼前出現空檔的那一刻，他立刻翻身跳上去。

「哇！」幾名乘客被憑空冒出來的男人嚇死了。

「各小組，各小組，卡佐圖人在地鐵隧道，從布拉姆街口往克倫廣場的方向前進，無論你們用什麼方法，攔截他！」他掏出手機，迅速丟出一連串指示。

火速奔上樓梯，這次輪到他不斷推開擋在身前的人。

「她們在哪裡？」他一把抓住一名正在現場維持秩序的警察。

「站長辦公室……」駐站警察被他狠戾的臉色嚇愣。

他推開警察，大步衝向站長辦公室，袍襬在身後翻飛成一片張揚的旗。

砰！他直接撞進去，辦公室的人全跳了起來。

只見站長、駐站警察，和四名工作人員，艾瑪正讓一名工作人員幫她包紮傷口。

「甄在哪裡？」他鐵青的臉色嚇到她。

「有兩個警察先到了，他們奉命帶甄到安全的地方。甄堅持我應該一起走，但那兩個臭警察說他們的命令只有保護甄，我不准跟他們一起。」艾瑪大聲告狀。

警察不可能比紀律公署來得更快，更不可能只帶走甄而丟下艾瑪。

「他們往哪個方向去的？」他藍眸射出的寒冰是如此森涼，整個辦公室瞬間進入極圈。

「他們兩分鐘前剛離開，現在應該在後面的公務停車場。」站長清了清喉嚨。

「上帝，那些人不是警察嗎？」艾瑪大驚。

她就知道，她該堅持一起跟上去的！

手機的震動頻率告訴奎恩，第一批衛士已經抵達站內。

「我的手下已經到了，照他們的話去做！」他指著站長鼻子，一身肅殺地飆出去。

剛推開公務停車場的門，他已經聽到秦甄清脆的抗議聲。

「我堅持艾瑪應該跟我們一起走，她受傷了，那些歹徒認得出她的長相。」

「女士，我們的命令只有保護妳，請妳不要讓我們爲難。」一把男性嗓音帶著幾分不耐。

「我不懂，多一個人有什麼差別？奎恩總衛官說的是保護『我們』，而不是『我』。」

「女士，請上車！」另一個男人的口氣更不客氣了。

「好吧，讓我先……啊，我的包包灑了。」

「請上車，我幫妳撿！」兩名警察忍住最後一點耐心。

秦甄一坐進車內才發現，警車的後座是無法從裡面打開的。

「聽著，我們是不是應該先聯絡奎恩總衛官？他可能不知道我們在……」

「閉嘴！」引擎發動。

奎恩從隱藏的角落看見警車退出停車格。

「喂，你好沒禮貌，老師都沒教你對人講話要客氣一點嗎？」秦甄老師抱怨。

警車快速迴轉，輪胎刮過柏油地面，發出令人牙齦發酸的「嘰——嘰——」聲。

「你們沒必要開這麼快，我會暈車……」

砰！

沒有人知道突然降落在引擎蓋上的男人是從哪裡出現的，駕駛的員警緊急煞車，那男人穩穩待在他們的引擎蓋上，動也不動。

一雙冰川藍眸直勾勾刺入他們靈魂底層。

那雙眸完全不屬於人類，而是某種已經不存在於這個世間的生物。兩名員警只能注視那雙藍眸，鼻尖彷佛聞到濃濃的血腥味——他們自己的血腥味。

或許曾有極短的一瞬間，駕駛想說些什麼，但只要看見那雙眼睛，任何人都明瞭那雙眼睛不會浪費時間廢話。

於是兩方都動了。

只是其中一方動得更快。

兩名警察探向自己的槍，環刃破窗而入，玻璃碎烈之聲驚人無比，兩名警察抬臂擋住射來的碎片。

環刃繼續前進，絲毫不停，直到深深切進駕駛座的椅背裡。

駕駛呆呆注視自己突然洞穿的胸口，直到呼吸停止的那一刻都不明白發生了什麼事。

那雙充滿野性的藍眸往旁邊挪去。

副座的警員驚慌失措。「不要殺我，不要殺我，我是不得已的！這個人抓走我兒子，脅迫我跟他一起來……」

銀光一閃，他懷中的槍抽了出來，但那雙藍眸的主人更快。

前一刻猶然在他同伴胸腔裡的手往橫殺出，切開他同伴的屍體，順勢劃向他的頸項。

「咯……咯咯……」他徒勞無功地按住被切開的脖子，狂湧的血滑到讓他按不住，不過也沒有差別了，他的生命並未長到足以體驗斷頭的痛楚。

奎恩冷冷將鐵拳抽回來，環刃變回腕間的黑鐵環。

秦甄俏容慘白，強烈的血腥味讓她想吐，唯一可幸的是她的角度看不清楚前座的細節，也不想看得太清楚。

後座的門被人拉開，她馬上落入一副堅硬寬闊的胸懷裡。

她緊緊抱著他，直到這一刻才又能呼吸了。

「他們不是眞的警察。」在她頭頂的嗓音低沈解釋。

「我知道。那個開車的人沒穿襪子……沒有哪個警察會穿皮鞋而不穿襪子，一整天巡邏下來，腳不是痛死就是臭死……可是我不知道該怎麼辦，只好一直拖延時間……」她抖個不停，無法控制。

奎恩收緊雙臂，嘴角浮出一絲笑意。爲什麼他不意外？她就是會注意到這些細節。

她突然淚漣漣地抬起頭。「看，我變成維若妮卡了，我一點都不想變維若妮卡，我想當海瑟。」

「……」誰是維若妮卡？

「驚爆摩天樓的女主角啊！每次她遇難，男主角都跳出來拯救她，可是我比較喜歡海瑟。海瑟勇敢多了，整部片子都靠自己努力逃出各種困難。」她泣訴。

奎恩終於想起那個金髮性感尤物和她的黑髮朋友。

「海瑟最後死了。」他指出。

「可是海瑟是為了替一群高中生爭取逃脫的時間，寧可犧牲自己的性命，比起那個從頭到尾等著男主角救她的維若妮卡酷多了。」她委屈地說。

他可不同意，他寧可她是維若妮卡。

「救人是我的職責，如同教育是妳的職責，所以我救妳是應該的。」

「那我們應該找一天交換工作，我當一天救人的總衛官，你當一天小學老師。」她吸吸鼻子。

「不！」反應是激烈而立即的。

秦甄被他的表情弄得破涕為笑。「你不是怕讓我當總衛官，是怕你自己當小學老師。」

「沒錯。」他承認得毫不羞愧。

旁邊有兩具假警察的屍體，還有一名在逃的主嫌，他們就站在這裡討論電影情節，兩人卻都不覺得有什麼不對。

「長官。」一名衛士清清喉嚨，不知在門口站了多久。

奎恩移動一下角度，不讓他們看見他懷中依舊發抖的女人。

「控制現場，我不希望我家眷的臉出現在網路影片裡。」

「是，長官。」

✷

他們讓卡佐圖溜了！岡納踏進他的辦公室，聲音不能說沒有火氣。

奎恩的手臂撐在光桌兩側，仔細檢視每一吋地圖。

「如果那兩個假扮警察的人沒死，我們就能審訊他們了。」岡納抱怨。

「抱歉，下次若有人對我開槍，我會記得先用愛與關懷感化他們。」

岡納來回不停踱步，寬厚的身材更像一堵移動的磚牆。

「沒道理，那條軌道只有兩個方向，我們的人把所有出入口都包圍了，卡佐圖怎麼可能憑空消失？那條軌道也未與任何污水道連結，明明無處可逃，他又不是古拉迪！」

古拉迪是本世紀最偉大的魔術師，以密室脫逃而聞名。

「舊水道。」奎恩終於從水道圖抬起頭。

「什麼？」

「他不是走現在的污水道，而是舊水道。」

「什麼！」岡納快速走到他正在研究的地圖前。

光桌的圖面有三種顏色，地面道路，污水道，和……舊水道？布拉姆街口的地鐵正好與舊水道相交。

「你何時知道的？」岡納臉色十分不好看。

「最近無意間發現的。」他淡淡說。

「而你不打算告訴我？」岡納質問。

「我打算等自己更確定之後再告訴你。」

「例如什麼時候？」

「例如現在。」

岡納持續瞪視他半晌。

「我一直以爲我們兩人有默契，在工作上對彼此全然坦白。最近你越來越奇怪，若非在做我不知道的事，就是在做我搞不懂的事。而這一切都從你和那個女人交往開始。」

「岡納，你知道這番話有多像吃醋的女朋友嗎？」他失笑。

「很高興你覺得有趣。」岡納完全笑不出來。

奎恩決定一次把話說明白。

「第一，我並未違背我們的工作默契。你我手中隨時有大量的資訊流過，不見得每件事都重要。我們通常在印證過之後才會告訴對方，我現在只是在做同樣的事。

「第二，秦小姐是我選擇的配偶，你不需要喜歡她，但我希望你能保持應有的尊重。還有，不要小看一個小學老師的敏銳度，她會讓你驚訝的。」

他一直感覺得出岡納並不喜歡秦甄，雖然他不明白原因，也不需要明白。秦甄是他的選擇，他不需要任何人的同意。

岡納忍下反駁的衝動。說眞的，他也說不上來爲什麼那女人讓他覺得不舒服。原以爲她只是奎恩用來應付規定的一枚棋子，連他自己都這麼說，然而她確實從一些小地方一點一滴在改變奎恩，唯當事人渾然無覺。

或者奎恩有所發覺，只是不在乎？

若是如此，岡納更加不自在，好像皮膚下有一隻古怪的小蟲子在鑽，卻抓不出來。他只知道放任那隻蟲子鑽下去，會造成無法意料的後果。

奎恩自己或許不明白，他的存在不是爲了當一個婚姻幸福的男人，而是一名偉大的領導者。

本世紀最受矚目的軍事天才，愛國主義的代言者，卻對自己擁有的一切毫不在意。

岡納心底有一股無法解釋的怒火在隱隱燃燒。

他不像奎恩，他所擁有的一切都必須靠自己努力，並沒有一個顯赫的家世撐持著他。當然，如果奎恩的感情最後影響了工作，必須承受後果的人是他自己，但這不表示身爲搭檔的人不會跟著受累。

「好，就算他利用舊水道，所有舊水道已被填平，少數未填平的也都被封閉，墨族人不可能還能使用。」岡納把話題拉回眼前的水道圖。

「根據官方紀錄，舊水道的填平率達百分之八十五，恐怕實際執行率沒有這麼高。」奎恩也決定專注回工作上。「我們在談的是四十年前的工程品質，當時的監工和驗收不像現在如此嚴謹，大部分是承包商自我驗收之後，提交報告，政府單位只做定點性的抽查。我合理懷疑許多舊水道只是被封起來而已，管道間並沒有被填平。田中洛那些人就像地溝老鼠，路面下的世界他們比我們更熟，若被他們發現了通行無阻的舊水道，也不是太令人意外的事。」

「媽的！這解釋了他們不斷從我們手底下逃走的原因。」岡納挫敗地凝視地圖。「我們根本無從得知哪些舊水道是填平的，哪些是被封起來。」

「岡納，一個人要怎麼吃掉一整隻大象？」奎恩忽然問。

岡維只是看著他。

「一口一口慢慢吃。」奎恩平穩地回答：「我們一吋一吋的搜，從熱區開始往外擴展，總有一天會把叛軍的地下通路都挖出來。」

反恐永遠是一個持續進行式，捉完了一個永遠有下一個，這是一個人力、精力、時間、裝備、情報的持續戰。

好消息是，他們擁有全球最頂尖的科技設備。

「孟羅和你說了什麼？我只看你臉色變得很難看，然後我們就開始追起卡佐圖來。」中間出了一堆變化球，岡納差點忘了引起這一堆效應的原點。

奎恩濃眉一皺。「一個女人。」

「什麼女人？」

「他說一直在幫田中洛弄錢的是一個女人，不是查爾斯。」

「蛇王特地跑一趟首都就爲了告訴你這個？」孟羅從不做賠本生意，他和奎恩必然有某種交換條件。

「他要我幫他找一個叫『莎洛美』的人，只要我找到莎洛美，他就拿那個女人的身分交換。」奎恩不覺得有必要隱瞞。

「莎洛美？他有沒有給你照片？」岡納蹙眉。

奎恩搖搖頭。

「他爲什麼要找這個人？」

依然搖頭。

「身高、體重、年齡、生理特徵、最近一個已知住址？」岡納繼續問。

「十五歲，棕髮棕眸，這是唯一的線索。」

全國叫莎洛美的青少女不知凡幾，此舉猶如大海撈針。那女子又是誰？情婦？親戚？田中洛失蹤已久的母親？岡納思忖。「我們可以回頭再試試萊斯利，或許他知道莎洛美和那女人的消息。」

萊斯利不愧對田中洛忠心耿耿，他們用了各種偵訊方式，疲勞審訊、心理攻防、電腦分析和肢體解讀，只差沒用上精神偵訊。萊斯利承受不了壓力時也招了一些，他們目前為止鎖定的查爾斯帳戶就是從萊斯利口中知道的。

現在想想，固然因為他們相信查爾斯是田中洛的金主，所以問了不少這方面的事，若田中洛的經濟來源另有其人，萊斯利不怕拿查爾斯的事來應付他們便有了解釋。

「你若肯答應使用精神審訊，我們就能從萊斯利口中問出更多了。」岡納不無抱怨之意。

奎恩嘆息。「岡納，你的問題在於你太相信暴力，當事情發展不如你預期時，總想使用最直接的方法得到結果，人心不是這樣運作的。萊斯利並非武裝份子，他對刑求的忍受度比武裝份子更低。對他使用精神審訊的結果，只會換來一個精神崩潰的瘋子，我們需要的是他清楚的腦子。」

「跟田中洛有關的事他一樣都不肯招，那他能幫上忙的地方就不多了。既然如此，不如將他移交給清除部。」岡納索性說。

奎恩的表情不置可否。

「不急，他對我們還有用處。」

11

「哇……」

艾瑪嘴巴張開開地走進來，後面跟著莎莉和東尼，每個人背後都揹著一個鼓鼓的大塑膠袋，猶如走錯季節的聖誕老公公。

「歡迎。」秦甄把每個人的大袋子接過來，先放在一旁。塑膠袋體積雖然大，內容物卻很輕，都是他們待會兒需要的勞作素材。

「這是我第一次踏入一個總衛官的家。」

「這是我第一次踏入任何紀律公署成員的家。」

「這是我第一次踏入榆橡園。」

三位客人都有心得發表。

莎莉突然問：「剛剛中庭那個人是不是傑克．洛夫？」

「是的！」其他三人異口同聲。

有了女主人之後，這間公寓依然寬闊簡單，卻不再森冷。沙發上多了手織布毯，茶几下多了幾何圖案的地墊，架子上出現生活照、小擺設，牆上添了幾幅無框畫。

女性的巧思完美融合在男性的陽剛裡，恰如屋子的男女主人。

她已經正式搬進總衛官的家，兩周前的車站攻擊讓奎恩決定她應該提早搬過來。

其實她一開始對這個想法是抗拒的。她從來沒有跟人同居過，以前的男朋友最多是彼此家裡互給對方一個小抽屜放東西，這樣已經算她的極限了，可是她父母的一通電話改變了她的主意。

一個月前，她父母參加了一趟爲期半年的豪華郵輪環遊世界之旅。

兩個老人家想通了，這一生辛苦了大半輩子，總算把女兒拉拔成人。如今女兒工作和生活都很穩定，兩老想想，索性趁現在還玩得動，把洗衣店停業半年，去世界各地走走。

他們的遊輪剛在希臘靠岸，兩老正要打電話給女兒，便在咖啡館看到英勇的總衛官追捕叛軍的畫面傳遍全世界。

紀律公署封鎖得極好，秦甄露出的畫面不多，可其中一、兩幕模糊的畫面便足以讓兩老認出那是他們的女兒無誤。

兩人緊張萬分地打電話回來，秦甄只得向他們坦承她正在和總衛官交往。

最後是父母跟奎恩聯手施壓，她終於同意搬進來。距他們的婚期還剩一個月的時間，就當是提前試婚吧！

原本兩人都以爲需要一段適應期，實際上住在一起之後發現根本沒必要。他們很自然地分享同一張床——當然不止睡覺而已——早上起來她自然到廚房做早餐，吃完早餐兩人一起出門上班，晚上回來很自然一起共進晚餐；若是他晚點回來，她便會留宵夜等他。

他們好像一直以來就該過這樣的生活。

「我們吃過午餐再開始吧！我做了千層麵，再兩分鐘就出爐了。」秦甄把所有人帶到廚房。「艾瑪，妳幫我把餐具拿出來。」

「唔，我會不會不小心誤開哪個櫃子，結果全棟樓的警報器大響？」艾瑪看起來躍躍欲試的樣子，好像巴不得這種事眞的發生。

「這位太太，我們家不是活動陷阱。」咳，其實她剛搬進來的時候也擔心過，直到總衛官向她保證她的資料已經輸入保全系統。

秦甄把千層麵從烤箱端出來。大家都老同事了，沒在客氣的，接過碗盤立刻進攻。

「你們家總衛官呢？」艾瑪滿嘴食物地問。

「出差去了，本來說昨天晚上會回來，但他沒趕上飛機，大概今天晚一點會到吧。」秦甄沒有料到自己會這麼想念他。

車站攻擊事件，她和艾瑪的身分被封得密不透風，少數上傳到網路的影片在第一時間被撤下來，只留下一、兩則角度不對或畫質模糊的影片意思意思，所以同事都不清楚她們兩人曾出過事，紀律公署的雷霆手段由此可見一斑。

「說眞的，我們的企畫案若執行得好，甄的教學評鑑一定會加分，今年說不定有機會再拿一次最佳教師獎。」東尼的叉子比比她。

「那當然，我們說什麼都要把甄給拱上去。」艾瑪慷慨激昂地拍桌子。

最佳教師獎競爭激烈，他們學校只推出兩名候選人，以免分散火力，甄依然代表中低年級。高年級的部分，通常財大氣粗的羅徹斯特小學都會把獎項拖走，他們不抱太大希望。這是現實問題，許多教學企畫終究還是得用錢堆出來，他們這種靠公立補助的窮學校只能自立自強。

「各位，我很感謝大家的好意，不過說眞的，你們太看重那個獎了，我最在乎的是小朋友們會不會喜歡我們的計畫，孩子們玩得快樂才是最重要的。」她得過一屆，也不覺得今年跟去年有何不同，頂多就是校長出去可以跟其他學校說嘴罷了。

「那是當然，不過既能讓孩子們學到東西，又能拿到教學評鑑的成績，那不是更好嗎？」艾瑪趕快說。

「我都行，只要不是第七市立國小的老師就好。」東尼舉手。

「梅若莎・約克一定氣壞了，她永遠是伴娘命，就是當不了新娘。好不容易往年的常勝軍退休了，她大概以為終於輪到她，沒想到憑空竄出一個秦甄來。」莎莉吃吃笑。

「總歸是有人要贏的，我不在乎是不是梅若莎。」秦甄聳肩。

梅若莎也不是不好，就是吃虧在個性問題。她是那種做事一板一眼的老師，個性比較不知變通，不過她對教學真的很有熱誠，這點秦甄必須幫她加分。

「她可是很在乎是不是妳呢！」艾瑪咋咋舌。「之前校際排球賽她不是說了？妳運氣好，去年的新評鑑委員喜歡年輕漂亮的。人家我們甄甄又設計教學課程、又改善學童午餐、又規劃社團活動，結果被她一句話打成只是靠長得漂亮而已。」

「什麼——」秦甄尖叫。

「咦？妳不知道？我還以為妳是寬容大度，不跟她計較呢！」莉莎搖頭嘆息。

「我當然不知道！她以為我容易嗎我？那時候整個廚房和總務採購都跟我槓上，我每天下課都不曉得隔天還有沒有工作呢！更別說我每天準備教案準備到午夜，一句『長得漂亮』就把我這些血淚史都抹煞了啊啊啊——」

「對嘛！給它贏下去，今年也要衝！」東尼趁勢吆喝。

「好，今年就再搶一次最佳教師，看她怎麼辦。」秦甄霍然而起，衝到客廳把那幾大袋拖進來。

唉，年輕人就是年輕人，果然好激。艾瑪和莎莉一擊掌。

「甄，妳要把這些東西分成幾份？」東尼把其中一個大塑膠袋打開，取出數量驚人的飛機木。

飛機木質地軟，容易切割，小學生做美勞課最適合用這樣的材料。

秦甄在心裡算一下人數。「總共有三個班級要用，分成七十份好了，預留十份以防萬一。」

東尼點點頭，開始切割飛機木。

這個靈感來自她有一次和總衛官去超市買東西，順便到樂高主題公園逛逛。她打算讓全班學生腦力激盪，以積木和一些自然素材共同創作每一班自己的吉祥物。

這個概念極獲得校長支持，只是下學期的預算早就分配好了，校長說沒有多餘的預算請廠商幫她製作統一的素材包，不過可以撥一筆款子給她，讓她自行運用。

最後秦甄決定土法煉鋼，自己把飛機木、乾燥花草、紙張等素材買回來，請幾個學校的同事一起幫忙，替她做成一人一份的素材包。

這個企畫既可以讓每個學童發揮創意，又能學習分工合作的精神，成品也能成爲凝聚班級精神的象徵。

目前她打算先從自己教的三個班級試辦，如果成果不錯，校長希望擴展到全年級，或許來個全校吉祥物成果展。

「甄，妳說這些紙要怎麼分？依照材質或是依照顏色？」莎莉倒出一大袋紙張。

「我跟艾瑪討論過，我們弄了一個素材包的規格表。艾瑪，規格表在哪裡？」

「噢，我把檔案存在學校的伺服器。」艾瑪從身邊一堆雜物中跳起來，尋找自己的手機。

「放到公用伺服器，妳不怕被看光？」東尼瞪大眼。

「我鎖起來了啦！要連到學校的加密網路，有帳號密碼才能下載。」艾瑪對電腦是有點概念的。

秦甄叫出廚房的螢幕，連線到學校的網站。

「不是這個，這是一般瀏覽的網站，我們得連到FTP下載。」艾瑪手指敲下一串字母和數字，秦甄索性交給她去弄。

「呃，甄？」艾瑪在虛擬鍵盤敲了一陣子，突然停下來。

「怎麼？」

「這個一閃一閃的東西是什麼？」艾瑪指著螢幕角落的紅點。

「不曉得，我以前沒看過這個東西。」秦甄湊過去。

「我看看。」艾瑪在觸控螢幕點了幾下，屋子某處突然響起滴、滴、滴的聲音。

「艾瑪，妳做了什麼？」秦甄張大眼睛。

「什麼都沒做，我只是點一下那個紅點，看看會不會跳出說明訊息。」艾瑪趕快把螢幕推開，好像它會咬人。

滴滴。滴滴。滴滴。滴滴。

頻率越來越快了，秦甄趕快去找聲音的來源。

好像是從總衛官的書房傳出來的，可是他的書房只要一關上就會自動上鎖，她從沒想過向他要密碼。

滴滴滴滴、滴滴滴滴、滴滴滴滴——

完蛋了，越來越快了，這是什麼？總衛官沒有藏炸彈吧？他們家不會爆炸吧？

「艾瑪，聲音是從總衛官的書房傳出來的，我不知道書房的密碼！」秦甄不知所措地衝回廚房。

「噢！噢！天啊，我引爆核彈了！紀律公署的總衛官一定有核彈發射密碼！」艾瑪團團亂轉。

「你們家可以發射核彈？」莎莉的嗓子眼被人掐住。

「你們不要亂講，才沒有……」沒有嗎？

上帝，不會是眞的吧？這裡是奎恩的房子，沒人曉得裡面有什麼機關。

滴——滴——滴——

警報變成尖銳的長聲，又響又亮。所有人全跳了起來，在廚房一團亂。

「快打給妳老公，快打給妳老公！」東尼勉強成爲現場的理智之聲。

啊對！秦甄飛快衝向流理台上的手機，同一時間，她的手機響起來。

「甄，發生了什麼事？」奎恩英俊剛毅的臉孔出現在螢幕中央。

「失火了、失火了……不對，不是火災警鈴！」秦甄大叫。

「核彈哪！核彈要爆炸了！」艾瑪在背景吼。

「我們家沒核彈！」秦甄吼回去，趕快緊張地看著他。「我們家沒核彈吧？」

「……」

「那個是不是保全警鈴？」東尼繼續擔任理智之聲。

「我們家沒保全！等一下，我們家有保全！」秦甄緊張地告訴他。「聲音是從你書房發出來的，我現在該怎麼辦？」

大門打開，總衛官英武挺拔的身形踏了進來。

原來他已經在家門外了。秦甄趕快衝過去，身後三張驚慌失措的臉孔擠在廚房口。

「抱歉，我發誓我們什麼都沒做！我只是用了一下網路，以前在你這裡用網路也沒這樣雞丫子鬼叫過！我們沒有入侵國防部！我們沒有入侵總統府！我們沒有入侵紀律公署——」這女人已經不曉得自己在說什麼。

「是我，是我，一切都是我的錯。我只是想連到我們學校的加密網路，把甄的素材表抓下來，沒想到你的核彈密碼這麼容易被啓動。你的核彈密碼應該要設複雜一點的啊！」艾瑪雙手狂舞。

「……我沒有核彈密碼。」奎恩安撫他的女人。「等我一下，我馬上出來。」

風塵僕僕的身影迅速消失在書房裡，幾秒鐘後，尖銳的警報聲停了。所有人都鬆了口氣。

他的門沒關，秦甄聽見他用電話和保全公司確認一些細節，原來那眞的是保全的警鈴聲。

四個充滿罪惡感的人退進廚房裡。秦甄一看，廚房弄得亂糟糟的，滿地紙張和飛機木，他們剛剛吃的東西也還沒收。

奎恩高大的身影出現在廚房門口，她立刻跳起來，急急解釋：

「抱歉，一切都是我的錯！我不曉得你會這麼早回來，我們現在就把這些東西帶到艾瑪家，我們可以在她家弄！警報器的事眞的很抱歉，我以後不會再——」

「甄！」他抬高聲音壓過她。

秦甄頓住，後面排排站的三張臉，一臉做錯事的表情。

「是我的錯，我向大家道歉。」奎恩平靜地注視他們。「從我們家網路連接到任何公家機關的加密伺服器，必須先透過我的授權密碼。我已經把妳的資料輸入保全系統，卻忘了網路的部分，請容我道歉。」

「沒關係，以後我們去艾瑪家弄就可以了。」秦甄一臉不安。

「這裡也是妳的家，妳隨時可以帶朋友來，我很歡迎他們。密碼的部分已經解除了，以後不會再發生這種事。」他並不希望她在他身旁活得躡手躡腳。

秦甄吐出一口氣，輕輕倚在他肩頭。

奎恩向其他人道聲歉，將她拉到廚房外面有點隱私的地方，秦甄踮腳迎向他壓低的唇。

才四十八小時而已，爲何感覺已經過了很久？

她在他身上聞到風沙和塵土的味道，他應該很努力趕回她身邊。

「漫長的一天？」她的唇終於和他分開。

「周末的機場永遠像惡夢。」他幾乎破例徵召私人飛機飛回來。

「然後一回家還要面對一場保全災難。」她的罪惡感又浮上來。

「我不在乎。」他深深凝視她。「我是說眞的，這間屋子也是妳的家，我希望妳住得開心自在。」她輕嘆一聲，再度和他交頸相依。他口袋裡有個東西鼓鼓的，一直頂著她。

「你口袋裡放了什麼？」

奎恩從口袋掏出一個皺巴巴的牛皮紙袋。

「你替我帶了禮物？」她輕呼一聲，珍重地捧過紙袋。

袋子裡是一罐墨西哥最有名的綜合香料。

她輕抽了口氣，那表情讓奎恩本來怕自己太蠢的行爲都値得了。

有一次他們逛超市，她隨口跟他提過這家墨西哥小店的香料是夢幻逸品，店主人祖傳幾十年的配方，數量稀少，一般人只能到墨西哥的店裡買或找人代購。偶爾國內的超市上架幾箱，幾乎立刻被搶光，價錢還暴漲了兩倍，簡直是有錢無市的珍品。

沒想到，他記住了，還特地幫她買了回來。她在他心中眞的有了位置，對吧？

「里昂。」她緊緊箍著他的脖子。「謝謝！我好喜歡。」

這是她第一次叫他的名字，奎恩發現自己露出很蠢的微笑，趕快收住。

其實他不必非趕著今天回來不可，就算晚了幾天，相信她也不會責怪他。在這方面她十分體諒，從不讓他有多餘的時間壓力。

但他就是想早一點回來。人的習慣真是件奇怪的事，以前他肚子餓了，隨時掏出能量棒就能解決，可是現在知道家裡有人等著，他連看都不想看能量棒一眼。

「我答應你，我會用這罐香料做最好吃的墨西哥料理給你吃。」她慎重允諾。

「嗯。」

「歡迎回家，親愛的總衛官。」秦甄送上自己的櫻唇。

就這樣，一路的辛勞消失無蹤。

「來吧！你應該餓了，爐子上還有一點千層麵，如果不夠，我再幫你做個漢堡。」她愉快地牽著他走回廚房。

「也好，不然艾瑪的腳可能踮酸了。」

砰隆啪啷，牆另一邊的人逃得太快，不知道撞到什麼。

「艾瑪！」

「借聽一下有什麼關係……」艾瑪咕噥的聲音傳來。

奎恩被他未婚妻拉進廚房，一盤熱騰騰的千層麵馬上出現在他眼前。到底豪族世家出身，他吃得再快也沒有狼吞虎嚥之感。

吃完千層麵先止了飢，他拿起她剛做的漢堡，進食速度終於慢了下來。

「你們在做什麼？」他整齊的白牙陷入漢堡裡。

「吉祥物的素材包。」莎莉撥開一堆裁好的紙張，向他伸出手。「嗨，我是莎莉。」

「里昂·奎恩。」奎恩放下漢堡，禮貌地和她握手。

秦甄拍一下額頭。「我竟然忘了替你們介紹。各位，你們自己介紹自己吧！我不客套了。」

「東尼，四年級導師兼紙藝課老師。」東尼笑著和他握手。

「我們兩個認識了，你的筆友，艾瑪。」艾瑪非常愉快。

「筆友？」所有人爲之側目。

「總衛官傳過簡訊給我，我有回，所以我們是正式筆友。」艾瑪堅定地握拳。

所有人假裝沒聽到。

艾瑪豪邁地往四周一揮。「這些，是你女人下一屆最佳教師獎的里程碑。」

「哦？」奎恩繼續吃他的漢堡。

「我們打算做一堆素材包，讓孩子們集體發想和製作他們班上的吉祥物。校長說，如果表現不錯，我們說不定會辦全校、甚至校際之間的吉祥物展覽，甄當然是活動發起人，有這筆紀錄在手，保證她的評鑑分數一口氣衝到頂。」

「好了，各位，你們開始讓我感到壓力很大，我們可不可以不要再提最佳教師的事？」她的胃眞的在打結。

「嘿，妳十分鐘前才表現出勃勃的野心。」艾瑪對她皺眉。

「我的野心一向來得快，去得也快。」秦甄謙虛地說。

「……」艾瑪鄙視她。

「我是說眞的啦！你們不要每件事都和教師獎掛勾，這會讓我覺得自己好像只是爲了得獎才做這份工作。」她已經開始感到困擾。

東尼點點頭。「甄說得有道理，莫忘初衷。管它什麼教師獎，反正我們自己做得開心就行了。」

艾瑪想了想，所有人裡面好像自己最市儈。

「好吧！反正我們盡量做囉！要不要申請評鑑是校長的事，各位同志們，大家站起來。」她拍拍手。其它三個人站起來。

「精神喊話，預備——一、二、三！加油加油加油加油！」

「加油加油加油！」三名小學老師振奮地喊。

「湖濱國小萬歲！」艾瑪喊。

「湖濱國小萬歲！」

「老師學生萬歲！」艾瑪喊。

「老師學生萬歲！」

「打倒第七市立國民小學！」

「打倒第七市立……艾瑪！」

「幹嘛？有個目標嘛！」

「呿！」

三個人回頭繼續整理素材包。

坐在一旁的總衛官沈默、沈默、再沈默。

更正：國小老師不只危險而已，根本戰意超強，正常人類最好別輕易招惹。

✷

「我需要妳陪我出席一場慈善宴會。」

剛從高潮緩過來的秦甄瞇了瞇眼。

「怎麼？」她未婚夫慵倦的藍眸看著她。

「男人做完愛之後提出來的要求通常有問題。」

「……真的只是一場普通的宴會。」

「是什麼樣的場合？」她坐起來，床單在胸前圍成一團，跨坐到他大腿上。

他的藍眸變深，十分享受這款美景。

「安分一點。」她感覺到某種柱狀體又在她臀下蠢蠢欲動。

「紀律公署成立七十周年紀念日。慈善舞會只有高階軍官以上的層級會出席，我躲不掉。」他的大掌隔著床單揉捏她兩只酥胸。「我不出席非必要的社交場合，大家都知道，所以妳將來必須陪我應酬的機會不會太多。」

她點點頭。「那是很正式的場合囉？」

「嗯哼。」

「我的衣櫃裡可能沒有適當的禮服，我得去逛逛街才行。」

奎恩忽然拿起床頭櫃的手機，操作了幾下，將螢幕轉向她。

「拇指在這裡蓋章。」

「做什麼？」她莫名其妙地照做了。

「我剛剛幫妳開了一個副卡帳戶，結帳的時候報我的名字就行了，全國的店家都通用。」

「什麼?」她飛快把手指抽回來。「你不用這麼做的!」

奎恩把手機放回床頭，耐心地看著她。「我無意奪走妳的經濟自主權，不過有一些額外的支出，妳沒必要自己負擔。像這種社交應酬，妳是為我才參加的，費用理當由我支付。我很少花錢，那些錢存在銀行也沒有用，我寧可妳使用在需要的地方。」

秦甄咬了咬下唇。這種場合非得設計師禮服才上得了檯面，貧窮的小學老師必須接受現實。

「好吧!是說紀律公署連你們的銀行帳戶都幫忙管?服務也太周到了。」

「這不是紀律公署的錢，是奎恩家的錢。」

「噢。」

差點忘了，她未婚夫是有錢人，家底子雄厚。他習慣過斯巴達式的生活，只是出於個人選擇，不是因為現實所逼。

「我們需要簽婚前協議嗎?」她又想到。

「……為什麼?」這女人的腦子好忙。

「你不怕我們結婚三天我就把你一腳踢開，然後你們奎恩家族的財產一半就變成我的了?」她恐嚇他。

低沈的笑聲在她掌心下震動。

「除了現金帳戶，我的名下沒有任何財產，所有不動產依然由我母親持有。我從我父親那裡繼承的『奎恩工業』股份是以法人形式存在;應該說，我繼承的是『族長』的身分，股份則以信託型式交由專業組織管理，不能任意分割和交易，每年定期配發股利給族長。所以我們即使離婚，奎恩工業的股份依然屬於『奎恩族長』，妳只能分到我帳戶裡的現金。」即使如此，那也是一筆天文數字就是了。

「聰明！」秦甄點點頭，「有錢人果然就是有一堆避稅、避離婚的方法。」

「如果妳想離婚，無論我們結婚多久，妳理當得到一半的現金，我不在乎。」他是真的不在乎，錢對他沒有太大的意義。即使開一輛五千元的二手車，住公家配給宿舍、吃能量棒度日，對他來說也不會有太大差別。

「你確定要我陪你去嗎？我一露面就不能改了唷！全世界的人就知道你和我黏在一起了。」她忽然笑起來。

「妳想改嗎？」他挑了下眉。

「嗯，我不曉得，或許我該跟你一起去看看之後再決定，畢竟現場一定有許多高大威猛、英俊富有的單身帥哥……噢！」

某位高大威猛、英俊富有的單身帥哥立馬將她翻到身下，就地正法。

✷

宴會當晚，總衛官穿上他正式的軍官禮服——筆挺的全黑制服，金色鈕扣，肩上繡著紫色軍階，皮鞋光可鑑人——戴上軍官帽，氣勢英武逼人。

當他的未婚妻款款走出來，他的呼吸停滯一秒。

她看起來美極了！

象牙白真絲禮服親膩地擁抱著她玲瓏的身軀，剪裁簡單，高領削肩的設計順著她的香肩迤邐而下，白絲長裙在她走動時如柔水纏綿著她的雙腿。她微轉過身，他剛恢復呼吸的頻率又停滯一下。禮服背面是大露背的設計，一整片嫩白的膚光直至腰部，只綴了幾條細細的銀鍊。若說正面的她像個矜貴高雅的淑女，背面的她就是個誘人的女妖。偏偏兩者協調得完美無缺，優雅又帶了絲捉弄人的意緒，完全符合她的個性。

「你看起來好英俊。」她的手貼上他強壯的胸膛。

藍眸裡的神情讓她明白，如果不是他們必須在四十五分鐘內抵達會場，他會在這一刻剝光她的衣服。

這就是她想要的效果。第一次出場，不能讓他們家總衛官丟臉。

四十五分鐘後，兩人抵達會場。今年的慈善晚會選擇在「麗思卡爾頓旅館」的宴會廳，固然因爲它是城裡最高級的飯店之一，必然也因爲它有幾個幾個出口、幾條幾條逃生路線、侍者和保全人員又受過怎樣怎樣的訓練，總之符合紀律公署的最高安全規格。

「準備好了？」奎恩低頭看著她。

「打開獸籠的門吧！」她莊嚴地頷首

藍眸裡滑過一絲笑意，奎恩示意侍者推開宴會廳的門。

門口附近的談話聲突然消失。他向來有這種效果，每當他出現在一個空間裡，便立刻佔領那個空間，其他人是否官階更高並不重要，他對自己的力量完全無所覺——或不在意——反而讓他的氣勢更具威迫。

秦甄敏銳感覺到各方眼光紛紛往他們投來，不只看她身旁的男人，也看她，顯然親愛的總衛官不常攜女伴出席。

現場來賓不只紀律公署，亦包含政府官員及社會名流。一個小型交響樂團在現場伴奏，侍者端著香檳杯的托盤在賓客間游動，托盤一空立刻換上新的一盤。代表國旗紅藍白三色的汽球飄在宴會聽空中，巨幅名畫和壯觀的壁面花飾妝點會場。現場樂團的後方規畫爲陳列區，擺放稍後將義賣的藝術名家作品。

秦甄本來以爲自己會很緊張，但她身旁的男人端出「我是厲害總衛官」的標準表情——也就是面無表情——持續散發高貴鎮靜的氣息，其他人看到他都是一副敬畏的模樣，她忽然覺得這些人再怎麼難纏，也比不上她旁邊的男人，她還有什麼好怕的？

她馬上放鬆下來，有了好好享受醇酒美食的心情。

「奎恩。」

奧瑪攜著自己的夫人，停在他們軌道上。

「署長，夫人，這位是我的未婚妻秦甄小姐。」奎恩禮貌地點頭。「甄，這位是紀律公署的奧瑪署長與他的妻子，伊萊莎．奧瑪夫人。」

「兩位好。」秦甄主動伸手和他相握。「署長，我必須說，奧瑪參議員的教育改革方針獲得我百分之百的支持。」

奧瑪眼中略過驚訝之色，隨即微笑。「我會轉告舍弟，他一定十分高興有一位如此美麗聰慧的支持者。奎恩，你非常有挑選女伴的眼光。」

「謝謝。」奎恩露出今晚的第一絲笑意。

「可惜貝神父重感冒，今天晚上無法出席，否則他一定會想見見你的女伴。」

「好極了……我是說，我很遺憾貝神父身體有恙。」奎恩輕咳一聲。

奧瑪難得大笑起來。

「貝神父兼愛世人，而奎恩痛恨他兼愛世人。」他幽默地告訴秦甄。

「我瞭解，他這人的個性有時就是這麼彆扭。」秦甄同情地說。

奎恩對兩人皺眉頭，奧瑪又笑了起來。

「好，我不絆住你們了，希望你們今晚玩得愉快。很高興認識妳，秦小姐。」

「這是我的榮幸，奧瑪署長。」

確定奧瑪夫婦不在聽力範圍之後，她悄悄問她未婚夫：

「貝神父是誰？」

「紀律公署的心理諮商師和神職顧問。」奎恩面無表情。

「咦？紀律公署有自己的神職人員？你們也有自己的上帝嗎？」她假裝驚訝。

屁股馬上被輕拍一下。她格格輕笑，握住他的大手。總衛官對付再刁鑽的罪犯都沒問題，獨獨拿她沒辦法。

「里昂。」身後響起一聲輕喚。

里昂？她對未婚夫挑了下眉，和他一起轉身。

「芳娜，好久不見。」奎恩對羅蘭家的大小姐頷首。「甄，這位是芳娜・羅蘭；秦甄，我的未婚妻。」芳娜顯然沒有預期會聽見這個頭銜，很明顯愣了一下。

美女！秦甄不得不讚嘆。

芳娜・羅蘭身上散發著世故的氏族女子品味，金髮碧眼的外表幾乎像藝術家照著模子雕塑出來，粉膚色的禮服露出完美的鎖骨，成套的鑽石耳環與鑽石項鍊大小剛剛好，不會財大氣粗到令人覺得庸俗，又不會小到讓人覺得小家子氣。

童話故事裡對公主的描述都是這樣的：金髮碧眼，雪白玉膚，五官完美無瑕，而芳娜．羅蘭就是這樣的女人。

閨密是大美女有個好處，就是她對美女稍微免疫一點。平心而論，芳娜．羅蘭無論從哪個角度來看都是個美女，只是她美得極有距離，圍繞在她身周的高傲矜貴透露一個訊息：如果你的名字後面沒有一堆頭銜或封號，等你弄到這些東西再接近我。

「你回來了卻沒告訴我，我一直在等你電話，約老朋友出來聊聊。」芳娜主動伸出一隻手。

她伸手的方式是手心朝下、手背朝上。這隻手不是伸出來和人家握的，是準備對方執住她的手送到唇邊一吻。

「回來？」奎恩直接握住她的手，搖兩下，放開。

「法國。就我所知，你之前駐紮在那裡。」芳娜的手頓一下，慢慢收回來。

「那是五年前的事，如果妳有事可以打電話到我的辦公室，如果我不在，祕書會幫妳留話。」

奎恩不愧是奎恩，不改他嚴肅剛硬的男子漢本色，換言之：不說假話。秦甄只好在他後腰偷捏一下，要他客氣一點。

他們的眉來眼去終於讓芳娜正視她的存在。

「抱歉，秦小姐，看我都忘了禮貌。」芳娜和她握手。

「千萬別這麼說。」幸好這次她伸手的方式很正常，秦甄自己是不介意，不過她不確定芳娜會喜歡自己的手背被一個女人親吻。

「秦？『秦漢科技集團』？」

「不，『秦氏清潔事業』的秦。」她父母開洗衣店的沒錯。

輪到總衛官大人在她腰後偷捏一下。她的手「親密」地繞到背後牽住他，指甲釘進他的手背裡，不無滿足地感覺身旁的男人一縮。

「噢，恐怕我對這個領域不太熟。」芳娜客氣地說：「你們兩個認識很久了？」

「我們快結婚了。應該。」她愉快地告知。

「下個星期。確定。」奎恩陰陰看她一眼。

芳娜的笑容消失零點五秒。「對了，下個星期你滿三十，我差點忘了公署有這項規定，你們一滿三十歲非得找個人結婚不可。」

這一招不錯。

「是啊，我本來跟他說：『你可以找岡納抵數，反正你們兩人年齡差不多，登記一次可以解決兩個的問題。』不過岡納拒絕他了，所以我只好和他登記。」秦甄愉快地解釋。

顯然兩人都不覺得這話好笑，她自己是覺得不錯啊！

「抱歉，我們過去和市長打個招呼。」總衛官決定帶著他的未婚妻先撤，以免他有龍陽之癖的八卦成為公署的最新流言。

他們一走開，芳娜背後有一群跟她看起來一樣的千金小姐立刻圍過來，芳娜一臉哀婉，閨密們快速低語著。

「我今天好看嗎？」秦甄拉拉他的手。

親愛的總衛官深深看她一眼，唇角微掀。「妳再好看一點，我今晚可能就保護不了妳。」

「幸好，芳娜小姐看我的方式讓我以為這件衣服有什麼不對，全世界都看出來了，只有我一個人不知道。」她笑了起來。

他又輕掐她後腰一下，不過這次是親暱的。

「說吧，還有沒有什麼情敵是我需要提防的？你一次全招我比較好處理。」

「……那是很久以前的事了，在我派駐到海外之前。」

「ＯＫ。」她過度歡悅的語氣讓總衛官頸後的汗毛都豎起來。

「我也沒問過妳以前的情史。」

「你可以問啊，我又不會不說，你想知道嗎？」她純眞地眨眨眼。

「不想！」頓了頓。「……妳以前有認眞到論及婚嫁的男友？」

「哎呀，那邊那個人不是岡納嗎？我過去跟他打聲招呼。」她愉快地飄走。

是誰說他不想知道的？嘿嘿！

她依循社交禮儀融入不同的賓客之間，得體地與這些高官權貴交談。

紀律公署其實有許多有趣的人，不全然像外界傳的那樣冷冰冰。或許他們平時上班眞的是冷冰冰的吧！但在下班時間，許多高階軍官帶著自己的家眷出席，無論這些人是自由戀愛或電腦選號，許多夫妻的互動方式帶著一種極隱晦的親密。

在其他人眼中，她和總衛官是不是也是同樣的感覺？

「女士，妳的香檳快空了，需要我幫妳再拿一杯嗎？」

她回過神，一名十分英俊的棕髮男子端著兩杯香檳杯走過來。

「謝謝你。」她把空杯放回他手中，接過他遞來的香檳。

棕髮男人大概三十出頭，親切的笑容令人十分有好感，肩上的軍徽是跟岡納一樣的三級衛官，她也只認得岡納和總衛官的軍徽。

「妳還享受今晚嗎？」棕髮男子高大挺拔，一雙漂亮的棕眸寫滿友善的訊息。

如果不是已經先認識親愛的總衛官，她會認爲這男人就是最佳的徵兵海報代言人。

「還不錯，目前爲止我遇到一些很有趣的人。你好，我叫秦甄。」她主動伸出手。

「我注意到妳是和奎恩總衛官一起來的？」那男人接過她的手，放到嘴邊一吻。

「是的，我們快結婚了，你是……？」

「三級衛官托比亞斯・強森，在此聽候女士差遣。」強森行了個正宗紳士禮。「瞧，這就是我不想一開始告訴妳名字的原因，妳的表情變了，顯然奎恩說了些對我不太中聽的話。」

她確實有點意外強森本人竟然如此具有親和力。在她的想像裡，他應該長了一張尖酸刻薄的壞人臉。

「強森衛官，對於人的觀察，我喜歡自己下定論。」

不過他以前在學校喜歡說總衛官壞話，所以她還是得跟他保持距離，這是忠誠感的問題，她很有義氣地想。

「奎恩很幸運，總是能遇到美麗的女人。」強森偏了偏頭。

「謝謝，強森衛官，你一定結婚了吧？尊夫人也來了嗎？」

說眞的，秦甄不太喜歡他看她的眼神。

不是因爲他和奎恩是死對頭的緣故。強森的風度翩翩，禮儀完美無缺。倘若有人要製作一個社交禮儀的示範影片，強森會是一個絕佳的模特兒。

她不喜歡的是強森看她的眼光，眼底太有侵略性。倘若她不是「奎恩的女人」而是任何一個女人，她不禁好奇他會不會走過來和她說話。

「你的夫人呢？」他的年紀比奎恩大，一定結婚了。

「可能在那邊和一些手帕交閒聊吧！」強森往宴會廳另一端比了一下。「妳也知道女人喜歡聚在一起聊些女人開心的話題，這種時候男人不宜靠得太近。沒關係，她開心就好。」

「你們有小孩嗎？」

「當然，不然結婚的意義在哪裡？」強森輕鬆地笑著。「妳和奎恩的婚禮在何時？我好像沒有聽說誰接到婚禮的邀請函。」

「噢，我們不打算辦婚禮的。婚禮只是一道儀式，去市政廳登記一下就行了。」她解釋。

「不會吧？」強森露出驚訝之色。「穿婚紗是女人一輩子的夢想，任何男人都不該剝奪這項樂趣，看來該有人跟奎恩談談才行。」

於是，秦甄確定她不喜歡這個男人。

無關乎奎恩和他的恩怨，完全是因爲強森這個人。

他口中說著他妻子開心就好，其實眞正是指他自己開心就好，只要他的妻子不要來煩他。

奎恩向她求婚時也說過類似的話，但事實是，奎恩在乎她的感受。她若是不開心，即使他再忙，還是會耐著性子聽她說完。

強森骨子裡對女人有一份深深的輕蔑感，男人才是優越物種，女人的功用只是幫男人生小孩，其它時候聚在一起談些「讓女人開心」的事情就好。婚姻之於女人的意義，不過是一件漂亮的白紗裙。

人們會很意外她在小學生身上觀察到多少人性。孩童是人類未社會化的原始版本，有人因此而認爲人性本惡——看看孩童時期的野蠻殘酷就知道了。她卻認爲，原始版本的人類只是直率，喜怒哀樂都很直接，是社會化教會人類隱藏眞實的情感。

她教過的孩子裡，有些人得天獨厚，集父母寵愛於一身。這種孩子認爲天地萬物都是爲了迎合他們而存在；他們想要的東西就直接拿，不合他們的心意就哭鬧抱怨，他們的需求才是世界上最重要的事。

每個小孩幾乎都經過這段時期，大部分的孩子隨著年齡成長，會漸漸脫離這個階段，學會如何與同儕相處。然而有少部分的孩子永遠學不會，他們年紀稍長若不是變成霸凌者，就是因爲性格不討喜而成爲被霸凌者，而他們永遠不曉得爲什麼。

強森就是這種人，霸凌的那一種；他是她見過最自我中心的男人。

奎恩也是一個冷漠倨傲的人，但他的冷傲是出於對自己的嚴格要求，而不是認爲全世界的人都比不上他。

「抱歉。」幾名賓客正好從他們旁邊經過，強森向她跨了一步。

他背後有充足的空間，並不需要逼得如此之近，有一瞬間她甚至感受到他的呼吸吹拂在她臉上。

他要她！她駭然發現。

那雙棕眸裡強烈的侵略性幾乎讓她窒息。強森要她不是因爲她，而是因爲她是「奎恩的女人」。

「噢，那是岡納，我過去和他打聲招呼。」她立馬找個藉口離開。

「別急，我們才聊沒幾句呢！」強森突然握住她的手腕。

「請你放開我！」她的笑容完全消失，生物距離被侵犯的警鈴不斷在尖叫。

「抱歉，妳說想自己多觀察我，我們應該多聊一會兒。」強森笑容不變地鬆開她。

「有問題嗎？」岡納的聲音響起。

她幾乎想回頭抱住他，岡納拳擊手的體型立刻卡進她和強森之間，秦甄第一次如此開心看見她未婚夫的搭檔。

「岡納，你來得正好，我正要過去找你。」秦甄巧妙地移動到他身旁。

強森卸下僞裝，兩個男人一動不動鷹視對方。

她必須打破這個場面，她可不想等總衛官發現也加入戰局。

「岡納，來，請我跳一支舞。」秦甄把杯子放進侍者托盤裡，拖著岡納走下舞池。

拉扯的力量受到一點阻力，不過岡納最後還是跟她一起離開。

「他打擾妳嗎？」岡納神色陰沈地盯著強森。

「不，但我再繼續待下去，我怕會『打』擾他。」她對身旁滑過去的舞者露出笑容。

「如果他讓妳不快，我可以過去跟他談談。」他看起來十分想和強森「談談」。

「沒事，嚴格說來我們沒談到幾句，只是直覺告訴我，強森衛官和我應該不會變成朋友。」她抬頭對他微笑。「不談他了，你看起來很帥，今晚有攜伴同來嗎？」

「……沒有。」等一下，他爲什麼在和奎恩的準老婆跳舞？

「別擔心，你還有兩年的時間，一定會找到喜歡的女人，只要記得改掉一臉吃鐵釘當早餐的表情，免得嚇跑人家。」她趁機機會教育一下。

岡納大默。

對了！有件事正好趁現在跟她說清楚。

「請妳不要再爲我做點心了。」他的語氣跟動作一樣僵硬。

「爲什麼？」她的舞步頓了一拍。「不好吃嗎？還是不合你的口味？不然你告訴我喜歡吃什麼，我下次做給你。」

「點心很好吃，不過我只是奎恩的同事，妳不需要為我做這些。」她的小鹿斑比眼讓他無法說出違心之論。

秦甄在舞池中央停下來。「又來了，你們兩個到底怎麼回事？簡直像吵架的情侶，為什麼就是不肯承認彼此的重要性？」

吵……架的情侶？

「我和奎恩絕對不是……」那個詞太噁心了，他甚至說不出來。「我們，不是，朋友！」

秦甄雙手一拍。「好，容我問你三個問題——放心，跟工作機密無關——只要你完全誠實地回答這三個問題，以後我永遠不會再煩你。」

「妳問。」他僵硬回答。

「第一個問題，奎恩最愛用的武器是什麼？」她瞪著他。

這個問題讓他有點意外，不過他連想都不用想，「U32型環刃，第二代改良版，附超音波及紅外線功能，具有絕佳的反應效能，幾乎等於人類的延伸肢體，無論攻擊或防禦皆是上上之選。」

「第二個問題，如果有一名新進衛士因為經驗不足而搞砸一個在你們眼中很簡單的任務，奎恩最有可能給這名衛士什麼樣的懲罰？」

這一題依然連想都不必想。「如果對方只是因為經驗不足，不是因為粗心大意或偷懶，奎恩第一次只會給與口頭申誡，因為人都會犯錯，重點是在有沒有從中學到教訓，不再犯相同的錯誤。」

「好，第三個問題，奎恩每次上車，發動引擎之前會有一個習慣動作，那個動作是什麼？」

「伸展一下他的右手五指。他有一次因公受傷，右手不靈活，在高速追逐時差點讓車子失控，從此之後他在開車前會習慣性地活動一下右手。」

秦甄雙手一攤。

岡納瞪過來。

「這三個問題，前面兩個我完全答不出來，第三個我知道答案但不知道原因，而你甚至不需要想，憑直覺就回答出來了。」她戳戳他胸口。

「……」

「我，是奎恩總衛官即將娶的女人；你，是他的好朋友！」接受事實吧！

秦甄將他丟在舞池，回頭找自己的未婚夫。

奎恩正在跟幾名軍官說話，她禮貌地和每個人打過招呼，在他耳邊低語：「準備走了嗎？」正有此意。

「還享受今晚嗎？」奎恩攬著她的腰往門口走。

幾分鐘前也有人問她相同的問題，她對兩個男人的喜好卻天差地別。

「先警告你一聲，我教訓了你的搭檔一頓。」

「我會協助他重建破碎的男性尊嚴。」他眼也不眨地接下。

「我相信憑你們堅定的友誼，一定能一起度過難關。」她點點頭。

「……」總衛官到底比他搭檔精一點，沒傻到去踩地雷。

秦甄和他都看到那個女人靠過來，不過奎恩就走在身旁，她沒有想太多。

那名嬌貴的千金小姐是芳娜親友團的一員，手中持著一杯紅酒，和朋友交談得正熱烈。

秦甄走在靠近她的這側，總衛官走在另一邊。那千金小姐不知和朋友聊到什麼，當秦甄走近她三步遠之時，她突然「不小心」手一揮，杯中的紅酒潑了出去。

秦甄穿的是白色真絲禮服！

眼睜睜看著兩萬五千元即將毀滅之際，她未婚夫圈住她的腰一挪，以自己寬闊的背擋住她，那杯紅酒全潑在他的身上。

喝——

好幾聲驚呼同時響起，現場霎時安靜無聲。

秦甄看著潑了一地的紅酒，她的白絲禮服一滴都沒沾到，被她臉色鐵青的未婚夫全擋住了。那千金小姐臉色蒼白，顯然沒料到會是這個結果。

後面幾呎遠，芳娜兩手捂住櫻唇，神情完全驚駭。

「我、我……我很抱歉，我不是故意的……」千金小姐結結巴巴。

「這是一個很愚蠢的舉動。」奎恩冷硬的藍眸並非落在千金小姐身上，而是更後面的芳娜。

芳娜顫巍巍地放下雙手，似乎想說什麼，奎恩視若無睹，轉向千金小姐身旁的中年紳士。

「令嬡欠缺的不是禮儀，而是腦袋，你應該替她的嫁妝加倍，或許可以彌補她這一點不足。」

奎恩總衛官擁著他的未婚妻離去。

12

喬爾打開公寓的燈，差點被角落的黑影嚇死。待看清楚黑影的身分，他的驚嚇度不減反增。

「你沒有權利闖進我的公寓，這裡不是美加，我不怕你。」

「放輕鬆，喬爾。」角落的人把槍往桌面一放。「坐。」

喬爾進退兩難。不速之客隱在暗影之中，整間公寓只有玄關一區亮著，讓他的目標更明顯。倘若他轉頭就跑，那男人拿槍的動作肯定比他更快。

最後，喬爾別無選擇，只好在那男人的對面坐下。

牆角的立燈「叭」一聲扭開，奎恩英俊冷漠的臉孔出現在燈光下。

「喬爾，提華那與你習慣的繁華差多了，你果眞能屈能伸。」

「對，這裡是墨西哥境內，不在紀律公署的管轄範圍，我不怕你。」喬爾說得很勇敢，他們都明白不是這麼回事。

引渡一名罪犯回美加，賣個人情給全球最強國家的最高執法機構，墨西哥政府只怕會認爲這交易很划算。

「放心，我若要抓你早就下手了，你以爲我現在才知道你人在墨西哥？」

「我是堂堂美加公民，你沒有任何我幫助墨族人的證據。如果你硬要抓我，我就把你咬下水。」

喬爾色厲內荏。

「你覺得我們的司法體系會相信誰？紀律公署的總衛官，或墨族人的幫凶？」奎恩嘲弄他。

喬爾咬牙暗恨。「你、你想做什麼？」

奎恩凝視他半晌，突然將口袋裡的東西一一掏出來：

一個圓形不知道什麼作用的東西，可能是武器。另一個手指長不知道什麼作用的東西，可能是武器。一綑像軟鞭的東西，可能是武器。一把長得像刀柄的東西，可能是武器。靴間藏的匕首，鐵定是武器。一堆看起來很精密的傢俬，可能是武器也可能不是，但最大可能依然是武器。

把身上所有東西掏完，奎恩拿起紀律公署的徽章，指著上面一個暗紅色的小點。

「這個徽章有訊號傳遞功能，已經關掉了。」

象徵他身分的徽章加入桌上驚人的收藏，奎恩往椅背一靠，平靜地看著喬爾。

「紀律公署不知道我在這裡，我們的對話也不受監聽。現在和你說話的人不是奎恩總衛官，而是里昂・奎恩。我以私人身分詢問你幾個問題，無論你的答案是什麼，我保證你不會惹上麻煩。」

正常情況下，喬爾早對這些話嗤之以鼻。不知如何，奎恩的眼神讓他相信了他的話。

「……你想問什麼？」

「那天在你店裡的墨族小孩，你認識他們嗎？」

「不，我只認識索……」喬爾及時把差點說出來的名字吞回去。「我只認識領頭的那個年輕人，他以前帶人來過幾次。」

「你們通常如何安排每一次的『送貨』？」「送貨」是墨族人走私平民的專門暗語。

「聽著，我承認我不是什麼模範公民，但也不到大奸大惡的等級，最多就是搞些小型聚賭，抽抽頭賺點外快。」喬爾煩躁地站起來踱了幾圈。「我不想再這樣下去，所以拿自己賺的一點錢搞點正經生意。『喬爾咖啡小館』真的是我有心好好做的營生，可是你也看過那一帶的情況，我的店根本沒有多少客人。

「有一天，那個年輕人走進店裡，點了一堆東西，離開前他告訴我，他想帶幾個小朋友來吃，但他希望那天我的店只接他們這單客人，他願意多付我一點額外的費用……噯，總之一切就是這樣開始的！」

喬爾走到窗前，望著街上的霓虹燈。

「我不傻，當然知道這些人是什麼人。我也想過向政府舉報他們，可是老實告訴你，他們付的錢很慷慨，那個年輕人又不是通緝榜上的臉孔，即使拿到檢舉賞金也不值幾毛錢。」喬爾轉頭注視他。「一切都是小孩，該死的小孩！每次他帶來的通通是小孩，年紀最大不超過十六歲，最小的連八歲都有。你教我如何眼睜睜看這些孩子被警察帶走？

「我沒有辦法不問自己，這些小孩做了什麼讓他們必須被清除？一個八歲的小孩能如何窮兇極惡，以至於這個社會容不下他們？我或許不是好人，但我起碼還有一丁點惻隱之心。後來次數多了，我越捲越深，想抽身也來不及了。最後我只能告訴自己，不看不問不管。總之，他們付錢，帶人來，人消失，我負責經營一間咖啡店，就這樣。」

長長的一番話說完，他藏在心中的石塊終於有了傾洩之處。

「你曾經在街頭經營賭場，也替黑社會頭目跑過腿，看人的眼力應該挺不錯。」奎恩終於開口。「那天的孩子裡，有沒有一個十五歲的小女孩，深褐色長髮，名字叫莎洛美？她的外表可能經過偽裝。」

「你問這個做什麼？」喬爾的神情轉為防衛。

「就說我出於私人原因必須找到這名小女孩吧！放心，她不會有麻煩。如果你需要聯絡那名年輕人確認，我可以等，你今天撥的電話都不會被追蹤。」奎恩靜靜補充。

「不，我不需要聯絡他。我要你以生命保證，若你找到那個小女孩，絕對不會傷害她……不，我要你保證，你會將她送到全世界最安全的地方！」

「我保證。」

喬爾吐出一口長氣。「是的，我知道你說的那個女孩，她戴著一頂棒球帽，僞裝成小男孩的模樣。那天他們進來，我剛好打翻了一袋咖啡粉，她是唯一一個蹲下來幫我收拾的孩子。我稱讚她是個好女孩，她很驚訝問我怎麼看得出來？我說，因爲她有一雙我見過最漂亮的眼睛。她有點害羞地告訴我，她的名字是莎洛美，我叫她趕快躲下去，因爲下面比較安全。

「後來事情一連串發生：你出現，那個戝個二五八萬的強森混蛋也出現，在你的掩護下，那年輕人帶著一群小孩離開，莎洛美也在其中。我當時其實已經慌了，滿腦子開始準備跑路。就在所有人都離開之後，我聽到地下室傳來一些動靜，偷偷開門一聽。原來那年輕人不知道從哪裡鑽下去，又帶著那群小孩回到污水道。

「我想，他們逃得掉最好，逃不掉我也沒辦法，因爲店門關一關我也準備跑路。可是，就在這時候，地下室突然有人跑上來的聲音。我開門一看，竟然是莎洛美。我叫她趕快跟其他人一起逃，她說她決定不跟他們一起走了。

「她的表情很堅決，好像下定決心要做某件事，我擔心警察跑回來，一直要她快下去，她只向我借了一件外套，把帽子一脫，長頭髮放下來，換上我的外套就出門了。」

喬爾挫敗地耙了下頭髮。「好吧！是我怕事，我怕警察街頭臨檢，抽查到她，不敢跟上去，然後她就不見了。」

「莎洛美脫隊了？」這下有些麻煩。

「等我逃到墨西哥，間接和那年輕人取得聯繫。他說，莎洛美在下水道故意落在最後面，趁無人注意時突然跑掉。他還有一群小孩要顧，實在無法回頭追她，所以只好放她離開。至今一個半月過去，沒有人知道莎洛美在哪裡。」

好不容易找到的線索又斷了訊，若說奎恩不挫折，那是假的。

「好吧，謝謝你。」他開始將桌上的東西一一歸位。

「等一下，你就這樣走了？」喬爾愣愣看著他。

「你何時起這麼歡迎我？」奎恩瞄他一眼。

「那莎洛美呢？你會找到她吧？」

「我的目的正是如此。」將徽章放回口袋，他站了起來，高大的身影立時讓公寓小了一號。

「別忘了你答應我的事。」喬爾瞪著他背影。

奎恩在扭開門把之前突然停住。

「他們如何付錢給你？」

「什麼？」喬爾一愣。

「你說他們付錢給你，帶人從你的店裡逃走，他們平時是怎麼付錢的？」

「這個問題包含在我們的交易以內嗎？」喬爾的雙眸馬上眯起來。

「一半。你告訴我之後不會有麻煩，如果你不說，你就真的有麻煩了。」現在問這個問題的人不再是里昂．奎恩，而是紀律公署的奎恩總衛官。

「他們把錢藏在包裹內，讓郵差送來給我。」喬爾不情不願地說。

聰明。任何私人快遞公司都有可能閃失，但郵政系統屬於國營事業，既便宜又有效率，郵件的來源又很難追查。畢竟你到郵局寄信時，沒有哪個辦事員會先調查你信封塡的寄件地址是不是眞的。

曾經有一名郵件炸彈客四處亂寄炸彈，執法單位花了十八年才抓到這個人。沒有任何方式比讓郵局投遞更保險，而他們偉大的郵政系統使命必達地將叛軍的行動一一傳達給各地聯絡人。

不過叛軍忽略了一點，現在到底不是二十年前，郵政系統精密了許多。即使寄件地址是假的，也有太多線索足以追查寄到某個地址的郵件。

「你不會正好留著其中一個包裹吧？」

「我像這種蠢蛋嗎？」喬爾嗤之以鼻。「錢一到手，包裹立刻燒了。」

可以想見。

「好吧！當個堂堂正正的人，喬爾，我不希望自己再有機會回頭找你。」

他走出去，讓掩上的門扉吞沒他高大的背影。

＊

奎恩被身上的壓力弄醒。

一偏頭，他的新婚妻子像隻無尾熊巴著他，睡得依然香沈。

她的睡癖實在不能算好，但他和女人徹夜同眠的機會不多，嚴格說來他的取樣標準或許不夠客觀。

她不曉得從哪裡養成的習慣，睡覺懷裡一定要抱著東西。以前在她自己的床上，一定有條大棉被或大抱枕，據說一年四季皆是如此。到了他這裡，他的床上就一條簡簡單單的薄毯，剛開始她怎麼睡就是不習慣，整個晚上翻來覆去的，搞得他也睡不好。

最後他乾脆把她翻過來，直接拿自己當她的抱枕，總算折騰了好幾夜，她不習慣也得習慣了，反倒是生物距離比平常人寬的他花了點時間適應。

昨天他們公證結婚了，一切手續終於完成。

她正式屬於他。

奎恩在心裡品味這句話，發現感覺並不差。

秦甄看似從卡佐圖的攻擊事件走出來，其實心頭依然有陰影。她最擔心的仍舊是她會不會必須換工作，以後是不是二十四小時都得有個保鏢跟著？

後來他向她保證，其他紀律公署的家眷都能正常過生活，沒有理由她不可以。

她不知道的是，他向來握有一定程度的叛軍動向，按兵不動只是出於戰略上的考量，不是他們渾然不知。在車站事件後，他領軍對幾支武裝叛軍做了嚴厲的掃蕩，讓所有人知道這是直接招惹他的下場，所以現在愛斯達拉那些人自顧不暇，對卡佐圖、查爾斯和田中洛都很火，這陣子足夠他們自己鬧的。

「嗯……」她娟秀細緻的臉蛋在他臂彎磨一磨，要醒不醒的。

清晨六點，還有點時間。他翻到她身上，吮咬她泛著清香的雪肌玉膚，開始進行晨間運動。

等他終於有力氣撐起自己，他的新婚妻子嬌慵性感地躺在他身下，雙頰嫣紅——但依然沒醒。

難道她以爲自己在做春夢？

奎恩搖搖頭下床，令人口水直流的裸軀直接走向浴室。

等他穿戴整齊，走進廚房，他的新婚妻子也起床了，正帶著一臉睡意替自己煮茶、替他煮咖啡，開始張羅早餐。

「今天是星期六，妳不必這麼早起。」奎恩在中島的老位子坐下。

「今天是西語二級檢定考，徵用我們學校做爲考場，我得去當監考老師。」她打個呵欠，替兩人倒好茶和咖啡。「你今天要進辦公室？」

「半天而已，我中午就會回來了。」現在想想，在結婚第二天就加班似乎不是一般人的常態？

「那剛好，我監考也只有半天，可以搭你便車嗎？中午我們可以一起去超市，家裡的食物都快吃完了。」她打開冰箱拿出幾顆雞蛋。

「好。」

他啜飲咖啡，開始瀏覽今早的頭條新聞。

「你今天早上是不是有跟我做愛？」她把三顆蛋打進鍋裡，神情有點狐疑。

「……不然妳以爲是誰？」

「當然是傑克・洛夫啊。」她說。

奎恩突然一臉空白。然後，他放下咖啡杯，堅定地走向他妻子。

「不、不、不，我是開玩笑的，我當然知道是你！那麼英勇高大強健誘人的體魄除了我親愛的總衛官大人還有哪個男人……啊！」最後依然落入敵人魔掌。

被愉快懲戒過的女人癱軟在他懷裡。

「你眞是個好色的暴君，應該有人揭發你的眞面目才對，親愛的總衛官。」

暴君回來繼續喝他的咖啡，看他的新聞，神情十分自若。

秦甄替她珍貴的仙人掌澆水，這株仙人掌被她取名爲小綠，但奎恩一直搞不懂替植物取名字的意義在哪裡。

窗外明媚的太陽勾引她的目光，已經進入十一月，第一場雪隨時可能飄落，這種時間還能有冬陽眞是太難得了。

吃完早餐，她到露台照顧她的香草園。目前還只有兩排小盆栽而已，冬天即將來臨，她打算等明年入春再栽種更多植物。

奎恩環視一度空曠冰冷的公寓。

原來，一間屋子有沒有女人，眞的看得出來。

許多小地方變了。牆上多了她帶來的畫、照片和塗鴉，寬大的皮沙發披上手工波斯小毯，玻璃茶几下多了張幾何圖案的地毯。

原本空無一樣的玻璃櫃擺放了她從各地旅遊收集來的紀念品，有魚夫木雕，動物陶偶，織錦，和更多的小畫。室內多了好幾盆綠色盆栽，散落在每個能接受到光照之處。

所有屬於他的東西都是黑白兩色的冰冷基調，所有屬於她的東西都是色彩繽紛的溫暖氛圍，然而，這兩種元素融合在同一個空間裡，剛柔並濟。

「今天天氣很好耶！我們待會兒從中庭出門好不好？」她從露台走進來，心血來潮地提議。

「好。」

奎恩幫她把廚房收拾一下，一起洗了碗。出門前，她猶不忘向小綠道別。

「掰掰，小綠，我們下午就回來了。」

植物又不像貓狗擁有主體意識，叫它們名字，它們也不會有反應。

他不幸在電梯裡說出自己的想法，於是秦甄老師諄諄教誨了他關於植物的主體意識，並且舉了一個社會實驗的例子：一株植物旁邊一直播放讚美的話，另一株植物旁邊播放霸凌的話，結果被言語霸凌的那株植物枯萎了，以此證明植物確實有主體意識。

後來奎恩總衛官認爲最快的方法就是直接說：對不起，我錯了，植物眞的有主體意識。

他果然越來越明瞭婚姻生活的眞義。

「噢，眞是美極了！」他們一走出中庭，秦甄融化了。

滿園常綠植物浸淫在溫暖的晨陽中，不畏寒的大理花在早冬裡豔麗綻放，替一片濃綠染下繽紛的色彩。若不細察，眞會讓人以爲榆橡園跳過冬天，直接進入春暖花開的時節。

「這裡有蝴蝶耶！太美了……等一下，蝴蝶不是暖熱的季節才會出現嗎？這些不會是『柯化龍蝴蝶』吧？」她的語氣鬼祟起來。

「柯化龍蝴蝶」是一個都市傳說。

話說文明大戰重創全球生態，戰後各國努力發展工商事業，環境污染更是嚴重，直到某一年生物學家突然發現，全球的蜜蜂和蝴蝶的數量已不及戰前的百分之一。

這件事在世界各國敲響警鐘，因爲蜜蜂和蝴蝶是自然環境裡傳遞花粉的重要角色，當蜂蝶的數量大量減少，下一個受到衝擊的就是植物生態。此後全球生物界努力復育蝴蝶和蜜蜂。可是環境污染眞的太嚴重了，直到戰後五十年之後，蜂蝶的數量才逐漸回復水準。

據說有個生物基因科學家，柯化龍博士，發現了一種改變蝴蝶基因的方法，可以讓蝴蝶再度變回蛹的形式度過寒冬，稱爲「蛹化延續」。

一隻蝴蝶一生中可以蛹化四次，等於比正常蝴蝶的生命延長四倍。

柯化龍一發表這個結果，立刻引來科學界和生物學界的反彈。先不說基因改造的生命本身就充滿爭議性，一隻活四倍長的蝴蝶，沒有人知道牠們對生態將帶來何等衝擊。想像每個人類從此活上四百年，那根本不是進步，而是生態災難。

聽說柯化龍不甘心研究被誣衊，依然偷偷把變種蝴蝶培育出來，並以自己的名字命名，結果科學界大為震怒，將他除名，柯化龍也從此失蹤。

有人說他被國際生物警察逮捕，所有柯化龍蝴蝶都被摧毀，目前在歐洲某個地牢裡坐終生監，有人說他受不了強大的壓力而自殺了。但後來國際生物組織宣佈，科學界根本沒有「柯化龍博士」的存在，也從來沒有任何人以「柯化龍博士」為名發表研究論文，這一切都是網路虛構的無聊故事。

後來「柯化龍蝴蝶」就變成一個流行語，舉凡任何令人難以置信的事，就會說：「你以為自己看到柯化龍蝴蝶嗎？」

「嘖嘖嘖，我就知道有錢人的圍牆內充滿祕密啊！」她咋舌。

總衛官被她默到了。「我們社區有一間蝴蝶生態館，全年度維持適合蝴蝶生長的恆溫，讓居民一年四季都能在館內賞蝶，這些帝王斑蝶應該是從生態館內飛出來的。」

「你們有自己的生態世界？嘖嘖嘖，有錢人的圍牆內果然充滿特權。」

這位太太，無論合法非法妳都有話說。

「妳似乎忘了，妳已經嫁給我，這個圍牆裡也是妳的世界了。」

秦甄一聽，不禁長嘆。「都是你不好，讓我做不成社會底層被剝削壓榨的窮苦奴工了。」

「……」

即使她沒嫁他之前，也算不上社會底層被剝削壓榨的窮苦奴工吧？

黃底黑紋的帝王斑蝶在他們四周飛翔，猶如一朵朵豔麗的花卉，雖然現在十一月了，今年是暖冬，或許它們有足夠的時間在庭園內產卵，爲明年的春天增添更多小生命。

「不！波比，你做了什麼？」

庭園另一端，一名六、七歲的女孩對著地上的物事大哭，保母只能在她身後不斷勸慰。被狗鍊拴住的狗狗牽在保母手中，依然傻呵呵地蹦踹跳跳，不曉得自己惹小主人傷心了。

「嘿，小朋友，妳爲什麼哭呢？」秦甄的母性爆發，主動走過去。

「都是波比的錯，嗚……我不應該讓牠在院子裡跑的……」小女孩哭得天地變色。

秦甄走近一看。

地上有三隻帝王斑蝶，兩隻看起來已經死了，第三隻雖然活著，卻有半邊的翅膀被咬破了，只能徒勞無功地撲騰。

「不能活了，放牠在這裡也是餓死，直接打死比較人道。」保母操著濃重的墨西哥口音說。

「不！不！不！」小女孩大哭。

「汪！」

「全都是你的錯，都是你！」小女孩繼續大哭。

「親愛的，這不是波比的錯，牠不懂事的。」秦甄蹲在小女孩身旁。

「我知道，是我的錯，嗚……牠們蝴蝶本來飛得很漂亮，我放開波比，牠突然衝過去咬牠們，結果牠們就掉下來死掉了，嗚！」

秦甄看著不斷掙扎的帝王斑蝶，也有些難過。

「或許蝴蝶館的人知道如何照顧斷翅的蝴蝶？」她抬頭問老公。

奎恩濃眉一皺。「生態館裡的蝴蝶數量是固定的，若哪個品種數量過多，他們會將多餘的蝴蝶釋放到花園，以維持館內平衡。」

換句話說，這些帝王斑蝶就是放出來「物競天擇」的。現在已經十一月，牠們能存活的時間本來就不長。

秦甄瞭解生態平衡的道理，只是看著那哭泣的小女孩，實在不忍心。

她想了一想，小心翼翼地將那隻斷翅的蝴蝶撈起來，又把地上兩隻死掉的斑蝶一起撿起來。

奎恩不知道她想做什麼，想也知道她並不死心。秦甄看見他眼中不贊成的神色，只得解釋。

「我明白生死是自然循環之一，但今年天氣較暖，或許還有一、兩個星期才會下雪，如果我能讓牠多活一些時候，牠還有機會產卵，在明年春天孵化爲蝴蝶，物種延續就是生命的意義不是嗎？」

奎恩不多說什麼。

「妳能救牠嗎？」小女孩眼巴巴地注視她。

「我盡量試試看，但我不希望妳抱過多的希望，小甜心。」

「如果妳治好牠的翅膀，能告訴我嗎？」

「如果我治好牠的翅膀，一定告訴妳。」她鄭重地和小女孩握手。

保母牽著雙眼紅腫的小女孩走回另一棟大樓。

奎恩陪她重回家中，她臨時找不到籠子，只好將蝴蝶罩在她的竹蒸籠內，裡頭放了蘋果、蜂蜜做爲牠的食物，兩人才又出門。

結果，那天奎恩回家的時間比預期更晚。

接近中午時他接獲線報，和岡納帶著幾名手下前往突襲，那個鳥強森不知如何也來了，他花了點時間和這個人生毫無重要目標的傢伙周旋一番。等一切都結束，他處理好所有報告，離開公署已經晚上十一點。

十一點三十分，他打開家門，唯有客廳一角的立燈亮著。

他無聲走到沙發旁，他的新婚妻子蓋著那條波斯毯，腿上一本最新出版的暢銷小說，歪著身子睡著了。

鵝黃光線照在她搪瓷般的肌膚上，黑而長的睫毛在眼睛下方形成陰影，看起來像個稚氣又柔弱的少女。

他在她身旁的地板坐下。

很奇怪，一天下來跑了這麼多地方他渾不當回事，此刻靜靜看著她睡覺，他突然覺得累了，只想就這樣坐著，看她安祥的睡臉就好。

他母親一直不懂他父親，直到他父親過世之後，瑟琳娜·奎恩都不明白她丈夫是否真正愛過她。但奎恩記得一件事。當時他頂多六歲，和今天院子裡的小女孩差不多大。有一天半夜他起床想喝水，卻在客廳裡看見他母親等門等到睡著了，而沙發前坐著一道龐然黑影。

道格·奎恩就這樣靜靜看著妻子的睡顏，不知多久。

年紀還小的他並不明白，只覺得其中有些特殊的感情連他都不該打擾，於是他靜靜回房睡覺。

沒想到，有一天他也體會到了父親當年的心情。

「唔……我睡著了。」睡夢中的人彷彿感受到自己被注視，兩扇長睫拍動一下，睡意迷濛地睜開眼。

「下次累了就先去睡，不用替我等門。」他的大掌滑過她嫩軟的臉頰。

「我有個東西要讓你看。」她拍拍臉頰，努力讓自己醒過來。

奎恩讓她牽著，來到廚房。中島廚檯放著一個蟲籠子，一隻蝴蝶停在樹枝上，兩片翅膀竟然是完整的。

「這是妳早上撿回來的那隻蝴蝶？」他驚異地凝視著。

「是的。」她在微亮的燈光下對他微笑。

她是如何讓一隻折翼的蝴蝶找回翅膀的？

奎恩仔細觀察蝴蝶的雙翅，最後他發現了，左半邊的翅膀略微有些色差，但整片紋理接合得幾乎天衣無縫。

「我看過某個網路影片，教人家如何將蝴蝶的翅膀再貼回去，不過需要其它蝴蝶的翅膀。」她輕聲說。

「所以妳才把死掉的蝴蝶一起撿回來？」

她點點頭。「我先用鐵絲圈成一個細長的橢圓形，固定住蝴蝶的身體，然後把它斷掉的翅膀剪掉，再比對移植者的翅膀，在同樣的區域剪一片略大於斷翅的面積，以防水萬能膠對準紋理黏上去，就大功告成了。只是第一次做很可怕就是了，我一直怕不小心把牠弄死掉。」

若非不得已，生手眞的不要隨便試做，她這輩子大概不敢再做第二次了。

「牠的新翅膀管用嗎？」他盯著籠內的蝴蝶，依然覺得不可思議。

「我怕牠的新翅膀還不牢固，不敢讓牠試飛，不過牠拍動過幾次翅膀，看起來應該沒問題。」她露出睏倦的微笑。「我請警衛傳話給香娜的家人——就是那小女孩，告訴她我明天早上會在中庭釋放蝴蝶，明天一早就見眞章了。」

他的藍眸從蝴蝶身上收了回來，見她一直在揉眼睛。

「這時間妳早該睡了，來吧。」他抱起他的新婚妻子。

「你身上有火藥味……今天過了很辛苦的一天嗎？」秦甄在他頸窩努了努，找到一個舒適的角度，雙眼已然闔上。她身上的沐浴乳香味沁入他鼻間，柔軟的胸脯隨著呼吸一起一伏地貼著他的胸膛，與他的心跳相呼應。

「現在不覺得辛苦了。」他靜靜說。

✷

早上九點，秦甄提著蟲籠子和她丈夫準時出現在大樓中庭。

他們下來沒多久，一抹小身影從另一棟大樓奔出來，身後跟著一位西裝筆挺的中年男士。

今天是周日，連奎恩都換上便服，這位男士依然一身正式的衣著，顯然有某個比看蝴蝶更重要的場合必須去。

「魏金斯博士。」奎恩微點了下頭。

「奎恩總衛官。」魏金斯也點頭回禮。

秦甄不知道她丈夫叫的「Doctor」是指博士或眞正的醫生，不過看魏金斯一身精英氣勢，若他眞是個名醫她也不意外就是了。

「我媽咪說妳是奎恩總衛官的家人。」香娜小小聲說。

「對啊，我的名字叫『甄』。」她對小女孩微笑。

今天出現的是一家之主而非昨日的保母，想來魏金斯夫婦知道了她的身分，不好怠慢現任奎恩夫人，於是由男主人親自帶女兒下樓。

奎恩負著手站在她們身後，沒有多語。

「香娜，妳想看看蝴蝶現在的樣子嗎？」秦甄牽著小女孩一起坐在花圃邊緣上。

「想！」

她把蟲籠子的手帕掀起來，香娜驚呼一聲，緊緊盯著籠中的帝王斑蝶。

「牠翅膀的洞不見了！爹地，你看見了嗎？蝴蝶有一副新翅膀了。」小女孩興奮尖叫，「妳怎麼做的、妳怎麼做的、妳怎麼做的？」

秦甄仔仔細細地描述自己動手術的過程，還播了一小段網路上修復翅膀的影片，並不因爲對象是個六歲女孩就有任何敷衍，香娜聽得嘴巴都開了，連魏金斯博士都好奇地走近查看。

「那牠會飛嗎？」香娜立刻問。

「我們試試看就知道了，來吧！」

兩個女生提著蟲籠子來到一簇大理花前，秦甄小心翼翼地將帝王斑蝶捧在掌心。

「準備好了嗎？預備，起！」

她把蝴蝶往上一拋，蝴蝶拍動新換上的翅膀，滑翔到一朵大理花上。

「耶，牠飛了、牠飛了——」香娜興奮地蹦蹦跳跳。

秦甄也笑著，心裡卻不怎麼踏實。這隻蝴蝶只是順著氣流滑翔而已，並不是眞正靠自己的雙翅飛起來。

「來，我們看看牠能不能用新翅膀飛高高。」兩人蹲在牠停住的花叢前，耐心等了幾分鐘。

那蝴蝶雖然偶爾拍動翅膀，卻沒有飛翔的意思，秦甄的心沈到谷底。

看來或許不行，得想個理由把蝴蝶帶回家。

「或許我該再檢查一下牠的……」

就在她伸手要抓回那隻蝴蝶時，牠突然拍拍翅膀，輕盈地騰躍向空中。

「飛了、飛了！」

「耶！」大小女生抱在一起歡呼。

那蝴蝶悠悠然在空中轉了兩圈，加入其它蝴蝶的行列。

兩個男人望著蝴蝶優雅的舞姿，嘴角不自覺掛起笑容。

「你看到了嗎？你看到了嗎？爹地，甄替蝴蝶動手術，然後牠就會飛了。」小女孩興奮地衝到父親面前。

「是的，甄是一個比爹地更厲害的蟲蟲醫生。」魏金斯將女兒抱進懷中，神色溫柔。

「我爹地是很棒的醫生喔！不過他沒有替蝴蝶動過手術。」香娜驕傲地說。

「我相信如果是妳爹地替蝴蝶換翅膀，他一定會做得比我更好。」她笑著和魏金斯握了握手。

「謝謝妳，我很高興參與今早的放飛活動。總衛官，你有一位十分出色的伴侶。」魏金斯誠懇地說。

「謝謝。」奎恩淡淡微笑。

兩人目送魏金斯父女離去，又欣賞了一會兒花蝶爭豔的庭園。

這個早晨，是個適合看蝴蝶新生的早晨。

「走吧，我們該餵飽你的冰箱了。」

「『我們的』冰箱。」

「我們的冰箱。」她從善如流。

13

每個周末一起逛超市已經成爲兩人的日常。

秦甄鬥志十足摩拳擦掌，示意她老公推推車，準備進行今日的征服行動。

「今天的目標：玉米粉、牛絞肉、起司和一大堆生菜。」她打算做墨西哥牛肉捲。

「冷藏區有罐裝玉米餅，妳不必從餅皮開始做。」

秦甄立馬變臉。「罐裝玉米餅加了一堆人工色素和麵粉改良劑，你都不曉得自己吃了多少化學……」

他帶笑的藍眸讓她知道自己上當了，立馬巴上去又掐又戳。

「噢！」他笑出來。

「謝、絕、罐、頭、食、品！」野貓盡情在他身上撒野。

話說她今早在清理廚房，無意間發現櫥櫃深處塞著一罐東西。她撈出來一看，竟然是一罐過期很久的罐頭濃湯。

「你什麼時候買的罐頭濃湯？」她不解地拿到書房問他。

「我不買那種東西。」奎恩從正在寫的報告抬起頭。

秦甄皺著眉回到廚房，研究罐頭湯的賞味期限。

過期好久了，起碼三年以上……

咦？三年？她猛然想起一事，氣沖沖地殺回書房。

「她餵你吃罐頭濃湯！」女主人宣佈。

「……」奎恩明智地等她自己說下去。

「你的前任管家，你曾經請過一個管家對吧？」

他點頭，依然保持戰略性沈默。

「大概什麼時候？」秦甄雙手叉腰。

「四年前，還有，『她』是個他。」他的管家是男的。

「這罐濃湯過期三年了，往前推算是在那傢伙替你工作的期間買的。你們社區簽約的一定是高級家事服務公司，天知道你付了他多少薪水——」

「周薪三千元。」他補充。

「而他竟然連煮一頓眞正的食物都不行……喝！周、周薪三千？他的工時多長？」秦甄覺得自己小心肝快停了。

「每周三天，每天四小時，雜支另計。」

她的喉嚨被掐住。「十二個小時？這混蛋一個星期只工作十二個小時，就輕鬆賺到比我多兩倍的薪水，而他甚至連買點像樣的食材都不肯？罐、頭、湯？是可忍孰不可忍，我要申訴他！」

「……那已經是四年前的事。」

「這樣更糟糕，你知道他這四年來替多少家庭工作過嗎？有的家庭可能有小寶寶，這個不誠實的傢伙趁雇主不注意偷偷餵他們的孩子吃罐頭食品，我們可以原諒他嗎？」

其實現在很多小孩都是吃罐頭食品長大的……奎恩很聰明地將這個想法放在心底。

「不可以。」他斷然說。

於是他們花了點時間讓他找出那間公司的名字，再花了點時間讓她透過層層客服系統，終於對那個四年前曾經在這裡工作過三個月的管家提出正式申訴。

他的新婚妻子說好相處時很好相處，說龜毛時也龜毛到底。

不過這脾性挺合他胃口，奎恩尊重所有忠於自己原則的人。

「奎恩？」

他們的推車來到生鮮食品區，一把溫和的嗓音在他們身後呼喚。

秦甄回頭看見一名年近六十的清瘦男人站在他們身後，他雖然穿著便服，頸間的白領透露出他神職人員的身分；滿頭棕髮大半轉為漂亮的銀絲，笑起來眼尾帶著細細的紋路，格外溫和可親，秦甄一見便不由得生出好感。

她家男人顯然沒有相同的感覺，表情馬上從輕鬆寫意變成總衛官式的空白，她甚至聽見一聲低低的輕咒。

「貝神父。」奎恩面無表情地點頭。

哦——他就是貝神父，她老公不喜歡的那位「兼愛世人」。

在沒見面之前，秦甄不曉得該對紀律公署的專屬神父有何想法。神父是神的使者，但在紀律公署服務，她想像他應該也是冷冰冰的，沒想到本人如此清癯和煦。

「我聽說你昨天結婚了，可惜上次的宴會我無法去參加，傑克告訴我，你帶了你的伴侶出席。」

貝神父對他冷漠的表情不以為忤。

「您好，我是他的妻子秦甄。」她主動向貝神父伸出手。

「貝神父，紀律公署的心理諮商師及神職顧問。」貝神父笑咪咪地和她握手。

「當然了，紀律公署向來服務周到，除了『電腦選號』、『花名冊』、『慾望解放中心』，也提供專業的性靈服務。」秦甄理解地點頭。

慾望解放……？奎恩無言。

他不慎讓她知道，紀律公署確實有簽約的性服務單位，以紓解單身衛士的需要。在他的想法裡，這是一項很合理的服務——性交的過程會讓人處於最脆弱的狀態，因此由公署和審核通過的特種行業簽約，衛士在性交時不必擔心被突襲，他們還能定期監控性服務者的健康狀態，一舉兩得。

不過他妻子旺盛的想像力開始衍生紀律公署的雜交派對。

貝神父爽朗地笑了出來。「貪嗔愛慾都是人類的基本需求，即使是上帝也會同意的。」

「抱歉，我無意誣衊您的信仰。」秦甄為時已晚地想到，自己剛剛把性和上帝放在同一個句子裡。

「不不不，千萬不要道歉，妳是個十分率眞的女孩，我喜歡這樣的性情。奎恩會用得上一些誠實的意見。」

「這點你絕對可以放心，我對他從來不拐彎抹角——小學老師的職業病。」她莊嚴地點頭。

「噢，原來妳是小學老師？」

「是的，我在湖濱國小任教。」

「像妳這麼可愛的老師，在學校一定很受學生歡迎。我倒是沒意料到奎恩的妻子會是一個小學老師呢！」貝神父笑道。

這有什麼好意料不到的？奎恩對他皺眉。

兩個人聊得很高興，沒有人理他那張冷冰冰的臭臉。

終於寒暄到一個段落，秦甄瞄瞄他，再對貝神父的方向點一下頭。

什麼意思？奎恩的天線沒接收到。

她嘆了口氣。算了，指望他不如指望一隻大象。

「貝神父，我們今晚準備做墨西哥牛肉捲，你要加入我們嗎？」

「不！」強烈的反應當然來自她丈夫。

你這人很沒禮貌耶！秦甄給他一個小學老師的警告眼。

「今天是星期日，貝神父晚上一定有活動。」神父星期天晚上理所當然有活動，對吧？

他這次猜對了，貝神父遺憾地嘆息。「我今天晚上必須替教區的民眾主持一場婚禮，恐怕妳的邀約必須改期了。」

「今天晚上有衛士結婚嗎？」

「不，雖然紀律公署是我的工作地點，但教會另有指派的教區給我，在羅迪歐大道。」貝神父笑道。

「原來如此，太可惜了。希望有一天我們能坐下來好好聊聊。」這些話不是客套，她是眞心的。

貝神父笑著和他們作別，奎恩終於吁了口氣。

「你這人很沒禮貌耶！貝神父是你的同事，年紀又是長輩。」

「我不喜歡他。」

「爲什麼？他人很好啊。」

「所以我才不喜歡他。」他們是紀律公署，可不是以「人很好」見長。奎恩臉臭臭地走開。

秦甄瞪著她老公的背影。

眞是個不可愛的傢伙！

✷

吃完晚餐，照例兩人一起收拾，奎恩負責洗碗，她負責替明天早上要做的便當菜備料。

他們依然每天一起上下班。本來秦甄解除了他接送上下班的義務，畢竟一開始只是爲了替他們爭取相處的時間，不過他不覺得每天早上繞到她學校有什麼麻煩的，因此老習慣繼續。

是說總衛官大人的上下班時間意外地規律。她原本做好老公三天兩頭不在家、半夜一接到電話就得衝出門的準備，不過他自己的解釋是這樣的：「我是部門領導人，行政工作就佔掉一半。除非發生重大事件，否則我盡量讓手下出外勤，或讓岡納帶領他們行動，新進衛士需要累積經驗的機會。」

她老公是個好老闆，雖然他的表情顯示他寧可多出勤，也不想坐辦公室，但他知道自己的手下需要什麼。

奎恩將最後一個髒碗放進洗碗機，按下操作鍵，室內對講機響了起來。

他取過乾布擦擦手，打開廚房螢幕，點一下門房傳來的畫面。

「甄？」

「嗯？」她正在揉麵團，兩手都是麵粉。

「妳有訪客。」

「是誰？艾瑪嗎？」沒有多少人知道她住在這裡啊。

她洗掉手上的麵粉，走到螢幕前。榆橡園的門房有好幾道，通報上來的是社區大門的門房。

「那不是瓊恩嗎？」她一眼認出螢幕上的少女。

「瓊恩？」奎恩看她一眼。

瓊恩連第一層的門房都進不來，只能在門外走來走去，等待保全人員通報。鏡頭下的她頭戴棒球帽，外套拉得高高的，不過側面依然讓秦甄認了出來。

「她是我以前的學生，已經畢業了。我和他們班處得很好，直到現在還常有學生跑回學校看我。」秦甄解釋。

不過瓊恩的情況比較特別，她父親在她小學時期致富，因此她一畢業就進入私立貴族學校，不像其它同學在附近的市立中學就讀。秦甄偶爾會在財經版看見她父親的新聞，雖然他還不若「榆橡園」住戶的等級，也算是殷實家庭了。

「我之前好像在舊公寓的地鐵站見過她，不過我們被人群沖散了。她怎麼會知道我搬到這裡？」她納悶道。

「妳想見她嗎？」奎恩不喜歡這種感覺。在他的世界裡，意料之外的事通常不是好事。

「她是我的學生，應該沒關係吧？」她遲疑地看向他。

「好，我陪妳下去，我們到大門口見她。」

榆橡園佔地寬廣，從他們的大樓走到大門口又花了點時間。遠遠她便瞧見瓊恩纖細的身影在門外踱來踱去，頗爲焦躁的模樣。

「瓊恩？」警衛打開鐵門讓她走出去。

瓊恩差點跳起來，火速轉過身，眼下帶著兩圈青影，一張小臉蒼白得嚇人。

「親愛的，妳還好嗎？」秦甄趕快抱住她。

「對不起，老師，我不知道該找誰，沒有人相信我，我的父母不願意我張揚這件事……最後我只想到妳，妳也是老師，妳一定懂！而且妳以前對我很好，我只能信任妳了。」

「當然，親愛的，妳有任何問題都可以來找我。告訴我，發生了什麼事。」

瓊恩無助地望著小學老師，和她身後那名高大沈默的男人。

「我、我被我們學校的老師欺負了。」

✷

瓊恩坐在中島廚檯旁，盯著自己的雙手。秦甄將一杯剛泡好的熱茶交給她，她立刻兩手緊緊抱住杯子，彷彿它是一條救生的浮木。

奎恩並沒有走進去，只是倚在廚房門口靜望，高大的身影被客廳的黑暗半罩著，讓他妻子先安撫小女孩的情緒。

「喝點熱茶，妳會覺得舒服一點。」秦甄溫柔地說。

瓊恩手微微發抖，喝了兩口茶才稍微鎮定下來。

「妳吃過晚飯了嗎？想不想吃點東西？」秦甄輕問。

瓊恩搖搖頭，自始至終都沒有直視任何人。

「瓊恩，告訴我發生了什麼事，是誰欺負妳？」她將女孩的手握在手中。

瓊恩深呼吸一下，終於抬起頭看向她。

「他叫史蒂文・金凱，是我們九年級的輔導老師。平時我們有任何問題都會找他，他人很好。四個月前我和一個女同學起爭執，她說她要報告老師，最後是金凱收到她的投訴。

「那天他把我叫進他的辦公室，說我們學校是一個注重禮儀的私人學校，如果校長知道我用那種語言罵人，一定會把我退學。

「我求他不要告訴校長，因爲校長一定會通知我父母。秦老師，妳知道我父親就是一個暴君，平時在家裡都是他說了算，我媽根本幫不了我。」

秦甄點點頭。瓊恩的父親確實有一點完美主義的傾向。

「他如果知道我惹事一定會很生氣，我哀求金凱以勞動服務抵銷任何懲罰，金凱說……」瓊思深呼吸一下。「他說，不要報告校長和我父母也行，只要我幫他一個忙……」

瓊恩將臉埋進手中。

秦甄看門口的丈夫一眼，奎恩搖搖頭，依然交給她處理。

「瓊恩，我明白向其他人描述這件事很困難，但我必須知道他做了什麼。他有沒有碰妳？」

「他、他要我碰觸他……很噁心……」

「OK，還有其他的嗎？」秦甄強迫自己壓抑情緒，盡量保持冷靜。

「這樣還不夠嗎？」瓊恩猛然抬頭。

「親愛的，這樣已經很糟糕了。」她輕柔地安撫。「這是唯一的一次，或者後來持續發生？」

「那是第一次，後來他就常常在休息時間把我叫進他的辦公室……他並沒有碰我，每次都是要我幫他……結束之後，他告訴我這是我們之間的小祕密，如果我告訴別人，他就會把所有事跟校長和我父母說。他是老師，我是學生，沒有人會相信我的話。」

「這不是事實，我相信妳的話。」

瓊恩眼中流露出憤怒和傷痛。「之後每兩、三個星期就會發生一次。後來我受不了，威脅他要告訴別人，金凱說，他從來都沒有侵犯我的身體，所以他沒有做任何犯法的事，反而是我會惹上麻煩。

他還說校長是他的朋友，沒有人會相信我！而且已經發生過這麼多次，所有人一定都會相信我是自願的，是我勾引他，我是個小蕩婦，我的父母家庭都會跟著蒙羞……這個世界上不會有人相信我！

「老師，妳知道嗎？他說得對，如果我爸知道了只會覺得很丟臉，根本不會相信我，我媽也不敢忤逆他，我根本不曉得還能找誰幫忙。學校的老師都是他的同事，他們不會相信我的。」

「不會有人相信我」是所有遇到這種事的孩子最大的恐懼，於是他們總是默默隱忍，直到再也隱瞞不下去為止。而到了那個程度，永久性的心靈傷害已經造成。

門口的奎恩拿手機出來，不知在看什麼。秦甄忽然有點生氣，他覺得一個十四歲小女孩被侵犯一點都不重要嗎？

她壓下不滿的情緒，溫柔地望著女孩。

「妳有沒有和任何人說過這件事？」

「我告訴一個很要好的同學，她也不知道該怎麼辦。她說，我應該讓我父母知道，最後我終於鼓起勇氣告訴我媽媽。」瓊恩眼中的怒火和傷痛並未稍減。「我媽媽……果然如我預料的嚇壞了，不曉得該怎麼辦，她立刻跑去告訴我爸。我爸果然很生氣，不過他不是氣金凱，而是氣我。他說，為什麼不是別的小孩遇到這種事而是我？一定是因為我平常行為就有問題，才會遇到這種事。」

如果瓊恩的父親此刻站在她眼前，她一定會把他活活打死，才不管自己會不會坐牢！

金凱是這件事的主犯，但她父親譴責女兒的那一刻，又殺死了這個小女孩一次。為何這個世界上有這麼多不懂得當父母的人成為父母？

「妳父親錯了！有問題的是史蒂夫・金凱，不是妳！妳只是個平凡的中學女孩，無論妳在學校的表現如何，都沒有人能違反妳的意願、侵犯妳的身體。如果妳父親不明白這點，應該被再教育的是他，不是妳。」

瓊恩深呼吸一下。「我問我爸，那接下來怎麼辦？我爸說他會立刻幫我轉學，這件事張揚開來對大家都不好。我說：『那金凱呢？他可能會繼續傷害其它女生，你不在乎嗎？』我爸說，那是那些女學生家長的事，跟我們沒有關係。等我長大之後就會感激他的，幸好沒有人知道我發生過什麼事。」

瓊恩氣得渾身發抖。「我無法接受！做錯的人不是我，該逃的人不是我，明明是史蒂夫‧金凱！爲什麼他沒有受到懲罰？我很傷心地跑去跟我好朋友說，我們兩個商量了很久都不知道該怎麼辦。我想去找另一個年級的輔導老師，可是我不認識他們。他們是金凱的同事，或許他們會選擇站金凱那一邊，我不曉得自己能信任誰。

「校長眞的是金凱的朋友，大家都知道，所以我也不敢去找他，後來我突然想到妳。以前對我們最好的老師就是妳，妳一定知道該怎麼做，對不對？妳一定相信我，對不對？」瓊恩緊握住她的手。

「我當然相信妳。」秦甄緊緊抱著她。

她火花四射地瞪向她丈夫：你打算什麼都不做嗎？瓊恩陳述的是一樁犯罪事實，而他是執法人員，他比任何人都瞭解該怎麼做。

奎恩終於把手機往旁邊一放，踏入廚房的光線裡。

「我需要妳讓我處理這件事，中途不要插手。」他低沈地告訴妻子，她點點頭。

奎恩直接盤腿坐在地上，這個角度讓他高大的身材比小女孩略低一些，壓迫感不那麼強。即使如此，強烈的存在感依然讓他像一尊巨人，使瓊恩微微露出畏怯的目光。

他示意妻子退後一些，讓小女孩自己坐好，然後對她露出罕見的笑容。

里昂‧奎恩的笑容是相當驚人的，就因爲他不常笑，當他笑起來，一張冷酷的臉頓時融化，猶如冬陽乍現，暖洋洋的溫柔。

瓊恩不禁怯怯回他一個笑容。

「瓊恩，我要給妳一個承諾。最近我才剛給另一個人一模一樣的承諾，而那人甚至不是好人，可是我遵守我的諾言。我需要妳相信，我也會遵守對妳的諾言，可以嗎？」

瓊恩抬頭看一下自己的老師，秦甄鼓勵地對她點點頭，瓊恩終於也對他點點頭。

「這個承諾就是，今晚無論妳說了什麼，都不會惹上麻煩，我只要求妳完全誠實，妳做得到嗎？」

「好……」

他凝視著她。「瓊恩，我查過你們學校的教職員表，史蒂文·金凱是九年級的輔導老師無誤，但四個月前妳才八年級，即使妳真的和同學發生衝突，八年級的輔導老師是瑪德琳·史東。」

瓊恩臉色大變。

「奎恩……」秦甄急急開口，被他的眼神制止。

「你是說我說謊嗎？」瓊恩跳起來。

「瓊恩，記得我剛才的承諾，無論妳說什麼都不會惹上麻煩，我只需要妳百分之百的坦誠。」奎恩依然坐在地上，冷靜不變。

「我早該知道你也不會相信我們的！你們大人通通一樣，都覺得小孩子在說謊，根本不會有人相信我們，我根本不該來這裡！」瓊恩轉頭衝向門口。

「瓊恩？」奎恩平靜的語氣讓她頓了一下。「過來這裡，握住我的手。」

瓊恩停在廚房口，望著他伸出來的手。即使坐在地上，他的體型幾乎跟她一樣高。

「瓊恩，請妳回來，讓我們弄懂到底發生了什麼事。」秦甄輕聲懇求。

瓊恩遲疑萬分，終於緩緩走回來，握住奎恩的大掌。

「感覺如何？」奎恩對她微笑。

「就是一隻手。」她悶悶的。

「有溫度嗎？」

瓊恩遲疑地點頭。

「軟軟的？」

「硬硬的。」

奎恩一笑，露出潔白整齊的牙齒。「我應該問，摸起來像人類的手吧？」

當然啊！瓊恩看著他。

「瞧，我也只是一個平凡的人，不是電視上那個穿著黑衣服跑來跑去、大吼大叫的傢伙。」奎恩告訴她。

瓊恩的神情稍微軟化一些。

「妳剛才說，不會有人相信『我們』，還有另外一個女孩，對不對？」

瓊恩的表情一繃，又緊張起來。

奎恩的語氣十分輕柔。「保護人民是我的責任，妳今晚來到這裡就表示妳遇到問題，需要大人的保護。妳必須相信我能保護妳，只要告訴我實話，我保證我會盡一切力量幫助妳。」

「……包括我朋友？」瓊恩終於開口。

「包括妳朋友。」

瓊恩終於用力一點頭，彷彿在心裡下定決心。

「我剛才說的都是眞的！你們一定要相信，那一切都是眞實發生過的。」她輪流看著兩名大人。

「好，我相信妳。」奎恩頷首。

「……只除了它不是發生在我身上，而是莎薇。」

「莎薇是誰？」秦甄問。

瓊恩慢慢走回椅子坐下。

「莎薇長我一個年級，金凱是她那年級的輔導老師，幾乎從我一進中學，我們就變成最好的朋友。」她看著依然坐在地板上的奎恩。「我剛才說的父母反應都是眞的，只除了他們是莎薇的父母，不過和我自己的也差不多。我和莎薇常常開玩笑，如果我們的父母各自有雙胞胎，一定就是彼此的父母。我們的父親都很強勢，媽媽都是那種只敢乖乖聽話的女人，可能因爲這一層緣故，我和莎薇的感情更好，每次一講到暴君父親，對方一定都立刻瞭解。

「莎薇的爸爸其實是她繼父，她媽媽在她很小的時候就離開她親生父親，帶著她嫁給她繼父。根據她媽媽的說法，她的生父是一個『無法提供穩定生活的男人』，所以她們才會離開他。不過莎薇的爸爸很愛她，雖然他們不常聯絡，他盡可能和莎薇保持聯繫。」

「金凱的事第一次發生之後，莎薇隔天就告訴我了，我……我……」她低下頭盯著自己交握的手。「我不知道該怎麼辦，心裡甚至很駝鳥地想，或許只有這一次，以後不會再發生，所以我什麼事都沒做。後來我才知道，原來這件事一直持續，我卻沒有幫上她的忙……」

「這不是妳的錯！」秦甄立刻繞到她身旁，緊緊握住她的手。「妳們只是小孩子，老師理應是妳們最能信任的人，當這份信任被濫用時，沒有人教妳們發生這樣的事該向誰求助。」

瓊恩的眼淚終於掉下來。「後來莎薇終於決定告訴她母親，但是她繼父覺得遇到這樣的事太難堪了，寧可幫她轉學。我很生氣，也回家跟我父母說，可是我爸只關心被猥褻的女學生是不是我。當他知道不是我的時候，他鬆了口氣，也說要幫我轉學，這樣我升上九年級就不會遇到史蒂夫·金凱了。我很生氣地問他們：『那金凱的事怎麼辦？』我爸說：『聖派屈克中學是一所貴族學校，有多少名門子女在裡面就讀？那些人都是有頭有臉的人，怎麼可能讓自己的小孩曝露在這種醜聞下？』他會寫一封信跟校長明說金凱的事，讓校長處理，其它就跟我們無關了。」

瓊恩又激動起來。「大人根本不在乎，他們只在乎自己的顏面問題！遇到這種事並不是我們的錯，但大人們表現得一副好像我們應該感到羞恥一樣，我們給他們帶來麻煩，沒有一個人在乎那些受害的女學生！」

「我在乎。」奎恩靜靜地說。

「我和莎薇不應該是離開學校的人，史蒂文·金凱才應該離開學校，他應該去坐牢！」瓊恩瞪著他們兩個。

「我同意妳的話。」

他始終不變的沈穩終於讓瓊恩緩和下來，像顆消了氣的皮球垮在椅子上。

「總之，一個月前，有一天晚上莎薇突然打電話給我，說她已經和她親生爸爸聯絡上了，她打算逃離這個家，回去她爸爸身邊。」說到這裡，瓊恩突然停下來

「別擔心，妳可以說，我保證不會有事。」奎恩立刻安撫她。

瓊恩心裡掙扎了一下。「以下的話只是我的猜測，OK？莎薇很少提到她爸爸的事，不過我去她家玩，偶爾會聽到她媽媽說的一些話……我感覺得出來，莎薇她爸爸不是我們一般人，她媽媽好像對他很有怨言的樣子。好吧！老實說，我覺得她爸爸可能是幫派份子，總之不是那種很正派的人，所

以她媽媽才會離開他。」

「嗯。」

他中性的神情讓瓊恩稍微放心了點。「我一聽莎薇說她要回她爸爸身邊，既難過又擔心，不過莎薇已經不想再和她媽媽、繼父生活。起碼她的運氣比我好，還有個爸爸可以投靠。」瓊恩做個怪臉。「不過她爸爸沒辦法親自來接她，只能讓人過來接莎薇。我一直問她：『妳確定嗎？妳跟妳爸爸在一起安全嗎？』最後莎薇說：『我不能告訴妳我爸爸在哪裡。有一些人在找他，如果被這些人知道我是他的孩子，說不定會綁架我威脅他。』我一聽當然更擔心，最後莎薇只叫我不要再問下去，她一定會平安到達她父親身邊。

「在她準備離開的前一晚，她找個理由來我家過夜，那一晚我們聊了好久好久……」瓊恩的神情黯然。

「總之，天亮之前莎薇就離開了，我本來以為再也不會見到她，沒想到幾天後，她突然打電話給我。我又高興又緊張，一直說：『我還以爲妳已經離開了。』莎薇說，他們要離開之前出了點事，所有人差點被抓走。」瓊恩突然抬起眼，緊緊盯住他。「可是在警察來之前，有一個人突然出現，救了每個人，她說那個人就是你，奎恩總衛官。」

秦甄驚訝地看丈夫一眼，奎恩面沈如水，沒有任何反應。

「所有人安全脫身之後，莎薇突然感覺，這應該是上帝給她的啓示。上帝讓她逃過一劫，就是要讓她做正確的事——她決定回來揭發史蒂夫・金凱，不讓其它女學生再受他的侵害。

「不過她不能回家，因爲事成之後她依然想去找她爸爸，現在被抓回家就什麼都完了，說不定還會害到她爸爸。最後我們兩個都決定，她可以躲在我這裡。我爸一天到晚在出差，我媽一天到晚參加社交晚會，我一個星期見不到他們幾次面，根本沒有人管我。莎薇只要藏在我的房間裡，我找個理由不讓傭人進去，一定不會被發現。所以這些日子以來，莎薇一直都藏在我家。」

說到這裡，瓊恩有些得意，終於露出十四歲女孩應有的天眞。

「她媽媽後來有報警，警察來過幾次，我就讓我爸媽陪著，什麼事情都推說『不知道』、『莎薇沒告訴我』。有一次好險，警察想進我房間看看，幸好我那天先叫莎薇躲在不同的房間。反正我們家那麼大，有些房間我爸媽一年都進不了幾次，警察在我房間沒見到什麼異狀，也只好走了。一個多月下來，竟然沒有人發現莎薇就一直躲在我家。」

瓊恩越說越得意，秦甄對這古靈精怪的少女眞是又好氣又好笑。

「妳們非常聰明。」奎恩微笑。

「沒錯！」她用力點頭。「我白天照樣去上學，晚上和莎薇討論該怎麼辦。目前爲止知道的大人都沒有人想幫我們。這時，我突然想到妳，秦老師。」

秦甄溫柔地擁她一下。

「雖然妳只帶了我們半年，我一直記得妳和我們的感情非常好，而且妳也是老師，應該知道如何對付另一個壞老師。我跟莎薇說：『我們得找一個知道學校是如何運作的人，如果我們無法確定聖派屈克中學有誰能相信，那我們就去找我的小學老師。』莎薇終於被我說服了。

「有一天我們一大早就出門，想要趁妳上班之前攔截妳，可是我們躲在街角，突然看見奎恩總衛官從妳家走出來。我跟莎薇說：『原來秦老師是奎恩總衛官的女朋友！』莎薇想到你曾經幫助過他們，也開始覺得這個計畫可行。結果我們兩個還在討論的時候，老師突然就出門上班了，我們兩個趕快跟在妳後面，可是車站人太多，我們一下子就失去妳的蹤影。」

秦甄倏忽領悟。「我應該知道妳說的是哪一天。我在月台另一端有看到妳們，那時還對妳揮手，妳沒看見我，後來妳們也不見了。」

啊？瓊恩傻眼。如果當下兩方的人都見到面，也就不會有那麼多曲折了。

「唉！」女孩哀聲嘆氣。「總之那天早上沒看到妳，接著地鐵站好像發生意外，全市的警察都來了，接下來幾天街上到處都是警察，我和莎薇不敢出門亂走。等風頭過去之後，我們想去小學找妳，可是那附近不知道爲什麼警察變得很多，我們怕警察把莎薇送回家，只好一直躲著。」

「妳怎麼知道我搬到這裡？」秦甄好奇地問。

少女遲疑地瞄奎恩一下。「後來妳都沒再回公寓，我們猜想妳應該是搬去跟總衛官住了。有一次我爸爸在家裡宴客，其中一位客人說他打算在榆橡園買房子，我特別記得聽到他說：『據說奎恩總衛官也住在榆橡園，可見那裡一定很安全。』既然知道了，我們當然要來試試啊！可是這附近巡邏很嚴密，後來我跟莎薇討論過，先讓我一個人來就好。頂多你們不住在這裡，我再回家就是了。」

謎底原來這麼簡單，奎恩苦笑。

這就是家族太知名的壞處，即使法律規定反恐成員的背景必須保密，「奎恩」終究是一塊太響亮的招牌，動見觀瞻，他們家族在哪裡有產業，只怕那些小報還比他清楚。

瓊恩微咬著下唇。「很抱歉我一開始騙你們是我的故事。秦老師只認識我，我擔心如果說是別人的事，你們會叫我回去找老師。」

「親愛的，即使我完全不認識妳，也不會對校園的性侵事件坐視不理。」秦甄堅定地說。

瓊恩低下頭來。

奎恩思索片刻，慢慢開口。

「瓊恩，莎薇的本名是不是叫莎洛美？」

瓊恩驚訝地抬起頭。「你怎麼知道？我也是最近才知道她的原名叫莎洛美，是她爸爸幫她取的。後來她媽媽帶著她離開之後，改姓她繼父的姓，名字也改成『莎薇』。」

「妳見過這個男人嗎？」奎恩取過手機，將蛇王孟羅的相片叫出來。

「沒有，不過他看起來很帥。」

「莎薇有沒有讓妳看過她和她爸爸的合照？」

「她幾乎不談她爸的事，她說我別知道太多比較好。她爸爸是不是很壞的人？」瓊恩有些擔心。

奎恩把手機放回桌上，對她微笑。

「莎微的爸爸非常擔心她。原本她預定要和一群人一起回到他身邊，後來卻音訊全無，她爸爸透過管道找上我，希望我能幫他找回女兒。」

「所以，你本來就在找莎薇嗎？」

「如果我知道妳們近在咫尺，一切就簡單多了。」他笑。

瓊恩低下頭。「莎薇不敢跟她爸爸說發生了什麼事。我想，她心裡還是有些羞恥吧！」

「發生在她身上的事不是她的錯，那些禽獸才該覺得羞恥。」秦甄兇猛地說。

「沒錯！我也是這樣跟她說的，不過……」瓊恩無奈地聳肩。「莎薇想等一切都結束之後再聯絡她爸爸。」

「我需要見莎薇一面。」奎恩注視她。

「不！」

「瓊恩，如果妳希望我幫忙，妳得讓我見到她才行。」奎恩試著說服她。

「……我回去問問看，但我不確定她願不願意，連我都沒預期今晚會見到你們。」

「妳可以跟她說，我是她父親的朋友。她父親已經找了她一個多月，我答應他，會把他女兒安全送回他身邊。」

「那金凱的事怎麼辦？」瓊恩有點擔心。

「我不會放過他。」奎恩的神色在瞬間轉爲冷硬。「這樣的人不配繼續留在校園裡。」

「你會叫警察去他家把他抓起來嗎？如果莎薇沒有辦法出庭作證呢？她好像真的很怕警察，這樣金凱是不是就逍遙法外了？」瓊恩輪流看著他們兩人。

孟羅今年才三十出頭，一個十五歲的女兒對他似乎年紀太大了，但這年頭什麼事都有可能。即使莎薇的父親並非孟羅，會讓孟羅爲此而親自找上他，那人應該也是孟羅的重要親信。莎薇說得沒錯，如果能抓到她，藉此把持蛇王孟羅或集團的靈魂人物，無異於擁有全世界人脈最廣的線民，黑白兩道都會想擁有這項武器。

孟羅不肯向他透露太多，多半也是在提防他吧？

沒想到所有事情最後都繞成了一個圓，當初他踏入喬爾的小店，眞沒意料接下來如此峰迴路轉。

「瓊恩，紀律公署分爲兩大部分，國內重大犯罪和軍事犯罪。其實，軍事犯罪不只管軍人而已，所有政府公務部門的犯罪也歸我們管轄，金凱是公務人員，我手下有一個非常厲害的小組是專門負責公務員犯罪的，沒有人能逃得出他們的掌心。我答應妳，我會親自監控這個案子，先將金凱從學校移除，然後慢慢建立整起犯罪事證，他絕對不可能逍遙法外。」奎恩不需要強調語氣，他說出來的每句話就是鋼鐵保證。

瓊恩嚴肅的神情遠超乎十四歲應有的成熟。

「莎薇的爸爸請你送她回去？」

「是。」

「好！」瓊恩下定決心。「我幫你跟莎薇說說看，不過我有一個條件：你必須先把金凱抓起來。我們要整件事情爆得又響又亮，全報紙媒體都是他被捕的消息。只要你能做到這件事，我就說服莎薇跟你一起回她爸爸身邊。」

「妳在和我談判嗎？」短暫的意外掠過奎恩臉龐，隨即被玩味取代。

「是的！」她堅定地點頭。

他笑了出來。這人小鬼大的丫頭，連犯罪之王要和他談條件都得審量再三呢！

「好，我答應妳，金凱的案子一定會爆得又響又亮。」

一大一小握手成交。

這一雙十四、五歲的女孩，連世界的運作方式都搞不清楚，卻憑著兩人有限的資源，努力和全世界對抗，成功騙過一群大人幾十天。

是的，他會把那個狗娘養的戀童癖抓起來，查清還有多少受害者，所有包庇那混蛋的人最後都會一起被丟進牢裡。

又響又亮。

✷

奎恩送完瓊恩回來，將車鑰匙放在玄關的陶盤上，這也是他妻子帶過來的陪嫁之一。

整間公寓只有廚房的燈亮著，秦甄從廚房走出來，背後的光線讓她形成一道剪影。

「怎麼還不睡？」或許是夜的深沈，他的嗓音也放柔許多。

「她平安到家了？」秦甄輕聲問。

「是。」

「你有沒有見到她父母？」

「沒有，我看著她平安進家門就離開了。」

「那莎薇呢？」

「我提議另外找地方安置莎微，她說她會回去和莎薇討論看看。」

他在車上又問了瓊恩幾個問題，他們都同意現在不是將她父母扯進來的時刻。明天一早他將聯絡「公務犯罪組」的組長古騰，開始追查整件事。

秦甄輕吐了口氣，直接在地板坐下來，好像不勝疲憊。

「妳還好嗎？」她有點奇怪！

奎恩立刻走到妻子面前，她卻不像平常賴在沙發那樣伸手要他拉起來，只是靜靜抱著自己的膝蓋，坐成一顆小球。

「你相信瓊恩的話嗎？」

「我當然相信她的話。」

「爲什麼莎薇會遇到這種事？」她小小聲地問。

「這種事有可能發生在任何人身上，沒有爲什麼。」奎恩索性蹲下來。

「可是，爲什麼是莎薇？爲什麼不是其他人？」她依然用細細小小的聲音問著。「是不是莎薇做了什麼事，或說了什麼話，讓金凱看上她？」

「甄！」奎恩最沒料到從她口中聽見這樣殘忍的話。「妳自己也對瓊恩說了，這不是受害者的錯，是加害者的錯。」

秦甄把臉放在自己的膝蓋上。

「對，但無論外人怎麼說，這是每個受害者都會問自己的問題：為什麼是我？為什麼不是別人？是不是我說了什麼或做了什麼？是不是我無意間給了他暗示？是不是我太軟弱，他才挑上我？是不是眞的是我的錯？……因爲這也是我問我自己的問題。」

奎恩彷彿被一根鐵錘重重錘了一記。

他懂了。

爲何她看起來如此脆弱，爲何她把自己縮成一團，提出這些疑問……

他盤腿坐在地上，將他的妻子抱進懷中，嘴唇輕柔貼住她的髮心。

「告訴我發生了什麼事。」

「他們都很狡猾，知道如何挑選被害人。這些孩子總會被他們說服，說出去也不會有人相信、沒有人能幫助她們、父母會覺得很丟臉……然後她們全然無助，不曉得該怎麼辦，只會一遍又一遍在心裡問自己：爲什麼是我，不是別人？是不是我做了什麼？」

瓊恩的每一句話聽起來都如此熟悉，因爲她自己經歷過。

方才聽著瓊恩的話，他雖然憤怒，依然能保持冷靜，現在他卻想抓住某個東西，將它們狠狠撕碎。

「他是誰？」奎恩的語音依然是輕柔的，完全未反應出他體內的暴戾。

「我小學六年級的老師。」她輕嘆一聲。「故事總是一樣的，在我的例子，老師是爲了讚美我而不是因爲我做錯事。我向來是他最喜歡的學生。有一天，他把我叫進辦公室，說我做了一件讓他開心的事，所以他也要讓我開心，然後他鎖上辦公室的門，開始觸碰我的身體。

「我嚇呆了，完全不曉得該怎麼辦。直到現在變成成人的我都依然會想：爲什麼我當時沒有反抗？爲什麼我不大哭大叫，把外面的人引過來？難道眞的是我容許他對我做這些事？」

「妳只是一個孩子，如妳所說的，妳嚇呆了。一個孩子面對一個絕對權威者施展自己的權力，又是在別無其他人的場合，往往不知所措，只能順應這個成人的話去做。他們告訴自己不要反抗，不要激怒這個人，一切都會結束的。這是一種求生本能，不代表妳容許發生在妳身上的事情。」他盡量強迫自己用平靜的語氣說話。

她疲憊地倚在他肩頭。「等我年紀更大一點之後，這些道理我都明白了，但我們心裡永遠會有一個角落自我懷疑。」

「後來呢？」他輕聲問。

「在他碰觸我的時候，有個老師突然敲門，我整個人才驚醒，趁他開門之時衝出去。我當天回到家關在浴室裡，不斷搓洗每一吋被他碰到的皮膚，不曉得這種事爲什麼會發生在我身上？明天去學校遇到他該怎麼辦？

「我不敢立刻就跟我父母說，因爲我覺得太髒太羞恥了，當天晚上我跑去隔壁找若絲琳，跟她說了發生什麼事。若絲琳氣壞了！」她終於露出一絲微弱的笑意。「若絲琳向來是我們兩人之中比較勇敢的那個，她堅持一定要告訴大人，我求她不要，不然我永遠不再和她說話。若絲琳本來不聽的，我威脅她若跟別人說，我就要自殺，她被我嚇到了，只好先依著我。

「可是我當場就後悔爲什麼要跟她說，明明是這麼丟臉的事情……接下來我連她都躲著，若絲琳擔心得不得了，卻不知如何是好。幾次想找我說話，我都故意躲開，不肯理她。」

她稍微退開一些，望進他眼底。「瓊恩讓我想到她。她們兩人都是勇敢的小女孩，不惜一切也要保護自己最好的朋友。」

奎恩無法不吻她，在微光中的她看起來如此脆弱，又如此堅韌，秦甄從他強壯的身體吸取力量。

瓊恩當然會信任他，他天生就是一個讓人產生信賴感的男人。

「那幾天我好像變成一條透明的鬼魂，四處飄來飄去，連自己都不知道是怎麼過的。然後，有一天我上學，那個人突然不見了，來上課的是代課老師。不久我們就聽說，他前一天下班回家，經過一處建築工地時跌進剛挖好的地基裡，就這樣摔斷脖子死了。」

奎恩下顎一緊。

「一切都好不眞實……我甚至來不及像瓊恩和莎薇一樣決定是否讓他付出代價，他自己就死了。可是必須承認，不必再看見他的臉讓我鬆了一口氣。那天放學我衝到若絲琳家，抱著她大哭一場，若絲琳只是一臉嚴肅地跟我說：『他的罪惡，讓上帝去跟他清算。』這是我唯一一次從若絲琳口中聽見跟上帝有關的話。

「後來這件事就從我們的世界淡出，我和若絲琳從此絕口不提。」她抬頭注視他。「我知道你一直覺得我沒有煩惱，好像每一天都開開心心的，其實這才是眞正的我，陰暗而扭曲。」

「妳並不陰暗扭曲。」

她的指尖輕觸他堅硬如鐵的胸膛。「長大之後我決定當一個老師，因爲每多一個好老師，就少了一個壞老師存在的空間。你當一個軍人不止因爲家學淵源，也因爲你具有爲國犧牲的高貴情操，而我的人生志願卻基於十分陰暗的過往。

「我的生命裡見過太多人情冷暖，先是失去父母，變成一顆人球，好不容易有人收養，卻得終身服用藥物。無論眼前的難關闖過多少，未來永遠有更險惡的人事物。我不是因爲生性樂觀才笑口常開，我只是不想讓那些人贏。如果我讓自己變成一個尖酸又苦澀的人，他們就永遠贏了。」

這就是她讓他心折的原因。

這一刻奎恩清清楚楚明白了自己的心情。

許多人選擇屈服在困難裡，她卻選擇讓那些困難將自己推向更好的地方。生命丟給她的難關，她正面一一迎戰，從頭到尾帶著亮麗的笑顏。

「剛才瓊恩說出她朋友的遭遇，我暗暗立誓一定會讓史蒂文・金凱受到法律的制裁，這樣才是正義。」奎恩思索片刻才開口。「可是當妳告訴我妳的事，我只有一個想法：找出那個混蛋，用最殘酷、最痛苦、最漫長的方式殺了他。我不在乎法律和正義，因爲任何敢傷害妳的人，我都會不放過他們——妳說我天性高貴，我腦子裡的念頭一點都不高貴，所以我們兩人都一樣陰暗而扭曲。」

「那，我們兩個人都不能嚷著要退貨了。」她凝視他，眸光如水。

「誰提到要退貨了？」

她淺嘆一聲，仰首吻住他。

那一夜，他用最溫存的方式和她做愛。

他們體內那些陰暗而扭曲的角落，在彼此毫不保留的眷戀裡，一一被撫平。

14

「公務犯罪組」的組長古騰一踏進自己的辦公室，就發現他頂頭上司已經等在裡面。

他們的工作會遇見各式各樣的人，從上流社會到下流混混。有些人，你第一眼便知道自己不會想在黑暗的巷子裡遇見他們，但奎恩總衛官完全不是這樣的男人。

他給人的第一眼甚至清俊優雅得不像是捧公家飯的男人。

他的髮型永遠一絲不亂，制服找不到一絲皺摺。他可以應付自國宴至皇室貴族的各種場合，在餐桌上進行世故而有教養的對話。他低沈有磁性的嗓音太過好聽，發音和文法太無懈可擊。

直到你看透他表象的完美，然後那個意志堅韌、無堅不摧的男人便透了出來。

這一刻，你完全明白，爲什麼他是一個優秀的軍人。

你會相信，當他讓你放手去做，你眞的能放手去做。無論你踩到多少政要的腳丫子，他會頂在那裡，任何人都動不了你。

「早安，長官。」古騰行禮。

「早安。」奎恩從椅子站起來。

古騰走到辦公桌後的位子坐下。奎恩即使到下屬的辦公室也從不喧賓奪主，完全尊重主人的領域性。尊重是互相的，唯有尊重他人者，才能獲得他人的尊重。

「古騰，我有個案子要交給你。」

奎恩把聖派屈克中學的教師性侵案告訴他。古騰從頭到尾只是聽，並不急著打岔，這份沈穩是奎恩欣賞他的地方之一。

「請求自由發問，長官。」聽完之後，古騰提出問題。

「請說。」

「我有些好奇，這個案子乍聽並不複雜，屬於地方執法機關的層級，爲什麼你會親自攬下來？」

「因爲我允諾一名少女會親自監督整個案子直到破案爲止。」奎恩對他挑了下眉。「我也允諾會指派最厲害的手下負責。」

「謝謝你的賞賜，長官。」古騰露出一絲微笑。

「還有一點：受害人的身分十分敏感，她父親與我正在偵辦的案子有關，這些人的身分都不能曝光。理論上，她不存在。」

「啊。」古騰懂了。「所以您交給我一個找不到受害人的性侵案，唯一的證詞是某個聽說同學受害的女生，但沒有任何直接人證和物證。」

「是的。」奎恩的目光轉爲犀利。「你我都知道史蒂夫・金凱是個性侵犯，這不是無聊的青少女大喊『狼來了』，希望引起大人的注意。只是你必須想辦法從無到有，建構出整個案情。」

「我明白，長官。通常這種案子爆出來的往往不是第一個受害者，以金凱的手段來看，他以前一定有過其它經驗，我會找出那些受害者，說服她們提供證詞。」若說古騰最痛恨哪一種犯罪，那就是牽涉到小孩的。

「聖派屈克是間貴族學校。」奎恩警告。

受害者的家庭都是有頭有臉的人物，要說服他們出來作證並不容易。

「長官，我們選的從來不是一條好走的路。」古騰早已習慣了。「所有未成年者的身分都會受到法律保護，我一定會找到願意作證的家庭。」

「很好，如果以前有人投訴過，被聖派屈克的高層壓下來，我要所有包庇的人一起被揪出來。我答應瓊恩會讓這些人的醜態在媒體爆得又響又亮。」

行事低調是紀律公署的準則，但有些案件可以例外。

「長官，我保證所有涉案人的臉孔都會在第一時間被全國人記住。」古騰笑得有些野蠻。「受害者以少女為主，我想徵召兒童福利署的社工喬瑟芬．莫瑞森協助調查，她本身具有心理諮商執照，對於年輕少女很有一套，她們願意信任她。」

「你可以自由調用各種資源和人力，如果兒福署對借人有意見，告訴我。」

「我想應該不會。喬瑟芬是我妻子，倘若我接了這個案子卻不讓她幫忙，她第一個不放過我。」

古騰露齒一笑。

「你有妻子？」

「我的年紀比你大，長官。不過我不是因為公署規定才娶她，我們從大學時期就開始交往了。」

古騰笑得更開一些。

奎恩記起來了，古騰是大學畢業之後才決定投身軍旅，因此年紀比同期的新兵大。

「我瞭解，千萬不要惹毛妻子。」奎恩搖頭嘆息。

這次古騰笑出聲。「她們能讓我們前一分鐘在天堂，下一分鐘掉進地獄裡。可是你必須承認，有她們在身邊的感覺還是滿好的。」

「下一次當我覺得又掉進地獄時，我會提醒自己你說的話。」他搖搖頭起身，走到一半忽然停下。

「長官，還有事嗎？」

「還有一件事，把它當成案外案吧！十四年前，新洛杉磯梅森國小六年B班的導師保羅・肯特，他在同一年的十一月二十二日意外死亡，死時三十九歲，已知受害者起碼一人。但時間過去太久，倘若你查到的受害人不願意再追究，不必勉強她們。」

「若主犯已死，我們最多只能追討遺孀繼承的年金，前提是他有遺孀的話。」古騰蹙起眉心。

「我只想知道是否曾有人掩蓋他的罪行。你有空再查就好，把主力放在聖派屈克的案子上。」

「是，長官。」

✸

「嘿，甄，妳還好嗎？怎麼臉色這麼難看？」艾瑪把她拉到走廊角落。

十一月末的天氣雖然冰寒，整座校園被空調系統暖烘烘的，艾瑪甚至覺得有點熱，秦甄的臉色卻十分蒼白。

「沒事，我不小心著涼了，這兩天精神都不太好。」她努力提振一下精神。

「我的抽屜好像有感冒藥，妳要不要先吞一顆應急？」今天可不是她們能精神不好的日子。

秦甄回頭看一眼，他們的貴賓由校長、主任和教職人員組成的人牆包圍，正往隔壁棟校舍前進。

「我今天早上出門時忘了吃藥。」她小聲說。

「啊，什麼藥？」

「就是我一直在吃的藥。」

「噢，噢。」艾瑪明白了，甄不太跟別人提起她是礦爆倖存者，只有少數幾個跟她親近的朋友知道。「妳平時不是都很規律在吃，今天怎麼會忘了？」

「我最近心事比較多，藥差不多吃完了才發現，我的醫生去鄰州參加一個醫學研討會，還要兩天才會回來，我沒辦法立刻去拿藥。」

「妳不是說那個藥妳吃不吃的影響不大嗎？」

「是沒錯，不過醫生提醒我，這種長期吃的藥不要說停就停，即使想停也得分階段慢慢停。」她咬了咬下唇。「可能是我最近正好感冒，又忘了吃藥，現在整個人覺得渾身不對勁。」

「聽著，如果是在其它日子，我就勸妳請假回家休息算了，但今天可不是其他日子。」艾瑪鄭重告誡。「『國際中小學參訪團』是我們這學期的重要活動，如果妳今年還想繼續打敗梅若莎那個老番婆，今天非撐到最後不可。」

「我知道，現在整間校園都是警察，弄得我好緊張。」

參訪團有一位英國來的校長本身是皇室貴族，這幾天先有安全人員過來踩點，從昨天開始便衣警察二十四小時巡邏，把好好的一個參訪團弄得像帝王出巡一樣。

「妳又不是通緝犯，有什麼好緊張的？」艾瑪白她一眼。「總之最晚四點半就結束了，等那些貴賓一走，妳先回家吧！教室由我來幫妳收拾，不用擔心。」

「謝謝妳。」秦甄輕握了握她的手，快步走回自己的教室。

艾瑪看她臉色還是很蒼白，想想不放心，拿出手機滴滴答答送出一則訊息。

「嘿，我是艾瑪，甄今天很不舒服，但我們有貴賓參訪團，不能請假，我讓她四點半提早回家，你能來接她嗎？或是我替她叫車？」

過了十幾秒，另一端傳回消息：

「我會去接她。謝謝。」

ＹＥＳ！她跟奎恩總衛官第二度交換簡訊，這下子筆友關係該算是官方認證了吧？嘻嘻嘻。

奎恩的車在四點半準時停進校園停車場，秦甄約十分鐘後才出現，整個人裹得臃臃腫腫的。

「嗨，艾瑪過度擔心了，你根本不必爲了我早退，我可以自己坐地鐵回家。」但她神情很疲累。

「無妨，我只剩下一些行政工作，可以在家裡處理。」他打開車門讓她坐進來。「妳還好嗎？」

「我很好，今天早上出門時忘了帶藥，整天又在招待參訪團的貴賓，有點累到，回家休息一下就好。」她微弱地笑一下。

奎恩的大掌撫上她的臉頰，她的肌膚原本就吹彈可破，今天更白得似透明一般。

自瓊恩來訪之後，她的精神就有些懨懨的。雖然她很努力振作，有些鬼魂一冒出頭不是那麼容易被趕回去，他很明瞭，他也有些鬼魂會定期回返。

他看慣了她朝氣蓬勃的樣子，突然之間變得這麼安靜虛弱，讓他有些不知所措。

一般丈夫都會怎麼做呢？勸她休息一陣子嗎？帶她去看心理醫生？請假在家陪她？和她一起休假出去旅行？

以前從不需要去關切另一個人過得開不開心，現在卻有一個女人和他朝夕相處，喜怒哀樂、言行舉止在在互相影響著。

如果談話有用，他很樂意和她對話，不過他和別人進行長篇談話通常是爲了偵訊，她應該不會感激自己被丈夫當犯人一樣偵訊。

「我們應該請貝神父來家裡晚餐。」話一說出來，奎恩自己都嚇一跳，轉念一想又覺得是個好主意。貝神父是神職人員，又有心理諮商的專業，或許貝神父可以提供他無法提供的幫助。

出於某種莫名其妙的原因，貝神父一直特別關心他——好吧，其實他知道原因，因爲他是道格・

奎恩的兒子。

當年軍中的兩大煞神，道格．奎恩與傑佛瑞．貝是最好的搭檔。這慈眉善目、在上帝的殿堂尋回自我的神父，曾是個戰功彪炳的軍官。

好友的死讓貝神父一直難以釋懷，當時他正在神學院就讀。當道格的死訊傳來，有好長一段時間，他一直感到自責，因爲好友需要他時，他卻沒有在他身旁。

「好啊！我知道你不喜歡他，可是我覺得他人滿好的。」秦甄蒼白的臉龐稍微亮了起來。

「我再找個時間。」他發動車子駛出停車場。

「奎恩？」

他偏頭看她一眼，微涼的手指撫上她的臉頰。

「別爲我擔心，我只是感冒，加上出門忘了吃波樂錠，回家休息一下就好了。」她溫柔說。

波樂錠是政府長期補助的礦爆藥物。

「妳不是說吃這個藥對妳的影響不大？」

「大概是心理作用吧！吃慣了的東西，突然停藥就覺得渾身不對勁。今天學校的氣氛又好緊張，到處都是警察。」她微弱地笑了一下。「唉，又被你發現一個缺點了，其實我抗壓性很差，一緊張就什麼毛病都出來。」

奎恩行駛了一陣子，想想不太對勁，手掌撫上她的頸項。

車內有暖氣，她的狀況卻越來越糟，臉頰白到幾乎透明，脈搏過快，皮膚發燙，可是她展現出來的卻是冷得受不了的模樣，這根本不是有點不舒服而已。

「我們到醫院掛急診，讓醫生幫妳檢查看看。」

「不！我最討厭醫院了，從小到大我固定只看一個醫生的。我們直接回家，我吃了該吃的藥再休息一下就好。」她的反應迅速而激烈。

「妳在發燒，呼吸急促，臉色蒼白，活動力下降，嚴重倦怠感，這不只是普通感冒，或許有其它問題，我們去醫院檢查一下，花不了多少時間。」

「不！拜託你，里昂……我真的只想回家，求求你直接帶我回家好不好？」她哀求。

甄幾乎不用他的名字，永遠是帶著親密口吻的「總衛官大人」或「親愛的總衛官」。她會直呼他的名字都是在特別時刻，她眞的很害怕。

奎恩低咒。倘若受傷生病的人是他反而簡單，該怎麼做就怎麼做。偏偏生病的人是她，他很少體會到這種無助感。

「好吧！前面有一間藥局，起碼讓我買一點成藥。如果妳吃了之後還是沒有好轉，我們晚上就去看醫生。」他終於勉強同意。

「好，如果這樣能讓你安心，我們停下來買藥，然後就回家。」秦甄鬆了口氣，頹累地癱進座椅裡。

他立刻打方向盤，往外線道切過去。

五分鐘後，他停在藥房前面的停車位，丟下一句「我馬上回來」，大步走向藥局，那殺氣騰騰的模樣大概會嚇壞裡面的人。

秦甄知道自己嚇到他了，親愛的總衛官可能許久沒嚐過恐懼的滋味，心裡某個角落爲他的擔心甜甜的，卻馬上被全身無力的感覺趨走。

她必須趕快穩定下來，不然總衛官眞的會押著她去醫院。她閉上眼睛，深呼吸，吐氣，讓自己紊亂的氣息安分一點……

扣扣。

她張開眼，車窗外站著一名警察。停車場的入口處停了一輛警車，另一名警察正在隨機替經過的駕駛和路人做DNA抽驗。

「警官，有事嗎？」好不容易平靜一點的心臟又狂跳起來。

車窗只滑下一條縫，警察壓低身體，透過窗玻璃看見一張蒼白如雪的臉孔。

「女士，我們正在做DNA快篩，請把車窗搖下來，很快就能完成。」警察禮貌地說。

「我的身體很不舒服，我丈夫進去替我買藥……」虛弱的嗓音答非所問。

警察見她確實一臉病容，「血液祖源檢測不會受病毒或藥物影響，請把食指伸出來，十秒鐘就可以做完。」

「我……我眞的很不舒服……警官，你可以等我先生出來嗎？」她疲累地閉上眼睛，連說這幾句話都用盡力氣。

「女士，只要幾秒鐘就完成了，請把手指伸出來，這是官方核準的例行抽驗。」警察見她拖拖拉拉的一直不配合，語氣添了點疑心。

「警官……」

「女士，如果妳堅持不合作，我合理懷疑妳有隱瞞的意圖，依法必須採取強制驗血的行動。」警察伸手去拉她的車門。

她慌張地張開眼睛。「我沒有要隱瞞什麼，只是身體眞的很不舒服。」

「請下車！」

「我沒有力氣……」

「站出來！」

「OK……拜託……我丈夫在裡面，他隨時就會出來。」她把發顫的雙腿移到地面，卻怎樣都撐不起身體。

「我不在乎妳丈夫是誰，立刻把妳的手伸出來！」

「我現在鬆手會倒下去……」她臉色慘白，兩手巴在門框穩住自己。

「好吧，女士，是妳逼我動手的。」警察掏出DNA快篩儀，硬扳開她扶住門框的手。

「不要碰我！」她用力抽回來，整個人失去平衡往後倒。

警察立刻把手按在腰間的槍袋。「女士，立刻下車——」

「這是在幹什麼？」

突如其來的嗓音比十一月的低溫更寒涼，警察打了個冷顫，火速轉身。

奎恩總衛官矗直立在他身後，藍眸霜寒一片。

「呃……」警察呆呆看著他，再看看他手中的感冒藥。

「你在騷擾我的妻子嗎？警官。」有些人完全不必提高嗓音就能給聽話的人腦門重重一擊。

「不！我……很抱歉，長官。」警察飛快併腿行禮。

奎恩不理他，直接蹲在妻子的面前。

「妳還好嗎？」劇變的語氣幾乎讓警察昏過去。

「抱歉，我不是故意的……我真的很不舒服……」她的臉埋進掌中，渾身都在發抖。

「噓，我們回家吃完藥就上床休息。」他緊緊將她抱在懷裡。

「我很抱歉……」她也不知道爲什麼一直道歉，只覺得心裡莫名的委屈，眼淚不禁一直往下掉。

「沒事了。」他輕吻她的臉頰，溫柔地幫她扶正，替她把安全帶扣上。「警官！」

警察彷彿被鞭了一下，立馬併腿再行禮。

「是，長官。」原來不只有「變臉」絕技，還有「變音」。

「要驗就快驗，我們要回家了。」奎恩總衛官伸出食指，臉色難看到極點。

「不、不用了，長官，我們都知道您的身分，我很抱歉尊夫人的身體不舒服……」

奎恩懶得多說，直接上車開走。

✷

「淡淡的三月天，杜鵑花開在山坡上……」秦甄哼著歌兒，在廚房裡料理早餐，照顧她心愛的小綠。

奎恩站在廚房門口，一時有種踏入平行時空的錯覺。

他把她接回家的那晚，她把自己捲進被窩裡，睡掉一整夜和隔天。然後今天是周末，他一早起床就發現他妻子步履輕盈，在廚房哼歌做早餐。

前後反差太大，他的時差調整不過來。

「嗨，早安，你醒了。」秦甄愉快地舞到他面前，給他一個吻。

可憐的男人，她眞的把他嚇死了。

「親愛的總衛官，我知道過去這段時間發生很多事，一下子讓你知道我小時候的事，一下子又生病。首先，我要讓你知道，我非常健康——身心靈都是。小時候的遭遇我無法改變，但現在身爲成人的我明瞭如何面對它。其次，從小我就是那種心情不好或壓力大就會出毛病的人，只是外表假裝得很勇敢。現在我眞的已經沒事了，你不用爲我太擔心，好嗎？」

「嗯。」

「至於貝神父，我還是想和他共進晚餐，別以爲你躲得掉。」她的鍋鏟指住他鼻子。

他發出一聲咕噥，秦甄笑了起來。「他人眞的很好，你到底爲什麼不喜歡他？眞是太孤僻了！」

她老公將她抓回來，然後她的唇就淪陷了。

等他們終於分開吸取寶貴的空氣，奎恩粗糙的拇指滑過她的櫻唇。

「妳有任何心事隨時可以告訴我，妳知道吧？」

說到底他還是不放心，這男人哪裡是外頭人以爲的冷心冷情？

「我知道。你也是，我親愛的總衛官。」她溫柔而鄭重地頷首。

於是，一切又回復常軌。

她靈巧的身影四處移動，澆一下小綠，整理她精心佈置的香草園。

原來他的生命也可以擁有這樣的日常。

「你今天要回公署加班嗎？」他這兩天幾乎寸步不離地陪她，想也知道一定累積了不少工作。

「不必，所有文書工作在家就能處理。」他接過她煎好的培根放在桌上。

「我今天早上預約回診所拿藥，等我回來，我們一起去超市買菜。」

「星期天醫生也看診？」他看她一眼。

「正常是沒有，但溫格爾醫生出門參加七天的醫學研討會，他知道一定有一堆病人在等著，所以一回來就加開了周末的臨時門診。」

他點點頭。「好，我陪妳去。」

「眞的嗎？如果你工作很多就不要勉強喔！」

他只是埋頭吃他的饅頭培根夾蛋。

在他們去診所的途中，秦甄跟他說了許多溫格爾醫生的事。

「從小只要我一生病就立刻從小天使變成小惡魔，我媽說，要讓我乖乖去看醫生，簡直要我的命。」她說，某人深以爲然。

「礦爆期間，我第一個看到的醫生就是溫格爾，可能是銘印現象吧！從此我只信任他。在我們搬到新洛杉磯的隔年，醫生也來美加開業，我有任何疑難雜症都只肯找他。雖然他每年還是花許多時間在世界各地義診，幸好我很少生病。」

所以，這位醫生之於她不只是單純的醫病關係，更是一個從小看她長大的長輩。奎恩頷首。

溫格爾的診所位於東二城，屬於衛星城裡的高級地段，內部裝潢卻十分樸實，著重明亮的自然採光，不像其它爲了吸引在地客源而弄得像旅館大廳的豪華診所。

候診室裡已經有六個求診的病患，他們一進去，所有人認出這高大淡漠的黑衣男子，立刻變得鴉雀無聲。

渾然無覺的奎恩抽一張診所的廣告，照片裡的溫格爾醫生金髮藍眼，戴著一副細邊金絲眼鏡，滿頭華髮，笑容十分和藹可親。他的專長是一般內科，在遺傳疾病和血液疾病方面另有專攻，同時也是美加、英、法等國家醫學協會的會員。

「嗨，我是秦甄，預約了九點二十的診。」秦甄直接走向櫃檯報到。

「秦小姐，妳來的時間剛剛好，下一位就是妳。」接待人員抬頭對她微笑。

兩人走到角落的長椅坐下，整個候診室的人視線一直跟著他們移動。

「幾年前醫生剛搬來首都，診所開在北六城，可是那一帶龍蛇雜處，平均每個月會被人闖入一次，都是一些想偷麻醉藥或管制藥品的癮君子。」秦甄在他耳邊小聲說。「我和若絲琳擔心極了，一直請他考慮搬家，後來醫生想想，也覺得應該顧慮到職員的安全，兩年前才搬到東區來。」

北區號稱爲「藝術集散地」，屬於藝術家、待業演員、或不紅藝人的集散地，雖然街頭充滿爆發的藝術能量，卻一直跟毒品問題劃不開，毒品、賣淫和販毒都成了北區的副產品。

「若絲琳？」他問。

「嗯哼，我們都是礦爆後被外國家庭收養的孩子，當年就是在醫生的診間認識的，後來兩邊父母發現我們的背景很相近，兩個女孩就讀同一所小學，便一直保持聯繫，我跟她才會變成好朋友。」

他點點頭。

「秦小姐，輪到妳了，請進。」接待人員親切地招呼他們。

奎恩的身形一從候診室消失，所有人才又拚命交頭接耳、竊竊私語。

進了診間，醫生坐在案前，正在輸入前一名病患的資料。「請給我幾分鐘。」他舉起一隻手要他們先等一下。

他本人比廣告的年紀大一些，約六十出頭，身高介於五呎八、九吋之間，親切和藹的笑顏倒是和廣告一模一樣。

秦甄坐上診療椅，奎恩兩手盤胸站在旁邊，有如醫事署來督察的幹員。

醫生頭還未抬起來已堆滿笑容。「甄，好久不見……噢，這位是？」

「他是奎恩總衛官。」秦甄爲兩人介紹。

「我知道他是誰，我是指，奎恩總衛官爲何會跟我最喜歡的病患一起出現呢？」醫生帶笑的藍眸藏了一絲疑惑。

「你好，里昂．奎恩。」奎恩主動伸出手。

「保羅．溫格爾。」醫生和他有力的大掌相握。「我可以和病人獨處幾分鐘嗎？」

「你是要討論病情，或是討論我？」

「討論你。」

「那麼，不。」

這男人永遠這麼精明，秦甄重重嘆了口氣，還是從實招來比較快。

「醫生，總衛官大人和我已經結婚了。」她說得有幾分羞澀。

「什麼？妳結婚了卻沒有發喜帖給我？我的心受傷了，甄。」醫生按住胸口。

「我們沒有舉行儀式，只是在法院公證，然後去紀律公署登記。」她趕快說。

「妳的父母起碼在場見證吧？」醫生的眼神更是驚訝。

「咳，沒有。你也知道他們那一輩的禮俗一堆，我和總衛官都不是喜歡勞師動眾的人。既然他們開開心心在遊輪上玩，我告訴他們不用急著回來，以後要見面有的是時間。」她清清喉嚨。

「那若絲琳見過他沒有？」醫生再頂一下眼鏡。

「咳，還沒。」

「所以，妳的父母和妳最好的朋友，都沒見過妳的新婚丈夫？」

秦甄被這位老伯伯問得有點想投降。看吧！這就是感情太好麻煩的地方。

「哎唷，大家都很忙，若絲琳從日本回來之後也不知道在忙什麼，我只有上瑜珈課才碰得到她——不過我今天趕快帶他來給你看了啊，醫生。」她趕緊討好。

奎恩瞄她一眼，本來打算自己回診的女人完全沒有心虛之色。

「總衛官，恐怕你不曉得自己惹上什麼麻煩。」醫生搖搖頭，藍眸終於露出一絲幽默感。

麻煩？奎恩看妻子一眼。

「東方人很重視婚嫁禮俗。依據傳統，男方必須找媒人提親，下聘，做餅，看日子，合八字，訂婚，結婚，每個階段都馬虎不得，你這麼輕易就娶走一個亞洲人家的女孩，卻連個喜餅都沒有送，恐怕你的岳父岳母回來之後會大有微詞。」醫生眼中的笑意更濃。

「甄沒有告訴我。」如果她跟他說，他一定會尊重女方家的傳統。

「醫生，你不要嚇他啦！你把他嚇跑，我就沒有長期飯票了。」秦甄不敢看她老公緊蹙的眉心。她就是覺得那些禮俗太煩了，才想趁她父母不在趕快搞定嘛！

「妳應該告訴我的。」奎恩嘆了口氣，搖搖頭。

「我媽和我爸也沒有說什麼啊，等他們郵輪之旅結束，我們再請他們吃個飯就好了。」她可憐兮兮地看著老公。

醫生在旁邊拍腿直笑。

你很沒同情心耶！她老公瞪她，她只好瞪醫生。

「無論如何，很高興代表女方家屬成爲第一位見過你的人。」醫生伸手再和他一握。「總衛官，我們兩人有許多共通點。你出身自軍人世家，我出身自醫生世家。你的祖先來自歐洲，溫格爾家族是法國人。你在許多國家服過役，溫格爾家族也走遍世界各地，幾乎各洲大陸都有一個溫格爾醫生在行醫。」

奎恩立時生出敬重之心。當年礦爆，眼前這位醫生不也是在人人避之唯恐不及時，深入災區，救治了他妻子和其他孩童？

「醫生，您十分偉大。」這句話完全出乎至誠。

「對呀！」秦甄愉快地幫醫生應下來。

醫生呵呵直笑。「好了，回到正題，妳今天回來拿新的處方箋？」

「她前兩天病得很厲害。」奎恩主動說。

「也沒那麼厲害……」秦甄咕噥。

「哦？發生了什麼事？」

「她漏吃了一、兩次波樂錠，身體出現很強烈的反應，我以爲波樂錠不會造成如此強烈的戒斷症狀？」奎恩蹙起眉心。

「總衛官大人太誇張了。我主要是感冒，加上最近有重要人物來學校訪問，壓力很大，所有的事撞在一起才病了一天半，只有一天半而已！」她舉起一支食指加另一根拗起來的手指強調。

「好吧，我們檢查一下。」

醫生替她量了體溫，測了脈搏，聽了心跳，看過她的喉嚨，爲了以防萬一又抽了一管血。等一切結果出來，醫生查看她的血檢資料。

「她的體溫微高，除此之外一切正常，我想確實是感冒的因素。」

瞧？她攤了攤手，奎恩只是皺眉頭。

「好吧，咱們給妳一份新的處方箋。」醫生坐回案前，將新的處方箋輸入她的病歷裡，「以後每個月回來拿藥就行了。至於感冒的部分，妳已經好得差不多了，剩下的部分交給免疫系統就好，比吃藥管用。」

「慢性處方不是在我們家附近的藥局就能領藥？」奎恩皺眉。

「我通常回來拿藥，順便看看醫生，如果他有空，我們中午會一起出去吃飯。」她解釋。

奎恩懂了，其實比較像他們兩人的定期聚會。自小失去至親的遭遭，讓她努力維繫生命中每一份別具意義的情誼。

奎恩看完醫生輸入的病歷資料，終於很權威地點點頭。

「好吧！」

秦甄噗嗤笑了出來，連醫生都忍俊不禁。

這有什麼好笑的？

「看他的表情，你會以爲這間屋子裡的醫生是他。」秦甄笑說。

「孩子，總衛官只是很關切妳的身體。」醫生替他緩頰。

「我跟他說他太擔心了，他就是不聽我的。」她抱怨道。

「全世界的丈夫都不聽妻子的，這是不成文規定，妳開始領悟婚姻的眞義了。」醫生拍拍她的手。

三人一起走出診間，外頭的候診室又增加了一些病人，醫生看了眼橫在眼前的忙碌早晨，嘆了口氣。「既然總衛官不打算讓咱們獨處，我只好當著他的面問了。」他慈愛地拍拍秦甄頭頂。「妳和他在一起快樂嗎？孩子。」

秦甄看著她高大英挺的丈夫，眉宇間的甜意讓他的心跳掉了一拍。

「我和他在一起非常快樂。」她輕聲說。

醫生終於放下心來，一路送他們到診所門口。

在車上，秦甄瞄瞄身旁的男人。

其實醫生說得不無道理，她生命裡的人，除了艾瑪，其它朋友很少見過他，她好像該改變一下現狀。

「喂，你下周六有沒有空？」

「有事嗎？」他的手機震動起來，掏出來掃一眼，古騰傳來的。

他把車子切換到「自動駕駛」，然後查看古騰的最新報告。

「艾瑪那天在她家辦聚餐，學校幾個比較要好的老師都會去，若絲琳也會去，你要不要一起來？」

「這是正式的社交場合嗎？」他提出幾個偵察要點傳回去，然後問古騰需要哪方面的支援。

「噢不，十分家常的活動，穿得越輕便越好。」她連忙說。

「我不是非出席不可？」

「啊？」她頓住。

「這是類似妳上次陪我出席的晚宴，需要配偶一起出席嗎？」他耐心地重複一次。

「呃……不是，就是大家假日聚在一起，吃吃烤雞聊聊天而已。」

「那妳去就好了。」他把手機收起來，方向盤切回手動駕駛。

「噢。」

「抱歉，我有點事得回公署一趟，幾個小時就好。我先送妳回家。」

「好……」

✷

她爲什麼看起來很失望的樣子？

奎恩開往公署的途中，不斷回想他妻子的表情。

他把兩人的對話重演一遍，依然不懂自己漏了什麼。

他們原本在談艾瑪的派對，既然不是正式場合，她自己去就行了，應該不用他陪吧？他做錯什麼嗎？

算了，他決定徵詢一下有經驗的人。

「哈囉？」夏提拉正把一個甜甜圈塞進嘴巴裡，一看見來電的人差點噎住。「咳！咕嘟。咳咳！咕嘟咕嘟——總衛官，抱歉，有事嗎？」

「你結婚了。」這個句子是陳述句。

「咳咳，對。」夏提拉連忙把食道裡最後一點甜甜圈捶下去。

「你的妻子經營一間烘焙坊。」

「呃，對。」奎恩總衛官爲什麼突然打電話給他，還問起他老婆的事？夏提拉腦內警鈴大作。

「你妻子的烘焙坊僱用了數名工作人員。」

「是的。」難道是哪個職員有問題？夏提拉飛快在腦子裡過濾一遍每個員工的名字。

這些員工他們夫妻倆都認識十幾年了，有些甚至是他老婆以前在烘焙學校的同學，不可能有問題啊！

「你妻子非工作時間是否與他們進行社交活動？」冰冷的語氣堪比機器人。

「呃，有、有時候。」糟了，看來真的有人有問題。但，不對啊！總衛官是查叛軍的，他老婆的員工都是普通人，不可能跟叛軍有關啊！

「她最近是否參加過任何一名員工的私人活動？」總衛官繼續質問。

等一下，難道總衛官懷疑的人是他老婆？

「總衛官，我可以向你保證，我妻子是個再普通不過的平民，絕對不可能有任何可疑之處。」夏提拉拿出老命擔保。

「這不是我的問題。我問你，她最近有沒有參加過任何員工的私人活動？」奎恩總衛官的語氣犀利冰冷之至。

「……有，上個月貝蘭達的丈夫升職，舉辦了一個慶祝派對……」夏塔拉冷汗如瀑布。

「你也去了嗎？」

「呃，是。」

「你爲什麼要去？」

完了，現在連他都有嫌疑了嗎？夏提拉差點跪下來祈禱。

「因、因爲她是我妻子的員工啊！」

「貝蘭達是你妻子的員工，和你沒有任何公私關聯，你爲什麼要去她丈夫的升職派對？」奎恩總衛官厲聲問。

「因、因爲她和我妻子不只是同事，更是朋友，我當然要去……」

「爲什麼？」

爲什麼？爲什麼爲什麼？沒有爲什麼！

「因爲我想參與我妻子的生活，這不是一個丈夫應該做的嗎？」夏堤拉冤枉至極。

所以，原因就是如此？

甄想要他參與她的生活？

「我明白了，謝謝你，祝你有個愉快的一天。」奎恩總衛官掛斷電話。

就這樣，電話那端被嚇掉半條命的可憐蟲，從頭到尾都不曉得他到底做錯了什麼。

15

十一月的最後一天，首都終於下起了今年的第一場雪。

往年這時間的大湖區早已白雪皚皚，今年雪訊起碼遲了一個月，可是一下起來就足足下了三日，似乎想把落後的進度一口氣趕回來。

首都的除雪效率極高，雪只要稍停，除雪車立刻在幾條主要道路來回奔駛。

秦甄握著熱騰騰的茶杯，從廚房窗戶遠眺著忙碌的街景。

「艾瑪說，烤肉和食物她照樣準備了，能過去的人就過去，過不去的人不要勉強；我們這附近雪除得很快，我想應該去得了。」她靠回她背後的男人懷中。

「我們何時出發？」奎恩陪她一起遠眺銀白雪景，從他身上輻射的體溫烘得她暖洋洋。

「差不多了，這一批巧克力餅乾烤好就能出門。」

一個半小時後，他們帶上她烤的巧克力餅乾踏入艾瑪家。

「甄，我差點以爲你們不來了。」艾瑪開心地迎出來。

幾乎全到了嘛！秦甄查看一下，只有六年級老師布蘭達和她老公來不了，因爲他們住的那條街水管破裂，整個路面結冰，警察基於安全起見封了路。

一如以往，奎恩黑色的身影出現在眾人眼面，所有交談立刻停止。

「嗨！」直到秦甄燦爛如夏的笑容讓客廳溫暖起來。

做老婆的對這種反應已經見怪不怪。反正她表現得一副很正常的樣子，其他人就會跟著正常起來。

「甄，你們來了，路上沒太難走吧？」艾瑪的丈夫湯姆走過來。

「大家都到齊了！」艾瑪拍拍手宣佈。「我來介紹一下。秦甄你們都認識了，不必多說，她後面那位是我筆友，奎恩總衛官。」

「……」筆友表示。

「人家總衛官從來沒承認過。」莎莉吐槽。

艾瑪不服氣地翻出手機。「喏！看到沒有？這個藍底白字的是我，黑字的人是奎恩，我們傳過兩次簡訊，筆友關係認證過關。」

「……」筆友依然表示。

「嗨，甄。」若絲琳從廚房捧了一大盆綜合果汁酒出來。

「若絲琳！」秦甄開心地撲過去。

姊妹倆親密擁抱，秦甄在她耳旁不知說了什麼，若絲琳笑了出來。

「嗨。」若絲琳走向死黨的老公，舉手投足皆是豔麗風情。

認識她的人都明白她不是故意的，她就是那種走進一間房間裡，男人通通會轉頭的女人。

秦甄忽然想到，她老公也有類似的效果，雖然是出於完全不同的原因。

「若絲琳，這位是里昂．奎恩，我新婚一個月的丈夫；親愛的總衛官，若絲琳．韓，我的好姊妹。」她生命中最重要的兩個人終於見面。

若絲琳．韓是奎恩見過最美的女人。

他的妻子雖擁有百分之二十的印歐血源，外貌卻是十足的東方感，若絲琳完全是另一回事。

她的眼睛是更淺一些的琥珀色，眼尾挑成勾誘的貓眼。鼻梁有著相異於亞裔人士的筆挺，深巧克力色的髮絲自然蓬鬆，豐滿的胸圍，纖細腰肢，一路來到挺翹的嬌臀，成爲完美的葫蘆形。跨越種族的成品通常會產生驚人的效果，而這份效果完整呈現在若絲琳身上，很少有男人能逃出這樣的脂粉誘惑。

但奎恩不喜歡她。

說不上來爲什麼，或許是她太世故，或許是她的眼神太深沈。直覺告訴他，這女人不簡單，而他選擇相信自己的直覺。

「新婚生活過得還愉快嗎？」若絲琳調侃道。

「妳想知道不會自己結結看嗎？」秦甄不上當。

「妳知道男人只有一種方法能綁住我……」

「手銬和皮鞭！」秦甄跟她異口同聲。

兩人指著對方鼻子一起大笑。

她對甄的感情是眞誠的，有趣。

倘若她們兩人是成年後才認識對方，奎恩不認爲她們會變成好朋友。兩人本質上的差異太大了，但時間卻讓這份差異變成化不開的手足之情。

「說眞的，妳家男人被調教幾成了？」若絲琳轉向他。

「還不錯，我已經調教了他三成，還有另外七成必須努力，不過我們有的是時間。」秦甄笑得十分愉悅。

「……」被調教的人表示。

「比方說？」若絲琳很感興趣。

兩個女人當著他的面就討論起來了。

「幾天前他回到家裡，把一個圓圓的徽章丟進置物盒裡，我拿起來一看，發現盒子裡已經有好幾枚同樣的徽章了。」秦甄以手機秀出那個徽章的照片。

「唷！亮晶晶的，這是什麼？」

「我就是這樣問的：『那是什麼？』總衛官酷酷地回答：『武技競賽的獎章。』我問他：『這種金色徽章是第幾名？』他說是冠軍。我本來以爲是他們部門自己比一比，我老公到底是個部門頭頭，拿個第一名也是應該的。

「沒想到這是全國紀律公署的年度武技校驗，妳知道全國有多少衛士嗎？七萬多人！每個都是精英中的精英，其中成績最好的四百五十人能來總部參加終極格鬥，這根本是華山論劍、搶武林至尊嘛！他等於打敗了七萬多人，獲得武功天下第一的稱號，名列四絕之首『中神通』，但從頭到尾我連有這場盛事都不知道，只看到一個隨便丟進置物盒的徽章。」

何謂華山論劍？「中神通」又是什麼東西？

「聽起來總衛官不太擅長分享自己的生命。」若絲琳挑剔地瞥向他。

奎恩立刻防衛起來。

「還好啦！我如果問他問題，他都會說，只是他不曉得什麼事應該主動說、什麼事不必提，我哪裡知道他生命中有哪些事得問？」

「嗯！」

兩個女人一起看向他。

「……」中神通只能表示。

「好吧！妳走開，讓我和總衛官單獨聊聊。」若絲琳揮揮手。

「幹嘛？妳不要欺負人家喔！」秦甄還是有護公之心的。

「妳再不進廚房幫忙，今天的烤雞就要變烤鳥乾了，艾瑪一直在嘟噥她的新烤箱抓不準熟度。」

秦甄嘆了口氣，把手中的飲料交給老公。

「客氣一點！」臨走前不忘警告一下女王蜂。「她欺負你再跟我說。」

「……」

「安啦，我能把他吃了不成。」

秦甄翻個白眼，趕快進廚房幫忙。

若絲琳隔著塑膠杯打量他，帶笑的雙眸閃著貓樣狡黠。

「你不喜歡我。」

奎恩沒反應。

「你看我的表情不對。」

他依然沒反應。

「因爲你沒有表情。你對甄介紹的每個人都會禮貌地點個頭，唯獨對我沒有任何反應。很多時候，沒有表情就是一種表情。」若絲琳指了指他。

這個女人太精明了，甄玩不贏她。

或許他該慶幸她是甄的朋友。

若絲琳走到他身旁，跟他一起看著滿客廳的教職員。

廚房裡的女人正好出來，秦甄打開門讓端著烤雞的艾瑪先出來，雞肉的油香瞬間飄進溫暖的客廳。莎莉和東尼過去幫忙，將碗盤放到桌上，湯姆分切雞肉放進盤子裡，東尼再發給每個人。

這間屋子裡的每張臉孔他都對得上名字，即使每個人的姓名只在介紹中提過一次。

「你曾想過自己會娶一名小學老師嗎？」若絲琳輕啜一口果汁酒。

他喝了口他妻子臨走前塞進他手中的飲料，沒有回答。

「相信我，甄也沒有想過她會嫁給一位總衛官，你不是我們會爲她選擇的伴侶。」若絲琳當他回答了。

「我們？」他第一次開口。

「她父母，我父母，我，溫格爾醫生，所有她生命中愛她的人。」若絲琳微微一笑。「不是你不好，只是你性格太強了，甄是個優柔寡斷的女人……噢！拜託，別瞪人，『優柔寡斷』不必然是一個缺點，如同『強硬果決』也不必然是個優點。這兩個詞只是天平的兩端，像你和她一樣。」

「這也是我見到妳的第一個想法。」他的嘴角挑了一下。若絲琳眼睛一亮。「瞧，我們兩個在這點就有共識，也因此我突然發現，或許你才是最適合她的人。她就像一塊磁鐵，老是吸引一些莫名其妙的人到她身邊。我們都太老練世故，對這個世界不再有幻想，因此有個女孩明明經歷過各種磨難，雙眼依然閃爍星光。這樣的女孩，我們如何能不愛她呢？」

這是奎恩唯一和她有同感的。

有一個問題突然跳進他心裡，讓他很想問：保羅．肯特的死和妳有關嗎？若絲琳．韓。

「放心，總衛官，我只是要說，你擁有我的祝福。只要你沒做對不起她的事，我們就能安然相處。」若絲琳燦然一笑，拍拍他的肩膀。

「彼此彼此。」他將最後一點果汁一飲而盡。

太甜了，他從來不喜歡甜的東西。

「嗨！」秦甄端了兩盤雞肉過來，一盤給若絲琳，另一盤自己和老公分享。「你們兩個還沒把對方幹掉，好現象。」

她的眼底閃爍著若絲琳剛才說的星光。

「這雞肉眞好吃，妳老公不喜歡我。」若絲琳告狀。

「什麼？」

什麼？

「沒關係，以後我少在他面前出現就是了，老公還是比童年玩伴重要的。」若絲琳出賣完她自己也不喜歡的男人，快樂飄走。

秦甄一臉受到打擊的模樣。

「你爲什麼不喜歡若絲琳？你們兩個聊了什麼？」

「……我沒這麼說。」

「那若絲琳為什麼說你不喜歡她？」

「我喜不喜歡她重要嗎？」他採取防衛姿態。

「當然重要啊！她是我最好的朋友，我當然希望你起碼不討厭她，就好像我也努力喜歡岡納，即使岡納不喜歡我。」

「……我和岡納不是朋友。」

又來了，她翻個白眼。

「他是工作上跟你最親密的人，我是生活上跟你最親密的人，你生命中兩個最親密的人彼此不對盤，不會讓你很難做嗎？」

「一點都不會。」

算了，秦甄嘆氣。「提醒我有空和你聊聊『死黨』的存在意義。」

「正是如此！」餐桌那頭，艾瑪不知跟其他人在討論什麼，越說越激動，突然一雙利眼瞄過來。

「噢不，不不不。」秦甄果斷地擋在她老公面前。「我已經說過了，我絕對不同意！」

「秦甄女士，請讓開，我要找的人不是妳。」艾瑪堅決地繞過她。

「艾瑪，我已經說了，不要把他扯進來。」秦甄毫不退讓。

艾瑪的背後跟了好幾個人，若絲琳彷彿聞到血腥味的鯊魚，興趣十足地跟在最後面湊熱鬧。

又怎麼了？奎恩開始懷疑他帶的武器可能不夠用。

「總衛官有權聽聽即將發生的事。」艾瑪宣佈。

「艾瑪，不——」

「奎恩總衛官，你老婆快被槍殺了！」

「什麼？」他銳利的藍眸一瞇。

「艾瑪！」

「我沒說錯啊！本來就是這樣。」

「你不要聽她胡說，她說的是漆彈，不是眞的有人要暗殺我。」秦甄瞇起水眸。「艾瑪，我警告過妳，不要在執法人員面前造謠生事。」

「我沒有造謠。」艾瑪用自己圓圓胖胖的身體把瘦皮猴頂開，佔據最佳戰略位置。「聽著，總衛官，這一切都是私怨，而你老婆即將成爲目標，再一次！」

「根本不是那麼回事──」又有兩個人把她擠到後面去。

「第五屆首都盃中小學教職員生存遊戲的比賽就要開始了，全市的中小學分成四組，進行兩輪預賽，勝出的四組將角逐四強賽和決賽。」艾瑪不給後面那傢伙插嘴的機會。「很慚愧地承認，湖濱國小的文科向來比運動更強，不過我們學校依然有一群出色的體育老師和社團老師。問題在於，比賽規定所有參賽者只要在競賽過程『中彈死亡』，後面的賽事就不能繼續出賽。我們校長也不指望我們拿回冠軍，只要成績別太難看就行了，所以通常我們厲害的選手拚完兩輪預賽就死得差不多了，即使擠進四強賽，能出賽的也只剩下你看得見的這些老弱殘兵。」

「嘿！」伯納抗議。

「好，除了伯納以外，他是我們學校的摔角教練，通常四強賽也只剩下他還管用，其它的就剩你看得見的這些老弱殘兵！」

艾瑪壯烈地往身後一比，其他人陡然醒悟。對喔，他們怎麼沒想到？救星就在眼前。

每個人突然雙眼放光，如三天沒吃飯的餓狼看見一塊肥肉，奎恩再度生出檢查武器的衝動。

「生存遊戲是什麼？」他問得十分謹慎。

「漆彈啦！小孩子玩意兒，跟你一點關係也沒有，眞的。」秦甄在人群裡努力跳起來喊，又被往後擠了一排。

「漆彈可不是小孩子玩意兒，總衛官，你不曉得，捱到漆彈一下可是會瘀青大半個月的，痛得不得了。我們的賽場又是比照國際賽事等級，表示我們的『體徵偵測器』連結神經，中槍的部位會接收到一股微弱的電流，讓肢體暫時麻痺以仿效真正中彈的情況。你知道那有多痛嗎？人一被打到全身都軟了，站都站不起來，總衛官你一定沒中過槍吧？」

「兩次，右胸與左腿。」他的藍眸微寒。

「所以你一定不知道有多痛……噢。」

「人家總衛官捱的是眞槍實彈，不是我們這種小孩子玩意兒，我拜託你們。」咚咚跳的秦甄終於被擠到人群最後方。「若絲琳，請妳叫他們恢復理智！」

若絲琳親密地拍拍她臉頰，抹得她一臉油，繼續啃雞腿看戲。

「咳，反正你只要知道我們普通人中漆彈，跟你中眞子彈一樣痛就好。重、點、是！」艾瑪再接再厲。「上一屆比賽的時候，江湖都在傳言她應該會得到那一屆的最佳教師，我們四強賽遇到梅若莎・約克那個老番婆的學校，原本在甄出線之前，她是最有可能贏得最佳教師的，沒想到半途殺個程咬金出來。那一戰眞是慘啊——」

艾瑪大步殺到後面，一把將秦甄揣進懷裡，臉頰掛著一滴悲壯的淚水，秦甄差點被她勒死。

「我可憐的小甄甄，妳死得好慘！」

「我……快被妳……勒死了……」

「總衛官，你都不曉得。大會規定，每一隊只能由教職員出賽，六男六女，可是四強賽可以請一名『傭兵』，必須是該隊成員的配偶，不能是前妻前夫、哥哥姊姊、男女朋友。梅若莎那一年找來的傭兵是他們副隊長的老公，一個警察，據說剛得過他們分局的射擊冠軍。我們只是尋常小民，全校僅存的殘弱之兵，槍法哪裡比得過一名專業的警察？開賽不到十分鐘，我們全隊就被幹光了。」艾瑪悲哀地再給秦甄一記熊抱，她好不容易吸進肺腔的空氣又被擠出來。「甄甄最慘，他們還故意不射她要害，讓她多捱了兩槍才陣亡在戰場上。」

「太……誇張……救命……」受害者死命向自己的好友求救。

若絲琳愉快地啃完雞腿，換啃雞翅。

「甄甄，我只恨我的能力無法救妳啊！嗚——總衛官，你也知道你家這口子細皮嫩肉的，你都不曉得她身上的瘀青多久才好啊！嗚——」艾瑪悲憤地殺回他面前。「今年，眼看比賽又開始了，她很可能會蟬連第二屆最佳教師。我們四強賽不幸又對上梅若莎的學校，他們請的傭兵依然是那個神槍手警察。總衛官，你覺得你家這口子今年難道不會死得更慘嗎？」

「……比賽是什麼時候？」

✷

比賽當天。

「妳說總衛官昨天去出差還沒回來是什麼意思？」

「就是總衛官昨天去出差還沒回來的意思。」

天下登時大亂。

「但他答應我們了。」

「我們沒準備另一名傭兵。」

「拜託，我們也沒有另一名傭兵可以準備。」

「他出門之前，妳有沒有提醒他，生存遊戲的決賽就在今天？」艾瑪質問。

「我才不要做這種事。他的工作不是出去玩的，每次出門都是拿自己的命去拚，妳要我提醒他拚完了記得回來玩漆彈？」秦甄對圍在她面前的同事曉以大義。

「什麼小事？妳知道今年是我們最有可能拿下冠軍的一年嗎？」艾瑪激動得口沫橫飛。

大會人員走過來。「湖濱國小，你們的出賽名單最晚在五分鐘內要交上來，不然就算棄賽。」

偌大的室內漆彈場，另一端由梅若莎代表的第七市立小學，正虎視眈眈地注視他們。

梅若莎是一個五十出頭的女教師，淺棕色頭髮梳成髻，雙頰瘦削，身形瘦高，一看就是個不苟言笑的嚴師，她的教學風格也跟她的外型一樣。

老實講，不能說梅若莎不是一個好老師，只是她和活潑新穎的秦甄的觀念完全不同。在她的眼中，秦甄這一類的年輕老師只會討好學生，根本不懂得教育的眞義。也因此，輸給一個入行才三年的年輕人才會讓梅若莎難以接受，倘若得到最佳教師的人是艾瑪或莎莉，梅若莎說不定還不會如此介意。

往常湖濱國小最佳成績就是闖進四強賽——感謝一干壯烈成仁的教職員們——校長也想過把兵力均勻分散在預賽中，後來證明，他們不把最佳人馬都派出去打預賽，那就連進四強的機會都沒有。前後權衡一下得失，校長寧可四強賽被痛宰，也好過連四強都進不了。所以，他們每一屆就遇到這樣的窘境：成爲四強賽裡最好宰的羔羊。

原本預計跟他們打四強賽的學校，有些選手因爲身分不符而被取消資格，所以湖濱國小直升冠亞軍決賽。往年通常也只拿得到銅牌的第七小學，今年竟然也打敗對手，進入了決賽。

就這樣，去年的銅牌戰成爲今年的冠亞軍參賽者。

湖濱國小的成員回頭看看自己這群「準冠軍隊伍」：一百公尺最快跑二十秒的弱雞若基，近視眼鏡一掉下來就變成法定盲人的布蘭達，一隻大象近在五呎都能射歪的天才神射手秦甄，一戴上裝備就成了僵直性機器人的艾瑪……

伯納怎麼看都覺得他們這隊根本是送分題。

「哈哈，沒關係，我們直接投降還是能拿到亞軍。」伯納不愧是樂觀主義者。

「對對對，這才是運動家精神，我看我們直接投降好了。」所有隊員無恥地點頭。

「幸好決賽在平常日舉辦，大家都在上班上課，不會被太多人看到，哈哈哈。」若基甚是安慰。

艾瑪只想仰天長嘯，她爲什麼攤上這群不中用的？

「比賽在三分鐘後開始，湖濱國小，你們的選手名單。」大會人員最後一次催促。

艾瑪含淚走到註冊螢幕前，將最後一格空白的選手名稱填上——

「啊，啊，啊！」布蘭達嘴巴大張，指著門口。

所有人全部轉頭看過去。

呼，大門往內飛開，從外面颼進來的冰雪映襯著大步而來的黑衣男人。

鷹翼般的袍裾在身後飄揚，地板被一雙長腿大步吞噬。整間賽場陷入極端的沈默，落針可聞。

「ＹＥＳ！」打破沈默的是他老婆。

總衛官趕上了，歐耶！

艾瑪振奮拉弓，將最後一格名字塡上「里昂·奎恩」，資格：「湖濱國小教職員配偶」，送出。

「奎、奎恩……」大會人員結結巴巴。

「動作快，我沒有太多時間。」他冷酷地瞄一眼腕錶。

秦甄趕快把大會指定裝配接過來。「這是體徵感應器，一定要貼，它能感應參賽者哪裡中彈，如果沒有貼會喪失資格。」

所有人通通醒過來，急急忙忙開始張羅。三分鐘，只剩下三分鐘。

「這個是護胸、護膝、護腕、護目鏡和頭……盔……咳，大會規定一定要戴。」伯納避開總衛官射過來的死光眼神。

奎恩只接過護目鏡戴上，拿起仿攻擊步槍的漆彈長槍，看了兩眼，隨手塞給旁邊的莎莉，自己抽走伯納掛在腰間的短槍。

秦甄在旁邊嘰哩咕嚕告訴他規則。「每一場是二十四分鐘，目標是搶走對方陣營的隊旗。如果規定時間內雙方都搶不下來，就以傷亡人數和中彈數目來統計，積分高的隊伍贏。」

「還剩三十秒，我們還沒有討論攻防戰術，怎麼辦怎麼辦？」始作俑者艾瑪竟然這個時候才亂了陣腳。

「不必討論。」奎恩冷酷地盯著另一隊。

第七國小的人都呆了。

那男人是誰？

奎恩總衛官？

電視上常出現的那個奎恩總衛官？紀律公署的奎恩總衛官？

隊長梅若莎的表情最精彩，她身旁的副隊長和那名警察傭兵的表情也不遑多讓。

整片五十公尺乘五十公尺的場地，依國際賽規則擺放了各種掩體，左右兩端各是兩隊的大本營，前面有一排一公尺高的掩體擋住，兩隊隔著五十公尺的距離互相對峙。

大會播音：「咳，兩隊請就戰略位置，十，九，八，七……」

鈴聲一響，比賽開始！

啪啪啪啪啪啪啪啪啪啪啪。

十一響，在五秒鐘內完成，速度快到聽起來甚至只是一聲「啪——」的長音。

空中的螢幕看板，第七國小十一名選手一瞬間變成紅色。

狀態：陣亡。

死因：心臟中彈。

然後。

啪。啪。啪。啪。啪。

清清楚楚的五響，一樣五秒鐘內完成。那名警察傭兵左腿，右腿，左胸，額頭各中一發，最後一槍——

「呃啊！」伯納看著敵人捂著兩腿中間，軟軟倒在地上，完全能體會最後那一槍的痛徹心肺。

第十二名參賽者的紅燈亮起。

全隊陣亡。

收工。

「去拿隊旗。」奎恩冷酷地將漆彈槍塞進伯納懷中，護目鏡和體徵貼片拆掉，大步轉身走出去。

「等一下，等一下……我們贏了嗎？」艾瑪還沒搞清楚情況。

從頭到尾花不到三十秒，敵隊全滅。

「他們全滅了，他們全滅了！」秦甄忽然醒過來。「YES，YES，他們全滅了！旗子是我們的，耶！」

湖濱國小隊員興奮尖叫，歡天喜地衝過去搶隊旗。

「慢著，他們爲什麼可以找外人來參賽？不公平！我們要求重新查驗每個參賽者的資格，這一場不算！」梅若莎也激動尖叫，不過聲音一點都不興奮。

身後的喧喧鬧鬧絲毫未減緩總衛官的腳步，一串急奔而來的細碎步伐讓他轉身，及時接住他妻子凌空而來的嬌軀。

親親親親親。

「我愛你我愛你我愛你，愛死你了，你是全世界最棒的丈夫！我保證今天晚上一定報答你，你想做什麼都可以，道具服裝手銬都幫你準備好。」

秦甄親完又跳下地，衝回場子向第七國小的人叫陣。

「什麼叫外人？里昂·奎恩是我配偶，配偶本來就是合法的參賽者。」

「對嘛對嘛！」

「不然有種你們也去嫁一個總衛官啊！」

「甄甄，秀妳的婚姻登記給他們看。」

兩方亂糟糟吵成一團，大會人員趕快衝過來勸架。

總衛官離開時依然毫無表情，唯有藍眸深處的一抹火花讓霜寒也暖了起來。

✸

聖派屈克中學校園性侵案在媒體上爆了開來，又響又亮。

素來低調的紀律公署首次接受媒體採訪，談論這次的偵辦工作。

公務犯罪組的承辦衛官先收到匿名檢舉，教育部發給聖派屈克的研究補助被部分教職人員侵吞。古騰衛官在偵辦過程發現了涉案者之一，史蒂芬・金凱曾被投訴過性騷擾，但校長是他的叔叔，出面幫他擺平，於是古騰衛官繼續往下查，於焉追出一串校園貪污及性醜聞事件。

校長替金凱遮掩多次的性騷擾投訴，而金凱則以僞造的研究企劃幫叔叔侵吞補助金，其中還牽涉到另外兩名知情的董事會高層及教育部官員。

教育部長一度出來力挺自己的部屬，認爲這是政治抹黑，但古騰的直屬長官，奎恩總衛官發表極強硬的聲明，表示查辦到底，奧瑪署長也聲明不接受任何政治力干預，最後教育部長只好灰溜溜地退下。

在紀律公署的鐵腕追查之下，貪污罪及性侵罪齊頭進行，最後所有相關涉案者依情節輕重而被收押或限制出境，等候司法審判；校園性醜聞曝光後，陸續有受害的學生家長與古騰衛官聯絡，願意在身分保密的情況下出庭做證。

一個簡單的校園貪污事件，卻峰迴路轉，牽引出一連串風暴。

但，所有的紛紛擾擾，在這十二月的隆冬雪夜裡，暫時都顯得寧靜。

十一點，子夜，南羅朗河橋下。

一輛車子滑進僻靜的石子路，慢慢停了下來，奎恩總衛官跨出車外。厚實的冬季黑袍裹住他健碩的身軀，踩在碎石子的步伐幾乎無聲。在他前方已經有五個人等著，後面停了兩輛沒有明顯標記的車子。他停了下來，兩方人馬中間隔著約五公尺的距離。

南羅朗河下最僻靜的地帶，橋上的路燈勉強灑落到下來，但照不見他們所在之處，每個人只能憑著月的銀暉與稀薄的光線看著彼此的形影。

「你說你找到我要的人？」蛇王孟羅慢慢跨上前。

「沒錯，我要那個女人的名字。」他的嗓音與夜一樣低沈清冷。

「先帶那個女孩出來。」

「名字。」

兩方陷入僵局。

孟羅看向奎恩後方的車子，車窗的防窺功能已經開啓，無法看見車子內部，裡面很可能是莎洛美，也可能是四個武裝衛士。

「好。」孟羅的牙在月暉下一閃。「我是個生意人，談交易講究的是信用，憑奎恩總衛官這塊招牌，信用額度已經夠高了——我沒有名字。」

奎恩二話不說，轉頭就走。

「嘿，嘿，你這個人眞的很沒耐心耶！」孟羅嘆氣，「我跟田中洛做生意不需要他金主的名字好嗎？只需要人頭戶帳號。」

奎恩停步，轉身走回來。

「你爲何知道他的金主是個女人？」

「很簡單，他、我和那個女人曾經進行一次電話會議，討論生意，後來我們往來的銀行一直都是那個女人提供的帳號。」祕密說穿了就一點都不神祕了。

「我要知道你知道的一切。」奎恩簡單地說。

「我要見到莎洛美。」

奎恩思考兩秒鐘，轉頭走回車子旁。在他打開車門的那一刻，孟羅隱約看到後座另外坐了一個人，從這個角度看不清是什麼人。

不一會兒，一個高眺纖瘦的少女鑽了出來，車門立刻關上，另一個人依然留在後座。

奎恩沒有立刻帶那少女過來，兩人在車邊低聲不知在說什麼，孟羅心底的焦慮完全未呈現在臉上。

「莎薇，那些人是妳父親的朋友嗎？」奎恩低聲問。

莎微從他寬闊的肩膀看過去，立刻點頭。

她就是在喬爾的地下室一直照顧那個打噴嚏小孩的孩子，只是當時他以爲她是男孩。

「我遵守了我們的約定。」他告訴莎薇。

「是的。」莎薇的嗓音細如蚊蠅。

瓊恩不久便帶了莎薇來見他，他轉達她父親正在找她的消息，莎薇的眼睛馬上紅了。然而兩個女孩堅持瓊恩跟他說的交易依然算數，他只好提議另外幫她找個安身之處，起碼不用擔心被瓊恩的父母發現。

莎薇猶豫一下，終於同意了，只另外提出幾個要求。第一，她不住任何公立收容所，只要給她一間私人小公寓，她能照顧自已。第二，他不能派任何人碰觸她的身體，包括各種檢查。

第二點奎恩無條件同意，他能理解她現在最不想要的就是被陌生人觸碰，但第一個條件，他堅持十五歲的小孩不能獨居，必須有一位保護人跟她同住。兩個女孩討論一下，勉強同意了。瓊恩要求秦老師跟她的好朋友一起住，但奎恩認爲另一個人更適合：古騰的妻子。她既是社工，又是心理諮商師，她才能在這段期間盡可能幫助莎薇做心理復建。

於是過去三個星期，莎薇一直跟喬瑟芬．莫瑞森住在一處祕密住所，只有他、古騰、瓊恩和秦甄知道地點。

秦甄盡可能抽空去看她，平常日也常拖著他過去陪莎薇吃飯，所以過去三個星期他們已經培養出互信的基礎。

莎薇突然上前緊緊抱住他。

若在以往，奎恩總衛官會全身僵硬，然後技巧性地後退，但他結婚之後經常被老婆抱抱碰碰的，已經習慣了。

「一切都會沒事的。」他對懷中的女孩保證。「距離聖誕夜還有兩天，今年妳能在愛妳的人身旁一起過節。」

「謝謝你，我不知道該如何感謝你，還有秦老師，喬瑟芬，每個人……」莎薇臉埋在他硬挺的黑袍裡。

「不必感謝，這是我們應該做的。」他稍微退開一些，看進她的眼底。「莎薇，如果妳不想讓妳父親知道，妳可以不必告訴他，但起碼找一個妳能相信的人說，不要自己一個人悶在心底。」

莎薇抹了下眼角，點點頭。「我知道，喬瑟芬告訴我，找一個人談談有幫助。」

他俊朗的臉孔露出一絲微笑。

「走吧！咱們送妳回妳父親身邊。」

他高大的身影完全擋住莎薇，孟羅看不出他們那一頭在做什麼，只看到晃動的黑影，不一會兒他終於伴著少女走了過來。

待她的臉被橋上落下的燈光照亮，孟羅明顯露出如釋重負的神色，英俊的笑容立刻取而代之。

「嘿，小女孩。」

「孟羅叔叔！」莎薇衝過去抱住他。

「妳這兩個月跑到哪裡去了？妳知道我們有多擔心嗎？妳爸爸差點自己殺到首都找妳。」

莎薇只是埋在他懷裡，拚命搖頭，無法說話。

據奎恩所知，孟羅沒有任何兄弟姊妹，「叔叔」可能是習慣性的叫法，會不會也可能有實質的血緣關係？有趣，

「好了，跟伊安回車上等我，我們帶妳回家。」孟羅將女孩交給自己的手下。

奎恩負著手立在原地等候，莎薇上車之前對他揮了揮手，他微點了下頭和她道別。

「我不知道那女人的名字，只知道田中洛非常信任她，信任到我懷疑她可能是他的情人。但我試探過幾次，田中洛若非笑而不答，就是很有技巧地帶開話題，這和他以前提起菲利普或其他同黨的態度都不一樣，所以我知道這女人對他具有某種意義。」孟羅走回來速戰速決。「她住在首都，今年曾經在日本待了幾個月，替田中洛處理幾筆很複雜的資金。她的銀行帳號是——」他快速背出一串數字，奎恩毫無困難地記住了。「好了，這就是我所知道的，祝你狩獵愉快。」

孟羅腳跟一轉，往車子走回去。

「我以為談交易講究的是信用，你似乎毫不在意出賣田中洛。」奎恩突然在他身後出聲。

孟羅大笑一聲。「和我做生意的是田中洛，不是他的女人。你能不能抓到她是你的事，田中洛斷了這條線以後要如何付錢給我是他的事，通通不干我的事。」

五個男人回到車上，安靜而迅速地消失在雪夜裡。

✷

他的車子駛在幾乎沒有任何車影的高速公路。

宵禁時間，唯一能上路的只有政府公務車，以及擁有特殊許可證的車主。他的車子從外觀上沒有

任何公務車的圖示，不過冬夜裡連巡邏的警察都很少，難得一路到現在還未遇到任何臨檢。

「里昂，可不可以找個安靜的地方停一下？」改坐到前座的秦甄輕聲要求。

奎恩看她一眼，從最近的交流道下了高速道路。

這一條是進入廢棄工業區的產業道路，即使白日裡都很少有車輛經過。他在僻靜的小路停了下來，路的兩旁長滿跟人一樣高的雜草，只以一層鐵刺網隔開，零落的路燈每隔幾十公尺才一盞，景致十分荒涼。

他把車子熄火，整條小路陷入伸手不見五指的黑暗，唯有月光隱約照出廢棄工廠的輪廓線。

「妳還好嗎？」

「謝謝你今晚讓我跟來，我知道這麼做違反公署的規定，但我想親眼看莎薇安全地回到她親人身旁。」

「規矩就是用來打破的。」他的嘴角微挑。

她知道他是爲了她。莎薇的夢魘曾是她的夢魘，她已經逃出自己的惡夢，所以想確定莎薇也能逃出她的。

「莎薇對男人的信任感因爲一個敗類而毀滅，你卻讓她重新拾了回來。無論多邪惡的人，都會有更英勇的人出來對抗他們。」她輕聲說。

「我只是做自己該做的事，不像妳特地花時間救一隻蝴蝶。」

「你今晚救了一隻蝴蝶。」

不只莎薇，他還救了那群一起逃亡的墨族孩子。當正確的事與他的工作產生衝突，他可以只做「份內的事」，不會有任何人知道，更不會有任何人責怪他，他卻選擇做正確的事。

她不在乎他是不是全世界的英雄，她只在乎他是她的英雄。

她翻身爬到他的腿上，和他對面而坐。奎恩的表情有些訝異，卻立刻被興趣取代。

她捧住他英俊的臉孔，傾盡所有情感，給他一個最深情的吻。

突如其來的熱情很快得到回應，他溫暖的大手滑上她的纖腰，迅速接管這個吻。他的唇輾轉印壓著她的唇，舌尖伸入她唇間，甘甜美好的滋味遠勝他品嘗過的任何美酒。

她眞的只出現在他生命中幾個月而已？

「你爲我做了這麼多，我卻什麼都沒有爲你做。」她額抵著他的額嘆息。

「妳在開玩笑？」

「本來就是啊。」

「妳讓我明白當一個『人』是什麼感覺。」

他記不起以前回到家只能面對一片黑暗的日子，現在無論多晚回來，永遠有一盞溫暖的燈在等他。他也想不起以前隨手拿出一條能量棒裹腹的生活。現在他喜歡坐在廚房，手中一杯咖啡，聽她哼歌揉麵團，同窗檯上的小綠嘀嘀咕咕。

他甚至習慣她勒得人無法翻身的睡癖，蜷在他身旁的溫暖體溫。

重點不是在有人幫他煮飯、陪他上床，而是那種正常人的家庭生活。

他一直以爲自己這輩子就這樣了，有沒有妻子和家庭不重要，國家、軍隊和紀律公署就是他的一切。直到她讓他明白，如果他不明瞭身爲一個「人」的幸福，他就不瞭解自己在捍衛的是什麼樣的價值。

家庭，生命，愛——這些才是他付出生命捍衛的。若沒有這些，軍隊只是軍隊，總衛官只是一份工作，他不過是個機器人。

某個五呎四吋，嬌嬌弱弱，永遠活蹦亂跳停不住，熱情開朗勝過太陽，再黑暗的陰影都阻擋不了她的小學女老師，讓他重新嘗到做爲一個「人」的感覺，而她竟然認爲她從未爲他做過什麼？

「總衛官，我想，我眞的有一點點愛上你了……」他眼底的強烈情緒讓她的喉嚨哽塞。

「需要我下車給妳三步遠的距離嗎？」他輕啄她的櫻唇。

「你竟然還記得這件事！」秦甄大笑。

「妳給我一個挑戰，我想贏。」他的唇角勾得更深

「而你總是贏，是吧？」她想吻他卻又止不住笑。這男人！她為什麼同時想愛他又想掐他？

「女人，如果妳要吻我，請認眞地做。」

然後他為她示範如何認眞地吻。

他們看顧了三個星期的小女孩安全了，一間腐敗的校園安全了，她安全了，她在她老公身邊，整個晚上壓在她心頭的憂慮一掃而空。

她的舌和他交纏，臀下坐到的部位鼓起了硬硬的一塊。他粗糙的大掌滑進她上衣，在她的背脊留下一道粗糙麻癢的觸感。

他的手勁越來越大，彷彿想將她揉進他的身體裡，而她一點都不介意。

「我要妳，現在。我等不到回家。」他在她耳邊低噥，手滑進她腿間的溝隙。

她也不認為自己等得了。

她喘息著，讓他粗魯地扯掉她的底褲，再用同樣粗率的動作解開自己，她將他的拉鍊拉開，他灼熱的男性立刻彈跳出來。

她輕喘一聲，扶住他，對準自己的入口。他的灼熱在她的中心點悸動，大到幾乎讓人驚慌，她什麼都顧不了。他的大掌強迫她的臀部往下坐。一開始有些辛苦，她輕輕上下移動，直到身體濕潤到能完全接納他。

當他終於完整地進入她體內，兩人發出滿足的呻吟。

大手圈住她不盈一握的蜂腰，引導她上下律動。往下含納的壓力如此之強，她每次坐下都會發出誘人的嬌吟，幾乎令他瘋狂。

叭！叭！

「宵禁臨檢！」

搞什麼……？

她嚇得差點彈起來，被他及時穩住。

警車的鳴笛震破無聲之夜，紅藍色的閃燈在他們車後不停旋轉，擴音器傳來：「把你們的車窗搖下來，手放在我看得見的地方！」

警察！

秦甄倒抽一口冷氣，中心點不自覺一縮。

「啊！」該死，他差點在這一刻失控。

「警察，外面有警察……」她慌了，他們窗戶還關著……不，他們的身體還相連著！

「不要動！」警察發現車內有不明動靜，緊張地掏出槍。「再動我就開槍了，把窗戶搖下來，把手放在我看得見的地方！」

「不行，我們的衣服沒穿好……」

「別動。」他咬著牙嘶氣，她每動一下都磨擦著他，超人都受不了這種折磨。「妳再動他眞的會射。」

妳再動我眞的會射。

「我只是要坐回自己的位子上！」

「別動！」警察大吼。

「甄，聽我的話，別動。」他努力深呼吸。

現實終於降臨在她的頭上，他們眞的在荒郊野外做到一半被警察臨檢。

「親愛的上帝！」她只能騎在他身上，臉羞愧地埋進他頸窩。

他是總衛官，她是小學老師，倍受敬重的兩種職業。這個新聞要是傳出去，以後都不用做人了……

他爲什麼還硬邦邦的？她都嚇得腳軟了。

警察發現車內的黑影不再移動，終於舉著槍慢慢靠近。

「把車窗搖下來。」

奎恩只得伸手按下車窗。

手電筒在窗戶旁邊亂閃，他偏開臉閃避後照鏡反射的燈光。

警察看起來是個菜鳥，比被臨檢的人還緊張。

「現在是宵禁時間，任何車輛未得合法證明，不能在街上行駛。」菜鳥警察走到車窗旁大喝：「把手伸出窗外，臉轉過來，你們身上有沒有證件？」

奎恩慢慢轉頭，眼光如刀直接砍在那警察腦袋上。

「……」

「……」

「……」

在場三人完全無聲。

一個人震驚，一個人不爽，一個人羞恥。

秦甄從頭到尾拒絕抬起頭。要殺就殺吧！要丟臉讓總衛官一個人丟臉，她想保持尊嚴待會兒去跳河。

「奎、奎、總、總……」菜鳥警察呑口口水。

「可以給我和我妻子一點隱私嗎？」他從齒間迸出話來。

「奎、奎、總、總……」還在奎跟總。

任何人一看他們的姿勢就知道這兩人在車子做什麼。

「奎恩總衛官！」終於順利叫出來了。「咳，那個，抱歉，兩位……兩位慢用、兩位慢用。」

警察跌跌撞撞地回到車上，光速驅車逃離。

靜默。

無聲。

「……繼續？」

「回家啦！你還想再遇到另一次臨檢？」好想死啊！拜託千萬不要讓那個警察看見她的臉。

唉，運氣眞不好。總衛官嘆息。

看來他們得另找時間練習一下車震這件事。

16

「我們找到這個女人了。」

湯瑪斯一通電話讓他和岡納立刻趕到解譯組。

兩個星期，也該死的是時候了！

中間卡了一個聖誕假期，然後是新年假期，如果強迫全公署的人不放假有用的話，奎恩絕對會這麼做。無奈他可以強迫手下不放假，卻無法強迫全世界不放假，最後他只好讓每個人好好過完假期。

「長官，這是我們之前從田中洛主機破解出來的資料，有些片段依然不完整。」巨型螢幕分割成九宮格，湯瑪斯將殘缺的資料分佈在九個方格內。「這些是一部分交易紀錄，不完整的帳戶和匯款，但你交給我們的帳號，我們查了一下它的背景之後，一切就合理了。」

湯瑪斯敲了幾下虛擬鍵盤，畫面裡有些黑色方塊慢慢溶解，變成完整的白底黑字。

「這個銀行帳號是關鍵。瞧，這幾筆看似隨機的數字，原來是這個帳號的一部分。」湯瑪斯的語氣興奮起來。

仍然有一些灰色區塊需要解譯，但光是出現的部分已經夠他們掌握田中洛過去一年的金融往來。

「不過我們遇到一個新的問題，你給我們的帳號不是眞正的銀行帳號，我們比對了世界各國的系統，都找不到符合這個帳號的銀行。」

「孟羅騙我？」奎恩的濃眉皺了起來。

「不，他給的是眞材實料。我開始懷疑這組數字可能是一組金鑰，而不是銀行帳號，直到卡麥可突破盲點。卡麥可！」

「這是『聖殿系統』的帳號。」卡麥可衛士立刻站起來，

「什麼？」岡納難以置信。

話說，文明大戰期間，全球經濟瓦解，當然也包含了銀行系統。教會一直是全球最富有的組織，這一戰讓他們元氣大傷，許多帳戶的錢不翼而飛，即使在戰後也追不回來。

爲此，教會決定不再仰賴世俗的金融體系，把龐大的資金抽了回來，成立教會自己的金融系統。由於人類歷史最初的銀行便起源於聖殿騎士團，因此教會的系統又被稱爲「聖殿系統」。

倘若帳號來自聖殿系統，那就棘手很多。跟教會打交道比跟那些離岸銀行困難，若想讓教會同意提供帳號所有人資料，除非他們能提出充分證據證明眞的有神職人員涉案，否則教會絕對不會同意。

「你是想告訴我，一直在金援田中洛的人是教會？」奎恩的眉心鎖得不能再深。

「不，聖殿系統雖然是封閉系統，只要知道方法，外人要使用沒有想像中困難。我們請求貝神父協助——」看見奎恩痛苦地捏了捏鼻梁，卡麥可清清喉嚨，略過一部分細節。「有一位教會金融部的神父願意幫忙，但他也說得很明白，他可以幫我們查看那個帳號的所有人是誰，若無任何可疑之處，他不會透露給我們。

「幾天後，約瑟夫神父主動回電說，那帳號似乎有些問題。」卡麥可手指一滑，九宮格的螢幕由一張老修女的照片替代。「帳號屬於她，今年七十二歲的海倫修女。海倫修女由於關節炎的問題，十一年前便退休返鄉，一直住在多倫多的一間養老院。

「聖殿系統嚴格規定，大額匯款必須透過專用的個人密碼臨櫃辦理。海倫修女的關節炎讓她這幾年不良於行，只能坐在輪椅上，根本不可能去這麼多不同的地方，更不可能操作這麼大的金額，約瑟夫希望我們查出這名滲透者是誰，於是我們開始挖掘海倫修女的背景。」

螢幕一轉，許多陳年的生活照、證件和各種申請表格，都屬於不同時期的海倫修女。

「她是個孤兒，十四歲便進了修道院，虔誠侍奉上帝，並到過許多國家進行慈善工作。」卡麥可的嗓音透出一絲尊敬。「退休之前，她在新洛杉磯的梅森國小擔任十年的英文老師。梅森國小是一所宗教多元的移民學校，西岸許多外國移民的小孩，剛來的前幾年幾乎都讀那間學校，有點像一間中途國小。」

奎恩心頭一動。

「我們發現，海倫修女和許多學生依然保持聯繫，但這些年來持續去探望她，甚至負擔她額外看護費用的，只有一個人。」

一名女學生的照片出現在螢幕上，一張是她國小畢業的照片，一張是駕照的最新近照。

「我們對照這個人的旅行紀錄，田中洛帳上的大額匯款時間，她都在那個城市。最近幾筆日本的交易，金額高達一百七十五萬元，她同時間也在日本。」卡麥可看向自己的組長。「前天湯瑪斯和我跑了一趟多倫多探訪海倫修女，我們並沒有明確說明來意，只是和她閒聊。海倫修女十分建談，說起這位學生讚不絕口，我們相信她對這位學生的信任，足以讓這人輕易騙到她的密碼。

「我們聯絡各地的聖殿分行，他們理所當然不願將錄影提供給我們，於是我們退而求其次，取得同一時間附近街道的影像，結果這人的身影都在裡面，電腦辨識率高達百分之九十七。」卡麥可總結。

湯瑪斯指了一下螢幕中央的女人。「長官，我相信她就是我們在找的人。」

奎恩靜靜盯著螢幕上的豔麗面容。

若絲琳．韓。

✷

逮捕若絲琳．韓的過程並不複雜，她不知道他們會來，然而看到衛士踏入店門，她只是平靜地要求他們讓她把店關好，然後毫不反抗地跟衛士一起回來。

奎恩和岡納隔著偵訊室的玻璃，觀察裡面的女人。

「她不會說的。」岡納突然說。

奎恩同意。

他們偵訊過太多嫌疑犯，有些人一進來就迫不及待說話，想說服別人自己是無辜的；有些人滿口胡言亂語，以爲不會被拆穿；有些人表現得很強悍的樣子，可是最終都會屈服在強大的壓力下。

像若絲琳這種毫無前科的年輕女性，理論上是最容易攻破的。

然而，她從被捕至今始終不慌不亂，對任何要求一律配合。叫她坐就坐，叫她站就站，叫她捺指紋拍照，她就捺指紋拍照。

她只是靜靜坐在他們要她等的地方，意態悠閒，豔容甚至掛著一抹微笑。她從未展露一點不安的姿體語言：咬指甲，變換坐姿，指尖敲桌子，踱步，喃喃自語。

於是他們明白，裡頭是一塊很難敲破的硬餅乾。

「檢查一下她的醫療紀錄，我們不希望在她吐實之前突然心臟衰竭。」奎恩指示。

岡納示意獄警將平板給他。

「嗯，她是二十年前的礦爆倖存者，領有政府補助的波樂錠，我會提醒醫療部持續她的用藥。」他滑動螢幕。「她的祖源檢測是百分之六十亞裔，百分之四十印歐混血——解釋了她異國風情的外貌——在亞裔的部分，其中百分之四十是日本，百分之二十是華人。你猜她和田中洛有關係嗎？」

「顯然有。」

「你認識她？」他們兩人又觀察一會兒，岡納忽然問。

「爲什麼這麼問？」奎恩看他一眼。

「一種直覺。」岡納聳肩。

「是，我認識她。開始吧！」

✷

「親愛的總衛官，你回來了。」

他明媚愛笑的妻子一如往常勾住他的脖子，給他一個蜜糖般的歡迎吻。

分開之後，她凝視他的藍眸，眼神有些夢幻。最近她經常用這種如夢似幻的眼神看他，奎恩第一次避開她的目光。

「好香，晚餐吃什麼？」

秦甄看著他推開自己走進廚房。怎麼了？他看起來怪怪的。

「東西合璧的捲餅，我等你回來才要烙餅皮。我做了兩種口味的牛肉餡，中式和墨西哥式。」

自從他送她那罐綜和香料，他們家就很常出現墨西哥菜色。

奎恩在中島的老位子坐下。雖然家裡有正式的餐桌，但他們都喜歡待在廚房裡，這已經成爲一種習慣。

他和她共同培養了許多他以前沒有的生活習慣。

秦甄一邊烙餅皮，一邊滑動電話螢幕，片刻後皺著眉把電話切斷。

「妳打給誰？」他拿起咖啡啜了一口。

「若絲琳。我想問她要不要吃豆漿饅頭，我周末打算做一批，如果她要，我做一籠給她。」

妳最好的朋友不會回妳的電話，因爲她正在紀律公署的懲治中心。接下來三天，她會被關在一間獨囚室，沒有燈光，每一餐只有麵包、肉乾和一杯水。

因爲我下令這麼做。

「妳常常找不到她嗎？」他不經意地問。

她把最後一張餅皮從平底鍋撈起，端到廚檯中央，一切就緒。

「也還好，看她那陣子忙不忙。不過就算她沒接到電話，通常也會回電。我半個小時前撥了一通，她到現在還沒回我。」

她包好一張墨西哥牛肉捲遞給他。他接過來，機械性地放進口中咀嚼，美味的食物不知如何一點味道也沒有。

「若絲琳最近在忙什麼？」他問。

「咦？好難得你突然關心起若絲琳的事。」她笑了。

「有位女士堅持我得喜歡她的朋友才行。」他強迫自己露出適度的笑容。

「上道！」她爲自己包一份中式牛肉捲，愉快地吃了起來。「若絲琳經常世界各地到處跑，參加花展、開拓市場、尋找新的供應商。每次她出門，店裡的生意就交給她的助理優蘭達，不過最近連優蘭達都常找不到她，我懷疑……嘿嘿，她不是出門工作，而是有男朋友了。」

妳們兩人任何事都和彼此分享，妳是否知道她的不法行徑？

妳是否參與其中？是否幫助過她？

秦甄，我親愛的妻子，請告訴我沒有。如果妳和她是共謀，我就必須逮捕妳。

我不想逮捕妳。

請告訴我妳沒有。

「若絲琳最近才有男朋友？我以爲像她這樣漂亮的女人，應該很受異性歡迎。」他以咖啡沖下口中的食物。

「是沒錯，不過若絲琳可不是誰來都好，她很挑的。其實我很久以前就懷疑她有男友了，她去日本參加花博就曾經……等一下，你眞的想聽吧？這個話題不會讓你覺得無聊？」秦甄倒了杯水給他。

「當然不會。」他喝了一口水。

「ＯＫ。」她放心了，女人很難聊到八卦而不起勁的。「去年若絲琳在花博認識一個男人，她想讓我和艾瑪以爲她每次都和不同男人在一起，不過我知道是同一個，也不想想姑娘我哪是那麼容易被騙的？」秦甄越想越得意。「有幾次我和她通話的時候，背景那個男人的聲音聽起來就是同一個。我問過她幾次，她要嘛就是開玩笑帶過去，要嘛就直接耍賴不回答。我太瞭解若絲琳了，對她越重要的人她口風越緊，所以我相信她一定藏了一個男朋友。」

「妳知道這個人是誰嗎？」他依然維持不冷不暖的語調。

「不。」她皺了皺鼻子。「後來花博結束了，我本來以爲若絲琳的短暫戀情也結束了，不過她回來之後還是滿常出差的，可能繼續和那男人見面，但我不曉得他是哪裡人就是了。」

「妳就這樣算了？沒想過問問她？」他略微施壓。

「若絲琳自己準備好了就會告訴我。」

「可是妳身爲她的好朋友，難道不會主動關心她的感情世界？如果她愛上恐怖情人呢？妳一點都不關心嗎？」他繼續施壓。

「我當然關心，只是若絲琳知道如何處理她的私事。好朋友不代表可以侵犯對方的隱私，等若絲琳自己想說的時候，她就會告訴我了。你幹嘛一副不滿意的表情？」他的語氣讓她不太舒服。

「沒事。」

他又一次迴避她的視線，秦甄開始擔心了。

「確定嗎？你今晚眞的怪怪的，是不是公署出了什麼事？」說話怪，感覺怪，問題也怪。

他們從認識至今還不到一年，爲什麼她已經能感應他的情緒？

因爲你也能感應她的情緒。

他的妻子在意他的每一絲壓力和不愉快。他們的情緒連結如此深切，即使些微的波動，彼此都感覺得出來。

是他賦與她這樣的力量，是他讓她進入他的世界，如今無法再輕易地將她趕出去。

他爲什麼會讓她如此深入他的心靈？

這是何時發生的事？

「我今天和一位海倫修女通過話。」他突然說。

秦甄的表情刷回空白。

他生出一絲罪惡感，海倫修女象徵著她童年最不堪的時期，而他正在利用這一點對付她，一如他利用所有罪犯的弱點對付他們。

「海倫修女？梅森國小的海倫修女？」她小心地開口。

奎恩點點頭。

「爲什麼你會和海倫修女聯絡？她有麻煩嗎？」她的小貓音量讓他的罪惡感面積擴張。

「我最近在查一個跟神職人員有關的案子，細節不能透露太多，海倫修女只是我訪談的人之一。」

她沈默下來。

「我發現她以前在梅森國小教過書，時間和妳就讀的時間差不多。」他把牛肉捲放下來，不想再偽裝成有食慾的樣子。

秦甄也放下手中的食物，有一會兒，兩人相對而坐，沒有人說話。

最後，她繞過廚檯，坐進他身旁的空椅。

她柔軟脆弱的模樣讓他差點被罪惡感沖垮，這種感覺如此陌生，他只想將她抱起來，衝進臥室，把全世界鎖在外面。

無奈外面的野獸嘶嚎得太大聲，沒有人能假裝野獸不存在，起碼他無法。

「里昂，我知道海倫修女讓你想起我小時候的事。」她溫柔撫摸他的下顎。「別爲我擔心，那些陰影雖然還在，可是和你在一起之後，我知道無論發生什麼事，你都會在我身邊，我就不害怕了。」

那隻嘶嚎的獸威脅要撕開他的心臟。

「……有一部分的我希望那個混蛋還活著，我就能一點一滴地凌遲他，直到他求我殺了他爲止，然後我會持續下去。」他老實承認。

她綿暖的眸光幾乎將他體內正在聚集的冰塊融化，她捧起他的臉，印上自己的芳唇。

他的回吻迅速而強烈，近乎粗魯，舌毫不容情鑽入她口中，吸吮她，啜飲她，索求著她的每一絲回應。

請妳，甄，不要成爲這整件事的一部分。

「記得我告訴你，有一段時間我連若絲琳都躲著嗎？」她鬆開他，深深望進他的眼底。「那時我沈浸在自己的恐懼裡，忽略了這件事對她的影響。她也才是個十二歲的小女孩，剛得知她的好朋友被欺負了，卻無能爲力，她的好友不肯再和她說話，她又不知道能找誰，當時只有海倫修女注意到她的不快樂。若絲琳並沒有把我的事跟修女說，但在那段期間，她和修女變得很親近。」

她輕撫他堅硬的臉龐。「若絲琳從小就不是一個容易親近人的女孩，然而一旦進入她心裡，她就會全心全意對這個人好。後來我們都畢業了，我只知道她和修女依然保持聯繫，聽說修女退休之後搬到多倫多的養老院，若絲琳有空會過去看看她。這就是若絲琳，一個外表冷豔，其實內心軟得跟棉花一樣的女孩。」

「妳和海倫修女也很親近嗎？」他繞著圓心一吋一吋逼近。

「不，我畢業之後就不再和國小的人聯絡。洛絲琳知道我不願意回想在那裡的事，平時也不太和我提起海倫修女，除非我主動問起。」

奎恩繃緊的心弦一鬆。

她沒有說謊。

她對洛絲琳的事一無所知，她不是洛絲琳的共犯。

然而他內心的最後一點疑慮依然想確定。

「我的資料指出，海倫修女額外的醫療費用是若絲琳負擔的。教會雖然有退休金，卻不足以支付全天候的看護，這筆費用十分昂貴，若絲琳哪來的這麼多錢？」

「若絲琳的花店非常成功，她家本身也滿有錢的，負擔這些費用對她應該不算難事。」

「若絲琳的家很富有？她父母不是普通的中產階級嗎？」他緊緊抓住這條線索。

「若絲琳現在的母親其實是她姑姑，她生父是韓伯母的哥哥，那邊的家族本身就滿富有的，若絲琳又是同輩裡唯一的女孩，所以在爺爺奶奶——或外公外婆——眼中她是長孫女，又是亡子唯一的後代，整個家族都很寵她，幾乎要什麼有什麼。」她扮個鬼臉。「不過韓伯父這邊就是普通人家了，所以他們夫妻平時過著很儉樸的生活，做人做事都很低調。」

「嗯。」奎恩吸收她丟出來的每一絲資訊。

「你現在心情好一點了嗎？」她帶笑地輕吻他。

「甄，妳的未來是我唯一關切的事，我只要妳平安幸福。」他忽然說。

她的淺笑消失，努力將這張完美的臉龐印進她的靈魂深處。

多麼漂亮的一張臉，上帝在創造這張臉時，心情一定很好吧？

「我想我眞的愛上你了，里昂。」她輕聲說。

奎恩的胸臆被她眸中赤裸裸的感情塡滿。

他終於明白他為何不喜歡若絲琳。

本質上他們兩人太相像，不輕易讓人進入心房，一旦進入，就無法輕易放開。

一部分的他一直不相信自己值得被愛。

他的父親愛他，但他和父親之間的關係更多是嚴父與嚴子，家族榮譽與軍隊紀律。

他母親也愛他，從小軍校寄宿的生活卻拉遠了母子的距離。她比他父親更難觸及他的世界，最後，她選擇離開奎恩家族的男人，追尋自己的幸福。

如果連理應愛他的親情都如此淡薄，別人更沒有義務愛他。於是，他努力排除一切跟情感有關的因子，甚至視之爲人性的弱點。

直到一個女人出現，毫不猶豫地展現他視爲人性弱點的情感，然後，愛他。

他們認識多久並不重要，重要的是，她有一顆乾淨澄透的心，明亮到他甚至無法直視。

陰暗如他和若絲琳，多麼難以抗拒？

她愛他們，不是因爲他們是高高在上的總衛官或富有的花店老闆。她愛他們，只因爲他們是他們。她無法做出轟轟烈烈的大事，於是只能從日常最細微之處，一點一滴透露她的愛。

於是他無法再放手。

於是他討厭若絲琳，因爲他不想跟任何人分享。

他花一輩子的時間學習當一個冷酷無情的男人，她只用了幾個月的時間讓他學會愛情。

「甄，妳有沒有任何話想告訴我？」他緊緊盯著她。「我發誓，無論妳說了什麼，我會不惜一切用我的生命保護妳。」

他是認眞的。

他會不惜一切保護她，哪怕必須踩上他不願意踩的底限，只要她在這一刻向他吐實，天塌下來他都會爲她扛起來。

她又露出那種如夢似幻的眼神，欲言又止。最後，她搖搖頭，清麗的笑容令人心醉。

「沒有，我知道的事都告訴你了。」

奎恩只能緊緊將她擁進懷中，在心底祈盼，她說的都是眞的。

懲治中心。偵訊室。

「我們從頭開始。」奎恩坐下來，將平板的資料輕輕一滑，呈現在桌面螢幕上。

「這是海倫修女的聖殿帳戶資助田中洛的證據。」

「這是妳前往多倫多探訪海倫修女的紀錄。」

「這是妳出現在聖殿銀行門口的影像紀錄。」

他沒有虛張聲勢地弄一大疊紙本文件，這招對若絲琳韓不管用。

「我知道妳一直在資助墨族叛軍，我們需要知道的只是為什麼，以及妳有沒有其它共犯。」奎恩緊緊盯著她。

「我可以要一杯熱水嗎？」對面的若絲琳轉頭看向岡納。

岡納對雙面玻璃點了下頭，不一會兒，獄警拿了一杯熱水進來。

才三天之隔，現在的她卻像三天前那個若絲琳的鬼魂，雙頰灰敗慘淡，嘴唇無一絲血色，整個人軟弱乏力，彷彿隨時會昏倒。

雖然他們讓她關了三天黑房，也不至於形容枯槁至此。

「妳還好嗎？」岡納忍不住問。

「放心，小感冒而已，我不會暴斃的。」她的笑容依然有著三天前的不馴，只是威力消減許多。

既然她自己都這麼說了，岡納不覺得有必要同情。「說出一切，我們或許可以用輕一點的罪名起訴妳，最多十年就能出來了，那時妳還年輕，人生還可以從頭開始。」

「岡納衛官，你最近和人做愛是什麼時候？」她帶著笑，卻必須用雙手捧起那杯熱水，杯身不斷地抖動。

「什麼？」

「你看起來很緊繃，通常缺乏性生活的男人身心壓力更難排解，你應該多注意自己的生理需求。」

「我的生理需求不干妳的事。」岡納微微露出一絲火氣。「妳以爲玩這些小手段能改變什麼？我不想一開始就用太強烈的手段，不表示沒辦法讓妳吐實。」

「瞧，說兩句話他就生氣了。」若絲嘟起唇對奎恩抱怨。「這就是我說的，性生活不協調的結果，你看起來比他健康多了。」

「妳以爲自己很堅強，相信我，妳會屈服的，最終每個人都會屈服。」奎恩漠然如冰。

「我不曉得，或許你們該祭出紀律公署最厲害的手段讓我嘗嘗。」喝了兩口熱水讓她的臉頰稍微回復血色，可是依然像抹遊魂。

奎恩靠回椅背，和她互視半晌。

「那個男人值得嗎？」

「這得看你指的是哪個男人。」若絲琳防得滴水不漏。

「田中洛。」他淡淡道。「妳爲他拋棄妳的人生，值得嗎？」

「你爲什麼認爲我是爲了他而做這一切？」她笑了。

「難道是爲了海倫修女？」

她的笑容稍微小了一點，最後聳聳肩。「嘿！我在那老女人身上投資這麼多精力，總得讓我物盡其用一下吧？」

她說謊。

只要若絲琳．韓在乎的人，就是他們攻破她的契機。

當然，他和她都明白，她最在乎的人是誰。目前爲止，他們的對話都有志一同地避開那個人。

「我得說，透過聖殿系統是相當聰明的做法。」奎恩說。

「教會確實很難纏，可惜這世界上很少有人能躲避得過紀律公署的追查，教會也不例外。」岡納接著說。

她故意左右看一下。「我剛檢查一下，現場好像沒有一個叫做『律師』的人，我堅持等我的律師來。」

「資助墨族叛軍屬於叛國罪，妳被免除一切司法權利。」奎恩不為所動。

「換言之，只要把一個人安上叛國的罪名，你們就可以為所欲為？」

「難道妳否認妳叛國？」岡納銳利地盯著她。

她輕咳幾聲，喝了口熱水潤潤喉。

「我們對於叛國的定義差很多，對我來說，拿錢讓一個人把老弱婦孺送到安全之處，很難叫做叛國。我很少有這種慈善心腸的，不信去問我每個朋友。」

「既然妳這麼善良，或許妳願意告訴我們，資助叛軍的幾百萬是從哪裡來的？」岡納挖苦道。

「拜託，你不會以為隨便問我個五分鐘，我就會把一切告訴你們吧？」若絲琳對他眨眨眼睛。

「幫助墨族叛軍視同共犯，是唯一死刑。」岡納扳起臉。

「告訴我，紀律公署以叛國罪為手段處決過多少眼中釘？」她甜甜一笑。

「這不是我們的做事方式。」奎恩冷冷地說。

「這不是你們兩個人的做事方式，卻是『你們』的做事方式，『你們』代表紀律公署，既然兩位替紀律公署工作，理所當然也是這個共犯結構的一部分，難道你們不認為自己的手中也染上無辜者的鮮血？」

「我懂了，又來一個。『墨族也有平民』、『清除墨族等於殺害平民』、『紀律公署是惡魔的同路人』，說眞的，這一套已經老掉牙了。」岡納露出無聊的表情。

「那我們應該都同意，除非你們打算用更激烈的手段，否則從我身上是問不出什麼的。」她微笑，隨即忍不住又咳了起來。

一開始只是淺咳，到後面越咳越激烈，幾乎喘不過氣來。

「嘿！妳沒事吧？」岡納擔心她咳到一半真的噶了，他們就沒戲唱。

搞什麼鬼？她看起來不像假裝的。

有些人處在極度壓力之下確實會引發生理症狀，但從她游刃有餘的姿態根本不像承受不了高壓。

岡納回頭和奎恩互望一眼，奎恩在平板寫下三個字。

典獄長？

莫非典獄長又下了什麼奇怪的藥給她？

岡納搖搖頭。這三天若絲琳確實只關在黑房，沒有人動她。

「抱歉……」她終於緩過氣來，憔悴地抹抹臉。「恐怕我就是那種不常感冒，一感冒起來就兵敗如山倒的人。除非你們打算來硬的，不然我今天恐怕沒有什麼心力陪兩位閒聊。」

她確實像得了重感冒，問題是，獄卒回報她前兩天都很正常，昨天傍晚才開始食慾降低，是什麼病毒會在短短幾小時內就變得如此嚴重？

「如果妳以為生病能規避偵訊，這招並不管用。我不在乎妳想在牢裡耗多久，在這裡妳不能繼續匯款給田中洛，光是這點我們就取得一大勝利。」奎恩冷冷指出。

「你……咳咳……真是……咳好笑……」她努力深吸呼，甚至連一句打趣的話都說不完。

奎恩心頭突然湧起怪異的感受。他曾經看過類似的情況，在極短的時間內從正常變成極度虛弱。難道她身上藏了藥沒被搜到？這說不通，通常間諜藏毒是為了在緊急關頭自盡。若她想死，為什麼拖三天才慢慢發作？

他在平板打了兩個字。

驗血。

岡納點點頭。DNA快篩儀不只能做祖源檢測，也能驗出血液中的違禁藥物或酒精濃度。

岡納把快篩儀拿出來，若絲琳臉色微變，用力把手抽回來。

「不要碰我！」

岡納毫不憐香惜玉地扯過她的手，快速點一下，快篩儀十五秒便送出結果。

她的藥檢一切正常，只有今天早上服用的波樂錠反應。他抬頭對奎恩微微搖了一下頭，將快篩儀收回口袋裡。

只是出於習慣而已，他將快篩儀再切換回DNA祖源模式。

「WTF？」

祖源模式突然嗶出一聲長音。

血源族系：六〇%亞裔，四〇%墨族。

祖源顯示：非法。

「什麼？」奎恩快速搶過快篩儀一看。

若絲琳臉色蒼白，反而鎮定下來，只是十分平靜地坐在椅子裡。

不可能！她被收押前才做過檢測，當時明明白白是百分之六十亞裔、百分之四十的印歐混血。

「再驗一次！」奎恩命令。

岡納抓起她的另一隻手，又測了一次。結果一模一樣，百分之四十的墨族血統。

「WTF？」岡納忍不住又衝口而出。

兩個男人立刻有志一同走出偵訊室。

「機器壞了嗎？換一台再驗一次。」奎恩指示。

「我的裝備不可能故障！」岡納驗一次自己的，再驗一次他的，都呈現正常結果。

「三天前驗的那次是怎麼回事？」

不只三天前，若絲琳七歲來到美加之後的每一次，官方紀錄通通顯示百分之四十的印歐混血。

「鬼知道。」

「這三天她有什麼跟以前不一樣的地方?」奎恩的腦筋快速轉動。

「沒有，她的波樂錠一直正常服用，只是從第二天起換吃醫療部開的……」岡納倏然停住。

慢著!

這可能嗎?

波樂錠?

可是祖源撿測是檢驗基因，沒有任何藥物可以改變基因……或者，不需要改變基因，只需要騙過DNA快篩儀?

DNA快篩儀終究是儀器，準確度極高，卻不是百分之百。尤其它是隨身攜帶的精簡版，功能與實驗室的全面檢驗難免有差別。通常在街頭檢查出不合法的人，送進懲治中心會再以實驗室做更完整的檢驗。雖然機率極低，過去五十年來確實出現過四次實驗室與DNA快篩儀的結果有誤差。

如果快篩儀有某種缺陷……難道眞的有任何藥物有辦法騙過它?

「波樂錠!」岡納的話疾射而出。

奎恩比他更快想到這些。

他還知道岡納不知道的事:他的妻子和若絲琳服用的是同一個醫生的處方藥。

奎恩全身血液從腳底一吋吋冷上來。

溫格爾，血液專家。

他早已研發出某種能騙過快篩儀的成分，可以讓墨族血源在DNA顯示為印歐血統，再將那種成分加入從他診所開出的藥物，讓具有墨族血統的人服用。

墨族是南方草原的原住民，和墨西哥人的血源確實相近，如果要以某種方式騙過快篩儀，讓它將墨族血源誤判爲印歐血源是最方便的。

溫格爾一直在幫助墨族平民隱藏在他們的社會中。

無論溫格爾發明的成分是什麼，突然中斷會產生強烈副作用，類似重感冒，甄也曾出現同樣的症狀。

我都到醫生的診所拿藥。他妻子說。

藥不能說停就停。溫格爾說。

「妳有五分之一的印歐血統？」

「我也是第一次做DNA快篩時發現的，顯然香港是全世界人種混雜的大本營。」

一個巨大的黑洞在奎恩的腳底成形，威脅著將他吸入。

甄，她欺騙了他！

他給過她機會，唯一的一次機會，她終究選擇欺瞞。

現在，他們兩人都必須爲她的謊言付出代價。

他必須將秦甄逮捕到案。

「我現在立刻到若絲琳·韓的家取回波樂錠化驗，實驗室不需要太久的時間就能驗出來。如果那些波樂錠眞的有問題，我會追查源頭，把所有服用的人都找到。」岡納快速往外走。

奎恩的外表看不出任何改變。

他負著手，冷靜地站在雙面玻璃望著另一邊的女人，在所有人眼中，他依然是那個冷靜理智、無比自信的總衛官。

只有他自己知道，他的體內正在一吋吋冰封。

讓他今生唯一次窺見愛情的女人，他必須親手逮捕她。

「獄警？」他忽然喚。

「是，總衛官。」

「接下來的偵訊改成『紅色五級』。」

紅色五級是最高機密的偵訊，只有典獄長能在場監看。

「好的，我立刻預約典獄長方便的時間。」

「不用了，出去。」他冷冷地道。

「呃，總衛官，這不符規定。」獄警和技術人員對望一眼。

「立刻叫典獄長過來。」他頭也不回。

「我現在打給典獄長的辦公室……」

「親自去！」

獄警和技術人員再對看一眼，只好聳聳肩，一起離開偵察區。

整間偵訊室終於只剩下他們兩人，奎恩大步走進去，若絲琳蒼白的唇掛著一絲嘲諷的笑容。

「老鼠鑽出布袋了。」她還有心情開玩笑。

奎恩拉開椅子，砰地坐下去，一雙藍眸死死盯住她。

如果殺她滅口有用，他會毫不猶豫動手，然而老鼠已經跑出布袋，祕密公諸於世了。

「妳知道自己做了什麼嗎？」他連移動嘴唇都用盡全身之力。

「就我所知，我好像不是自願進來的。」她嘲諷地笑。「放心，溫格爾醫生早就做好準備，天下沒有不透風的牆，即使不是我被抓，也可能是任何一個他的『病人』，我們活在這個世界上都有必須承擔的風險。不過若我註定墜入地獄，起碼是拖著你一起。」

「為什麼？」他的語音冰凍如霜。

「因為你們這群偽君子老是以為自己高高在上，替天行道。說穿了，你們不過是一群美化版的劊子手。」如今，假面具撕開，她再也不屑在他眼前偽裝自己。「你們殺了布蘭登！」

布蘭登？

「布蘭登・羅伯特。你們殺了這個世界上對我最重要的人，而你卻連他是誰都想不起來。」

布蘭登・羅伯特。

強森的手下，反恐清除部新進兩個月的衛士，因洩露他的攻堅任務而被發現通敵，已執行清除。

「他是強森的手下。」他平板地說。

「是的，我們戀愛了。」她豔麗的臉龐因憎恨而扭曲。「我一直將我的身分保密得很好，因爲這個傻瓜堅持進紀律公署。等他終於成功，我告訴他我的眞實身分。他沈默了幾天，回到我的身邊，因爲他愛我。他的最終目標是調到國內犯罪部，遠離墨族叛軍的是非，但他是新進衛士，被分派到反恐清除部支援，必須待滿六個月才能請調。

「強森對這個一進門就表明想調走的新人一直不信任。你們攻堅那天，田中洛的基地有許多墨族平民，布蘭登知道會有許多無辜的人死亡，於是冒險將訊息傳給田中洛，沒想到因此而敲下他自己的喪鐘。」她笑了一笑，悲傷卻遠大於喜意。

「妳在他死前就開始資助田中洛了。」奎恩不買她的帳。

「我不需要向你解釋自己的行爲，此外，這並沒有讓你們殺了布蘭登的事就更合理。布蘭登愛這個國家，一心一意只想爲國奉獻，他只是不認同殘殺平民而已，跟你一樣。」她諷刺道。

「他是強森的手下，和我無關。」

「我明白。」若絲琳陰涼地盯視他。「我想過要暗殺強森，最後我發現，重點不是強森，而是『紀律公署』。這個該死的組織挾持一個光明正大的藉口燒殺擄掠，所有人卻爲它拍手叫好。紀律公署才是最大的惡魔，可惜我一個人無法對抗整個公署，於是我開始想，若我要報復紀律公署，最好的手段是什麼？

「然後，你出現了。奎恩家族，多偉大啊！紀律公署最佳代言人，全國人民的英雄表率。你代表了所有我痛恨的一切，讓那些骯髒的名目都有了正當的理由。比起你，強森充其量只是奧瑪的走狗，根本不算什麼。

「我告訴自己，如果我在所有人民面前毀掉一個奎恩總衛官，那不等於毀掉紀律公署的至高無上？毀了你比殺了強森更有意義，所以我開始計畫。」

「妳做了什麼？」他眼中射出的冰刃幾乎將她撕成碎片。

「親愛的總衛官，你不會以爲你遇見我的好朋友是巧合吧？」她燦然微笑。

「秦甄是妳的共謀？」他的腳一吋吋發冷。

「噢不，那傢伙太沒心眼了，即使我眞的說服她幫我，她這人完全不會說謊，在你面前不到兩分鐘就穿幫了。」她笑得更歡。「你瞧，總衛官，我有更好的策略。我們兩個人在感情方面完全一樣，無法輕易愛上別人，像秦甄和布蘭登這種光彩奪目的人，之於我們是致命的吸引力。

「田中洛告訴我，你的線民是夏塔拉，當我發現他竟然是秦甄的學生家長，一切簡直像上帝安排好的。我到學校找秦甄，藉故和送兒子上學的夏塔拉攀談。我只小小提一下，聽說他兒子被欺負，如果他兒子有一個很威風的朋友，例如電影明星啊、警察局長啊、奎恩總衛官啊，那些壞小孩看了一定不敢再欺負他，然後一切就依照我設定的方向發展了，夏塔拉要求你送他的兒子上學，你因而認識秦甄。」

她甜甜一笑。「我還以爲得多製造幾次機會讓你和甄相處，沒想到你見過一次之後就自己上門了。當我知道你正好面臨需要婚配登記的年齡，再度深信這一定是上帝的旨意。

「必須承認，甄第一次拒絕你的求婚，我有點懊惱。接下來你消失了三個月，我還以爲一切告吹了，沒想到，命運依然把你帶了回來。」

「妳利用了妳最好的朋友。」

「不然朋友是用來做什麼的？」她微笑。「既然你知道我的意圖，大概回去會告訴她吧？反正我也不想再瞞下去。如果我是她，一定會躲得遠遠的，永遠不再出現。我也不指望她會不顧一切來救我，並不是說她這種天眞的笨蛋有能力做這種傻事就是了。」

「妳以爲我會不顧一切帶著她逃走？」他冷笑一聲。「若絲琳．韓，妳太高估自己的計畫，也太高估女人對我的影響力。我是里昂．奎恩，我的家族爲這個國家作戰，前仆後繼倒在戰場上，妳竟然以爲一個女人可以讓我拋開對這個國家的忠誠？」

「那要看你對忠誠的定義是什麼。如果你對忠誠的定義是毫無意義地殺掉一個種族，我會稱之爲愚忠，而你看起來不像個愚蠢的男人。」

「現在妳要訴諸我的良心？」在這一刻，若絲琳．韓輕易成爲全世界最令他痛恨的人類。「妳們欺騙了我！我給秦甄唯一的一次機會吐實，她放棄了那個機會。讓我告訴妳接下來會發生什麼事：我會親自將她逮捕歸案，看著妳們兩人在監獄腐爛，最後一起踏上清除之路。」

他推開椅子，大步往外走。

若絲琳突然放聲大笑，笑到差點喘不過氣來，他的藍眸燒著冰冷的怒焰回頭。

「你以爲我期待你眞的帶她逃走？不，親愛的總衛官，這才是我期待的結果！」他妻子對他親密的稱呼從她口中叫出來再諷刺不過。「我知道當情況威脅到紀律公署和你最重視的家族名聲，你會毫不猶豫地放棄她，你我都不是情種。」

她快意地微笑。「逮捕你的妻子吧！奎恩總衛官，把她送進清除設施。別難過，你並不是不愛她，你只是更愛自己。下半生你必須面對這個事實：你親手殺了心愛的女人，你的一切輝煌將建立在她的骨灰上，然後你就和我完全一樣，我們都有心愛的人爲紀律公署而死。」

她愉快地端過那杯水舉高。「無論你選擇哪一條路，我都贏了，讓我們一起在地獄裡受苦，敬你。」

他甩頭大步而去。

✷

簡訊通知震動了他的手機，奎恩打開一看。

已取得若絲琳・韓家中的波樂錠送交化驗，正帶隊搜索溫格爾的診所。岡納。

他迅速走向停車場。剛到車子旁，手機又響了起來，這次是視訊鈴聲。

他盯著螢幕上的來電顯示。

秦甄。

一聲。兩聲。三聲。

她欺騙了你。體內一個聲音不斷說服他。

你給過她機會，如今已經過了挽救的時機。倘若是在兩天之前，你還可以用各種方法讓「秦甄」消失，將她送到其它安全的國家，現在溫格爾已經曝光，沒有人會相信在這兩個小時之內，一個總衛官的妻子無緣無故失蹤。

你救不了她，但你救得了你自己。

不只你自己，還有紀律公署。如果你走錯這一步，所有你偵緝過的案子都會被重新檢驗，那是無數人花費無數心力的成果，一些罪大惡極的人甚至可能因此而被釋放。

你承擔不起這個後果。

還有奎恩家族之名。你的祖先犧牲生命打下來的江山，你的一個決定能左右整個家族的未來。

他閉了閉眼。

六聲。七聲。

他在手機切進語音前按下接聽鍵。

「嗨，我沒打擾你吧？」螢幕裡的她又是那迷離夢幻的眼神。「聽著，幾天前你問我是不是有事沒告訴你……好吧，我承認有一件事確實沒對你說，不過現在可以說了，我想當面告訴你，你午休時間有空嗎？只佔用你五分鐘就好，我去公署找你，我們在門口說完我就離開。」

你救不了她。她的身分被發現只在轉眼之間，你必須挽救你能挽救的。

讓她到一個安靜的地方等你，不需要驚動任何人，或許把她帶回來之前，你們還有機會最後一次好好說話。

「甄，聽著，照我的話去做，還記得我們第一次野餐，妳答應我求婚的地點？」他突兀地說。

「啊？當然記得。」

「我要妳掛斷電話之後立刻把手機丟掉，別跟任何人交談，別讓任何人看見妳，立刻到那個地方等我。」

「你嚇到我了，發生了什麼事？」她清麗的笑容消失。

「波樂錠的事已經曝光，聽話，快去！」

他發動引擎，箭矢般衝出停車場。

✷

爲什麼這些人總是這樣？岡納很納悶。

若絲琳如此，溫格爾也是如此。他們一看見紀律公署的人上門，立刻一臉了然，然後不再反抗。他必須承認，這種態度稍微降低了滿足感。

「所有人一律不准離開。」他留下衛士在候診室搜索，帶著兩名手下踏入醫生的診療室。

「哈囉，衛官。」溫格爾醫生從他的辦公桌後抬起頭。

「你知道我們爲何來此。」

「我還是希望你親口說出來。」溫格爾平靜地注視他。

「我們發現一批僞造的波樂錠，你在波樂錠裡添加不明成分，使墨族血源在快篩儀上呈現陰性反應。雖然我不明白你是如何做到的，距我們的實驗室化驗出來只是時間的問題。」

「請問是我的哪一位病患讓你們發現的？」溫格爾的意態依然平靜。

「若絲琳・韓。」

「若絲琳還好吧？」他的平靜稍微出現裂痕。

「她已經被關押在紀律公署懲治中心。」

醫生的藍眸垂低，隨即又恢復淡然。

「醫生，我敬重你救過許多人，請你主動將所有墨族人的名單交出來。」岡納冷冷開口。

「你說我救過許多人，這話其實很對，醫生的工作正是防止不該死的人死亡，這不就是行醫的意義？」醫生微微一笑。

「墨族是我們國家的敵人。」

「武裝叛軍是我們國家的敵人，自殺炸彈客是我們國家的敵人，恐怖份子是我們國家的敵人，但平民不是。」醫生溫和地看著他。「恐怕我無法將『種族滅絕』視爲一種正當手段。」

「醫生，我需要名單。」岡納的態度轉爲強硬。

「名單不在這裡，所有特殊病歷都存在海外伺服器，由一組只有我知道的十六位元碼加密，請恕我無法把密碼告訴你。」

「那麼我們必須逮捕你。」他無情地說。

「我瞭解。」醫生依然溫和如舊。「我可否提出一個要求？再過五分鐘，法國冶金醫院有一名六歲小女孩的病歷會傳過來，她得了一種特殊的血液疾病，需要血液專家的建議。我只需要幾分鐘的時間看過病歷，將我的想法回傳給他們。這病人跟墨族毫無關聯，如果你不放心，我可以將她的資料交給你們查證，你的一念之仁能救得一個海洋另一端的小女孩。」

岡納尋思片刻，對兩名手下微一點頭。

「給他十分鐘，然後將他帶回懲治中心。」他轉身離開診間。

候診室的求診者被一個個隔離詢問，醫護人員個個神情慌亂，坐在電腦後的護理師被迫讓出位子，讓資訊組的衛士檢查硬碟紀錄。

「溫格爾說名單存在海外伺服器，我要你們找出是哪間公司，診所的主機一定存有一部分的病歷或備份，將它們全找出來。」

「是。」

資訊組衛士將自己帶來的某個裝置連結到主機，飛快地操作起來。

「長官！」一名衛士突然從醫生的診間衝出來。

他的神色讓岡納馬上衝進去。

該死！

任何人只需一眼便明白發生了什麼事。

溫格爾醫生坐在他的醫師椅，頭往後靠，神色安祥地閉上眼睛。

螢幕呈現他剛送出的醫療建議。

岡納走過去一探脈博，停了。抓起醫生的手，一管隱藏在掌心的針筒掉在地上。

溫格爾醫生選擇結束自己的生命，以保全更多的人。

「媽的！」

✷

車子幾乎化為他身體的一部分，轉彎，切換車道，閃避前車，流暢得完全不須思索。

溫格爾醫生自盡了，完整名單在海外伺服器。岡納回報。

看到醫生的死訊，奎恩心頭微微一緊。

溫格爾是個好醫者，在血液方面的研究足以引起全球醫界的震動，他卻為了一股單純的信念，寧可讓研究成果永遠無法發表，也要保護某些人。

如果換成不同立場，紀律公署會很遺憾失去這樣的一位專家。

找到最近一個月的患者名單。簡訊繼續傳來。

時間不夠了。若他想親自處理秦甄的事，最多只有半個小時，而目的地在十五分鐘之外。

車速與他血流的速度一起衝向頂點

若絲琳・韓的名字也在上面。新的簡訊。

如果若絲琳的名字在上面，甄的名字也會在。

他閃過一輛擋路的大卡車，以吋許之差切入隔壁車道，不理背後憤怒的喇叭聲。

接下來卻沒有持續回報的簡訊。他的視線不斷在前方路況和儀表板螢幕之間移動。

沒有其它眼熟的名字。你在哪裡？

「該死！」

岡納知道了，秦甄的名字在上面。

他將油門踩到底，將這十五分鐘的路程化為最短的距離。

✷

車子駛進湖濱國小那條路，奎恩就知道自己來遲了。

十幾輛警車包圍校園後方的校長宅邸，一圈警力圍在校門和側門口，不讓任何人進出，好奇的師生只能從教室窗戶拚命張望。

七輛紀律公署的公務車停在警車後面，形成第二道防線。

奎恩的車剛停妥，岡納的車從對面切進來，一個急煞，堪堪卡進他前方的停車格，兩人抵達的時間不分軒輊。

在全國人民心中比紀律公署的署長更具象徵意義的男人踏出車外，里昂·奎恩總衛官的步伐穩定而自信，丰采颯爽，清俊臉孔如一張空白面具，波瀾不興。

「總衛官。」岡納掛著過度禮貌的微笑。

「衛官。」奎恩總衛官雙手負在身後。

「我猜你知道我們爲何會出現在這裡？」岡納偏頭看著無人居住的老宅。

「當然。」

「你的妻子在裡面，現在是上課時間，她爲什麼突然跑出校園？尤其手機紀錄顯示她最後一個通話的對象是你。」

「岡納衛官，嫌犯的名字叫秦甄，你以爲我爲何將她叫來此處？我們最不需要的就是一堆哭哭啼啼的學童防礙執法。」他冷漠無情地走進鐵門內。

岡納盯著他背影半晌，慢慢跟上去。

在園林中央，一名清麗的女人站在那裡，神色無措，四個警察和兩名衛士將她圍在中間。

看見奎恩，她精神一振，但他身後的岡納讓她的雙眸暗了下去。

此刻注視著她的藍眸不再是她的丈夫，而是一名陌生人。他們之間所有情分，都在真相曝光的那一刻斷絕了。

忽然間，秦甄的心反而安定下來。人生最苦的是必須保守祕密，當有一天祕密不再是祕密，所有重擔反而消失。

岡納承認，在心裡某個扭曲的角落，他是快意的。

奎恩早該明白，他們通通一樣，生來是為了戰鬥，不是為了當一個快樂的已婚男人，他憑什麼以為他能得到一切？

是的，奎恩總衛官是許多人心目中的英雄，岡納甚至不諱言在自己心中亦是如此。於是他選擇加入紀律公署，他想變成另一個里昂．奎恩。

可是成為奎恩的搭檔之後，他終於明白自己最想要的是什麼。

他並不想當里昂．奎恩。

他想成為另一個傳奇，一個屬於他「卡爾．岡納」的傳奇。

他一直以為他眼前的男人是無堅不催的，直到奎恩為了一個女人暈頭轉向，這才是岡納一直以來無法接受的原因。

奎恩理應全神貫注地讓自己打敗他才對，這樣的贏才有意義！他怎麼能剝奪自己打敗他的樂趣？

今天，他確實擊敗奎恩了，即使只打擊到小小的一小部分。

「只是讓你知道，我從來沒有喜歡過她。」岡納閒閒地說。「需要我給你們一分鐘的時間嗎？」

了。

「做什麼？」奎恩冰冷反問。

秦甄的臉龐雖然蒼白，卻一派恬靜。

她是如此，若絲琳是如此，溫格爾亦是如此，這些人到底哪裡有毛病？岡納開始痛恨這種表情

岡納靜候了半晌，忽然開口：

「你希望我怎麼做？我答應你，只要你做出決定，無論是什麼我都支持你。」

奎恩總衛官的眼神如同看著過去任何一個遭逢的墨族人，不再有溫度。

「逮捕她。」

17

奧瑪署長揉著鼻梁。這種事竟會發生在全世界最不可能發生的男人身上？

「再告訴我一次，你們是如何發現奎恩總衛官妻子的事？」

岡納將若絲琳的事重複一遍。

奧瑪其實並不需要重聽一次，他只是需要一點時間決定該怎麼做。

奎恩坐在搭檔旁邊，從頭到尾一言不發。

「總衛官，接下來你做了什麼？」

「溫格爾醫生的名字讓我警覺到，我的法定配偶極有可能是墨族黑戶之一，於是我要求她到國小隔壁的閒置宿舍，以期在驚動最少人的情況下將她緝拿歸案。」奎恩一絲不苟地報告。

「你事前完全不知道這件事？」

奎恩的目光終於移到署長臉上。

「如果我事前知道，我會在第一時間親自將她逮捕。署長，我對這個國家的忠誠不容質疑！」

「總衛官，我並不是在質疑你的忠誠。」奧瑪嘆了口氣。

「如果長官允許，我自願成為秦甄的清除執行官，以示我捍衛反恐清除法的決心。」

通常墨族人送到清除設施，清除部輪值的衛士會負責擔任執行官和監察官。執行官顧名思義便是親自按下「銷毀鍵」的人，清除設施會瞬間噴出超過三千度的高溫，人體在幾秒之內化為灰燼，再以高壓壓制成一個小方塊掩埋。監察官是監督整個清除過程的人，避免有任何意外或弊端。

「無此必要，清除的事交由強森的部門安排即可。」署長看向岡納。「衛官，僞波樂錠的成分化驗出來了嗎？」

「是的，」岡納將手機的資料輕輕一滑，秀到署長的桌面。「這是一種全新的化合物，實驗室爲它取了一個名字叫『面具』。祖源檢驗的原理是將受試者的DNA做極度精細的分析，再將結果與人類各種祖源血系比對，從而決定受試者的祖源。

「各人種族系都有其獨特的血源特徵，墨族亦不例外。『面具』一旦融入血液裡，能掩蓋墨族獨有的特徵，讓快篩儀無法偵測，於是顯示出來的結果就會是近似的血源，亦即印歐血統，除非以實驗室更精密的設備才能驗出眞正祖源。」

「溫格爾研發的化合物能鎖定DNA的特定片段，讓快篩儀失準？」奧瑪大爲驚異。

「是的。」

「這人是個天才，想想他若還活著，這項技術可以用在多少血液疾病的治療。」奧瑪搖搖頭。

「可惜他死了。」

即使他還沒死，你也不會放過他。岡納心想。

奧瑪署長從來不是以寬厚見長。

「總衛官，我明白被自己的枕邊人欺瞞是一件很困難的事。」奧瑪寬容地開口。

「並不算是，長官。」奎恩中斷他的話。

「哦？」

「秦甄只是我完成公署規定的對象，如今發現她有問題，只須依法執行清除，對我並沒有太大影響。」岡納微微瞄他一眼。

「所以，你的妻子是墨族黑戶之事，你並不在乎？」奧瑪的神情頗爲玩味。

「是的，長官。」

奧瑪打量他半晌。「好吧！這整件事是個公關惡夢，幸好知道你法定配偶是誰的人不多。岡納衛官，我要所有知情的人不得再談論此事。至於你，總衛官，我們會把你的婚姻資料註銷，請婚配註冊部再爲你選擇一個合格的人選。」

「不，長官！」奎恩的嗓音銳利起來。

「爲什麼？」

「恕我直言，長官，我從來就沒有結婚的意願，迫於規定才不得不然。如今我已完成義務，沒有理由必須再做一次，請容許我以『鰥夫』的身分完成整個流程。」

奧瑪又打量他好一會兒。「你確定嗎？你還年輕，總會需要伴侶，你父親會希望奎恩之名有人傳承下去。」

「確定，長官。奎恩家族的旁支已有子嗣，不必非由我不可。」他的目光毫不妥協。

「好吧，你先出去，讓我和岡納衛官談一談。」奧瑪嘆了口氣。

奎恩筆直地挺起身，行一個標準軍禮，昂首邁步而出。

辦公室內好一會兒沒人開口，岡納效法他搭擋剛才的表現：雙目直視，面無表情。

「我要聽聽你的說法。」奧瑪突然開口。

「長官？」

「你相信奎恩總衛官完全不知情嗎？」奧瑪深深看他一眼。「你和他相處的時間最長，對他的瞭解最深。反恐作戰部除了奎恩總衛官，第二順位就是你，如果他出了什麼問題，最有可能接替他位子的也是你，你認爲奎恩總衛官的說詞值得信任嗎？」

幹！岡納在心裡狠罵一句。

他們兩人都明白奧瑪是什麼意思。奎恩出了問題算在他頭上，不過只要他把奎恩拉下來，空出來的位子就算他的。

倘若此刻坐在這裡的人是強森，只怕已迫不及待丟出一句「不能信任」，不過岡納比強森聰明太多了。

奧瑪的心思不難猜測，他想全面掌握紀律公署，國內犯罪部還好處理，頂多是個高階警察機構，軍事作戰部卻不是這麼回事。

在這裡的軍隊氛圍更濃厚，每個部門都像一支獨立部隊，革命情感難以撼動。許多衛士追隨的是奎恩總衛官，而不是他奧瑪署長。在衛士們心中，署長只是個坐辦公桌的，奎恩才是跟他們出生入死的人。奧瑪坐上這個位子三年，依然無法動搖這份忠誠感。

這次的事件成爲他最好的機會。強森已經掌握反恐清除部，他只需要再扶植一個人掌握反恐作戰部，一切就功德圓滿。

岡納只需要說一句話，他的搭檔接下來將面臨一連串調查、調職，甚至不名譽除役。不過他不會傻到去咬這個餌。

奎恩無論在軍中或在公署的威望正隆，如果莫名其妙被停職，繼位的人就是個活靶，他該死了才會讓自己成爲奧瑪的棋子。

「長官，溫格爾醫生的研究太罕見，無人能事先料到有這種藥物存在。我相信奎恩總衛官的話，他事前並不知情。」岡納回答。

奧瑪的眼中閃過一抹失望之色。

「好，我相信你的判斷，你可以離開了。」

✷

儘管在奧瑪面前力挺自己的搭檔，若說岡納沒有任何疑慮，那是騙人的。

奎恩絕對有問題。

他暫時說不準問題在哪裡，但許多小事匯結成一個噬人的蟻群，在他心底深處嚙咬。

奎恩沒有在第一時間坦誠他和若絲琳的共通點是秦甄，這是其一。

他把秦甄叫到舊校舍卻不告訴任何人，這是其二。

他對秦甄放手放得太快，這是其三。

岡納很清楚奎恩和他妻子的情感，婚後的他看起來是如此的……幸福。這段期間的奎恩多了絲人性，可是秦甄一被逮捕，他一眨眼變回以前那個冰冷無情的總衛官。前後反差相距太大，他眞的就這麼輕易對秦甄放手？

岡納不相信。

幾天後，他們必須做例行偵訊。岡納善良地提議要免除他再見到妻子——更正，前妻——的尷尬。「聽著，這只是例行公事。我們已經將秦甄過去二十五年的生命翻了個遍，她的紀錄乾淨無瑕，跟叛軍無明顯關聯。如果你不想來，我可以一個人處理，問完之後塡好表格就能離開。」

「爲什麼？」奎恩漠然看他一眼，直接走入觀察室。

一個出乎意料的人走出來。

「強森。」岡納踩到蟑螂的語氣都不會如此嫌惡。

「嗨。」強森一反常態的笑容滿面。「總衛官，我聽說你老婆被抓進懲治中心，一定得過來看看，畢竟能把奎恩總衛官耍得團團轉的女人，太值得一見了。」

奎恩周圍的空氣瞬間降到零度。

「強森，我希望你的腦子還記得帶出來，署長已嚴令禁止談論此事。」岡納說。

奎恩冷冷看自己的同伴一眼。這種話通常不會達成解圍的效果。

「噢，可憐的總衛官受傷了，只好找署長幫他出頭。」強森抹抹鱷魚的眼淚。「聽著，看在老同事一場，我隨時能幫你。只要說一聲，我可以把你老婆的清除時程往後挪。」

奎恩一步兩步三步踏近強森的生物領域，近到足以令人感覺不適。

「讓我清楚地再說一次，我一直容忍你的幼稚，只是因爲不想跟屁孩計較，不表示我的耐心無極限。你再試著挑戰我，一次就好，我們來看看結果會是如何。」他溫和無比地開口。

長他三歲的「屁孩」牙根一咬。

「你給我等著，我會把你老婆排進人最多的那一批，然後把她放在最後一個。我會讓她站在我旁邊，親眼看著她的同伴一一化爲灰燼，直到她受不了崩潰痛哭爲止。然後我會把她丟進清除設施，溫度降到兩百度，我會在旁邊帶著笑，看她在爐子裡打滾哀號，全身體液慢慢被烘乾，直到變成一具脫水的乾屍。」

「媽的，強森，你眞的有病！」連岡納都覺得毛骨悚然。

奎恩無動於衷。「很好，我向署長自薦願意擔任執行官，偏偏署長擔心你跟你老二一樣小的自尊會被我的存在感所威脅。我倒覺得署長眞的擔心太多了，你向來不介意和別人分享唯一能讓你勃起的娛樂。」

強森一拳轟過去！

奎恩迅如閃電地格住他，另一拳往他體側重重摜下去。第二拳，第三拳，都落在同一個部位。

「噢，好痛。」岡納在旁邊講評。

空氣從強森的肺腔擠出去，他只能發出低低的吸氣聲，歪向被重擊三拳的地方。

「再一下你的脾臟就會破裂，放心，監獄的醫官技術不錯，你不會死於內出血。」奎恩在他耳旁輕語。

強森只能拚命喘氣。

「奎恩。」岡納提醒他。

「再想想，我還是讓你保留胰臟好了。」奎恩將優雅與野蠻融合在同一個冷笑裡。「你把養傷的時間省下來，回去好好練個五年，或許勉強能在武技校驗中摸到我的頭髮。」

強森臉孔漲紅，奎恩將他推開，高傲頎長的身影消失在門內。

「你自找的。」岡納涼涼丟下一句。

觀察室已有兩名獄警和一名技術人員，一見到他進來，立刻閉嘴行禮。

前任總衛官夫人坐在偵訊室裡，嬌小玲瓏的身軀裹在過大的囚服中，更顯得弱不禁風。

今天是她被捕的第五天，僞波樂錠的副作用減輕了一些，她的容顏蒼白憔悴，神色卻顯得十分坦然。

「我來主導，只須問幾個基本問題就好。」岡納站到他身旁。

「同意。」

兩個男人一前一後進入偵訊室。

秦甄的頭抬起來，看見她丈夫的身影，眸光微微一亮，不過看見岡納又暗了下去。

「秦小姐。」岡納坐在她對面，奎恩面無表情地坐在旁邊。

「岡納，好久不見。」她的目光固定在岡納身上。

「很遺憾在這種地方見到妳。」

「這就是人生。」秦甄微微一笑。

「我們已經調查過妳的背景，除了因僞波樂錠和溫格爾醫生有交集，沒有任何證據顯示妳和墨族叛軍有關。」這也是她被排到第五天才接受約談的原因，她屬於低重要性的囚犯——低重要性通常也代表前幾波被清除的。

「因爲我確實沒有。」秦甄平靜回答。

「妳依然擁有百分之二十的墨族血源，超過法律許可的界限。」

「你知道百分之二十代表什麼嗎？」秦甄偏了偏頭。「代表我的曾祖父母、曾曾祖父母或曾曾曾祖父母曾經出現過墨族人。岡納，你知道你的曾曾組父是誰嗎？」

岡納搖搖頭。

「我也是。」她微笑。

類似的話他已經聽過太多，卻是生平第一次有所感觸。

「這個世界沒有完美的法律，只能在更好的法律出現之前遵守現有的。」這是他唯一能說的。

「我明白，岡納，我並不怪你。」她溫柔說。

岡納突然覺得很窩囊。他沒有做錯任何事，爲何他變成需要被原諒的人？

他更惱火旁邊這傢伙把自己搞進這種麻煩裡，害他必須面對如此窘境。

奎恩仿如化成一座冰雕，從頭到尾掛著一張冷臉坐在那裡。

「妳是如何認識溫格爾的？」岡納問。

「我七歲那年和養父母一起來到美加，溫格爾醫生是礦爆移民的隨隊醫生。」她有些疲累地抹抹臉。「前半年我們必須住在隔離區，醫生在例行檢查時發現我有百分之二十的墨族血統。我的養父母拒絕放棄收養我，我又沒有別的地方可去，那半年都是醫生假造驗血紀錄，替我們隱瞞。

「半年後，礦爆移民可以正式回歸普通社會，有一天醫生開了新處方的波樂錠給我們，DNA快篩儀突然都變成合法了。我從沒問過原因，只知道我這輩子都得吃他特製的波樂錠，除非有一天我不再住在美加境內，或反恐清除法廢除為止。」

那已經是十八年前的事，醫生竟然這麼早就研發出「面具」？岡納微微動容，奎恩亦第一次有了點表情。

DNA遮蔽技術在醫學界能引起多大的轟動？倘若醫生當時發表在國際期刊，早已一夕成名。身為一名科學家，畢生追求也不過就是這樣的成就吧？

溫格爾醫生卻選擇放棄這份榮耀，最後甚至獻出自己的生命。

「他是個十分特殊的人。」岡納終於說。

「請問，你們為什麼會查到溫格爾醫生身上？」

「妳的好友若絲琳一直在暗中幫助墨族叛軍田中洛，她在獄中無法服用偽波樂錠，終於露了餡。」

「什麼？」秦甄大吃一驚，望向自己的丈夫。「若絲琳？」

奎恩微微點頭。

她呆坐在椅子裡，好一會兒無法出聲。

「所以你那天才問了我那麼多若絲琳的事？」她終於說。

他微微點頭。

秦甄沈默半晌，最後輕輕笑了起來。「很公平，那天晚上我們都瞞了一些事沒告訴對方。」

奎恩回復面無表情。

「很抱歉，我並不想騙你，只是不曉得該如何告訴你。」她柔軟地望著他。

冰雕男人沒有任何反應。

「岡納，若絲琳和醫生現在如何了？」她轉向自己的偵訊官。

「若絲琳・韓對我們有情報價值。」這句話包含了兩層意思，若絲琳不會立刻被清除，以及她可能會被嚴厲逼供。

「溫格爾醫生呢？」秦甄閉上雙眼，深吸了口氣。

岡納沈默片刻。「他在我們查封診所時注射毒藥自盡。」

秦甄的眼簾瞬間張開。

醫生……死了？

慈藹的醫生，愛笑的醫生，溫柔的醫生，睿智的醫生，善良的醫生……她腦中閃過無數次和醫生相處的畫面。

他死了，她生命中最重要的守護天使。

秦甄把臉埋入手中，身體開始劇烈發抖，一聲彷彿受傷小動物發出的嗚咽自指間逸出。

好一會兒偵訊室沒有人出聲，心硬如鐵的岡納也不禁默然。

「如果你們沒有其它問題，請問……我可以回牢房了嗎？」她的臉依然埋在掌心。

「可以。」岡納只想快快結束。

他對獄警比個手勢，獄警打開門進來。

「請問，替紀律公署的衛士提供性服務是女囚的義務嗎？」走到門口，她突然停下來。

「爲何這麼問？」奎恩銳利地瞄向她。

「剛才強森衛官進來，倘若我沒有誤解他的意思，他暗示我只要讓他嘗嘗『奎恩的女人』是什麼滋味，他可以延後我的清除時程，所以我很好奇提供性服務是不是女囚的常態？」

他媽的，強森，你這隻該死的豬！岡納在心裡痛罵。

「犯人沒有提供性服務的義務，這件事我會註記在偵訊報告裡。」從奎恩身上湧來的冷氣團連獄警都凍到受不了。

「謝謝你。」她從頭到尾沒有再看他們一眼。

好一會兒岡納不曉得要說什麼，在這一刻他稍稍意識到，他們要求奎恩做的是什麼。

他們要求一個男人親手處死他的妻子，這就是成爲一個強者必須付出的代價？

「聽著，我可以在報告上註記，她對我們有偵訊價值，強森短時間內動不了她。」

「岡納，你的優柔寡斷讓我失去耐心了，這不像你。」奎恩冷冷在平板簽下自己的名字，往前翻看一下之前的記錄。「我們不需要安竹·萊斯利了，把他一起移入清除名單吧！」

他將平板交給技術人員，轉身走出去。

✷

「總衛官。」

奎恩回頭看見追上來的人，低咒一聲，步履不停地往前走，貝神父加快速度跟上他的腳步。

「我聽說了你妻子的事，非常遺憾。」

「何必？」從他辦公室到署長辦公室的路突然變得太長。

「我猜我們的晚餐之約必須無限期延期了。」貝神父嘆息。

晚餐之約？

對了，他之前邀請貝神父到他家晚餐，這是聖誕節以前的事，感覺像過了一輩子。

「無所謂，我並不是眞想和你共進晚餐。」

貝神父默默走在他身旁，他體內柔軟的部分彷彿完全被抽走，連以前對上級會僞裝出來的禮儀也消失。

「你爲何會邀請我一起晚餐？」

「抱歉？」奎恩看他一眼。

「你說得對，你絕對不會想和我一起吃飯，所以我合理猜想，你不是爲了自己提出來的。」貝神父露出一絲笑意。

「現在討論這些有意義嗎？」該死的電梯門剛剛關上，奎恩轉頭走向手扶梯，以免必須呆站在那裡和他一起等電梯。

「如果你需要我的幫忙，請記住，我依然在這裡，無論何時何事何地。」

他不需要。

手扶梯的人比較少，奎恩三步併做兩步走上去。爲什麼貝神父依然跟在他後面，他沒別的地方好去嗎？

「我們要去哪裡？」貝神父的長腿輕易跟上他的速度。昔日的戰將轉爲神職人員之後，體力依然沒有落下來。

「署長有事傳召我。」

「好，我陪你一起去。」

什麼？奎恩突兀地停下來，害後面的人差點撞到他們。

「你不必跟聽我的每一場會議！」

「我對這場有興趣，走吧！我們一起瞧瞧署長找你做什麼。」貝神父拍拍他的肩膀，悠然走向署長辦公室。

該死！奎恩忍著惱怒重拾步伐。

✷

貝神父萬萬沒料到，署長竟然是爲了這個原因將奎恩叫過來。

「慢著，強森，你說你想要求奎恩總衛官做什麼？」鮮少在旁觀時插嘴的貝神父忍不住了。

強森沒料到貝神父會一起旁聽，臉龐閃過一絲不自在。

「署長，奎恩總衛官是我敬重的同事，我以爲這個提議對他的處境有所助益。」

「請問，讓奎恩總衛官跟你一起執行他妻子的死刑，爲什麼會對他的處境有幫助？」貝神父反問。

「貝。」奧瑪嘆息。

「奧瑪，你不會開這種玩笑吧？」

奎恩從頭到尾變成一座雕像，不發一語。

「神父，奎恩總衛官娶了一個墨族女人，公署內知情的人並不是沒有，他的忠誠度一定會受到質疑。如果他成爲秦甄的執行官，那些人就再也不能說什麼。」強森爲自己的行爲辯護。

「哪些人？你何不把名字告訴我，讓我好好跟這些人談談？」貝神父斥責道。

「貝，我必須說，強森的考量有道理。」

「奧瑪，紀律公署以冷靜見長，卻不代表缺乏人性。」

「我同意。」奎恩突然開口。

石雕突然出聲，所有人都嚇了一跳。

「奎恩，你不必這麼做！」貝神父大力反對。

「感謝你的關懷，神父，但署長和強森的顧慮是合理的，我對這個國家的忠誠不容質疑。所有對這個國家最好的事，就是我應該做的事。」奎恩的神情不變。「署長，這幾天是半年一度的績效審核周，我的文書工作量比較多，等忙完這周，我的時間都可以，就看強森衛官的安排。」

「當然，這一周我也很忙，等績效審核會議結束之後我們再執行吧！」強森立刻同意。

貝神父無法掩飾眼底的驚訝和失望。

「算了，我不再干涉此事。」他起身走向門口。「奧瑪，如果換成十年前，你不會做這種決定。」

「貝，你想太多了。」奧瑪的眼中閃過一絲不悅，隨即恢復平靜。

18

執行清除那一日，天空出奇的晴朗。

大湖區的天氣就是如此難以預料，前幾天猶然下著大雪，隔天就出了太陽。溫暖的冬陽一露臉，最開心的莫過於首都居民，因爲「冬季嘉年華」終於順利展開了。

冬季嘉年華一開始是魁北克人的活動，只在他們聚居的社區舉行，繽紛熱鬧的表演吸引不少人前來參觀，最後演變成首都重要的嘉年華會。

每一年的冬季嘉年華爲期兩周，開場和結束那天都會進行全市遊行，幾條主要幹道全部封街，知名的雜耍團、表演團體、馬戲團和天空舞蹈團組成的遊行隊伍，乘坐色彩亮麗的花車招搖過市，猛一看眞會讓人忘了現在是隆冬時期。

在會期之間，全首都各區也有各種不同的表演活動，有些公司行號比較善良一些，若自己的公司在當天的遊行管制區，老闆會放全公司一天假，或提早兩個小時下班，以免員工被塞在路上，還能提早到現場瞧瞧熱鬧。

當然，這片歡天喜地在「紀律公署懲治中心」是完全感受不到的。

強森愉悅地看著在他面前站成一排的人犯。

十二個排定清除的墨族犯人穿著單薄的囚衣，在零下八度的低溫瑟瑟發抖。冬陽對衣服穿得夠暖的人是錦上添花，對只有一件薄襯衫的人卻是嘲諷的施捨。強森沒浪費時間讓他們穿上厚衣物，這些人只是一批送往屠宰場的牲畜，穿太多衣服事後還要收拾，很麻煩。

他一身厚重耐寒的黑袍，保暖的真皮軍靴，猶如行軍閱兵的將軍。

「天氣不錯，我向來主張葬禮應該在天氣好的日子舉辦。」

這可能是他這輩子心情最爽快的一天，他的「助手」倒是沒有他的興致。

「這些人快凍死了，讓他們上車吧！」奎恩冷漠地注視那群犯人。

「他們快死了，穿多穿少又有什麼差別？」強森看他一眼。「倒是你，總衛官，冬天不是你的季節，冬季制服讓你看起來臃腫了點。還是最近情傷過度，只能靠吃排解？」

奎恩連假裝自己聽見都懶。

「好吧！這就是我們今天排定的十二名墨族平民。」他走回奎恩身旁。「你們這群豬玀，今天由奎恩總衛官親自執行你們的清除，由我擔任監督官。過去從來沒有哪一次清除是由反恐部門的兩大頭頭參與，你們應該感到榮幸。」

十二個人神情木然，只是站在原地不斷發抖。地面的寒意透過他們薄薄的囚鞋鑽進腳底，站著的每一分鐘都是酷刑。

「你還要浪費時間？」奎恩不耐煩。

他越想早早結束，強森就越想延長這份愉悅。

「總衛官，出發之前必須先點名驗身，這個任務就交給你吧！」強森愉快地把平板交給他。

奎恩漠然叫出名單，走到囚犯面前開始一個個點名。強森樂趣十足地跟在他身後，偶爾附帶幾句評論。

「羅根・保羅、馮・愛爾瓦多、珍娜・多佛、秦甄……」

「她的臉色發青，獄警說她最近幾天病得很厲害，又嘔吐又昏倒的，醫療部怕她熬不到清除就死了，但她拒絕一切醫療協助。」強森停在秦甄面前，一臉同情地搖搖頭。

秦甄木然地盯著地面，早就凍到聽不見他們在說什麼。

她向來畏寒，連在冷氣強一點的房間都要加件外套，現在卻只穿著一件薄襯衫站在雪地裡。左右兩側的犯人都比她高，更襯得她楚楚可憐，弱不禁風。

「嘖嘖嘖，可惜了一個美人兒。」強森深深樂在其中。

「安德烈．海索、艾密里歐．馬可伯……」奎恩不為所動，繼續一個個點下去，直到最後一個。「安竹．萊斯利。」

萊斯利不馴地盯著他們。

「我向來不喜歡這小子，一副全世界的人都對不起他的樣子。」強森走到萊斯利身前。「我幾次要典獄長弄些藥灌他，把他弄瘋弄呆都行，典獄長也卯起來下藥，可惜這小子就是吃不死。」

萊斯利一口痰吐在他臉上。

「你找死！」強森俊顏扭曲，一腳將他踹倒在地，抽出腰間的軍棍就砸下去。

「不要浪費我的時間。」奎恩一手抓住軍棍。

媽的，強森用力抽回軍棍。「把這群豬趕上車！」

囚犯終於鬆了口氣，即使上車意謂著死亡之路，起碼可以暫時避開這噬人的低溫。

囚車形如巴士，但整個後廂全部封死，理所當然不供應暖氣。進了囚車他們就發現溫度其實不比外面好多少，起碼風勢小了一點。

衛士鎖好尾端的門，拍拍車廂表示可以上路了。

「既然總衛官親自出馬，囚車當然由我們兩人負責。我來開車，你好好坐在旁邊休息。」強森非常善良。「今天對你終究是不尋常的一天，需要一點時間培養情緒。」

「運一趟囚犯，需要這麼多輛隨扈車？」奎恩對他嘖的垃圾話只作不聞。

通常一輛囚車頂多配一輛隨扈車，坐兩名衛士就差不多了。今天的運囚車前面有一輛前導，後面一輛墊後，兩輛都滿座，總共是八名衛士。

紀律公署的衛士都能以一擋百，八名衛士堪比一支小型軍隊。

「一般的運囚是不需要，今天我的兄弟們聽說奎恩總衛官親自來了，都覺得有義務跟著來做精神支援。」強森笑得閃閃生輝。

言下之意是，他的一干心腹想一起欣賞奎恩總衛官親手處決妻子的畫面。

「強森，我不曉得你如此害怕跟我獨處，下次只要說一聲，我可以先在目的地等你。」奎恩二話不說跳進前座。

強森的笑容瞬間消失，眼光直能將他千刀萬剮。

上路沒多久，強森實在按耐不住，又開始開聊。

「奎恩，你和你老婆是怎麼認識的？我聽說她不是婚配註冊組搭配的，難道是你自己另外交的女朋友？嘖嘖，我不曉得你這人有時間交女朋友，她一定很不錯，才能讓奎恩總衛官甘願花時間在她身上。」

然而，無論強森如何挑釁譏諷、刺激嘲笑，奎恩自顧自閉目養神，連回都懶得回一句。

「……說真的，我聽說東方女人表面上一副乖巧馴善的樣子，一上了床就完全不一樣，怎麼玩都可以，你老婆不會也是這樣吧？」強森豔羨不已。

奎恩閉著眼繼續養神。「說到床事，你看過醫生了嗎？我知道這份工作的壓力很大，難免會……

力不從心。我個人沒有這方面的困擾，不過公署的醫療部都是頂尖的專家，應該能提供你適當的醫療，他們一定會保密的。」

旁邊傳來死一般的寂靜。

強森二十出頭就結婚了，第一段婚姻只維持了兩年。由於離婚過程變得很醜陋，他的前妻「不小心」回email時附件給其他人，提醒他把隱疾治好，免得影響下一任妻子的「性福」。這件事在公署裡一度引爲笑談，讓強森恨得牙癢癢，幾度在不同場合聲明是他的前妻惡意中傷。爲了挽回形象，他甚至電腦選號再結一次婚。

事實證明，再低調的地方都躲不開八卦，所有人比較喜歡他前妻的版本。

「我的機能一切正常，多謝關心！」過了好一會兒，旁邊終於傳來咬牙切齒的低語。

「好吧，只是隨口問問。」奎恩繼續養神。

車子在沈默中行駛了一會兒，強森突然低咒一聲。

前方以三角椎擋了起來，交通警察將他們的前導車攔了下來，在車窗旁不知說些什麼。

「長官，前面是冬季嘉年華申請的遊行道路，警察不讓我們過去。」駕駛前導車的海格透過對講機告知。

「我們是紀律公署，叫他們讓開！」強森不耐地說。

前方又交涉了一陣，對講機再度響起。「長官，警察說他們也很想讓我們過去，不過遊行兩個小時前就開始了，前面的路全都是遊行隊伍和圍觀人潮，我們就算開進去也會被堵在半路。」

「這裡是通往西區的方向，我們到這裡做什麼？」奎恩終於睜開眼，查看一下他們的所在位置。

「城裡的清除設施正在進行年度保養，關閉一周，我們今天排定使用西區那一座。」強森不耐煩地看他一眼。

首都總共有三座清除設施，一座在城裡，就在懲治中心的下個街角，另外兩座分別在西區和北區。

「我明明記得今天的遊行是在北邊。」強森將最新的交通資料叫到螢幕上，「該死！」西區的遊行是在昨天五點向當地派出所申請，今天一早才批准的。通常在首都遊行必須事前二十四小時申請，不過冬季嘉年華期間，公家機關通常會給表演團體多一點彈性，只要在活動六個小時前申請路權，大部分都會通過。

「你是說你出發之前沒有再確認路況？我下午四點要去見一個線民，現在已經一點半了，你最好保證我趕得上。」

奎恩的落井下石只是讓他身旁的男人更惱怒。

「你老婆今天要死，你還安排其他工作？」強森酸回去。

「某人向來炫耀他的人執行清除最多半個小時就搞定，我怎麼知道今天都出發了四十分鐘，你還在路上？」

強森心情更不爽。「海格，叫警察幫我們找一條最方便的路，我沒時間跟他們瞎耗！」

「現在到哪裡都是人，我們繼續往南開，穿過廢棄工業區，上南河大橋，再繞到西城設施去，這整段路幾乎沒車。」奎恩隨口建議。

西城設施位於西區和南區的交界處，從廢棄工業區過去確實比較好走，不過強森不爽聽他的。

「不用你教我怎麼開車！」

車隊再度行動，三輛車轉了個彎，另行途徑。

事實證明，通往西區的路眞的塞滿人，他們最後依然不得不依照奎恩的建議，往南區的廢棄工業區繞過去。

「男人！爲什麼我們就是不喜歡別人教我們怎麼走？」輪到奎恩有了談天的興致。

強森的臉色凍到整輛囚車都能結冰。

一路駛向廢棄工業區的方向，車流越來越少，下了交流道之後更是好走。

車隊開進廢棄工業區的產業道路，平時就人跡稀少的區域在冬雪之中更是淒清。

產業道路的柏油還算完整，不過不是因爲公路局勤於養護，而是開進來的車子實在不多。路的兩側以鐵刺網將雜林野草隔在後面，連下三天的積雪覆蓋住灌木叢，壓彎了蔓生的枝葉。

白雪皚皚的景致理應聖潔而美麗，在這片荒蕪之地卻顯得有些詭異。當初工業發展產生的污染依然卡在細碎的角落，雪水融化出來的雜質再混進新下的白雪，整片廢棄園區骯髒泥濘，毫無美感可言。

十來座舊廠房離他們越來越近。約莫駛進園區三百呎左右，奎恩開口說話了。

「有一件事你倒是說得沒錯，我的妻子不是電腦配發的。」

「你需要我幫你做婚姻諮商嗎？可惜現在太晚了。」強森嘲諷道。

「不晚，我想起我曾答應過我妻子一件事。」

「讓她比你早死？」強森哈哈大笑。

「不，」他凝視著車窗旁的廢棄工廠。「我答應她，會殺了每一個想傷害她的人。」

磅！

第一時間，強森的大腦無法處理發生這個狀況。

他只覺得自己在開車，耳旁突然聽見一聲巨響。

接著他的右眼眨了一下，再眨第二下，然後不停地眨，他的右眼突然越來越難張開。

讓他駭異的是，他的左眼突然出現重影，接著全世界歪斜成四十五度。

終於他發現，不是世界傾斜，而是他整個人倒向旁邊的車門。

磅！第二聲巨響是他的腦袋撞在防彈車窗的聲音，一陣金光在他腦中爆開。

明亮的天空不見了，儀表板以四十五度角佔領在他視界，最後他的眼睛只剩下儀表板與置腳處，不再有天光。

下一秒他的身體又被拉正，天空和擋玻璃重新出現在他的視線內。一切彷彿慢動作，一格一格往前跳躍。

車子方向盤因這短短的變故而歪掉，隨著輪胎輾過碎石塊而劇烈搖晃。旁邊一隻強壯的手突然伸過來抓住方向盤，另一隻腳踩下他鬆開的煞車踏板。

該死，強森中風了！

有人拿起對講機大喊，吼叫聲理應十分急促，聽在他耳中卻成為「強——森——中——風——了——」，好像連音波的傳導都跟他的視覺一樣變成慢動作。

那個大吼聽起來像奎恩的聲音。

別開玩笑了，他怎麼會中風？他才三十三歲，正值盛齡，身體健康無比。他不菸不酒，固定接受武技訓練，全紀律公署排名第四，怎麼可能中風？

「海格，前導車持續警戒，這附近太荒涼了，難保會有不法份子藏匿。托勒斯，你們後面四個過來幫忙！」

「收到。總衛官，我聯絡救護車。」海格的嗓音從對講機傳過來。

「先不用，我不確定他是中風或昏倒，如果強森只是胃痛，他不會感激你們鬧得人盡皆知。」

兩車衛士深知自己老大的性格，不再作聲。

有人用力拍他的臉頰，強森感覺身旁的車門突然打開，他的身體無力地歪過去，奎恩立刻抓住他，用不是那麼溫柔的力道將他固定在原位。

「總衛官，你不應該晃動他的身體。」開門的人是托勒斯。

他後面站著三名衛士，背朝內，面朝外，呈圓弧形散開，標準的警戒狀態。

「你自己扶好他。」奎恩退回自己的座位，托勒斯馬上扶住自己的老闆。

從以前在軍校時期，強森、托勒斯、海格這幾個人就是死黨，奎恩和他們打過的架不在少數，多數是在校驗競技場，偶爾在校園角落。

托勒斯抽出筆型手電筒照強森的眼睛，擴張的瞳孔並未隨著光線而收縮。他的手摸到強森的右太陽穴，竟然整個凹陷下去。

「他的鼻子在流血！」

這不是中風，是腦部受創的症狀。托勒斯驚怒地抬頭，一管紅光突然對住他的雙眼之間。

啪。啪。啪。啪。

四響過去，托勒斯和三名衛士同時倒地。

奎恩雙眼冰冷，毫無感情，另一手伸進口袋按下一個按鈕。

✷

「搞什麼鬼？」海格突然從後照鏡看見四名同伴倒在地上。「奎恩，你們那裡發生什麼事？」對講機卻只有一陣「滋滋」的靜電音，每個人掏出手機一看。該死，每一支手機通通沒有訊號！不止手機，儀表板的電子裝置、GPS、每個人配戴的方位傳送器，乃至於雷射槍、震撼槍、環刃，所有內附電子元件的武器通通失靈，他們形同被繳械。

「EMP模擬器！」海格驚出一身冷汗。

EMP即是「電磁脈衝波」，發射幾秒鐘即能讓影響範圍內的電子裝置全數失靈。後來一間國際軍火商研發出一種仿EMP的模擬裝置，體型和一支手機差不多，能放入口袋隨身攜帶。啓動時，模擬裝置會射出特殊的干擾波，讓一百呎以內的電子用品完全失靈，模擬裝置關掉便恢復正常，讓這種干擾效果可以完全由使用者控制。

雖然它並非眞正的EMP，效果卻十分相似，於是軍火商將它命名爲「類EMP摸擬干擾裝置」，大家都管它叫「EMP模擬器」。

這種模擬器造價極端昂貴，超過一部私人噴射機的價格，也只有財力雄厚的紀律公署才買得起，二級衛官以上才准許配發。

奎恩！

四個人再不遲疑，抽出隨身兵器下車。

「奎恩，下車，立刻下車！」海格和另外三名同伴持著短刀，從左右兩側慢慢包圍而來。

駕駛座的門開著，強森仰頭靠在椅背，旁邊的奎恩腦袋軟軟垂在胸前，兩人都全無動靜，不知是死是活。托勒斯半個身體趴在車內，其它三名弟兄倒在旁邊的空地。

「奎恩，我知道你只是想救你老婆。你可以帶走她，只要你把武器放下，立刻站出來。」

前座的人一動不動。

兩名衛士來到窗戶邊，其中一名快速把奎恩這邊的車門拉開，再回到警戒姿態。

「他昏過去了，托勒斯剛剛應該有打中他。」開門的衛士大膽去碰奎恩的肩膀。

「麥可森……」海格的制止遲了一步。

滴滴！車內的電子裝置忽地恢復正常。

看似昏倒的男人舉槍，啪、啪，兩名衛士倒地。

海格和另一側的同伴火速擲出手中的短刃，奎恩翻身滾出車外。一把匕首釘進椅背的心臟部位，另一把釘進頭靠的大腦部位，奎恩的身影卻不知去向。

所有電子裝置突然又失靈，這傢伙把他們當猴子耍！

海格咒罵一聲，和僅餘的同伴改抽出第二把防身短刃。兩人耳邊聽見的不是蒼鷹的呼嘯或遠方的車聲，而是自己快速的心跳。

怦怦、怦怦、怦怦、怦怦……

海格對同伴做個手勢，自己繞過車頭。

一、二、三——車旁沒人。

海格對同伴搖搖頭，再小心翼翼往前走。

一、二、三——車底也沒人。

搞什麼鬼？

「呃……」喀喇。

同伴連完整的呻吟都來不及，清脆的斷裂聲已說明一切。

海格看見的最後幾幕：

一道黑影從車頂飛下來，同伴的脖子以一種奇怪的角度彎折，頹然倒地，一柄槍對準自己。

一陣紅光攫住他的世界。海格全身劇烈震動，有如撞上一張隱形的高壓電網，刺眼的天光讓他閉上眼睛。

這是他人生見到的最後一幕，這雙眼睛再也不會張開。

奎恩深呼吸一下，讓奔騰的腎上腺素略微平息。

地上的八條人影對他不再具有意義，他調頭走向駕駛座。

呼、呼、呼……強森全身癱瘓，唯有強烈起伏的胸口顯示他的激切。

奎恩站在他的座椅旁，彷彿研究一隻將死的小蟲子。

「他們沒死——還沒。感謝你帶他們八個出來，我眞的、眞的非常討厭你們這幫黨羽。」

強森胸口的起伏更激烈。

「別怕，沒事了。」奎恩的笑容十分溫和。「我知道你心裡一定覺得不公平，如果正規打鬥，你們八個人各自都不是我的對手，不過八人合力還是有機會把我攔下來，可是我卻用暗算的手法。」

強森的聽覺成爲他全身最敏銳的知覺。

「可惜，這不是『華山論劍，搶武林盟主』——套句我妻子的話。」奎恩笑容消失，凝視他片刻。「我知道你和你的手下一直在性侵墨族女囚。」

強森的呼吸猛然一頓。

「你早該見好就收的，強森。」

喀喇。

這兩個互相不對盤了一輩子的敵手，最後結束得毫無懸念。

時間不多了！奎恩飛快脫下大衣，從每個暗袋掏出各種零件。

這就是他「冬季臃腫」的原因。他將零件組合起來，轉眼變成四把街上最常見的組合手槍。

這種組合槍枝有個好處，從槍管、槍膛到板機，每個部位都能置換。有些不同口徑的槍管能使用同一規格的槍體，於是只要把槍管的部分換掉，就成了彈道完全不同的槍。

四把槍，十二根不同的槍管。

奎恩把每名衛士搬到適當的地點，調整成適合的角度，以數種不同口徑的子彈餵入每人體內。

直到現在他們才眞正死透。

佈置完畢，他大步走向囚車，把車後的鎖打開。

「去死吧！」萊斯利突然衝了出來。

銀光一閃，奎恩猝不及防，手臂被他劃開一道口子。

「你的刀子藏在哪裡？」他不可思議地問。

最好不是藏在他以爲的地方，奎恩完全不想被別人的肛門細菌感染。

萊斯利平時是個「內勤人員」，做電腦工作多過武裝打鬥，當然不是他的對手。他揪住萊斯利的脖子，直接往雪地裡摜，甚至懶得花時間把刀子搶下來。

「他媽的我宰了——」慢著，這裡不是清除設施。

萊斯利愣住了，他們在哪裡？廢棄工業區？

「出去、出去、出去。」奎恩把坐在門口的墨族犯人往外趕。

一群男男女女爭先恐後跳下車。他直接衝進最裡面，在內側長椅上，一道纖弱的人影縮成一團，不斷顫抖。

「甄！」他將外套披在她身上。「沒事了，寶貝，沒事了！」

「里……里……我……好冷……」

該死，她快失溫了！他抱緊她，不斷摩擦她的雙臂，想用自己的體熱讓她更快溫暖起來。

「甄，我們沒有時間了，我需要妳跟我一起來。」

「我……我……」不能動……

奎恩直接將她抱起，衝出囚車外。

萊斯利和另外十個墨族人呆在原處，地上橫七豎八躺了許多黑袍屍體，究竟發生了什麼事？

「萊斯利，帶著他們。」奎恩命令。

「去哪裡？」萊斯利愣愣的。

「到你們的據點，他們都是墨族平民。」

萊斯迅速回神。「我才不會上你的當，裡面有你們安插的奸細對不對？你想騙我帶他們到最近的巢穴，然後將所有人一網打盡。」

一群墨族犯人嚇得哭出來。

「隨便你，你們想待在這裡就待在這裡。」奎恩抱起老婆，驃悍地殺往廢棄工廠。

一群囚犯在冰雪天裡抖得天搖地動，萊斯利實在無法丟下他們不管。

「跟我來。」

茫然無措的人只能跟著他一起往前跑。

奎恩飆進一間破舊的化學工廠，身後不久也傳來細碎的腳步聲。

「媽的，你不要跟著我們！」萊斯利目光不善地瞪著他。

奎恩連理都懶得理他，迅速將化學廠的位置與他腦中的地圖串連。西邊的側門！

腳跟一轉，往左邊跑過去，背後萊斯利領著一群墨族平民往右邊跑。

六呎、八呎……十五呎、十六呎！這裡。

他換一下抱著秦甄的姿勢，騰出一隻手拉開地面的人孔蓋，爬下去之後將人孔蓋拉上。

刺鼻的污水臭味混和著化學藥劑殘留的氣味，猶如一支扁鑽刺入鼻間。他抱著她，一手夾著手電筒慢慢往前走。

秦甄只覺得今天從一早開始就如入冰窖，到最後她連思考的能力都消失了。

忽然間，一張暖呼呼的大毯子包裹住她，熟悉的男性氣息鑽入她鼻間，混沌之中感受的第一個情緒竟是泫然欲泣。

「里、里……里昂？」

「是的，寶貝。」他繼續往前走十碼，轉彎，前方六碼，從這裡再往下一層。

「我們……要去、去哪裡……」

「一個妳能安全待著的地方。」

知道她的神智依然不太清楚，奎恩只花一半心思和她對話。

找到通往下一層的鐵梯，他抱著她躍下。每深入地底一分，污水道的臭味便越濃一分。到了這裡，地面已經偵測不到任何訊號，他關掉口袋裡的模擬器。

從彎道閃出來的手電筒差點亮瞎他的眼睛。

「他媽的，我告訴你不要跟著我們！」萊斯利稍微把手電筒放低，背後一群人依然淒淒惶惶的。

奎恩懶得理他，各自走各自的，萊斯利領著那群人往他的反方向跑。

往前大約一百呎左右，他大掌在牆面摸索。

這裡。

輕輕一扳，舊水道的入口出現了。他抱著她跨了進去，回身將假牆扳回原位。

到了這裡，稍微能鬆口氣。他事前把政府資料庫裡這一區的舊水道都變更過，再重新上傳，覆蓋掉原有的。即使追兵能追到下水道，也絕對找不到這條舊水道。

「里、里昂……」

「嗯？」

「我要昏倒了……」

然後她就昏倒了。

他探一下她的鼻息，她的體溫稍稍回升一些，但依然低得嚇人，脈搏微弱到他必須停下來才感受得到。

「SHIT！」她體溫回升的速度太慢，再這樣下去，她會休克。

奎恩抱穩她加快腳步，在交錯繁複的舊水道跑了起來。

光線變化帶給人類時間感，一旦到達缺乏日照之處，時間恍如不存在。他無法判斷自己走了多久，可能半個小時，也可能半天。

憑著絕佳的記憶力，他一路下到地底第四層，但有時也會搞混，在幾個轉角白繞幾圈，最後才又找到正確的方向。

到了這裡，他們的水平位置約莫在南羅朗河的河床，已經遠低於現有水道的深度。潮濕和深入地底的壓力比平時更容易引發疲憊感，他的氣息逐漸變得粗重，手臂發痠，連夾在指間的手電筒都顯得如此沈重——

整個世界霍然明亮！

前一秒鐘他們猶然在黑暗之中，下一秒，一座私人停機棚突然出現在他眼前。

水泥地面平坦乾燥，高聳的圓弧型屋頂挑高三層樓，從牆壁到天花板覆蓋了一層厚鐵皮，空間足可停得下一輛九人座的私人噴射機。

理論上他們已深入地底幾十公尺，兩扇頂天立地的不透明窗戶竟然亮著陽光——或某種模擬陽光的光線。

偌大的停機棚有二、三十人散落在各個角落，每個人身上都或多或少配戴武器，三三兩兩聚在一起說話。

他高大挺拔的身影一出現在門口，附近幾個人先轉頭看過來，渾身一僵。

這份僵直變成一種傳染病，迅速蔓沿至整座機棚。

「媽的，是奎恩！」不知是誰大吼一聲，所有人瞬間清醒過來，同時舉起武器瞄準他。

聚焦之處的男人神色清冷，一身紀律公署的黑色長袍刺痛每個人的眼睛。這身黑袍代表毀滅，所有墨族人多麼忌憚這身黑袍出現在他們眼前。

「叫田中洛出來，我有話跟他說。」奎恩神色凝沈，不懼不驚。

「媽的，大夥兒開槍，幹掉他！」又有人狂吼一聲。

「別開槍，別開槍！」一個熟悉的叫嚷帶著陣陣回音從舊水道衝出來。

一群墨族人由萊斯利領軍，從奎恩身後鑽出來，萊斯利一看見他，眼珠子差掉下來。

「奎恩？見鬼的你怎麼知道這個地方？」他很肯定奎恩沒跟在他們身後，不然地道裡一定聽得見回音。

「萊斯利！」一個年約四十的女人衝過來，激動地抱住他。

她的膚色深黝，顴骨極寬，一頭直而長的黑髮，既像墨西哥人又帶著北美原住民的特徵，這正是墨族人的典型相貌。

「瑪卡！」萊斯利激動的程度不亞於她。

「我聽說那些王八蛋準備殺了你……」瑪卡漆黑的雙眸閃著淚光。

「那個王八蛋在這裡！」萊斯利不爽地往身旁一指。

奎恩抱著懷中的女人定定站住。

所有逃出生天的囚犯呆呆的，依然不曉得發生了什麼事，他們只知道眼前不但有一堆持槍的兇神惡煞，還有紀律公署最致命的總衛官。他們究竟是得救了，或是進入更危險的地方？

「這些人是誰？」瑪卡指了指那群驚魂未定的犯人。

「他們是預定跟我一起被清除的人。」萊斯利指著一名五十多歲的中年男人，「他叫布魯納，我們在牢裡說過幾次話。他人不錯，母親是墨族人，從巴西偷渡回來看他生病的父親被抓進去的。」

「女士。」布魯納的神情比其他人持重一些。

瑪卡點了點頭，充滿敵意的視線立刻燒回奎恩身上。

「兄弟們，轟掉這王八蛋！」

喀啦、喀啦，上扳機的聲音響起。

「住手。」

對面那道牆有一扇鐵門滑開，田中洛走了出來，身後跟著三名手下。

所有人看見他，紛紛讓出一條路。

直到這一刻，奎恩才發現他們兩人有許多共通點，田中洛就是這群叛軍的「奎恩總衛官」，他們兩人都同樣冷靜理智，擅長面對各種衝突狀況。

「萊斯利，你受苦了，幸好我們有人暗中照應。」田中洛第一件事先和死裡逃生的手下擁抱。

「洛。」一向挺逞強的萊斯利，眼眶竟然紅了。

「我們策劃了一場救援行動，兄弟們埋伏在三座清除設施外，你的囚車卻從未抵達任何一處。」田中洛溫和說。

其實萊斯利到現在也還搞不懂發生了什麼事。他只知道他吐出藏在舌根的刀片，準備有人開車門就一刀了結對方，多拖一個人償命也好。但開門的是奎恩，地上躺了一堆衛士的屍體，而他們的囚車卻停在工業區。

「有人劫囚。」這是他唯一能想到的答案。

「誰？」

「我。」奎恩靜靜回答。

所有人露出不可思議之色，田中洛走到他面前。

「為什麼？」

「這個女人是墨族人，我有重要的事和她說，之後她就是你們的了。」他微舉了舉懷中昏迷的女子。

「他說謊，這個女人一定是他派進來的奸細！」瑪卡低吼。

「我早就知道這處地下總部，如果我想掃蕩，只須直接派兵過來，不需要奸細。」奎恩冷冷瞥她一眼。

瑪卡氣得想回嘴，田中洛輕輕舉手制止。

「這個地方還不錯吧？」田中洛往四周一比。「文明大戰期間，據說總統想將國家重寶移到此處存放，但在執行之前戰爭就結束了，整個祕密基地的計畫停擺。官方紀錄說這個基地從未蓋好，可是我們都知道官方紀錄多會騙人。」

墨族人多年來在地底下活動，也虧得他們能找到這處地方。

「你怎麼找到這裡的？還有多少人知道？」田中洛身後一名四十出頭的男人開口。

他的身量並不高，塊頭卻壯碩得驚人，所有外露的肢體都纏著一股股的肌肉，頂上一顆大光頭，整個人乍看有些肉騰騰，卻不是胖，而是磚頭般的壯實。

「只有我知道，我們可以晚點再聊這些瑣事。」奎恩的語氣清冷。

「收容這個女人對我有什麼好處？」田中洛倒是覺得有點興趣。

「我以爲拯救墨族平民是你的人生職志？」

「但不是你的，你卻帶了一個墨族女人來找我。」

「一群。」奎恩糾正他。「爲了表示誠意，我另外送上一個和平贈禮：安竹・萊斯利。」

「放屁，我是自己逃出來的，眞是多謝你把我排進清除名單。」萊斯利極度不爽。

「所以你現在才會站在這裡。」奎恩瞄他一眼。「我太瞭解強森了，他想除掉你，被我攔過一次。只要你的名字一列入清除名單，他一定會把你排進第一批執行。」

萊斯利想反駁，又覺得找不出理由。

「這個女人和你是什麼關係？」田中洛的興趣越來越高。

「不關你的事，你只要知道她是墨族平民即可。」他面無表情。

「如果這個女人擁有你想知道的資訊，我最該避免的就是讓她和你談話。」田中洛揉揉下巴。

「她在兩個星期之前只是普通的國小老師，跟墨族沒有任何關聯，我和她的事與你們無關。」

「那我就更好奇你想跟她談什麼了。」田中洛微微一笑。

「她現在嚴重失溫，如果你們再不讓她的狀況穩定下來，你的好奇心就永遠無法滿足，我相信這個地下總部必然有醫生。」奎恩淡漠的語氣始終不變。

「洛……」瑪卡急急靠過來。

田中洛微微搖頭，瑪卡急得只能踱腳。

奎恩看她一眼，這位大嬸脾氣眞烈。

「替她驗血。」

田中洛身後的人拿出ＤＮＡ快篩儀，快速捺了一下秦甄的手指。

百分之二十墨族血統，那人點了點頭。

「好，我答應提供她醫療協助，在她醒來之後你有五分鐘的時間，不過全程必須在我們的監控之下。只要你們的對話轉向任何可疑之處，我們會殺了你，把她丟進囚禁室。」田中洛說。

「公平。」

奎恩抱著昏迷的女人，和他們一起走進鐵門裡。

✷

事實證明，這處祕密基地遠不只於外側的停機棚。

發現這處基地的是三十年前的上一代墨族遺民，一開始他們不確定這裡是不是陷阱，因此默默觀察了好幾年，直到確定這個基地完全廢棄之後，才將它佔爲己用。

當時基地還處於最原始的狀態，整片洞窟已經挖好了，形如一個地底碉堡，然而只有三分之二築了二十公分的厚水泥牆，其餘的部分都是裸露的土壁。

經過近十年的祕密搭建，水泥碉堡被田中洛這一支利用爲地下大本營，他們另外挖了幾條極隱密的要道通往河對岸。沒有水泥牆的部分被改建成現在的「停機棚」，鐵板下塡滿爆破裝置。如果有一天軍隊強攻進來，他們炸毀機棚，斷開舊水道追兵，讓其他人有充分的時間逃生。

這些事田中洛當然不必讓隔壁的男人知道，雖然他很可能已經知道了。

「我還是覺得我們應該殺了他！」瑪卡抱怨道。

「洛，我們是不是應該做好撤退的準備？」一身大肌肉的男人，荷黑問道。

田中洛搖了搖頭，站在診療室的窗前，望著隔壁的男人。

地底基地確實有醫療人員，甚至有一間小型診所，面積約四十坪，中間用玻璃拉門可隔成最多六間獨立病房和一個看診區。

此刻整個醫療室隔成三個區域，最外面是醫生和護理師，田中洛和四個核心幕僚踞守中間，最內側是他們的不速之客：奎恩和那位不明女子。

他已經坐在病床旁半個小時，期間動都沒動一下。

什麼樣的訓練可以讓一個人坐上半個鐘頭，文風不動？這不光靠訓練，更需要嚴苛的紀律感和自我要求。倘若這份定性是成為衛士的基本要求，在場有許多人恐怕一輩子都達不到。

想到他們要對付的是一群這樣的人，每個人心裡都有點毛毛的。

「不是每個人都像他。」田中洛似乎看出夥伴的心思，微微一笑。

紀律公署的衛士們都是精英，但奎恩是傳奇。

並非每個精英都能變成傳奇。

「你為什麼讓他進到我們的心臟地帶？」荷黑好奇的意味多過質疑。

「奎恩知道這個地方多久了？為何不告訴其他人？他掃蕩地面叛軍不遺餘力，卻在找到我們的重大據點按兵不動，他在盤算什麼？床上那女人是誰？什麼事情這般重要，他非得冒著生命危險等她醒來不可？這些事不弄明白，我不安心。」

奎恩一直以來都和其他衛士不一樣，田中洛無法止住對他的好奇。

「她不會就不醒了吧？」萊斯利擔心他們不知道要等多久，可不是每個人都能不吃不喝不拉不睡。

「醫生說她的體溫已經回升，狀況穩定下來，應該不久就會醒了。你若累了先進去躺一下，你今天也受夠了。」田中洛溫和叮囑。

「不，你們還是可能轟掉他，我可不想錯過這場好戲。」萊斯利摩拳擦掌。

病床那頭有了動靜。

所有人收拾起精神，田中洛將兩邊相隔的玻璃門拉開，依然維持在他們自己這一邊。

奎恩半個小時內第一次動了，石雕般的身形轉向床上的女人。

秦甄覺得自己做了一個好長好長的夢，夢中多數時候是恐懼，危險，孤寂，然後她好冷好冷。就在她以為心臟即將停止跳動的那一刻，一雙溫暖的臂膀抱起她。

即使在夢境裡，她都知道那雙臂膀屬於她的丈夫。

潛意識裡她不想睜開眼睛，害怕一睜開，他就不見了，然而意識依然持續往上浮，她的雙睫如蝶翼顫動，終於張開

凝如山岳的男人就坐在她的旁邊，沒有消失。

他們無聲凝視半晌，一抹笑意悄悄躍上她的唇角。

「嗨，老公。」

這一刻，奎恩終於又能呼吸。

原來他一直屏著氣，從知悉她是墨族人的那一刻起始。

這一口氣屏得如此之長，他以為這輩子都無法再正常呼吸。

直到她張開眼睛，眼底依然是信任與愛，他體內緊繃的結全部解開。

田中洛一干人靜靜等候。

墨色男子突然慢慢往前傾，直到額與那女人的額相貼，僵硬的肩膀一瞬間鬆開。

搞什麼？萊斯利吃到一半的麵包從嘴巴滾出來。

「你回來找我了。」她伸手想撫摸他的臉，但她的左手不知怎地好重，她抬不起來。

「我當然會回來找妳。」奎恩將她的兩隻手貼在自己臉頰，偏頭親吻她的掌心。

「我好害怕你會做出什麼傻事，每天都在心裡祈禱：上帝，千萬不要……」

「結果我還是做了。」他的唇角浮起一絲淺笑。

她輕嘆一聲，承接她丈夫深深的一個吻。

「我必須讓他們帶走妳。」奎恩撫上她雪白如紙的容顏。「我打得贏岡納，也打得贏那群衛士，但我無法同時打贏岡納和那群衛士，再帶妳毫髮無傷地離開。唯一之道是讓妳先跟他們走，再另謀它法。」

這個決定幾乎撕裂他，卻非做不可。

看著她被帶走的那一幕，他以爲那已經是他人生最困難的時刻，直到在懲治中心見到她，一身清弱，爲醫生的逝去而撕心裂肺，他整顆心也被剖成兩半，但一切都比不上今天早晨。

當他看見強森讓她只穿著一件薄衫，站在冰冷的寒冬裡凍到面無人色，他差點在那一刻失控，不顧一切殺光所有人，帶她離開。

若非時間有限，他絕對會延長強森死亡的過程！

「我知道。」她眸中的情意滿盈蕩漾。「有幾個晚上我一個人關在牢房裡，心裡很害怕，我就閉上眼睛假裝現在人在家裡，你就在隔壁的書房辦公，隨時都會打開門進來，然後我就不那麼害怕了。」

他緊緊擁抱她，幾乎想將她揉進自己的身體裡。

她的生命向來單純，突然被丟進一間關滿牛鬼蛇神的監獄，該有多害怕？他再度痛恨必須讓她經歷這一切。

……

……

……

背後一堆人只差沒把自己的拳頭吞下去。

等一下，所以這女人不是奎恩的人犯？那她是誰？

他們該不會是……情人吧？

光是把「奎恩」和「情人」兩個詞想在一起都充滿違和感。全紀律公署最鐵面無私、最殺氣凜然的煞神，怎麼可能會有「情人」這種東西？

萊斯利震驚到甚至沒發現自己咬的是麵包包裝袋，而不是麵包。

「我很抱歉……我應該早點告訴你的，可是一開始我不確定你會喜歡我多久，等我們真的在一起之後……我就更不知道該如何告訴你了。」她淚光盈然。

奎恩輕輕吻去她的淚水。

慢著。「什麼叫不確定我會喜歡妳多久？」他啼笑皆非。

「本來就是啊。」她委委屈屈的。「你又不是不知道你這人性格孤僻，喜怒難料，誰知道你會不會過兩天就想換人了。若絲琳說……啊，若絲琳！她還在牢裡，還有我父母，還有若絲琳的父母！」

她急了起來。之前在牢裡什麼都不敢想，生怕想越多只會把自己逼瘋，現在她逃出來了，心愛的人全湧回心田。

若絲琳怎麼辦？她父母怎麼辦？若絲琳的父母怎麼辦？所有在醫生那裡拿藥的人怎麼辦？

醫生……不行！她不能現在想醫生的事，她會受不了。

「小心。」奎恩看她差點跌下床，心臟幾乎停止。

這種行軍床沒有升降功能，他在她背後墊幾顆枕頭，小心翼翼地扶她坐起來。

「喂、喂。」萊斯利拚命拍打旁邊的荷黑，指指自己臉頰。這不是眞的，這一定不是眞的。

荷黑不客氣一巴掌賞下去。

幹，會痛！是眞的！他不是在做夢！

田中洛的眼中興味盎然。

「一個陷入愛河的總衛官，誰能想得到？」

而奎恩愛上的女人竟然是個墨族人，命運之神的安排再巧妙不過。

「妳父母在郵輪上反而安全，我已經派人在下個港口等他們，他們會有人安置的，不用擔心。若絲琳的父母十分警覺，在她被捕的第一時間已經離開美加，目前正向國際邦聯的人權組織請求救援。」奎恩盯著她。

秦甄鬆了口氣，「那現在只剩若絲琳一個人在牢裡了……我們逃出來，紀律公署會不會對她不利？」

「甄，我要妳專心顧好自己，不必再去想若絲琳的事。」奎恩的眼神一硬。

「我怎麼可能不想她？還有醫生……」不行，她立刻把念頭轉開，現在還不是時候，她一哭就再也停不下來。

「甄，若絲琳從頭到尾都在利用妳，她不是妳的朋友。」長痛不如短痛，最迅速的方式就是直接砍斷她對若絲琳的幻想。

「什麼？」她一怔。

「這是若絲琳親口告訴我的。」他的藍眸如刀。「她的情人布蘭登被紀律公署處死，爲了報復我們，她挑中我做爲目標。妳我的相遇不是意外，都是她一手安排的，最終目的是讓我親眼看著妳死在紀律公署手中，體會跟她一樣的痛苦。」

等一下，他在說什麼？

「你說，若絲琳利用我接近你？」

「是的，從此以後我不要妳再去想這個女人，她是死是活都和妳無關。」對待其他人，他的心就冷硬如鐵。

他說的話一點道理都沒有，她一定聽錯了，不然就是他們兩個人在講的若絲琳不是同一個人。

「里昂，我需要你把若絲琳的話一字不漏地告訴我一遍，麻煩你。」秦甄嘆了口氣。

如果有人能一字不漏重複某段對話，也只有他了。

好吧！如果這麼做可以讓她更快接受事實。奎恩把若絲琳幾段關鍵證詞一字不漏地複述。

秦甄聽完慢慢咀嚼，好一會兒沒出聲。

現實是殘酷的，奎恩不願在她剛逃出死神的魔掌時還得面對這種事，但真相比拖延更慈悲。

「好，我明白她的意思了。」秦甄終於點頭。

看來還是沒用。「聽著，甄……」

「不，你先聽我說！你曾說我有『詭異的國小老師異能』，看人總是憑直覺，偏偏很少失準，你現在還相信這句話吧？」她堅定地看著他。

他不情願地點頭。

「那我現在用我『詭異的國小老師異能』告訴你，若絲琳永遠不可能背叛我。」

「甄……」

「不，聽我說完！」她舉起一隻食指。「我們的生命從七歲那年就緊緊綁在一起。醫生發現我們有墨族血統，兩方的父母討論過後，決定搬到同一個城市，讓兩個女孩一起成長，彼此互相有個照應。除了你和我父母，這個世界上和我最親近的人就是若絲琳。我們可以爲彼此犧牲生命，倘若現在是大飢荒，若絲琳一定會把最後一口麵包留給我，因爲我也會爲她做同樣的事，我們就是這樣愛對方。」

「她利用妳，這是她親口告訴我的。」他強調。

「不，所有她告訴你的話不是說給你聽的，是說給我聽的。她知道你一定會救我，而且一定會把不能信任她的原因告訴我，於是她用她的方法將話傳給我，讓我們聽聽看她說了什麼。

「『如果我是她，一定會躲得遠遠的，永遠不再出現』，若絲琳在告訴我，安全之後就找個地方躲起來。

「還有，『我也不指望她會不顧一切來救我』，她在告訴我，千萬不要冒險救她。

「後來你放狠話嚇她，她就用更狠的話回敬你，」秦甄哀傷之餘也不禁好笑。「若絲琳太聰明了，這一點她和你非常相像，無論你如何對待她，她就用同樣的方法對付你。」

「有沒有想過，或許是因爲妳不想接受好友背叛妳的事實？」

秦甄挫敗地揮一下手，奎恩趕快穩住她，免得她跌倒。

「里昂·奎恩，你有一顆全世界最笨的聰明腦袋，你眞的以爲若絲琳有辦法讓你愛上我、讓我愛上你？」秦甄又好氣又好笑。

奎恩濃眉一皺。

「這個世界上只有一個人能讓我愛你，就是你，也只有一個人能讓你愛我，就是我。」她想敲他的頭。「若絲琳太瞭解你們這種人了，因爲她自己就是同一型人。聰明人往往把簡單的事情想得很複雜，我不曉得布蘭登的事是眞是假，反正若絲琳有事瞞著我也不是新鮮事，尤其她若覺得不告訴我是在保護我。」這點跟他一樣，他們這些人實在有毛病。「如果她直截了當地說：『奎恩，你快帶秦甄逃，不用管我，我永遠祝福你們。』你一定會懷疑她背後另有目的，於是她乾脆給你一套很複雜的陰謀論，果然你就信了。」

後面的萊斯利、荷黑和瑪卡不禁點頭，偷瞄旁邊的田中洛。

只能說，奸詐的人果然瞭解奸詐的人。

「如果真要說若絲琳在我們之間出了什麼力，頂多是我們剛開始交往時，我擔心過擁有墨族血統這件事會不會造成影響。但若絲琳看得出來我真的很喜歡你，於是鼓勵我勇敢試試看，這些話不是爲了要陰謀，她只是想讓我快樂。」她輕撫他刺刺的下巴。「或許也有加一道保險栓的意思，如果將來這一切發生了……我身邊還有一個夠強的人能保護我。」

若絲琳從小就像個小姊姊一直在照顧她。

我們兩個人在感情方面完全一樣，無法輕易愛上別人，像秦甄和布蘭登這種光彩奪目的人，之於我們是致命的吸引力。奎恩想起若絲琳的話。

該死，現在連他都開始動搖了。

「相信我，若絲琳不是神，她絕對算不到我會在拒絕你的求婚之後又遇見你，也絕對算不到我們兩人會相愛。」秦甄深深嘆了口氣。

「慢著，他跟妳求過不止一次婚？妳拒絕過奎恩總衛官？」瑪卡插嘴。

呃……這些人是誰？

「對。」

瑪卡過來跟她擊一下掌，慨然走回去。

萊斯利拚命頂旁邊的荷黑，指指另一邊臉頰，荷黑老實不客氣再巴他一記。

「哇靠，是眞的。」萊斯利喃喃自語。

奎恩總衛官十分無言。

「布蘭登的事是眞的。」田中洛忽然開口。

「你們是……？」秦甄驚訝地看向他。

「嗨，我叫田中洛。」他微微一笑，拉著一張椅子走到她床尾，自己坐了下來。「我就是奎恩總衛官一直想抓的人。」

「之一。」奎恩冷冷吐出。

田中洛不理他。

「若絲琳稍微誇大了她和布蘭登的戀情，他們還未愛到要死要活的程度——恐怕這個部分眞的是她想誘你相信。」他對奎恩一挑眉。「但布蘭登確實幫了我們幾次，他是個好人。」

「慢著，你就是若絲琳的祕密情人！」秦甄想起來了。

難怪這男人的聲音好耳熟，她在和若絲琳通電話的背景聽過幾次。田中洛的男中音極有磁性，又帶著獨特的口音，並不難辨認。

「我不是她的祕密情人，我和若絲琳是同母異父的兄妹。」

「什麼？」她超級大驚嚇。奎恩趕快抵著她床沿，免得她激動過度滑下來。

「布蘭登一直在偷餵你們反恐清除組的動向。」奎恩冷冷道。

「是的。」田中洛嘆息。「若絲琳和他交往了一陣子，決定坦白告訴他自己是半個墨族人，不過她並沒有提起和我的關係。布蘭登回去想了兩天，雖然他一直想進紀律公署，種族清除卻不是他的信念。後來他回來找若絲琳，她才進一步將我們的關係告訴布蘭登。此後布蘭登提供了幾次強森打算突襲的情報給我們，讓我有時間移動巢穴裡的平民。」

「他聽起來是個好人。」秦甄的左手一直覺得很重，下意識撫摸，卻摸到一個硬硬的金屬物。

「他是的。一開始若絲琳與其說想幫助我，不如說她只是覺得這件事很刺激，確實是布蘭登的死改變她的想法，讓她更加投入我的救援行動。」

光明之於陰暗的吸引，奎恩想。

「若絲琳為何不告訴我她有哥哥？」秦甄有點低落。

「別怪她，她只是想保護你們。」田中洛溫和地看著她。「我們的母親當年流亡到日本，卻十分不適應那種男女不平等的社會，她在生下我不久便選擇和我父親分開，中間有一度我們兩方完全斷了訊息，若絲琳是她和情人生的小孩。長話短說，若絲琳長大後對自己的身世產生好奇，最後在日本找到我的父親，我們的第一次見面是在她二十歲那年。」

「對了，大二那年暑假我們一起去日本玩，不過若絲琳說她要先拜訪一些親戚，所以比我早五天出發，那時就是去看你們的吧？」

田中洛點點頭。「我們更深入的接觸是在四年前，那一次查爾斯……另一名資助我救援行動的人改變主意，我手邊有一群難民急需送到安全之處，實在走投無路，只好向她求援。」說到這裡，他其實是有些不好意思的。「若絲琳同意幫忙，唯一的條件是我不能介入她現在的生活。我瞭解我們這種人朝不保夕，她的顧慮是對的，所以這些年來我從未打探過她的隱私。這也是我認不出妳的原因，我只知道若絲琳有個從小一起長大的好姊妹，叫做Jane。」

甄。

「就是我。」她想起身陷囹圄的好友，不禁黯然。

「慢著，所以這個女人是我們這一邊的？」瑪卡忍不住插嘴。

荷黑翻個白眼。這些人定性眞差，就不能好好先聽完？

「這麼說吧！秦小姐起碼對我們無害。」田中洛白牙一閃。

他其實是個很吸引人的男性，笑起來十分好看。秦甄想。

奎恩默默在心頭理清關係：田中洛是若絲琳的哥哥，若絲琳是秦甄的好姊妹，秦甄是他心愛的女人，他一直在追捕田中洛。

這個迴圈讓他懷疑，命運從一開始就擺了他一道。

「爹地！」一名高眺的少女衝了進來。「聽說萊斯利回來了，是眞的嗎？」

「莎洛美，我們在談正事。」田中洛立刻從瀟灑帥哥化身爲威嚴父親。

「嘿，小女孩，妳何時回來的？」萊斯利堆起笑容，站起來接受英雄般的擁抱。

「萊斯利！」高眺少女差點將他撞翻。

「哇！妳越來越強壯了。」萊斯利大笑。

慢著，這聲音……奎恩和秦甄一起望過去，少女和他們的視線迎上，兩方都愣然片刻。

「奎恩！」

莎洛美尖叫一聲，一頭紮進他懷裡。

「搞什麼？」萊斯利不敢相信自己的英雄擁抱竟然如此短暫。

「莎洛美是你的女兒？」秦甄詫異無比。

這一瞬間，奎恩完全明白了。

田中洛的前妻帶著女兒離開他，必然也是靠著溫格爾醫生的藥才能在普通社會生活。後來莎洛美的學校出事，她跑到好友家躲起來，自然無法再繼續拿藥，於是她才這麼怕遇到警察。

三十七歲的田中洛有一個年近十六的女兒似乎太年輕了，但也並非不可能，只不知蛇王孟羅又是如何牽扯進來的？

可以肯定的是，以孟羅對莎洛美的關愛，他和田中洛父女絕對不僅於交易關係。

「秦老師！」莎洛美換了個人擁抱。

奎恩連忙先緩和一下她的衝勢，以免她把虛弱的甄撞翻。

「莎薇……不，莎洛美，再見到妳眞是太好了。」秦甄伸手想抱她，左手實在抬不起來。「奇怪，我的手爲什麼這麼重？」

她的手腕戴著一個奇怪的金屬套，既寬又薄，重量卻不輕。它的材質黑得極詭異，不管轉到哪個角度都不會反光，完全將可見光吸收。

「噢不，妳被抓了？」莎洛美小心翼翼地捧起她的手腕。

「那是阿爾法鐵環，已經去除毒性，輻射量極低，對人體不至於產生太嚴重的傷害。」田中洛告訴她。

「我爲什麼會帶著這個東西？」這東西不輕，大約八磅重，等於隨時戴個重訓腕套在手上。

奎恩盯著那鐵環，面沈如水。

「墨族人一旦被捕，都會烙上一組條碼，紀律公署使用一種特殊的微金屬顏料，一旦接觸皮膚會立刻滲透到血管，流遍全身。如果犯人逃脫，微金屬會在定位儀上亮得跟聖誕燈泡一樣，沒有人能逃多遠。」田中洛笑笑，不無諷刺地看一眼奎恩。

秦甄輕抽了口氣，不住撫摸黑色腕環。

「我也有一個。」萊斯利舉一下自己的左腕。

「我們每個人都有？」她輕問。

萊斯利點點頭。他喜歡她用「我們」，表示她沒把自己看得和其他人不同。

「阿爾法鐵環能吸附血液中的微金屬原料，將它們集中在被罩住的部位，在地面行動時不會被偵測到，不過這只是暫時的，久了之後微金屬還是會慢慢流走。」田中洛解釋。

「多久？」奎恩神情平板。

「最多三個星期。」田中洛頓了一頓。「我不想騙你們，這個基地並不是久居之處，所有難民最終會被送到另一個更安定的地方。如果三個星期後妳體內的微金屬未被中和，我們就不能冒險移動妳，以免害其他人曝光。」

「這種顏料能被中和？」秦甄眼神一亮。

「中和劑是紀律公署的高機密配方，只有他們有，不過你當然已經知道了。」田中洛看向她丈夫。

秦甄有些無助地看向她丈夫。「可是他和我一起逃出來了，不可能再回去……如果沒有中和劑，最後會怎樣？」

「只有一個方法。」田中洛盯住她的左腕。

秦甄過了一會兒才明白他的意思。

切除。

他的意思是，她會失去自己的左腕！

「所以我們從不劫囚，一來是目前爲止沒有人成功過，二來是少數幾個自己逃出來的，最後的結果就是截去左手。」田中洛眼中不無同情之色。

奎恩俯身吻一下妻子，站了起來。

「時間差不多了，這裡很安全，妳乖乖在這裡等我。」

「你要去哪裡？」她連忙抓住他。

「回紀律公署。」

「什麼？」她的心臟眞的停了幾秒。「這太瘋狂了！你救走一整車的囚犯，現在回去等於送死。」

「妳不能戴著這東西過一輩子，我得回去拿中和劑。」他輕敲她的鐵環。

「不，把我左手砍掉，我不介意！」她想也不想地說。

所有人頓時動容。

「如果你找得到這裡，表示其他人也找得到這裡。」荷黑首次開口。

「我把官方資料庫的圖檔都變造過了，不會有人找來。」他不認爲這裡就永遠安全，不過起碼能爲他們爭取到一點時間。

「你早就打定主意回去，所以才會花時間佈置現場，對吧？」所有人之中，最不意外的是田中洛。

「我向來知道自己在做什麼。」他平鋪直述，萊斯利在他背後翻個白眼。

「如果你能找到中和劑，我們可以研究成分，自己生產。」田中洛說。

「不，你要如何說服公署一整車囚犯不見，一堆衛士死亡，只有你一個人沒事？岡納不是那麼容易騙的。」秦甄死死抓住他不肯放開。

岡納確實是他的主要問題，有時候彼此太瞭解是優點也是缺點。

「放心在這裡等我，我會回來的。」奎恩看向少女。「莎洛美，我將秦老師交給妳，好好照顧她。」

「我會的。」莎洛美堅定地點頭。

奎恩不再婆婆媽媽，直接往外走。

「所以奎恩總衛官現在是我們這一邊的？」瑪卡愣愣的。

誰能想得到？

曾經令他們畏之如虎蛇的男人，突然間成爲擋在他們前面的一道牆。

「里昂！」

奎恩的步伐剛來到門邊，秦甄衝了出來。他及時接住步履虛乏的她，如浮木被攀附。

「好，你做你想做的事，我不攔你，不過你記不記得出事那天我打電話給你，說有件事要告訴你？」秦甄緊緊捧著丈夫的臉，強抑下淚水，只想讓他記得自己甜美的模樣。

「妳想告訴我妳是墨族人。」

「不。」她終究迸出一顆淚，卻是幸福帶笑的淚。「我懷孕了。里昂，你要當爸爸了。」

奎恩僵住。

完美如雕像的臉孔慢慢溢出情緒，震驚，狂喜，恐懼……狂猛的情潮在他體內颳起一場風暴。

他撫摸著她的小腹，不敢相信這塊平坦的皮膚下，藏了一個正在成形的生命。

他的妻子，他的孩子……他有多麼接近失去這一切。他將臉埋進她的髮間，後怕竟然在這個時候才出現。

「請你一定要記住，從現在開始，你不是你自己一個人的，你屬於我，還有寶寶。」她深深望進他的藍眸。「我們都需要你，所以求求你，一定要回到我們身邊。」

「我會。」他沙啞地承諾。

秦甄明知道該鬆開他，卻無法放開，這男人再度拿他的生命爲她冒險，而她什麼都不能做。

「我愛你，我眞的很愛、很愛你。」她只能不斷讓他知道她的心意。

「需要給妳三步遠的距離嗎？」他嘴角突然出現一點笑意。

秦甄頓住，仰頭大笑。

「天啊！你這個人眞是無藥可救。好吧，給我站在這裡，不准動。」

她後退幾步，算好距離，一步、兩步、三步，站在他面前。

「里昂・奎恩，我愛你。」她踮腳吻住他。

終於，王子贏得公主給他的挑戰。

去年此時，紀律公署的精英份子完全料不到他會被一名國小老師拐走，而且拐得萬劫不復。

他甘願陷入。

19

如果奧瑪有能力將時間倒轉，他最想回到去年十月，然後用一切手段阻止奎恩娶那個女人。不，那個時候他們已經認識，他會往前轉到去年五月，阻止他們兩人相遇。不，他根本會回到奎恩接到婚配提醒函的那天，跟他說：「聽著，這條規矩一點都不重要，我破例讓你不必結婚。」

這一切麻煩都從奎恩愛上那女人開始。

可能嗎？奎恩「愛」一個女人？

紀律公署最肅殺、最無情的總衛官？

史上第一次劫囚成功的案例，若是出自奎恩總衛官之手，那就一點都不奇怪了，只是奧瑪寧可這個「史上第一」不是發生在自己任內。

「岡納，你再說一次。」奧瑪從窗前走回辦公桌後坐下。

「這不是叛軍劫囚，是奎恩總衛官營救他的妻子。」

奧瑪鷹視對面的男人，許多政治人物在這副眼神下都不得不屈折，岡納卻毫不退縮。

「讓我們用證據來說話。」奧瑪滑動桌面，叫出幾張現場回傳的資料。「鑑識小組判斷，劫囚案發生在四個小時前，發現現場的員警正接受盤問。現場找到九具屍體，都是紀律公署成員，分別陳列於這裡、這裡、這裡和這裡。每具屍體有超過四種以上的子彈孔，所使用的槍枝估計爲十到十二把之間，外加三種以上的刀刃，奎恩總衛官目前下落不明。

「埋伏者事後試圖掩飾他們的足跡，然而從武器種類、中彈角度研判，起碼有八至十人以上涉案。所有衛士的武器勻未擊發，電子儀器曾中斷運作，畫面被洗掉，鑑識小組認爲攻擊者應該使用了EMP模擬器。

「當日運送的囚犯之中有田中洛的重要心腹：安竹．萊斯利。因此鑑識小組推論這是一場叛軍的劫囚行動，奎恩總衛官若非正在追緝叛軍，便是被他們俘虜了，我們的人還在試圖尋找他的下落，而你卻告訴我，奎恩才是這一切的主謀？」

「長官，奎恩完全知道如何將現場佈置成他想要的樣子，我們一直以來接受的就是這種訓練。從所有衛士的武器均未擊發即可得知，使用EMP模擬器的人只能是奎恩。唯有猝不及防暗算他們，他才能在這麼短的時間內得手，叛軍沒有任何可以取得模擬器的管道和經費。」

在城市使用EMP模擬器是極危險的事，範圍內的低空飛行器、醫療設備都會失靈，包括心臟病患者體內的心律調節器，因此EMP模擬器的使用權限才會拉得如此之高，平時統一存放在公署軍火庫，擁有使用權限的人必須登記才能取用。

「現場只有奎恩、強森和托勒斯三人具有使用權限，他們三個最近半年以內都沒有使用紀錄。」

奧瑪銳視他。「叛軍雖然不易取得，不表示完全買不到。他們先以EMP模擬器癱瘓我們的武器，再以傳統槍枝掃射，這是我們的衛士被人痛宰的原因。」

「長官，我們是紀律公署！」岡納的語氣重到不能再重。「即使徒手肉搏，一個衛士對付二十名暴徒亦措措有餘，別說其中還有武技排名第一的奎恩總衛官及排行第四的強森衛官，您眞的認爲八到十個叛軍，足以打下十個紀律公署成員？」

「……」

「『奎恩工業』是全球最大的武器研發商，他要拿到模擬器的機會比叛軍高太多了。幸運的是，EMP模擬器在全球都是高禁用武器，每一把製作完成都必須登記，即使走私進來的也必然在生產國登記過，我們必須追查這條線索。」

「……好吧，你去查。」

「還有，強森的死因是腦部受到重創，有哪個人能靠近強森到足以讓他腦部受重創？」

「我們並不知道是哪一路人襲擊他們，叛軍僱用傭兵也不是第一次。」

「那些人頂多用子彈殺了他，現場唯一有能力徒手擊斃強森的人只有奎恩。事發的地點在廢棄工業區，全首都人跡最少之處，這對奎恩而言是千載難逢的機會。如果我想大白天從紀律公署的囚車救走一個人，我也寧可選在廢棄工業區。」

「你有沒有考慮過，你只是在看自己想看的證據？」奧瑪揉揉鼻梁。

那你有沒有考慮過？岡納忍住反問的衝動。

「長官，這絕對不是叛軍劫囚。」

說到這裡，奧瑪更不爽了。「奎恩想救他妻子的前提是他夠在乎這個妻子，我曾經問過你我們能不能信任他，你的回答是可以！」

「不，我的回答是，奎恩事前並不知道他妻子是墨族人，我現在依然這麼認爲，但這不表示他不在乎他的妻子。」岡納反擊。「平時偵訊一定都是我和他一起，他沒有理由獨自將秦甄借提外出，唯一的機會就是在她移囚的時候。」

「但清除屬於強森部門的職務，奎恩無從得知強森會要求他同行，他們兩人的交情也不到奎恩會主動向強森請求。」奧瑪的語氣充滿嘲諷。

岡納思索片刻，霎時領悟。

「對，但他把由他親手執行的點子植入強森腦海，他在你們兩人面前都提過。強森即使原來沒有想到，這下子也不可能放過這種機會，折磨奎恩本來就是他的人生志向。」

奧瑪對最後一句不予置評。「好，即使如此，劫囚需要事前規畫。清除時程是由強森排定的，奎恩無從得知清除的時間、地點和細節。正常的情況下，囚犯上車，開五分鐘到下一條街的清除設施就完成了，當天會換到西區完全是臨時的。你認爲奎恩會冒險策劃在一條街的距離外劫囚？就在懲治中心和紀律公署的後院？即使他是武技第一的總衛官，也不敢如此托大。」

岡納的腦子快速轉動。「對，但他不是當天早上才被告知時間和地點。根據您的說法，事前一周，強森就邀請他了。」

「是的，但他們兩人都忙於績效考核的事，強森的文書工作不比他少。」

「不，績效考核只是理由，奎恩一定查過清除設施的維修時間。試問查詢維修時間有什麼難的？一旦確定城內的清除設施哪幾天會關閉，他只要拖到那個時間就行了。強森一定迫不及待在他拖延的時間一到，立刻排定清除。」

只能說強森這蠢才太容易被預測，惹到的又是眾人都不想去惹的男人。

奧瑪的臉色不太好看，這終究牽涉到他兩名親信的榮譽——或智商問題。

「好，即使奎恩算準了清除設施的關閉時間，他們能去的不外乎北區或西區的清除所，這兩處雖然不是在鬧區，附近的人口依然十分稠密。一輛紀律公署的囚車大白天在街上被劫，五分鐘內警局熱線就會被報案的電話燒掉，分區衛士兩分鐘內就能抵達。那些囚犯身上都有微金屬原料，最多五分鐘就會被一網打盡。

「奎恩不是笨蛋，『劫囚救妻』的論點必須建基於起碼有一點成功率。他們之所以繞路往南，是因爲遊行的臨時許可早上才批准，而當時強森已經在懲治中心盤點囚犯，奎恩不可能事前就知道他們不會走正常路線。」

事實上，這是唯一岡納找不出合理解釋的地方。

整座首都唯一適合下手的地方就是廢棄工業區，他卻找不到任何理由把奎恩、強森和囚車放在那個地方。

「我不知道他是如何辦到的，長官，但他必然有某種方法讓囚車那天走那條路線。」岡納挫敗地說。

目前爲止奎恩是唯一下落不明的人，雖然這可以解釋爲他救走犯人，但也能解釋爲他被叛軍抓走，甚或正在追逐叛軍。如果他追進了地底深處，地面上收不到他的定位儀的訊號並不奇怪。

「你不知道的事也未免太多了。」奧瑪嘲諷道。「你不知道EMP是哪裡來的，你不知道囚車爲何當天會走工業區。奎恩總衛官目前下落不明，我們不能在他無法爲自己辯護時，將罪名推到他頭上。」

「長官，恕我直言，您對總衛官的突然支持讓我十分不解。」岡納臉色繃緊。

「因爲人民不會接受這樣的結果！」砰！奧瑪一拳重擊桌面。

原來如此，岡納登時心頭雪亮。

奧瑪只是想把奎恩的勢力削弱，不表示他想誣衊整個奎恩家族。「奎恩」這個名字等同於英勇愛國的代名詞，任何人誣衊了這塊招牌又沒有強而有力的證據，只會自己弄得灰頭土臉，奧瑪不會傻到與輿論爲敵。

「長官，我一定會找到證據。」他臉色繃得極緊。

「你最好找到，這是紀律公署史上第一次被劫囚成功，我不希望這件事寫在我們的紀錄裡。」

滴滴滴——桌上的分機突然響了起來。

「我說過不想被打擾。」奧瑪不耐煩地按下通話鍵。

「長官，他們找到奎恩總衛官了！」

✷

岡納第一次見到奎恩是在七年前。

當時他是海豹隊員，奎恩隸屬於一支連名稱都不外洩的特種精英部隊，兩個特種部隊定期在一起做訓練，奎恩已成名在外。

之後奎恩離開軍隊被徵召入紀律公署，直到岡納自己也進入紀律公署，他們才又見了面，那是四年前的事。

進了紀律公署，奎恩繼續累積名聲，他從默默無聞的初階衛士一路晉升。然而，無論他晉升得多快，奎恩永遠比他更快，而後奎恩選擇他做爲搭檔。

前前後後加起來七年，岡納從未見他如此狼狽過。

奎恩的臉頰有一條不規則傷口，血肉微微外翻，將來好了一定會留下疤痕。雖然這樣想不對，岡納卻覺得應該如此，從以前他就覺得奎恩長得太好看，一個軍人的外表應該英氣多於完美才對。

另外，肋骨裂開兩根，體側有一整片驚人的瘀傷，身上有一些搏鬥的傷痕，差不多是這樣。

聽起來好像情況尚可，第一，這是出現在奎恩身上，所以非常罕見。第二，斷掉的肋骨差一點點就刺入肺裡，並不是沒有危險性。第三，他體側的那一大片瘀痕極靠近肝臟，爲了確保沒有內傷，醫生要求他留院觀察兩天。

總體加起來，奎恩即使不在他人生的谷底，也在附近了。

「總衛官臉頰的傷口可以請整型外科處理，以後就不會留下疤痕……咳，沒事了，有事再請護理師叫我。」醫生接收到床上和床邊的兩道冰冷目光，速速離去。

終於只剩下他們兩個，病房一時安靜下來。

「發生了什麼事？」岡納沈聲開口。

「看起來像發生了什麼事？當然是我們中了埋伏。」奎恩疲倦地閉上眼睛。醫生開的止痛藥開始生效，他有點昏昏沈沈的。

「誰？」

「卡佐圖。」

「他在這裡？」

「記得田中洛說過他欠卡佐圖的情，所以才幫他逃脫？」奎恩張開藍眸看著他。「去年卡佐圖突襲地鐵站，意欲綁架平民，田中洛將他偷渡出去，還了最後一筆債，從此他們兩不相欠。接下來我們密集打擊幾支武裝勢力，所有叛軍都知道是因爲卡佐圖捅的漏子，對他比對我們更火，卡佐圖這陣子風雨飄搖，最後得出一個結論：要讓田中洛繼續幫他，就得讓田中洛繼續欠他人情，因此卡佐圖想幫田中洛救回萊斯利。」

地鐵事件是指卡佐圖想綁架秦甄的事，兩人都巧妙地避開某人的名字不提。

「他們是怎麼動手的？」岡納不置可否。

「囚車開到廢棄工廠附近，所有電子儀器突然失靈。我一看就知道是EMP模擬器，立刻喝令強森戒備，那個混蛋卻在這時候跟我搶著比誰的老二大，回我一句他不必聽我的。」他的拳微微一握。「強森要前導車警戒，托勒斯那輛車的人下來檢查硬體有沒有固障。他們堅信叛軍手中不可能有模擬器，就在這時，卡佐圖的人出現了。」

「幾個人？」

「七個。」

岡納劍眉一挑。「你們有九個人，對方只有七個？」

奎恩的藍眸更冰寒。「強森那混蛋看見叛軍，第一個反應竟然指控我和他們合作。托勒斯幾人全抽出武器，我做了當下唯一能做的事：先制服強森。」

這解釋了強森的腦傷。

不，就因爲強森的傷勢無法解釋，所以直接承認是最好的策略。岡納想。

「強森當場死亡，你下手似乎有點重。」他諷刺道。

「下次當我又遇到敵人埋伏，己方的成員不對抗外敵卻來對付我，我會記得先客氣地詢問他們介不介意腦袋被我敲一下，然後再動手。」奎恩嗓音裡的嘲諷厚到可以鋪成地毯。

「然後呢？」岡納面無表情。

「強森和托勒斯跟我糾纏不清時，海格那車人下車追捕叛軍。我當時只想先打昏強森，並沒有意識到下手這麼重，接著我下車追在海格身後。那七個人躲藏在四周的草叢裡，分成前後兩股。托勒斯那四個人第一時間就先中槍倒下三個，托勒斯是最後一個。

「我和海格的人追入廢棄工廠，裡面另外躲了三個，連著外面會合的七名叛軍，同時朝我們射擊。他們用的是傳統槍枝，我們的公署配槍完全無法使用，我閃身躲到一個化學桶後面，等槍聲停止，探頭一看，海格那四個已經被打成蜂窩。」

他的描述和現場完全吻合，托勒斯四人的屍體確實較靠近囚車，而海格四人的屍首在工廠內被尋獲。

岡納提醒自己保持開放觀點。

「羅伯森身上雖然有彈孔，但法醫認爲他死於頸椎骨折。」

「叛軍開完槍之後，怕海格他們還沒死透，在每個人身上又補了幾刀。我躲在原地聽見他們討論了一下要不要追捕我，最後他們決定，今天的目的是救走萊斯利，所以其中六人回頭去囚車救人，四個鑽進附近的污水道先走。

「所有電子武器依然無法使用，我等到他們都離開之後才出來，發現羅伯森僅一息尚存，但也撐不了多久。我做了當時唯一能做的事，解除他的痛苦，然後追著那四個人一起下到污水道。

「偶爾我可以聽見他們的腳步聲，可是我身上沒有地形圖，地底下又沒有訊號。最後我追了兩個多小時，肋骨越來越痛，如果再不回頭，肋骨的傷可能會刺入肺裡，我只好調頭。一上到地面，就見到鑑識組的人已經在現場採證。」

「你從頭到尾沒和卡佐圖的人正面格鬥？那你是如何受的傷？」

「你認爲我是如何受的傷？」奎恩藍眸的寒意陡地一濃。「強森、托勒斯和湯普那三個混蛋同時夾擊我。」

所以他是傷在自己人手中。

雖然他的武技第一，強森、托勒斯和湯普三人同時聯擊，確實不容小覷。

調查辦案最大的忌諱就是先入爲主，以免被自己的偏見困住，可是岡納就是覺得某個地方怪怪的。

「叛軍怎會有EMP模擬器？」

「你爲什麼以爲我會知道？」奎恩的嗓音和眼神一樣冷冽。「如果強森那個蠢蛋肯乖乖聽話，現在我們每個人都還活著，甚至能抓回一、兩個叛軍審問。但那混蛋選在這時間跟我爭老大，結果就是我必須親眼看著九個同伴死在眼前，而我躺在醫院裡，被我的搭檔像罪犯一樣審問。」

「沒有人將你視爲罪犯，總衛官。」一直在線上的署長終於出聲。

「基於安全考量，總衛官應該不會介意讓我們到你的宅邸搜索吧？」岡納趁勢追擊。

奎恩定定注視他半晌，忽然笑了起來。

「我明白了，原來我眞的是嫌疑犯，你們認爲劫囚的人是我。」

「囚車上確實有你的妻子。」岡納指出他們都明白的事實。

「把秦甄和萊斯利放在同一輛囚車的人不是我。岡納衛官，如果我只想救妻子，現在人已經救到了，這個世界上多的是和美加無引渡條約的國家，我回來自投羅網做什麼？」他嘲諷道。

這也是岡納想知道的。

署長開口：「奎恩總衛官，你並非嫌疑犯，只是這中間牽涉到幾名衛士的死亡，你也坦承其中兩人的生命是結束在你手中。我想，基於安全因素，讓岡納依照規定去你家裡搜索確實有其必要。至於我個人的想法，自從秦小姐離開之後，你家應該還是和以前一樣吧？何必留著她的東西觸景生情？不如讓岡納帶人將她的東西清走，你可以重新開始。」

署長都說話了，誰還能拒絕？

「好，我同意，不過必須有我本人在場——除非你們堅持這是正式搜索，那麼我就得要求看搜索票。」他的臉孔恢復成冰山面具。

岡納開口想說話，奧瑪立刻果斷地插進來。

「我同意。岡納，讓總衛官好好在醫院裡休息兩天，等他出院之後，你再帶人過去。」

「……是，長官。」

✷

奧瑪有一件事說對了，紀律公署史無前例的劫囚事件，沒有人希望這件事留在自己的紀錄裡。尤其一口氣死了九名成員，紀律公署現在可說是人心沸騰，已有許多人主動請纓，協助調查。即使消息被壓得嚴嚴實實，天下沒有不透風的牆，「紀律公署弄丟一批犯人」的流言已在坊間悄悄傳開。

被指派爲案件負責人的岡納等於承擔了所有壓力，他把其它案件排開，專心處理這個案子。

奎恩一定有問題！這不是偏見，而是訓練多年的直覺。

無論是誰做的，只要找出這兩個問題的答案，案子就等於破了一半：

第一，EMP模擬器是誰帶來的？

第二，案發地點在廢棄工業區究竟是巧合，抑或縝密策畫？

岡納站在奎恩的客廳中央，看著六名初階衛士裡裡外外地忙碌，奎恩只是坐在沙發，從頭到尾淡漠無聲。

將秦甄的私人物品分離出來並不困難，因爲……那些東西一看就知道是她的。

布偶、鮮豔的毛毯、手繪風無框畫、浪漫愛情小說、旅遊攝影集……

整間公寓收集到的物品都放在客廳的證物箱裡，由奎恩親自監看，目前為止衛士們還沒放入任何東西是被他阻止的。

「長官，外面露台有一個香草園。」一名初階衛士報告。

岡納只冷冷看他一眼。

「是的，長官。」那年輕衛士趕快出去處理香草園。

岡納不禁懷疑自己是不是也曾經如此鮮嫩過？

「這間公寓眞漂亮，你不介意我四處看看吧？」他問。

「請便。」奎恩淡淡說。

岡納晃了開來。有錢眞好，瞧瞧整面的落地窗，衣櫥還能自動搭配。雖然裡面清一色是紀律公署制服，少數幾套西裝看得出價值不菲。

每繞到一些地方，他的手便輕輕在某個角落碰一下，繞完一圈回來，衛士們也整理得差不多了。

這樣看起來不是舒服多了嗎?眞不懂奎恩幹嘛讓那女人把自己的屋子弄得亂七八糟，他比較喜歡原本的樣子。

整間公寓空曠清冷，回到當初沒有女主人的狀態。

「好吧，我們不打擾總衛官了，他今天剛出院，需要多休息，把東西都搬上車!」

鮮嫩衛士從廚房出來，懷裡抱著從露台清出的最後一批盆栽。

「慢著。」奎恩突然開口。

「長官?」鮮嫩衛士立刻停下，懷裡一堆東西無法行禮。

「費德立克，對吧？」

總衛官竟然記得他的名字？費德立克受寵若驚。他剛進紀律公署，第一年暫時至幾個不同部門支援，將來他最想去的單位就是由奎恩總衛官領導的反恐作戰部。

「是的，長官！」

「你的右側防禦加強了嗎？」

不只記得他的名字，還記得他在武技競賽表現較弱之處，費德立克忍下心頭的激動。

「我已經在努力了，長官。」

「你們的命令是撤走不屬於我的東西，這棵仙人掌是我的。」奎恩把他懷裡的一個小仙人掌取走。

「是，長官！」費德立克繼續走出去。

「我不曉得你有蒔花弄草的愛好。」岡納挑了下眉。

「你不知道的事還很多。如果沒事，我要休息了。」奎恩淡淡說。

「當然，有事可以打電話給我。」頓了頓，他加一句：「署長剛剛做出最新的指示，你有時間看一看。」

那道指示簡而言之就是要奎恩暫時只做行政職務，不出外勤，也暫時不碰任何跟叛軍有關的案子。無論場面話說得多好聽，本質上他依然被視爲嫌疑犯。

岡納回家的第一件事，便是會打開所有裝在奎恩家的監視器——廚房，客廳，主臥，次臥，書房，甚至浴室。

他們都知道他會被監看，某方面「心照不宣」是個好事，奎恩不會傻到用任何方法試圖去干擾監視系統。

接下來的一個星期，岡納白天調查劫囚案，奎恩坐辦公桌，晚上回家，他們就一個人監視另一個人。

說眞的，岡納不曉得奎恩在那女人搬進來之前是如何生活的，最有可能跟他現在一樣。若眞是如此，全國最熱門單身漢的生活實在乏善可陳。

由於現在不出外勤，奎恩上下班的時間更規律。

每天他七點準時到家，到廚房打開一條能量棒，搭配一杯熱水吃完，然後煮一杯咖啡帶進書房工作，把全家其它地方的燈都關掉。

晚上十點，他準時關電腦，洗澡，最晚十一點前入睡，隔天早上六點起床，吃一條能量棒搭配一杯咖啡當早餐，六點半出門上班。

偶爾工作不多的夜晚，他拿著咖啡改坐到客廳，然後打開電視，從來不轉台，全家的燈一樣都關掉，只有沙發旁的一盞立燈亮著。他就在電視前坐到十點，然後洗澡睡覺。

有時他會開門到露台看一會兒夜景，然後進來洗澡睡覺。

這人的生活無趣到連岡納盯久了都想打瞌睡。

看著螢幕裡靜靜坐在客廳中的人影，岡納生出一絲絲同情。

這就是奎恩的人生。

小時候岡納雖然不能說是個多熱情開朗的孩子，起碼有過一段叫做「童年」的時光，交過幾個稱爲「死黨」的朋友，而奎恩什麼都沒有。

這男人的一生就是爲了被培訓成一個軍事精英，然後呢？

岡納突然明白奎恩愛上秦甄的原因，在這片蒼冷空洞之中，她是唯一的彩虹。

然而，她的離去並未在奎恩的世界激起太大的波瀾，即使其中有著愛，回歸到現實面，終究還是自己的未來重要吧？

有時奎恩坐在電視前，會隨意往左邊掃一眼，一開始完全不經意，岡納幾次之後才發現。

他在看什麼？岡納好奇地將鏡頭切換過去。左邊除了廚房之外，什麼都沒有，再過去就是露台的門。

他放大檢查奎恩視線所及之處，沒有任何特殊的東西：地板，走道，空空的檯面，露台的門。露台上只剩下一片空地，連盆栽架都被撤走。

有一次，奎恩微微偏頭又往左邊看一眼，這次岡納發現了。

他在看廚房窗檯前的仙人掌。

爲什麼？那棵仙人掌有何奇特之處？

奎恩將某個祕密檔案藏在土裡？仙人掌其實是中空的？岡納慎重考慮把那棵仙人掌拿回來研究。

然後，他突然懂了。

仙人掌只是仙人掌，卻不是奎恩的仙人掌，而是秦甄的仙人掌。

奎恩在看他的妻子。

「媽的，他愛她！」岡納差點跳起來。

奎恩確確實實愛著他妻子。

所有心底的猶豫在這瞬間一掃而空。

他的直覺沒錯，奎恩從不打算讓心愛的女人死在眼前，這件案子是奎恩幹的！

✷

確定了自己的假設之後，接下來岡納需要的是建構案情。

他依然無法回答EMP模擬器和路線的問題。

說眞的，他不覺得模擬器是黑市買的。這種特殊武器造價太昂貴，全球軍火工廠通常都是下了訂單才會生產。即使黑市有門路，眞正調到貨也需要時間，核子彈頭說不定還更容易弄到手。

從秦甄入獄至排定清除才兩周的時間，即使奎恩一開始就打定主意救她，十四天之內要從黑市買到模擬器幾乎不可能。他手邊一定已經有現成的門路，會是什麼？

此外，奎恩是如何確定那天強森一定會將囚車駛進廢棄工業區？

「我幫你查過許多次了，奎恩、強森和托勒斯在半年內都未登記使用EMP模擬器。」軍火庫登記處的衛士被他搞得神經緊張。

「最近也沒有任何遺失紀錄？」

「岡納衛官，我們從不遺失重要武器！」登記衛士一臉深受侮辱的樣子。

「我並非指責你們失職，假設——只是假設——一台EMP模擬器遺失了，正常的處理流程是什麼？」岡納放緩語氣。

「我們派出一組人馬直到追回遺失的武器爲止，遺失者送交軍事法庭，處二十五年至四十五年刑期不等。」

瞭！就是不會有人敢弄丟。

「登記管道呢？我能從線上登記嗎？」

「岡納衛官，你也具有使用權限，相信你一定已經熟讀『軍事第三級』重要武器的登記流程。」登記衛士充滿尊嚴地盯著他。

「縱容我一下，和我再過一遍登記流程。」

登記衛士搖頭嘆息。「不，你不能線上登記或請人代領。你必須親自到專屬登記處填寫申請表格，以DNA快篩儀驗明正身，並且本人親自取件。」

「好吧，幫我個忙，往前再回溯半年……不，一年，查查看有沒有任何讓你覺得異常之處。」岡納的挫敗感不比他低。

「比如說？」登記衛士努力把語氣中的嘲諷壓下去，不過不太成功。

「任何事都可以，只要你覺得不對勁：歸還的人晚了一秒鐘、講話太大聲、模擬器少了兩克重、申請表寫得太凌亂……總之，任何異常，好嗎？」他火氣都上來了。

「好，要是我查出任何異常，一定立刻聯絡你。」衛士嘆了口氣。

「謝謝。」

岡納不得不離開軍火庫。

手機響了起來，是費德立克。

這小子雖然外表鮮嫩，資質還不錯，他將費德立克拉進調查小組，如果表現如他預期，半年後他會舉薦費德立克加入作戰部。

「長官，我已取得過去三年全球EMP模擬器的生產資料，說眞的，不多。因爲製造所需的原料全球大缺貨，過去三年只有十四台生產，其中七台在紀律公署，兩台在歐聯，三台在新亞，兩台在剛非，都在它們應該在的地方。」

「黑市的部分呢？」

「我們追查過幾個黑市大盤，EMP模擬器屬於有錢也買不到的夢幻逸品，其中幾個人甚至暗示我能不能從公署偷幾台出來……咳，總之，黑市已經有好一陣子沒有模擬器在流通。」

岡納看到一條死胡同橫在眼前。

「好，擴展時間長度為五年，繼續往上追。」

EMP模擬器是十五年前發明的，必要時，他不惜把這十五年來的模擬器都找出來。

「長官，容我請問，我們在查的事和總衛官有關嗎？」費德立克略現遲疑之色。

「這不是你應該問的問題。」

「是的，長官，我立刻去查。」費德立克連忙斷線。

他忽然瞭解署長所說的，「人民不會接受這個結果」。如果事實證明，奎恩真的叛國，國內又將掀起何種風浪？

回到辦公室，岡納的電子郵件最新一則是當地分局的回覆。他快速掃過一遍，還是親自打電話給分局長。

「衛官，我的手下已經確認過，遊行是前一天下午四點五十五分送件，當時我已經離開分局，因此直到隔天早上才批准，所有過程一律合法。」局長十分嚴肅。

「中間有沒有任何單位聯繫你，試圖施壓或影響你的決定？放心，你不會惹上麻煩。」

「沒有，衛官，這只是一個十分普通的冬季嘉年華遊行，為什麼會有單位向我們施壓？」局長十分不解。

看來又是一條死胡同。「當天參與遊行的是哪些團體？」

申請資料上只有主辦單位的名字，所長找出申請附件，將當天參與的遊行團體傳給他。

岡納拿著資料，下一步聯絡主辦單位。

主辦單位「合爲一體」是專門承辦人體彩繪、人妖表演秀的娛樂公司。

「我們確實是故意拖到最後一刻才送件。」負責人蓮娜女士解釋，「原本我們希望在北區舉辦，那裡是藝術村，與我們的遊行特色比較貼近，但北區的路權已經先被冬季嘉年華的主辦單位預定了。我們向他們商借地權，他們說當天可能也有遊行，還無法肯定，所以我們一直等到最後一刻，確定借不到路權之後才提出西區的遊行申請。」

岡納查閱所有相關資料，肯定她所說屬實的。

「爲什麼選擇西區？」

蓮娜嘆了口氣。「因爲東區那些有錢人認爲自己太高貴，不能讓人妖皇后玷污他們的地盤，當地警局會收到一堆抱怨，最後壓力還不是落到我們身上？所以我們辦活動向來避開東區，若非選北區、西區就是南區。」

「那爲什麼這一次選擇西區？」

「西區是住辦混合區，一般家庭和上班族比較多；南區主要是工業區，還有一大片廢棄曠地，本來就是我們最後一個選擇。況且現在南區也不能申請啊，所以只剩下西區了。」

岡納一凜。「爲什麼現在南區不能申請？」

「這我就不曉得了，當地派出所說的，或許你該問問他們。」

岡納掛了電話，快速翻查南區最近幾個月的活動行事曆。

連接南河大橋的幾個區域算是南區商業活動最密集的地區，各式藝文活動和展覽的頻率和往年差不多……慢著！過去兩個月，活動申請量確實減少了。

現在正值隆冬時節，活動不多本為常態，但連新年和聖誕節的慶祝活動都減少，冬季嘉年華也幾乎沒在南區申請過路權，這就有些不尋常。

「為何冬季嘉年華未在你們的管轄區申請活動？」他打到當地派出所，專門審核活動申請的單位。

「呃，長官？」

「這是一個很簡單的問題，回答我。」他不耐煩地問。「不止冬季嘉年華，往年從聖誕節起，你們這個地區會有一些固定的慶祝活動，今年都不舉辦，為什麼？」

「長官，我們只負責審核申請，如果沒有人送件，我們就沒得審核，就這樣。」承辦人員清清喉嚨。

「你依然沒有回答我的問題。南區的經濟並沒有任何異常之處，為何最近這兩個月幾乎不舉辦公開展覽或活動？」

「呃，或許你該問我們所長？」

岡納忍回一句髒話。「把電話轉給你們所長。」

「呃，他出門吃午飯了，不然我請他進來之後回電給你？」

岡納懶得跟他攪和，直接掛斷，找出派出所局長的資料，打到對方手機。

「岡納衛官，有何需要我效勞之處？」所長一看是紀律公署的高階衛官，連忙把口中的義大利麵嚥下去。

「最近這兩個月，往年固定舉辦的活動都取消了，為什麼？」

「不是取消了，長官，我們請他們轉移到南七城和南四城舉辦。」

「為什麼？」

「因爲你們要求的啊，岡納衛官。」所長清清喉嚨。

「我們要求的？」

「不是你，是紀律公署。」所長趕快說。「大概兩個月前，我收到一個非正式的指示，最近紀律公署在那附近查叛軍的行蹤，所以希望我們盡量配合，短期內不要有大量人潮的活動。」

非正式的指示？「誰下的？怎麼下的？」

「反恐作戰部辦公室直接打電話給我，特別要求我不能留下任何資料，以免被叛軍的內應看到。爲了再三確認，我還自己回撥到反恐作戰部辦公室，接電話的男人確實是剛才打來的人，也跟我再確認一次，我就照做了。」

所謂的「反恐作戰部辦公室」就是奎恩辦公室，接電話的人向來是蘿菈，不是男人。

岡納立刻切斷通訊，撥到奎恩的辦公室，蘿菈一如預期接起電話。

「兩個月前，南二城第六派出所曾經打電話到你們的辦公室，我要確認是否屬實。」

「岡納衛官，我不能任意透露總衛官辦公室的資訊，除非獲得上級合法授權。」冰冷專業的蘿菈公事公辦。

「我擁有署長的授權，比妳的總衛官更大，如果下一句從妳口中說出來的話不是回答我的問題，接下來二十年妳可以去管理紀律公署的廁所。」

另一端沈默片刻，然後那個片刻延長爲兩分鐘。

兩分鐘後，蘿菈的聲音傳回來。「去年十一月二十六日，南二城第六派出所所長曾經來電，電話長度四分二十秒。」

「電話內容是什麼？」岡納毫不懷疑她用那兩分鐘向署長辦公室請示過了。

「總衛官親自接聽，我並不清楚內容。」

YES！

岡納振奮地掛上電話。

他終於把奎恩和廢棄工廠連了起來。

兩個月前還未發生秦甄之事，但那段期間是奎恩開始神出鬼沒的時候，他問了幾次，奎恩都避而不答。

奎恩必然在南邊發現了什麼，為了不讓自己的行動被一群遊客干擾，才有了這個「非正式指示」。後來發生了秦甄的事，他的非正式指示就成了最現成的幫手。

奎恩根本一開始就知道冬季嘉年華的人潮到不了南區！

「合為一體」看似正好在清除當天申請遊行，但那天其實是星期五，小周末。冬季嘉年華期間，每個小周末本來就是活動熱潮，有人申請遊行幾乎是鐵定的事。尤其「合為一體」前一天五點送件，奎恩只要登入資料庫，花點時間翻一下各派出所申請案，甚至不需要賭運氣。

岡納閉了閉眼，將體內的興奮按捺下去。

百分之五十的問題獲得解答，還剩下百分之五十。只要他能把EMP模擬器放在奎恩手中，這個案子就破了。

人民英雄將被逮捕，以謀殺罪和叛國罪正式起訴。

他忍不住拿起分機再撥到軍火庫登記處。

「我的天啊！我若找到不尋常的地方會主動打給你。」登記衛士幾乎暴走。

「聽著，我已經百分之九十九點九九確定，有一台公署的EMP模擬器出現在未經申請的人手中，我不要聽你那些屁話，我只想知道這個人到底是怎麼拿到的！」岡納的語氣比他更硬。

「誰曉得？所有EMP模擬器都在庫房裡，根本沒有失蹤，你說的人若是能拿到EMP模擬器，除非他去找那個死人拿，不然我也不知道他是怎麼拿到的。」登記衛士頓了一頓。「……抱歉，我不該這麼說，這樣太不尊重了。」

「慢著，這句話是什麼意思？」

「我已經道歉了，好嗎？」

「不，你說的不是找死人拿，而是找『那個死人』拿，這句話是什麼意思？」岡納頸後的汗毛全豎了起來。

登記衛士嘆了口氣。「全公署的模擬器通通收在軍火庫裡，只除了一台——陣亡戰士紀念館陳列了一些殉職戰士使用的武器，其中有一台EMP模擬器。容我提醒，陣亡戰士紀念館是公署對外開放的展覽館，每天有超過兩萬名遊客，那台EMP模擬器就放在最顯眼之處，有警報裝置和二十四小時守衛，警報甚且與公署的系統連線，根本不可能有人在眾目睽睽之下將它偷走。」

岡納摔上電話，奪門而出。

✷

有沒有過這樣的經驗？

趕著出門卻找不到車鑰匙，等你找得滿頭大汗才發現，鑰匙其實一直握在你手中？

或者想看報紙卻找不到眼鏡，你正要放棄時，才發現眼鏡一直戴在你頭上？人們經常對自己習慣的東西視若無睹，每天早上出門都會經過門口的垃圾桶，直到有一天你想丟垃圾，才發現那個垃圾桶不見了，而你竟不知道它是何時被收走的。

奎恩提著午餐的牛皮紙袋踏入陣亡戰士紀念館，守門的警衛看他又來了，熱情地招呼一聲。

「總衛官，今天要再給您幾分鐘的時間嗎？」

「如果方便的話。」

「行，行，您儘管用，我讓遊客先別進奎恩少校的展覽室。」

「謝謝。」

他轉頭走向父親的展覽室。保全細心地將門關起來，展覽室暫時由他一人獨佔。

這就是身爲一個英雄之子的特權，全世界都明白你想在你父親忌日的那個星期經常來探望他。

奎恩少校的骨灰葬在高階軍官墓園，但他使用的武器、隨身小物和筆挺的制服，都展示在陣亡戰士紀念館裡。

奎恩望著牆上那張幾乎跟自己一模一樣的面容，照片中人將永遠停留在四十四歲。

「我不知道接下來選擇的路會不會讓你爲我感到驕傲，我希望會，但你若不會，也不會改變我的決定。」

他無法成爲他父親期待的那個人。

他父親期待他和所有「奎恩」一樣——不問原因、毫不猶豫地爲國家犧牲。

他依然可以毫不猶豫地爲國家犧牲，卻無法不問原因。

這個體制讓他產生了許多疑問，「不問原因」的人生已經不在他的選項裡。

「曾經我以為躲在反恐的盾牌後，一切便與我無關，現在的我做不到了。每個被殺害的墨族平民都算在我們頭上，是不是我親自動手並沒有分別，我不能讓他們再繼續消滅一整個種族。」

有一點是無庸置疑的，他深愛他的國家。只是國家與統治者是兩回事，這個國家的統治者做了許多錯誤的事，不過他們可以從一些顯而易見的錯誤開始改變。

「我會離開一陣子，或許以後沒有機會站在這裡。」他仰頭看著父親。「如果今天是我最後一次看見你，讓我在這裡先向你道別。如果我有機會回來，希望那時的我已找回曾經深信不疑的榮譽感。」

他掏出總衛官的安全管制卡，在控制面板輕輕刷過去，滴滴兩響，展覽室的警報暫時解除。

紀律公署擁有全球最先進的安全系統，諷刺的是，就在它對面的陣亡戰士紀念館，卻交由一間普通民營的保全公司負責。

「護你全」已經算全國數一數二的保全公司，紀念館的警戒系統甚且與公署同步，外人要駭入除非是進入公署系統，而這是近乎不可能的事，所以每個人都認為紀念館十分安全。

從未有人想過更改它的安全層級設定。

總衛官的管制卡，被列為最高安全層級。

日復一日的日常，於是你忽略了它的存在。

他打開EMP模擬器的玻璃罩，看了那個裝置半晌，然後從午餐袋裡掏出一個一模一樣的裝置，取代中央的3D列印贗品。

物歸原主。

滴滴，警報重新啓動。

離開前，他再看一眼父親剛硬嚴峻的臉容。

「再會，父親。」

✷

「各組回報，奎恩人在哪裡？」手機切換成對講機模式，岡納急切地呼喚。

「他剛進入陣亡戰士紀念館。」負責跟監的衛士回報。

「那你爲什麼沒有跟在他身後？」

「……呃，四天前是奎恩少校的忌日，總衛官可能需要一點獨處的時間，我們前後門都有人守著，他不會不見的。」

「該死，立刻進去找到奎恩，立刻！」

他撞翻兩名衛士，最後乾脆從手扶梯旁邊直接往下一層跳。

爲什麼反恐作戰部的大樓正好在紀律公署的最內側？

「岡納衛官，總衛官失蹤了，我們的人正在找他！」衛士急切的叫聲傳回來。

可惡！

✷

奎恩總衛官大步踏入「醫療部藥物管制中心」，櫃檯後的衛官訝異地抬起頭。

「總衛官，有什麼我可以爲你效勞的？」

「有。」

一管調到最低震度的槍對準他，衛士立馬昏了過去。

奎恩轉身鎖上門，這是他唯一能擺脫岡納眼線的窗口，時間不多了。

「總衛官……啊！」跑出來查看的衛士被震暈。

奎恩毫不停手，藥物管制中心的人轉瞬間全昏倒。

他打開每一座藥品櫃，沒有。沒有。沒有。沒有。

其它的櫃子需要驗證，他掏出安全管制卡，開了。

沒有。沒有。沒有。

該死，中和劑放在哪裡？

「恐怕你在這裡找不到微金屬原料的中和劑。」

奎恩火速轉身，貝神父一臉溫和的微笑，手中是比他權限更高的安全卡，可以繞過禁制命令。藥物中心的門依然在他身後關著。

「讓開，我不想傷害你。」

「我不確定你傷害得了我，雖然這幾年活動筋骨的機會少了，到底我是跟你家老頭子不相上下的男人。」貝神父對他挑眉。

「中和劑在哪裡？」奎恩的槍對準他。

貝神父嘆氣。「奧瑪猜到你有可能會回來拿東西。爲了以防萬一，所有中和劑都移送到他辦公室的保險庫。」

署長辦公室的保險箱，另類代名詞是「比國庫更難撬開的地方」。奎恩深吸了口氣，準備開槍。

「嘿，你發射那東西，我就幫不了你了。」

「什麼意思?」

「那袋子裡是什麼東西?」貝神父對他手上的牛皮紙袋很感興趣。

奎恩頓了一頓，慢慢將牛皮紙袋裡的東西取出。

「呃……仙人掌?」貝神父傻眼。

「它叫小綠。」他的唇角露出一絲微笑。

貝神父看了那仙人掌片刻，笑了起來。

「是你妻子幫它取的名字吧?眞是個可愛的女孩，可惜我們一直沒機會共餐，我很喜歡她。」

「我也是。」

「我答應過你父親，確保你這生走在正確的道路上。」神父對他微笑。

奎恩的下顎一緊。

「別擔心，我相信你現在走的路是正確的。」貝神父對他的表情笑了笑。「爲何如此驚訝?我不認同我們的墨族政策向來是公開的祕密。」

「那你爲何不試著改變?」奎恩皺眉。

「有些人是行動者，有些人是觀察者。曾經我是一名行動者，從選擇神職的那一刻起，我將一切交給上帝，讓自己成爲一名觀察者。」貝神父嘆息。「我看得出來你不以爲然，每個人在世間都有著屬於他們的使命，這是我的選擇。」

奎恩沈默片刻。「我也做了我的選擇。」

「我明白。」

「不止爲了她。」

「我也明白。」

奎恩不知道自己為何覺得有必要向貝神父解釋，但貝神父的理解確實讓他心頭一鬆。

「好了，我們沒有太多時間浪費。」貝神父走向他。「等一下見到奧瑪，你過去三十年的生命就結束了，這是另一個必須付出的代價。」

「你要如何幫我？」

「還能怎麼幫？」貝神父綻出明亮的笑容。「我相信你需要一個份量夠的人質。」

✷

「他媽的任何一個人都好，告訴我你們找到奎恩了！」岡納咬牙切齒地吼。

沒有人看見他，這麼大一個男人竟然從地球表面消失。

岡納走到最近的終端螢幕，刷了自己的管制卡，開始全區蒐索奎恩總衛官的定位裝置。

每個人一定都有定位裝置，包括訪客；公署各個角落都有攝影機和感應系統，若是攝影機捕捉到人影，卻感應不到定位裝置，三十秒內就會有一群衛士撲過來，將這人壓成一塊漢堡排。

不出意料，整個紀律公署沒有奎恩總衛官的訊號。

這是不可能的！

奎恩回來，假裝一切沒事的繼續上班，表示他一定有某種想要的東西，最可能這東西就在公署內……

「該死、該死、該死！」

他當然想要某樣東西，署長甚至提到過。

中和劑！

秦甄的體內有微金屬原料，需要中和劑！

「全員立刻包圍藥物管制中心，嫌犯：里昂・奎恩。職業：紀律公署總衛官。三十歲，黑髮藍眸，六呎二吋，武裝且極度危險，允許使用各種手段阻止他離開，包括開火！」

✷

警報響起來之時，奧瑪驚訝地抬起頭，正好看見貝神父走入他的辦公室，後面跟著奎恩總衛官。

「神父，總衛官，這是怎麼回事？」

「坐下。」奎恩的槍冷酷地瞄準他。

「奧瑪，對不起，我真的以為我能說服他改變主意。」貝神父臉色蒼白地跌坐在他對面的椅子裡。

「奎恩，你瘋了？」奧瑪霍然而立。

「中和劑交出來。」奎恩的拇指把震度往上調。

「中和劑向來儲存在藥物管制中心！」

「我剛剛才從藥物管制中心過來，知道所有中和劑已經放進你的保險庫，我再說一次，中和劑交出來。」震度再往上調一格。

然後對準貝神父的腦袋。

「奎恩，貝神父是你父親的摯友！」奧瑪又驚又怒。

「我父親已經死了，我很樂意安排他們兩人重逢。」

奎恩家族的冰藍眸子從未在奧瑪身上帶來如此的震撼力。

他眞的會開槍，不只對貝神父，也對自己。

「我很抱歉，奧瑪。」貝神父舉起雙手。「請你照他的話做，我不在乎他殺了我，但是你沒必要一起陪葬。」

奧瑪咬牙切齒，終於轉身走向保險庫。

署長保險庫必須先經過四道生物識別裝置：視網膜、指紋、聲紋和DNA，最後一道才是密碼。這五道缺一不可，因此不是擁有密碼的人就能打開。

奧瑪取出一小罐中和劑。

「全部。」奎恩冷冷道。

奧瑪咬著牙把五罐中和劑都取出來。

「你跑不掉的，聽到了嗎？內部警報已經響起，岡納發現你的行動，各個出口已經佈滿衛士，你逃不掉的。」

「將他綁起來。」槍向貝神父揚了一揚。

驚懼蒼白的貝神父替奧瑪紮紮實實綁了個最繁瑣、最複雜、最緊實、最難解開的結。

奎恩取過中和劑。爲了以防萬一，他注射一小滴微金屬顏料在奧瑪手臂，再注射一點中和劑，以探測燈一照，確定微金屬原料迅速被中和。

奧瑪差點被他氣死，他竟然在自己身上注射只有犯人才打的顏料！

「你的直升機發動卡。」槍比回奧瑪頭上。

奧瑪怒氣再高就要暈過去了。「想想你在做什麼，你的國家難道不比一個女人重要？奎恩家族幾世英名毀在你的手中，值得嗎？」

他要跟他談國家？奎恩冷笑。

「我對這個國家的忠誠不容質疑。所有對這個國家最好的事，就是我應該做的事。」他一字一句重複曾經說過的話，擲地有聲、鏗鏘有力。

「那你如何解釋現在的行爲？」奧瑪的臉漲得通紅。

「我的忠誠是對這個國家，不是對紀律公署，更不是對你。這個國家屬於每一個人，紀律公署只是其中一個組織，單一組織的利益無論如何都不能凌駕於國家之上。當一群政客以無辜者的鮮血爲自己的權勢鋪路，就到了該改變的時刻。」

他一直都明瞭這個道理。曾經他選擇無視，直到一次又一次的警鐘在他腦海敲響，無法再忽視爲止。

從他放走喬爾地下室的那群人開始，一切就註定走向這個結局，有沒有甄的事都一樣，她只是催化了事情的進展。

他愛這個國家，所以他必須讓這個國家變得更好，即使不惜與這個國家最高權力者爲敵。

「你犯了一個天大的錯誤！」奧瑪咬牙道。

「直升機發動卡，我不會再說一次。」

✸

砰！

署長的門被撞破，以岡納爲首的衛士衝了進來。

「唔、唔……」署長狼狽地被綑在椅子上，每個人俱是一頓。

兩名衛士立刻上前將繩子解開，奈何這結委實古怪，竟然越解越緊。

「讓開！」

岡納推開手下，拉扯纏在署長口中的布條。見鬼了！這布條竟然也越扯越緊，奎恩怎麼會打這種希奇古怪的結？

他拿出短刀，刷刷兩下直接劃開。

「署長，奎恩在哪裡？」

「他挾持貝神父……頂樓，我的直升機……」奧瑪拚命喘氣。

一群人衝上頂樓，只見貝神父委頓在地，寒風蕭颯，直升機已不知去向。

尾聲

西山公園的落日美得令人屏息。

他們並非在西山公園，而是數十哩之外的一座小山頭，但她相信，夕陽下方反射的隱約光影，一定是西山湖無誤。

一個人對自己居住了幾年的地方產生如強烈的依戀，似乎是很傻的事，不過她就是這樣的人。

輝耀的晚霞逐漸由澄黃轉爲殷紅，伸指一劃便會淌出血來。再過不久，靛藍便會追逐上來，將這一捧紅彩攏回懷抱，以黑暗的一面覆蓋人間萬物。

奎恩閒散地坐在坡地上，她便舒舒服服地坐在他雙腿中間，背倚著他寬闊溫暖的胸膛，這是屬於她獨一無二的寶座。

大掌貼住她的小腹，看似無心的動作，卻充滿保護慾。

小綠放在他們旁邊。她說植物燈雖好，但小綠需要多曬曬太陽，即使只是夕陽。

秦甄忽然輕笑起來。

「怎麼？」她丈夫問她。

「沒事，我只是突然想到，最佳教師的名單應該公佈了。」她抬頭看著他。「這時候還想著這件事，是不是很傻？」

「一點都不，兩個月前，這件事依然是妳生命的重心。」他低沈的嗓音令人份外安心。

「我猜，教育部應該不會把最佳教師搬給一個墨族人吧？」她枕回他懷中。

「八成不會。」

「起碼梅若莎今年有機會贏了。」她笑。

他們靜望著紅霞追逐最後一抹夕陽，依戀不放。

「你想過我們還能一起這樣看夕陽嗎？」她輕聲問。

「當然。」

「我老公總是這麼謙虛。」篤定的回答讓她無法不笑。

她不再叫他總衛官，因為他已經不是總衛官了。現在的他，只是她心愛的男人。

「我好擔心若絲琳。」她抑鬱地望著滿天彩輝。「紀律公署的人不知道會怎麼對付她……」

「不用擔心，岡納知道她對妳很重要，表示對我也很重要。他會留著她當餌，誘捕我們出面救她。」他彷彿在說不相干之人的事。

「岡納？」

「他是全公署最瞭解我的人，也是最適合派出來追捕我的人。」

秦甄默然。

這個男人，為了救她，放棄多少啊！

「不只是為了妳，」奎恩彷彿聽見她的心音。「即使沒有妳，我遲早也會醒來。」

是的，醒來。

過去他一直讓自己閉上眼睛，終歸有一天，他必須強迫自己張開。

「我只希望艾瑪發現真相之後，不要太生氣，我不是故意不告訴她的。」她躺回他懷裡。

奎恩從口袋掏出一支手機。

「我們可以用手機嗎？不怕被追蹤到？」她瞪大眼睛。

「街上隨處可買的預付卡手機，追蹤不到持有人的。」他神情自若地翻動畫面。這種手機專門賣給外國觀光客使用，通常在超市櫃檯登記一下就好，但許多人是持假證件登記，櫃檯人員也不可能一一查證。

「現在想想，我們國家其實有滿多漏洞的嘛！隨便一支預付手機，他們就查不到人了，可見紀律公署也沒有我以為的那麼厲害。」

他瞄她一眼。「關鍵字是『觀光客』，經濟發展跟防範犯罪一樣重要。這個世界上本來就沒有完美的制度或法律，不然妳老公早就失業了。」

他把手機遞給她。

「這是什麼？」她接過來一看。

螢幕上是簡訊畫面，不過不是真正的簡訊，而是他舊手機的簡訊截圖。

她怔怔瞧著圖檔上的文字，通通是艾瑪傳給他的訊息：

「喂，筆友，為什麼不回我也不接電話？甄已經失蹤好幾天，都沒來上課也沒請假，她還好吧？」

「若絲琳也不見了，她們跑到哪裡去了？」

「該不會你和若絲琳姘上，你們一起把秦甄謀殺了吧？哈哈，我開玩笑的，快回我。」

「我不是開玩笑的，你再不回我，我要發火了。」

「奎恩，你把甄甄弄到哪裡去了？我會報警的，我警告你！不要以為你是總衛官就能逍遙法外！」

「秦甄在哪裡？秦甄在哪裡？秦甄在哪裡？」

「把秦甄還來！把秦甄還來！把秦甄還來！」

「混蛋！混蛋！混蛋！混蛋！」

「快回！快回！快回！快回！」

後面連著好幾則艾瑪照三餐問候他蛋蛋的畫面，然後來到最後一則：

「姓奎恩名里昂的，我正式宣佈，我把你從我的性幻想名單剔除了！快把秦甄交出來！」

秦甄捂著嘴笑起來，眼淚卻奪眶而出。

「噢，艾瑪……我眞愛她。」

「性幻想對象？」他乾乾地問。

「艾瑪的幻想世界有非常活躍的性生活和性伴侶，恐怕你和傑克．洛夫都是她的入幕之賓。」她既哭又笑。

「……」性伴侶無言。

她最後再看一次圖檔，將手機還給他，奎恩關機收回自己的口袋裡。

等她的情緒終於平復下來才有辦法說話。

「他們不會放過你的。」

她用「你」而不是「我們」，因爲所有人都知道，從奎恩叛逃的那一刻開始，紀律公署的主要目標就變了。

追捕墨族叛軍不再是他們的第一要務，追捕里昂．奎恩躍升爲最高目標。

他對紀律公署太瞭解，倘若他加入叛軍行列，對紀律公署無疑是重重一擊。

奧瑪不會就此罷手，他們無法承擔一個身居要職的重點人物從他們掌中逃脫，尤其這人還是一個

「奎恩」。

過去這兩個月依然風平浪靜，一般大眾還不知道出了什麼事，但這段平靜只象徵著即將來臨的巨大風暴。

「讓他們來吧！」奎恩從不爲無法改變的事心煩。

她輕撫他的大掌，就算以後的人生驚滔駭浪，起碼他們會一直在彼此身旁。

身後兩道踅音趨近，莎洛美撲通在他們身旁坐下。「嘿，吃晚飯的時間到了。」另一道沈穩的步伐停在女兒身後。

她的神情開朗多了，過往的陰影不會就此消失，但在愛她的人身旁有助於她的療癒。

「孟羅說他的工廠可以替我們生產中和劑，單瓶索價兩千五百美元。」田中洛在他身後說。

「兩千……吃人嗎？」秦甄抽了口冷氣。

奎恩偷出來的中和劑是濃縮版，基地的醫生稀釋之後足夠他們這批逃出來的人使用，還有一瓶則送往孟羅的實驗室化驗成分，某人顯然想藉機獅子大開口。他們現在在跑路，大家手頭都很緊。

「他不想吃人，他想要一瓶兩千五。」田中洛臉色陰沈。

「何不叫他給你折扣？你們兩人關係這麼好。」奎恩的語氣委實涼薄。

田中洛陰陰瞄他的後腦杓，考慮一下這掌巴下去能有多少逃命時間……

可能零點三秒。

「我們的關係沒多好，莎洛美的媽媽是他父親好友的遺孤，從小和他一起長大，等於他的親妹妹，這不表示他就有多喜歡我這個前妹夫。」

原來如此。

「告訴孟羅，他將價格降到五十元一瓶，我可以讓他免費借用EMP模擬器三次，每次二十四小時，只要不是拿來對付我們的人。」奎恩繼續專心陪老婆看夕陽。

「你不是說你把它放回去了嗎？」他老婆的小鹿班比眼圓睜睜。

「本來是放回去了，離開之前我突然想到，我父親也用不上它，乾脆又收回來，反正那些觀光客也看不出贗品和眞品的差別。」奎恩悠然道。

「……」

「……」

「……」

其它三個人都覺得，這男人如果放任本性發展的話，很可能變成一個比蛇王更險惡的奸商。

「好，這個誘因應該管用，我回去找他談談。」田中洛愉快地調頭回去。

莎洛美繼續坐在他們旁邊。

「謝謝你們沒有告訴我爸爸學校的事。」她終於說。

「那是屬於妳的故事，應該由妳自己決定。」奎恩看她一眼。「如果妳不想告訴任何人，這件事可以成爲妳永遠的祕密，但有一天妳若準備好了，我希望妳能找個人談談。」

莎洛美沈默地點點頭，下巴頂在自己的膝蓋上。

遠方的深藍一步步呑噬著豔紅，他們是哪一邊？深藍或豔紅？

「莎洛美，我一直有個疑問。」秦甄伸手握住她。「妳的個性和我小時候完全相同，但妳比我勇敢、堅強多了，爲什麼會選擇忍受金凱的欺負？」

「因爲我信任錯了人。」莎洛美平平地說。「我無意間讓他知道我家有人跟墨族關係匪淺，他不知道那人是我，卻用這件事威脅我，如果不聽他的，他就要向當局舉報。我怕我媽會被拖下水，溫格爾醫生的病人會被查出來，所以只好一直隱忍。」

原來如此。

秦甄這輩子眞的、眞的、眞的沒有這麼想揍死一個人過，即使她六年級的老師都比不上！

「我本來想，只是我一個人，忍到畢業也就算了，可是他越來越貪心，要我幫他誘拐其他女同學來，」莎洛美深吸了口氣。「他看上瓊恩，我寧可自己死了都不會把瓊恩送到他手上，所以我才決定逃回我父親身邊。」

「那個混蛋！」秦甄怒到極點。

奎恩的藍眸冰冷異常。

有些人，即使坐牢都太便宜他們。

「其實最讓我生氣的不是發生在我身上的事。我無法不去想，這個社會有多少像金凱這樣的人，正在剝削其他隱藏的墨族人。我們不能決定自己血管裡流著哪一族的血，卻永遠無法站出來替自己申冤，所以我想回我爸爸身邊，幫助他把更多人救出來。」莎洛美解釋。

「我們會的。」奎恩的語氣十分簡單，兩個女人卻百分之百相信他的話。

「紀律公署不會放過你的。」莎洛美發出同樣的警告。

墨藍終於佔領最後一片天空。

即使黑夜籠罩大地，他們都知道這只是暫時的，不久之後太陽依然會升起，直到另一個黑夜再將它吞噬。

生命就是如此，光與影，陽與陰，一關接著一關，輪迴不休。重點不在於前方是否爲黑夜，而是他們是否爲黎明的到來做好準備。

「那就好好戰一場，然後改變一切。」

（墨血風暴 完）

國家圖書館出版品預行編目資料

烽火再起. 輯一, 墨血風暴 / 凌淑芬作.
-- 初版. --臺北市：春光, 城邦文化出版：家庭傳媒城邦分公司發行, 民108.01
面； 公分. --（奇幻愛情；54）
ISBN 978-957-9439-56-5（平裝）

857.7 107023316

烽火再起〔輯一〕：墨血風暴

作　　者／凌淑芬
企劃選書人／李曉芳
責 任 編 輯／王雪莉

版權行政暨數位業務專員／陳玉鈴
資深版權專員／許儀盈
資深行銷企劃／周丹蘋
業 務 主 任／范光杰
行銷業務經理／李振東
副 總 編 輯／王雪莉
發 行 人／何飛鵬
法 律 顧 問／台英國際商務法律事務所　羅明通律師
出　　版／春光出版
台北市104中山區民生東路二段 141 號 8 樓
電話：(02) 2500-7008　傳真：(02) 2502-7676
部落格：http://stareast.pixnet.net/blog E-mail：stareast_service@cite.com.tw
發　　行／英屬蓋曼群島商家庭傳媒股份有限公司城邦分公司
台北市中山區民生東路二段 141 號11 樓
書虫客服服務專線：(02) 2500-7718 / (02) 2500-7719
24小時傳眞服務：(02) 2500-1990 / (02) 2500-1991
服務時間：週一至週五上午9:30～12:00，下午13:30～17:00
郵撥帳號：19863813　戶名：書虫股份有限公司
讀者服務信箱E-mail: service@readingclub.com.tw
歡迎光臨城邦讀書花園　網址：www.cite.com.tw
香港發行所／城邦（香港）出版集團有限公司
香港灣仔駱克道 193 號東超商業中心 1 樓
電話：(852) 2508-6231　傳眞：(852) 2578-9337
E-mail : hkcite@biznetvigator.com
馬新發行所／城邦（馬新）出版集團　Cite(M)Sdn. Bhd
41, Jalan Radin Anum, Bandar Baru Sri Petaling,
57000 Kuala Lumpur, Malaysia.
Tel: (603) 90578822 Fax:(603) 90576622　E-mail:cite@cite.com.my

封 面 設 計／捌子
內 頁 排 版／極翔企業有限公司
印　　刷／高典印刷有限公司

■ 2019 年（民 108）2 月 12 日初版　Printed in Taiwan

售價／380元

城邦讀書花園
www.cite.com.tw

ISBN　978-957-9439-56-5

廣	告	回	函
北區郵政管理登記證			
台北廣字第000791號			
郵資已付，免貼郵票			

104台北市民生東路二段141號11樓

英屬蓋曼群島商家庭傳媒股份有限公司

城邦分公司

請沿虛線對折，謝謝！

愛情・生活・心靈

閱讀春光，生命從此神采飛揚

春光出版

書號： OF0054　　**書名：**烽火再起〔輯一〕：墨血風暴

請於此處用膠水黏貼

讀者回函卡

謝謝您購買我們出版的書籍！請費心填寫此回函卡，我們將不定期寄上城邦集團最新的出版訊息。

姓名：______________________

性別：☐男　☐女

生日：西元__________年__________月__________日

地址：______________________

聯絡電話：______________ 傳真：______________

E-mail：______________________

職業：☐ 1. 學生 ☐ 2. 軍公教 ☐ 3. 服務 ☐ 4. 金融 ☐ 5. 製造 ☐ 6. 資訊

☐ 7. 傳播 ☐ 8. 自由業 ☐ 9. 農漁牧 ☐ 10. 家管 ☐ 11. 退休

☐ 12. 其他 ______________________

您從何種方式得知本書消息？

☐ 1. 書店 ☐ 2. 網路 ☐ 3. 報紙 ☐ 4. 雜誌 ☐ 5. 廣播 ☐ 6. 電視

☐ 7. 親友推薦 ☐ 8. 其他 ______________________

您通常以何種方式購書？

☐ 1. 書店 ☐ 2. 網路 ☐ 3. 傳真訂購 ☐ 4. 郵局劃撥 ☐ 5. 其他 ______

您喜歡閱讀哪些類別的書籍？

☐ 1. 財經商業 ☐ 2. 自然科學 ☐ 3. 歷史 ☐ 4. 法律 ☐ 5. 文學

☐ 6. 休閒旅遊 ☐ 7. 小說 ☐ 8. 人物傳記 ☐ 9. 生活、勵志

☐ 10. 其他 ______________________

請於此處用膠水黏貼